DROEMER

Emma Steele

Während ich hier bin

ROMAN

Aus dem Englischen von
Nadine Alexander und
Christina Kuhlmann

DROEMER

Die englische Originalausgabe erscheint 2025 unter dem Titel
»While I'm Here« bei Welbeck Fiction Limited,
an imprint of Welbeck Publishing Group.

Besuchen Sie uns im Internet:
www.droemer-knaur.de

Deutsche Erstausgabe April 2024

Redaktion: Birgit Förster
Covergestaltung: SO YEAH DESIGN, Gabi Braun
Coverabbildung: © Collage unter Verwendung von Motiven von
Ruth Botzenhardt / plainpicture und Shutterstock.com
Satz und Layout: Adobe InDesign im Verlag
Druck und Bindung: GGP Media GmbH, Pößneck
ISBN 978-3-426-28431-5

2 4 5 3 1

Prolog

Lieber Empfänger,

ich schreibe Ihnen diesen Brief erfüllt von tiefer Trauer, aber auch ein wenig Hoffnung. Ein Brief, von dem ich nie gedacht hätte, ihn einmal schreiben zu müssen. Keine Mutter sollte je dazu gezwungen sein.
Meine Tochter, mein Leben – mein Herz – ist an einem heiteren, sonnigen Tag im Juli vollkommen unerwartet von uns gegangen. Das ist jetzt schon fast ein Jahr her. Sie war gerade einmal dreißig und hatte ihr ganzes Leben noch vor sich, all die wunderschönen Momente.
Das vergangene Jahr war entsetzlicher, als ich es mir je hätte vorstellen können, und es fällt uns noch immer schwer, nach vorn zu schauen – ohne sie. Wir können einfach nicht fassen, dass sie nicht mehr lebt, dass sie diese Welt für immer verlassen hat.
Meine Stella liebte es zu träumen, sprudelte über vor Ideen und mochte es bunt. Zugleich war sie überaus klug und zielstrebig und erfolgreich in allem – im Studium, im Sport und in der Musik –, und das bereits als Kind. Außerdem war sie herzensgut. Ich weiß noch, wie sie eine streunende Katze mit nach Hause brachte, als sie etwa zwölf war. Wenn sie nicht gerade in der Schule war, hat sie sich rund um die Uhr um sie gekümmert, bis wir es unterbanden und das Tier weggaben. Sie nannte sie Polly. Als sie klein war, nannte sie alles Polly. Sie hätte bestimmt gerne eine kleine Schwester gehabt, auf die sie hätte aufpassen können – mit der sie über alles hätte re-

den können, und es tut mir leid, dass wir ihr diesen Wunsch nie erfüllt haben.
Aber sie hatte viele Freunde. Wer sie kannte, mochte sie, die Leute fühlten sich einfach zu ihr hingezogen. Und sie liebte es, sich mit Menschen zu umgeben, mit anderen auszugehen und Partys zu feiern. Allerdings hatte sie nicht oft Gelegenheit dazu – ich fürchte, wir waren einfach zu streng mit ihr. Und das ist nicht das Einzige, was ich bedaure, aber das interessiert Sie sicher alles nicht. Allerdings habe ich schon unzählige Anläufe genommen, diesen Brief zu schreiben, und ich weiß nicht, ob ich die Kraft habe, noch einmal von vorn zu beginnen.
Ich würde Ihnen gerne noch so vieles über sie erzählen, doch jedes Mal, wenn ich den Stift ansetze, werde ich auf schmerzliche Weise daran erinnert, dass sie nicht mehr da ist.
Allerdings habe ich noch eine Sache auf dem Herzen, also lesen Sie bitte weiter, wenn es Ihnen möglich ist.
Nach der Schule ging meine Tochter auf eine hervorragende Universität, bekam anschließend einen Job in einer renommierten Firma und arbeitete sich schnell an die Spitze. Sie übertraf all unsere Hoffnungen und Träume.
Doch dann erkannte ich sie eines Tages nicht mehr wieder. Sie hatte sich auf eine Weise verändert, die ich bis heute nicht verstehe. Denn um ehrlich zu sein, habe ich sie ein halbes Jahr vor ihrem Tod zum letzten Mal gesehen. Wir hatten eine heftige Auseinandersetzung wegen einiger Entscheidungen, die sie getroffen hatte, und danach packte sie ihre Sachen und zog in den Norden, in eine winzige Wohnung über einer Bäckerei. Als ich schließlich zu ihr gefahren bin, um sie zu überzeugen,

nach Hause zu kommen, haben wir uns erneut gestritten. Ich war zu stur, um ihr zuzuhören, und habe Dinge zu ihr gesagt, die ich bis in alle Ewigkeit bereuen werde.

Auch jetzt noch träume ich jede Nacht von ihr, nur um irgendwann aufzuwachen und festzustellen, dass sie nicht da ist und auch nie zurückkommen wird, mein süßes kleines Mädchen.

Mein Ein und Alles.

Wenn ich doch nur mehr wüsste über die Zeit, bevor sie uns für immer verließ, darüber, was sie gemacht hat, und über die Menschen, denen sie begegnet ist. Ich wünschte, ich könnte diese letzten, fehlenden Teile zu einem Bild zusammenfügen – dem Lebensbild meines einzigen Kindes. Doch am meisten sehne ich mich danach, meine Stella ein letztes Mal in die Arme zu schließen und ihr zu sagen, wie sehr ich sie liebe – dass sie mir alles bedeutet hat und dass sich daran auch nie etwas ändern wird.

Seit ich von ihrem Tod erfuhr, habe ich so manche dunkle Stunde durchlebt, und es gab Momente, da habe ich mich gefragt, ob mein Leben überhaupt noch einen Sinn hat. Und das habe ich mich mit Sicherheit nicht zum letzten Mal gefragt.

Doch nach allem, was ich getan habe, verdiene ich es nicht besser.

Aber kürzlich ist mir ein Gedanke gekommen, der mir wieder ein wenig Hoffnung geschenkt hat: Vielleicht lebt sie ja weiter – in den Organen, die sie gespendet hat, den Menschen, deren Leben sie gerettet hat.

Vor allem aber in ihrem Herzen, dem Herzen, das jetzt in Ihrer Brust schlägt. Denn meine Stella hatte ein unglaublich großes Herz, weit größer, als Sie es sich vorstel-

len können. Und deshalb wollte ich Ihnen von ihr erzählen, damit Sie verstehen, wie außergewöhnlich ihr Herz ist und Sie sie in sich weiterleben lassen.
Würden Sie das für mich tun?
Meine Stella weiterleben lassen?

Kapitel 1

Die späte Vormittagssonne scheint durch das Blätterdach und zeichnet ein filigranes Muster auf den Kiesweg vor mir, doch ich nehme seine Schönheit kaum wahr. Meine Gedanken kehren immer wieder zu dem Brief zurück, der in meiner Hosentasche steckt.

Der mich wie ein Stich ins Herz getroffen hat.

»Alles in Ordnung?«, erkundigt sich Jess, die neben mir hergeht. Ich werfe einen Blick zu ihr hinüber, sehe ihr dunkelblondes Haar und die Sonnenbrille in ihrem Gesicht. In ihrer Hand hüpfen drei gelbe Luftballons auf und ab, die sie zur Feier des Tages mitgebracht hat.

»Klar, alles bestens«, erwidere ich fröhlich, während ich an den Moment vor einer Woche zurückdenke, als die Post ankam.

Aber heute werde ich mich nicht damit beschäftigen.

Stattdessen widme ich meine Aufmerksamkeit ganz meinen vierjährigen Neffen, die im Partnerlook – beigefarbene Shorts und weiße T-Shirts – mit wehenden roten Haaren vor uns herflitzen. Überall stehen imposante alte Bäume, durch die sich geheime Pfade schlängeln und auf kleine, versteckte, grasbewachsene Lichtungen führen.

Während ich den beiden zusehe, muss ich daran denken, wie meine Schwestern und ich als Kinder hier im Botanischen Garten gespielt haben. Cat übernahm stets lautstark die Führung, und ich befolgte brav jede ihrer Anweisungen, obwohl ich nur neun Monate jünger war als sie. Jess, die drei Jahre jünger war als ich, lief in einigem Abstand hinter uns her und bemühte sich verzweifelt, mitzuhalten.

»Hunter, Sebs, lauft nicht so weit vor!«, ruft Jess neben mir. »Graham, sieh zu, dass du die beiden nicht aus den Augen verlierst.«

Gehorsam nimmt mein Schwager, in seinen Baumwollshorts und dem blauen Hemd, im Laufschritt die Verfolgung auf, während seine Föhnfrisur in der Brise flattert. Er knurrt, und die Jungs stieben quietschend vor Vergnügen im Zickzackkurs davon, um seinen ausgestreckten Klauen zu entkommen.

Dicht hinter uns höre ich meine Eltern lachen und kann mir selbst ein Grinsen nicht verkneifen.

Dann treten wir unter dem dichten Blätterdach ins helle Licht hervor. Sobald ich die Sonne auf dem Gesicht spüre, setze ich mir den Sonnenhut mit der breiten Krempe auf. Am Horizont erstreckt sich die majestätische Skyline von Edinburgh, von Arthur's Seat mit seiner markanten Felswand zur Linken bis hin zum Edinburgh Castle zur Rechten. Auf der anderen Seite thront hinter einem grünen Saum ein Sandsteinhaus im georgianischen Stil, das Herz des Botanischen Gartens. Kinder schlagen in der Julisonne Rad, während die Eltern mit Kaffeebechern in der Hand durch den Park flanieren. Die warme Luft riecht nach Kiefern und Gras, und von den Sträuchern in der Ferne dringt der Duft von Rhododendron herüber.

»Und«, frage ich betont beiläufig, während wir den Weg entlangschlendern, »hast du dir die silbernen Turnschuhe geholt, die du so klasse fandest?«

Jess lächelt schuldbewusst. »Tut mir leid, aber ich konnte nicht anders. Sie passen einfach perfekt zu all meinen Sachen.«

Ich muss lachen und deute auf meine Füße. »Und ob sie das tun, deshalb hab ich sie mir ja zuerst ausgesucht.«

Sie grinst, und ich puffe ihr verspielt in die Seite.

Dann fragt sie in ebenso beiläufigem Tonfall: »Und, wie fühlst du dich an deinem großen Tag? Bist du aufgeregt?«

Ich werfe einen Blick auf die Ballons, die in meiner Lieblingsfarbe leuchten. »Aber klar doch«, erwidere ich munter, doch im gleichen Moment zieht sich mein Magen schmerzhaft zusammen.

Denn genau heute vor einem Jahr habe ich ein neues Herz bekommen. Wegen eines fortschreitenden, genetisch bedingten Herzfehlers.

»Was viel wichtiger ist«, wechsele ich das Thema und schiebe das beklemmende Gefühl beiseite, »bist *du* denn schon aufgeregt wegen deines großen Abenteuers?«

Jess schweigt einen Moment, ihr Gesichtsausdruck hinter der Sonnenbrille verborgen.

»Ja, schon«, antwortet sie schließlich. »Aber ich würde mich noch wesentlich mehr freuen, wenn ich wüsste, dass du uns besuchen kommst. Du könntest uns helfen, uns einzugewöhnen, und dir bei der Gelegenheit auch gleich die Sehenswürdigkeiten anschauen.«

»Komm schon, Jess, du weißt genau, dass ich noch nicht reisen kann. Vielleicht im nächsten Jahr.« Ich bemühe mich nach Kräften, zuversichtlich zu klingen.

Jess runzelt die Stirn auf eine Weise, die mir nur zu gut vertraut ist. Die Enttäuschung ist ihr deutlich anzumerken, und mich überkommt ein schlechtes Gewissen.

Sie zieht in zwei Wochen mit ihrer Familie nach Amsterdam, um dort als Lehrerin zu arbeiten, und natürlich möchte ich sie dort besuchen. Nichts lieber als das. Jess ist schließlich meine Schwester – und seit einiger Zeit auch meine beste Freundin. Ich würde überhaupt liebend gern verreisen, egal wohin, nachdem es für mich bisher so gut wie unmöglich war. Aber ich darf mich nicht überanstrengen, das wäre einfach zu gefährlich.

Und das weiß keiner besser als Jess.

»Bist du denn gar nicht neugierig auf das Haus, das *du* für uns gefunden hast?«, drängt sie weiter. »Es ist übrigens fantastisch. Hast du gesehen, wie viel Platz die Jungs haben?«

Ich erhasche einen Blick auf die beiden und ihren Dad in dem kleinen Gehölz vor uns und muss lachen. Hunter springt von einem Baum, auf den er mit Sicherheit nicht hätte klettern sollen. »Ob du's glaubst oder nicht, an meine Neffen habe ich ganz besonders gedacht.«

Jess atmet hörbar aus und meidet meinen Blick, und mich beschleicht – wie so oft in letzter Zeit – das Gefühl, dass sie mir etwas vorenthält. Anfangs dachte ich, es läge einfach nur am Umzug, aber inzwischen bekomme ich immer mehr den Eindruck, dass sie sich von mir abkapselt. Dabei stehen wir uns eigentlich sehr nahe – wir streiten uns manchmal, ja, aber das kommt schließlich in den besten Familien vor.

Natürlich ist es mit ihr nicht das Gleiche wie mit Cat, wir beenden nicht die Sätze der jeweils anderen oder rufen uns exakt zur gleichen Zeit an. Cat musste ich nur ansehen, um zu wissen, dass sie dringend eine Tüte M&M's brauchte – die mit Erdnüssen, ihre Lieblingssorte. Und sie spürte instinktiv, wenn mir mal wieder alles zu viel wurde und ich nur noch meinen Kopf in ihrem Schoß vergraben wollte. Aber auch Jess und ich haben ein sehr enges Verhältnis. Kein Wunder, nach allem, was passiert ist.

Wir biegen in den Weg ein, der an der Wiese entlangführt. Das Gras glitzert in der Sonne. Vor uns liegt ein steiler Hang, und ich halte einen Moment inne.

Dann mache ich mich an den Aufstieg, doch im gleichen Augenblick erscheint ein Bild von Cat vor meinem inneren Auge, mein Atem beschleunigt sich, und mein Herz pocht heftig in meiner Brust. Abrupt bleibe ich stehen.

»Alles in Ordnung?«, erkundigt sich Jess. Sie ergreift meinen Arm und sieht mich entschlossen an. »Na los, komm, zusammen schaffen wir das.«

»Ach was«, erwidere ich und schenke ihr ein Lächeln, »ich geh einfach außenrum.«

Ein Hauch von Sorge huscht über ihr Gesicht, und ich ärgere mich selbst darüber, wie erbärmlich ich klinge. Aber ich will einfach kein Risiko eingehen.

Nicht heute.

Auf dem Kies hinter uns knirschen Schritte, und als ich mich umdrehe, sehe ich Mum auf uns zurennen.

Mist.

»Was ist denn los? Geht's dir gut?« Mum klingt angespannt und ist außer Atem. Mit einem Mal wird mir klar, wie es ausgesehen haben muss, als ich so abrupt stehen geblieben bin.

»Alles bestens, wirklich«, versichere ich hastig und mache mich auf den Weg zurück den Hügel hinab. »Ich gehe nur lieber außenrum.«

»Dann ist es ja gut«, sagt Mum erleichtert und atmet tief durch. »Ich komme mit.« Sie dreht sich um und ruft: »Ian, es geht ihr gut!«

Der Picknickkorb und die Stühle liegen hinter Dad auf dem Weg, dort, wo er sie fallen lassen hat. Er nickt, aber auch auf seinem Gesicht erkenne ich deutlich die Anspannung und den Angstschweiß, bevor er kehrtmacht, um die Sachen wieder einzusammeln.

Ziemlich ernüchtert mache ich mich in Begleitung von Mum und Jess auf den weiten Weg um den Hügel herum. Wir laufen über die Wiese, vorbei an Picknickdecken und Leuten, die ein Sonnenbad nehmen, bis Mum unweigerlich an einer schattigen Stelle stehen bleibt. Mein Immunsystem erlaubt es mir zurzeit nicht, mich längere Zeit der direkten Sonne auszusetzen.

»Hier ist doch ein guter Platz«, erklärt sie. Ihre Stimme klingt eine Spur besorgter als sonst, und sie tut mir leid – schließlich ist unser Ausflug auch für sie etwas Besonderes, und sie sollte ihn genießen.

Sie trägt extra den großen Strohhut und ihr Lieblingskleid mit den Mohnblumen. Sie hatte es sich vor ein paar Jahren für den Urlaub gekauft, der, wie es nicht anders zu erwarten war, abgesagt werden musste.

»Wenn alles so weit okay ist, geh ich mal kurz meine Sprösslinge einsammeln«, verkündet Jess und eilt den Hügel wieder hinunter. Ich sehe ihr sehnsüchtig nach. Natürlich bin ich es gewohnt, allein in der Obhut meiner Eltern zurückzubleiben – schließlich lebe ich immer noch zu Hause –, aber ich würde nur zu gern für einen Moment mit ihr tauschen.

Dad kümmert sich wie immer um die Logistik, breitet die Decke mit dem Schottenmuster aus und stellt für die »ältere Generation« zwei Liegestühle auf, während Mum und ich den Picknickkorb auspacken. Die Sandwiches entlocken mir ein *Mmh* und die Snacks von Marks & Spencer – Salami und Käse, große Oliven und samtiger Hummus – ein *Oh, wie lecker,* doch dann holt Mum noch eine Tupperdose aus dem Korb und reicht sie mir.

»Danke«, sage ich lächelnd. Durch das weiße Plastik kann ich schemenhaft meine Vollkornsandwiches erkennen, und bei ihrem Anblick entfährt mir ein wehmütiger Seufzer.

Plop.

Ich sehe auf. Dad hält eine offene Champagnerflasche in der Hand, aus der die Flüssigkeit schäumend heraussprudelt und über den Rand läuft. Mir wird warm ums Herz, als ich ihn da in seinem karierten Lieblingshemd stehen sehe. Sein weißes Haar sieht im Licht der Sonne nahezu durchscheinend aus, aber das breite, alberne Grinsen in seinem Gesicht lässt ihn um Jahre jünger erscheinen.

»Hier, für dich, Kleine«, sagt er und hält mir ein Glas hin. Als ich seinen alten Kosenamen für mich höre, muss ich lächeln. Doch eh ich michs versehe, steht Mum schon da. »Was soll denn das, Ian?«, fragt sie vorwurfsvoll und nimmt ihm das Glas aus der Hand. »Warum hast du das Zeug überhaupt mitgebracht?«

Die Enttäuschung ist Dad deutlich anzusehen, und er tut mir leid. Schließlich wollte er mir bloß eine Freude machen.

»Es ist doch nur ein winziger Schluck«, versuche ich Mum zu beschwichtigen, aber sie hört mir gar nicht zu.

»Siehst du? Das Glas ist doch nur halb voll«, pflichtet Dad mir bei.

Eine unheilvolle Stille breitet sich zwischen uns dreien aus, und ich will gerade etwas sagen, um die Lage zu entschärfen, als ich ein junges Paar über die Wiese auf uns zuschlendern sehe. Etwas an der Gestalt des Mannes kommt mir bekannt vor. In Shorts und T-Shirt, die Sonnenbrille im Gesicht, wirkt er betont lässig, aber sein kräftiges Kinn und den dunklen Haarschopf würde ich unter Tausenden wiedererkennen. Mir rutscht das Herz in die Hose.

Nick.

Kapitel 2

Ich brauche eine Weile, um zu verarbeiten, wen ich da sehe. Hastig will ich mich abwenden, damit er mich nicht entdeckt, aber es ist schon zu spät.

Wir müssen da jetzt durch, ob wir wollen oder nicht, und ich spüre Panik in mir aufsteigen.

Je näher er kommt, desto besser kann ich erkennen, wer ihn begleitet – eine junge Frau, nicht weniger attraktiv als er, mit langen, goldblonden Haaren und schlanken, gebräunten Beinen, die aus ihren Jeansshorts hervorschauen. Er flüstert ihr etwas zu, und sie schaut neugierig lächelnd zu mir herüber. Ich würde mich am liebsten irgendwo verkriechen.

Hastig stehe ich auf, als mir bewusst wird, wie blass ich aussehen muss in meinem weiten, dunklen Kleid, die roten Haare zurückgebunden. Erst als sie uns fast erreicht haben, fallen mir die Rundung ihres Bauches unter dem figurbetonten Trägertop und der glitzernde Ring an ihrer linken Hand auf. Ich schlucke.

»Maggie«, sagt Nick und bleibt vor mir stehen. Er schiebt sich die Sonnenbrille aus dem Gesicht und nimmt mich mit diesen funkelnden blauen Augen, die mich immer so fasziniert haben, ins Visier. »Dachte ich mir doch, dass du das bist. Wie geht es dir?«

»Danke, gut«, erwidere ich prompt, während mein Herz rast und ich mich wundere, dass ich vor lauter Nervosität überhaupt ein Wort herausbringe. »Ach, was sage ich, hervorragend. Wir sind hier, um meinen … etwas zu feiern.« Ich möchte doch lieber nicht ins Detail gehen.

»Wie schön«, sagt er und wendet sich seiner Begleiterin zu. »Das ist übrigens Sophie.«

»Hi, Sophie«, begrüße ich sie eine Spur zu überschwänglich.

»Nett, dich kennenzulernen, Maggie«, erwidert sie aufrichtig, was alles nur noch schlimmer macht. Ich werfe einen verstohlenen Blick auf die Armreifen, die sie trägt, und die ausgetretenen Flipflops an ihren Füßen.

»Nick«, ertönt eine Stimme hinter mir, und ich würde am liebsten im Boden versinken, als Mum lächelnd neben mir auftaucht. »Du bist es tatsächlich.«

»Hallo, Sue. Wie geht es dir?«, erkundigt er sich. »Perfektes Wetter für ein Picknick.«

»Nicht wahr? Einfach herrlich«, sprudelt Mum sofort los. »Aber wie geht es *dir* denn? Wohin hat es dich verschlagen?«

»Nach Genf. Wir sind dort in die Skibranche eingestiegen, haben unseren eigenen Betrieb.« Sophie und er schauen sich glücklich an. »Wir sind auf Besuch bei meinen Eltern hier, solange wir noch können.« Er deutet auf Sophies Bauch, und ich lächle und sage automatisch *Herzlichen Glückwunsch,* während meine Brust sich schmerzhaft zusammenzieht. Warum müssen wir uns ausgerechnet heute über den Weg laufen? Während ich schön brav mit meinen Eltern beim Picknick sitze.

»Das klingt wirklich wunderbar«, sagt Mum freudestrahlend.

»Und was ist mit dir, Maggie?«, fragt Nick. Er schielt auf die Picknickdecke hinter mir, wo Dad in der Kühlbox herumkramt. »Wohnst du noch … hier?«

»Jupp, im guten alten Edinburgh, wo sonst?«, erwidere ich, wobei mein Versuch, heiter zu klingen, kläglich scheitert.

»Und sie arbeitet auch noch bei derselben Agentur«, verkündet Mum fröhlich, aber es klingt wie Hohn in meinen Ohren, und meine Augen füllen sich mit Tränen.

Nick scheint nicht im Mindesten überrascht zu sein. »Sollte es dich jemals in die Alpen verschlagen …« Er spricht nicht weiter, und so etwas wie Bedauern huscht über seine Züge. »Wie auch immer, es war wirklich schön, dich wiederzusehen.«

»Fand ich auch«, erwidere ich, und dann schlendern die beiden über den Rasen davon.

Sobald sie verschwunden sind, wendet Mum sich mir zu. Sie wirkt bedrückt. »Solche Treffen tun immer ein bisschen weh. Er war halt schon eine super Partie … aber ich bin mir nicht sicher, ob ihr letztlich miteinander glücklich geworden wärt.«

»Mum.« Resigniert schlage ich die Hände vors Gesicht und wünschte erneut, ich könnte im Erdboden versinken.

»Wieso? Was ist denn?«, fragt sie, doch mir fehlen die Worte.

Kurz darauf erscheint Jess neben uns. »Gerade rechtzeitig zum Anstoßen«, witzelt sie, bevor ihr Blick zwischen Mum und mir hin- und herwandert. »Ist was passiert?«

Es folgt angespanntes Schweigen. Wortlos zieht Mum los, um Jess ein Glas Champagner zu holen. Und bevor ich etwas sagen kann, kommen Hunter und Sebs angestürmt. Vermutlich veranstalten sie ein Wettrennen um die blaue Tasse. Was der eine will, will der andere auch.

Genauso wie bei Cat und mir damals. Ihr wäre sicher etwas eingefallen, um die Situation zu entschärfen, irgendetwas Lustiges, worüber wir noch den ganzen Tag gelacht hätten.

Mein Gott, wie ich sie vermisse.

Als sich mein Herzschlag langsam wieder beruhigt, lassen wir uns alle mit einem gefüllten Glas nieder – Mineralwasser für Mum und mich, Limonade für die Jungs und für die anderen den eingeschmuggelten Schampus. Die traumatische Begegnung mit meinem Ex ist vergessen – von allen außer mir.

»Jetzt ist es aber höchste Zeit, dass wir endlich unser Glas auf unsere liebe Maggie erheben«, sagt Dad schließlich. »Und haben wir uns nicht den perfekten Platz dafür ausgesucht? Ich weiß noch genau, wie ihr drei kleinen Racker hier herumgetobt seid.« Er sieht mich mit feuchten Augen an. »Alles Gute zum ersten Herz-Geburtstag, Maggie.«

Jess drückt meine Hand, und ich atme tief ein.

»Alles Gute zum Herz-Geburtstag«, stimmt auch Graham mit ein, der sich gemütlich auf der Decke ausgestreckt hat. Er erhebt sein Glas.

Und dann wiederholen sie alle gemeinsam: »Alles Gute zum Herz-Geburtstag!«

Jess lächelt mir mit zitternden Lippen zu, als wollte sie sagen: *Du hast es geschafft.*

Doch ich denke nur: Cat aber nicht.

Und das ist einzig und allein meine Schuld.

Kapitel 3

Einige Zeit später, als die anderen satt und zufrieden sind, lasse ich mich ein Stück entfernt auf einer Bank nieder, um die Jungs im Auge zu behalten, die in der Nähe spielen. Allerdings bin ich seit der Begegnung mit Nick eher damit beschäftigt, auf meinem Handy hin und her zu scrollen. Ich habe mich überwunden, mir endlich seine Website anzusehen – all die Bilder von den unzähligen Reisen, die er unternommen hat, seit wir uns getrennt haben, Aufnahmen von ihm und Sophie aus der Zeit, als sie sich kennenlernten: die beiden wandernd im Dschungel und faulenzend am Strand, ihre filmreife Hochzeit – auf Bali, wenn ich mich nicht täusche. In diesem Moment wünsche ich mir, ich hätte mir damals nicht so feierlich geschworen, die Website nie wieder aufzurufen. Wäre ich ein bisschen besser vorbereitet gewesen, hätte mich unser Zusammentreffen nicht so aus der Bahn geworfen. Dabei war es reiner Selbstschutz.

Anders ging es einfach nicht.

Das Wiedersehen mit Nick ruft auch Erinnerungen an die Zeit hervor, als ich noch ins Büro gegangen bin. Jetzt tue ich das natürlich nicht mehr, das Infektionsrisiko ist bei Weitem zu groß und der tägliche Weg hin und zurück viel zu anstrengend. Allerdings arbeite ich so viel wie möglich von zu Hause aus. Und Reiseplaner zu sein ist gar nicht so übel; zumindest virtuell bin ich bereits durch die weiten Flure des Rijksmuseums gewandert und entlang der glitzernden Grachten in Amsterdam; ich bin in Neuseeland aus Flugzeugen gesprungen und über Schluchten gesegelt; habe den Mont Blanc gesehen und die Dawn Wall erklommen.

Auch die Kollegen sind nett, selbst wenn sie nie lange bleiben. So ist das eben in der Reisebranche – alle ziehen weiter, alle bis auf mich. Ich verdiene auch nicht schlecht, wobei ich ja sowieso nicht viel unternehme. Ich kann mich also nicht beklagen. Nicht wirklich.

Trotzdem wüsste ich nur zu gern, wie es sich anfühlen würde, einer meiner Kunden zu sein. Zu beschließen, irgendwohin zu fahren, und es dann auch tatsächlich zu tun – auf einer türkisfarbenen Welle zu surfen oder in einen kristallklaren See zu springen, einen sonnenüberfluteten Berg zu besteigen oder in einem Heißluftballon davonzusegeln. All diese Dinge selbst zu erleben und nicht bloß auf dem Bildschirm zu sehen.

Und plötzlich frage ich mich, wie es wohl wäre, wenn ich jetzt mit Nick in Genf lebte.

Dann fällt mir der Brief wieder ein. Ich fühle nach, ob er noch da ist, als ich mich daran erinnere, dass ich ihn vorhin zur Sicherheit in meine Tasche gesteckt habe. Ich wusste natürlich, dass ich ihn erhalten würde – der Donor Family Care Service, der die Familien von Organspendern betreut, hatte mich darüber in Kenntnis gesetzt. Man hatte mir versichert, dass alles vollkommen anonym abliefe und ich nicht dazu verpflichtet sei, den Brief zu öffnen.

Dabei habe ich ihn inzwischen so oft gelesen, dass ich ihn schon fast auswendig kann.

Lieber Empfänger, lautet die Anrede.

Natürlich hatte ich selbst auch schon überlegt, die Familie meines Spenders anzuschreiben. Und nicht nur das, ich habe tatsächlich unzählige Versuche gestartet, einen Dankesbrief oder eine E-Mail zu verfassen. Immerhin haben diese Menschen mir ein unglaublich wertvolles Geschenk gemacht und unfassbar großes Leid erfahren, genauso wie wir.

Aber …

Ich weiß einfach nicht, was ich ihnen schreiben soll. In mir schlägt das Herz eines Menschen, den sie über alles geliebt haben. Was können sie schon von mir hören wollen? Ich kann einfach nicht umhin, mich schuldig zu fühlen, weil ich vom Tod eines anderen Menschen profitiere, weil ich *wollte*, dass er stirbt. Denn genau so ist es doch, oder etwa nicht? Als ich von einem Spenderherzen träumte, sehnte ich mich gleichzeitig danach, dass ein anderes Leben endet. Aber als ich mit den Ärzten darüber sprach, sagten sie, so dürfe ich nicht denken; dass die Person, deren Herz jetzt mir gehört, sowieso gestorben wäre und das Ganze nicht in meiner Macht läge.

Offenbar ist das Einzige, was mir bleibt, das Beste aus meinem Geschenk zu machen – sie weiterleben zu lassen, so wie Stellas Mutter es sich gewünscht hat.

Und tue ich das nicht, indem ich gesund bleibe und dieses Herz mit allen Mitteln schütze?

Graham kommt zu mir herüber, in der Hand ein weiteres Glas Schampus, das Jess ihm heimlich nachgefüllt haben muss, und ich setze ein Lächeln auf.

Trotz seiner ständigen Sticheleien ist er inzwischen wie ein Bruder für mich. Ich kenne ihn schon fast mein ganzes Leben lang, und er liebt Jess über alles, und damit ist er in meinen Augen ein Held.

»Und, hast du den Tag gut überstanden?«, fragt er.

»Es war ein mit Hummus garnierter Traum, Graham«, antworte ich und lege mein Handy neben mich auf die Bank. »Nur die Jungs tun mir ein bisschen leid, ist ja nicht gerade besonders aufregend für sie.«

»Hauptsache, du bist da, mehr brauchen die beiden nicht zum Glück, genau wie ihre Mutter. Sie haben sich also prächtig amüsiert«, versichert mir Graham.

»Vielleicht bekommt ihr ja noch die Gelegenheit für ein kleines Abenteuer, bevor ihr aufbrecht. Ihr könntet doch zum Cottage hochfahren. Mum und Dad haben es diesen Monat nicht vermietet.«

»Würdest du mitkommen?«

Ich zögere einen Moment.

»Ich halte euch doch nur auf«, entgegne ich, bemüht, unbeschwert zu klingen.

Als ich zu ihm aufschaue, sieht er mich geradezu verärgert an. »Hör auf, dir ständig Gedanken um die Bedürfnisse anderer zu machen, und tu einfach mal, was du willst. Das würde uns allen guttun.«

Einen Augenblick lang weiß ich nicht, was ich sagen soll, auf diesen Tonfall war ich nicht gefasst. Ich bin auch nicht sicher, was er damit meint – das würde uns allen guttun? Er kann schon sehr direkt werden, wenn er etwas getrunken hat, doch obwohl er bereits Teil der Familie war, als es passierte, kann er einfach nicht verstehen, was es bedeutet, an allem schuld zu sein.

Verantwortlich zu sein für so viel Leid.

Seitdem bin ich noch nicht wieder im Cottage gewesen – ich kann einfach nicht.

»Wenigstens werden die Jungs nachher gut schlafen«, bemerke ich in dem Versuch, die Unterhaltung auf ein anderes Thema zu lenken.

»Na, das hoffe ich doch«, erwidert er lachend, »schließlich rennen sie schon seit Stunden durch die Gegend.«

»Du kannst dich ja später mit Jess nach Hause schleichen, dann könnt ihr noch ein Glas Wein zusammen trinken«, schlage ich vor. »Die Kinder können doch bei Mum und Dad übernachten.«

Mich plagt ein wenig das schlechte Gewissen, dass ich noch zu Hause wohne und das Esszimmer mit Beschlag belege. Doch so elend, wie es mir vor der Transplantation ging, konnte ich nicht mehr ständig die Treppe hoch- und runtersteigen, und es ist sicherlich angebracht, weiterhin jedes Risiko zu vermeiden.

Manchmal stelle ich mir vor, wie meine eigenen vier Wände aussehen würden oder besser gesagt: mein eigenes *Leben.* Vielleicht hätte ich eine Blockhütte an einem abgelegenen Ort in den Bergen und würde mir meinen Lebensunterhalt als Yogalehrerin verdienen; oder ich würde in einem Wohnmobil um die Welt reisen und einen Blog darüber schreiben oder in einem Penthouse in der Stadt wohnen, mit einem aufregenden Job, der mich in jeden erdenklichen Winkel der Welt führen würde. Ich würde jeden Abend essen gehen und mich einmal um den Globus futtern. Außerdem würde ich nach Herzenslust daten und alles tun, worauf ich Lust habe, in der Gewissheit, dass jeder Tag etwas Neues bringt. Aber von einem solchen Leben kann ich nur träumen. Was, wenn mir etwas zustoßen und ich krank werden würde? Das könnte ich den anderen nicht antun – nicht noch einmal.

»Das klingt echt gut«, sagt Graham seufzend. »Vielleicht ist es gar nicht so schlecht, dass wir wahrscheinlich doch nicht umziehen.«

Ich sehe ihn entgeistert an.

Er scheint mir den Schock deutlich anzumerken, denn er wird kreidebleich.

»Scheiße … Ich dachte, Jess hätte dir vorhin davon erzählt«, murmelt er und weicht meinem Blick aus.

»Was redest du da, Graham? Warum um alles in der Welt solltet ihr hierbleiben?«, frage ich fassungslos.

Und weshalb hatte Jess nichts davon erwähnt?

Er setzt zu einer Antwort an, als mir plötzlich auffällt, dass meine Schwester nirgendwo zu sehen ist.

Mich beschleicht ein seltsames Gefühl.

»Bin gleich wieder da«, sage ich, stehe auf und gehe über den Rasen. Ich schlängele mich zwischen spielenden Kindern und lächelnden Erwachsenen hindurch, bis ich unseren Picknickplatz sehen kann. Mum und Dad sind irgendwohin verschwunden, aber Jess ist noch da. Sie starrt auf etwas Weißes in ihrer Hand.

Der Brief.

Als ich mich nähere, schaut sie auf. »Was zum Teufel ist das, Maggie?«

»Was soll das denn, bitte schön? Warum kramst du in meinen Sachen herum?«

»Ich krame nicht in deinen Sachen herum, Maggie. Er lag mitten auf der Decke, wo ihn jeder sehen konnte.«

Mist, er muss mir aus der Tasche gefallen sein.

»Warum hast du uns denn nichts davon erzählt? Nach allem, was wir gemeinsam durchgestanden haben.«

Eine Welle der Frustration überkommt mich. »Weil ich ihn erst vor einer Woche bekommen habe. Ich muss das erst mal selbst verdauen.«

Ihre Augen weiten sich. »Hast du denn gelesen, was da steht?«

»Klar hab ich das.«

»Und stimmst du dem zu?« Sie hält mir den Brief unter die Nase.

»Natürlich«, gebe ich zurück, wenn auch ein bisschen kleinlauter als zuvor.

Jess reißt die Arme hoch. »Und warum machst du das alles dann nicht?«

»Was alles?«

»Na, einfach alles, Maggie. Du hast ein neues Herz. Du bist endlich gesund. Warum machst du nicht das Beste daraus?«

»Als ob dir das nicht klar wäre. Du weißt ganz genau, dass

ich nichts von dem tun kann, was ich gerne möchte«, gifte ich zurück.

Jess starrt mich an, als hätte ich etwas total Verrücktes gesagt.

»Warum denn nicht? Als Cat noch da war, hast du es doch auch gemacht, und …«

»Und hast du etwa vergessen, was passiert ist?«, falle ich ihr ins Wort.

Stille breitet sich in der warmen Luft zwischen uns aus, und mir ist klar, dass wir beide die gleichen Bilder vor Augen haben.

Das Krankenhaus, tränenüberströmte Gesichter.

Abgrundtiefe Verzweiflung.

»Maggie«, sagt Jess schließlich, und ihre Stimme klingt jetzt sanfter, »Cat ist gestorben, und das war entsetzlich, für uns alle. Aber willst du dich deswegen für immer zu Hause verkriechen?«

Ich will sie gerade daran erinnern, dass mein neues Herz nur siebzig Prozent Pumpleistung hat, dass ich auch in Zukunft bei Weitem nicht so belastbar bin wie andere Leute, wenn ich nicht plötzlich tot umfallen will, nicht die Ursache sein will für noch mehr Trauer und Verzweiflung, als sie weiterspricht.

»Dieses Herz war dazu gedacht, dir eine zweite Chance zu geben, Maggie. Ach, was sage ich, es sollte dir überhaupt erst die Chance geben, dein Leben zu genießen. Und du machst absolut nichts daraus.«

Ihre Worte sind wie ein Schlag in die Magengrube.

»Absolut nichts? Immerhin bin ich heute hier, oder etwa nicht?«, frage ich schnippisch.

»Na super – ein paar Stunden Picknick im Park, bevor du mit Mum und Dad wieder nach Hause zurückfährst, wo es noch gegrilltes Hähnchen gibt.«

So langsam steigt mir die Galle hoch.

»Und was bitte soll ich deiner Meinung nach tun? Mich volllaufen lassen und auf Berge klettern? Verstehst du denn nicht, was die Ärzte sagen? Ich muss den Rest meines Lebens aufpassen, wenn ich nicht riskieren will, dass etwas schiefgeht.«

»Natürlich schlage ich nicht vor, dass du Berge erklimmst, Gott bewahre. Aber was ist mit dem Kunststudium? Und du musst doch auch mal Spaß haben und dich mit Freunden treffen. Dich verlieben. Ich weiß übrigens, dass Nick vorhin hier war.«

Ich schließe für einen Moment die Augen. Die Erinnerung tut immer noch weh.

»Erzähl du mir nichts von Liebe, Jess. Du wirst nie verstehen, was ich nach Cats Tod durchgemacht habe.«

Ich bedaure meine Worte, noch ehe sie verklungen sind.

»Willst damit etwa sagen, ihre eigene *Schwester* weiß nicht, wie du dich gefühlt hast?«, fragt Jess mit seltsam gefasster Stimme. »Aber klar, zwischen euch bestand ja immer eine ganz besondere Verbindung. Hab ich nicht recht?«

»Jess, es tut mir leid. Das meinte ich doch gar nicht«, versichere ich hastig.

»Sondern?«

Mir fehlen die Worte – wie soll ich ihr klarmachen, dass ein Teil von mir mit Cat gestorben ist.

Als ich nicht antworte, reißt Jess frustriert die Arme in die Höhe. »Mein Gott, Maggie, wie soll ich dir helfen, wenn du nicht mit mir sprichst?«

»Das sagt die Richtige. Du hast schließlich auch nichts davon erwähnt, dass du womöglich doch nicht nach Amsterdam gehst«, platze ich heraus, bevor ich mich eines Besseren besinnen kann.

Jess steht stumm da. Ihr Blick spricht Bände.

»Ich hatte Graham gebeten, dir noch nichts zu sagen, tut mir echt leid. Aber … es ist einfach –«

»Einfach was?«

Sie schweigt, und meine Augen beginnen zu brennen, sodass ich sie für einen Moment schließen muss.

Als ich sie wieder öffne, sage ich: »Du brauchst dir um mich keine Sorgen mehr zu machen, Jess. Ich tue alles, was in meiner Macht steht, damit dieses Herz gesund bleibt, damit ihr alle so leben könnt, wie ihr es euch wünscht, und ich auch.«

»Das nennst du leben, Maggie?« Jess schreit jetzt geradezu.

Mir stockt der Atem, als würde mir jemand die Kehle zuschnüren. Aber sie redet einfach weiter.

»Ehrlich gesagt bin ich mir nicht sicher, ob du das Herz überhaupt verdient hast.« Ihre Augen funkeln gefährlich.

Ihre Worte treffen mich wie ein Schlag ins Gesicht, und ich erstarre.

»Ich mache jetzt einen Spaziergang«, ist alles, was ich erwidern kann, und noch ehe sie ein weiteres Wort hervorbringen kann, mache ich auf dem Absatz kehrt und verschwinde über die Wiese.

Als ich den Pfad zurücklaufe, den wir gekommen sind, meine ich, Mum von irgendwoher meinen Namen rufen zu hören. Aber die Worte dringen nur undeutlich zu mir herüber und verlieren sich in der Septemberluft.

Mir rauscht das Blut in den Ohren.

So schnell, wie ich es eben wage, eile ich den Kiesweg unter den Bäumen entlang in einen weniger belebten Teil des Parks. Meine Füße finden den Weg wie von selbst, noch bevor ich mir überlegt habe, wo ich eigentlich hinwill.

Schließlich erreiche ich die Wegkreuzung, wo die Platanen und die Eschen einladend in der Sommerbrise rascheln. Ich bleibe stehen.

Bis hierhin und nicht weiter.

Und in diesem Augenblick wird mir klar, dass es immer so sein wird.

Denn ich hatte recht – ich werde niemals das Leben führen, das ich mir so sehnlich wünsche. Ich habe es versucht, und jetzt ist meine Schwester tot.

Und dann musste noch eine wundervolle Frau namens Stella sterben, damit ich leben kann.

Ich werde mein neues Herz unter keinen Umständen aufs Spiel setzen.

Als ich mich umdrehe, um zurückzugehen, spüre ich plötzlich ein heftiges Ziehen in der Brust, das gleich darauf meinen ganzen Körper zu zerreißen scheint. Ich sinke zu Boden.

Mit einem leisen Geräusch schlägt mein Kopf auf dem Kies auf.

Schmerz überwältigt mich.

Ich versuche krampfhaft, etwas zu sagen, etwas zu rufen, damit mich irgendjemand hört, aber aus meiner Kehle dringt kein Laut.

Ich starre in den endlosen, blauen Himmel hinauf, wo ein einsamer, gelber Luftballon langsam in die Höhe steigt, und bekomme keine Luft mehr.

Kapitel 4

Licht.

Weicher Stoff an meiner Wange.

Ich öffne die Augen nicht sofort. Als ich mich umdrehe, steigt mir der Duft von Jasmin in die Nase; ein Waschpulver, das mir nicht vertraut ist.

Seltsam.

Es riecht weder nach zu Hause noch nach Krankenhaus.

Krankenhaus.

Ich bin auf dem Weg im Park zusammengebrochen.

Ich reiße die Augen auf, und mein Herz beginnt zu rasen. Panisch sehe ich mich um und stelle fest, dass ich in einem unbekannten Schlafzimmer bin. Es ist klein und hell, das große Fenster hochgeschoben, um frische Luft hereinzulassen. Vor der Scheibe hängt ein Traumfänger, dessen perlenbesetzte Quasten in der Brise flattern. Darunter steht ein alter Schreibtisch.

Wo bin ich bloß?

Ich lege eine Hand an die Brust. Sie hebt und senkt sich. Mein Herz überschlägt sich fast. *Verdammt, warum bin ich nicht im Krankenhaus?* Oder zumindest zu Hause?

Denk nach, Maggie.

Hat mich vielleicht ein Spaziergänger im Botanischen Garten gefunden? Womöglich hat er mich mit zu sich nach Hause genommen und dann einen Krankenwagen gerufen.

Aber der müsste schon längst da sein.

So lange dauert das doch nicht.

Am besten Ruhe bewahren und erst mal hierbleiben. Wie spät ist es eigentlich?

Auf dem weißen Nachttisch neben mir steht ein Radiowecker. Eines dieser modernen Teile, auf denen man vorn Uhrzeit und Datum ablesen kann. Ich bin offenbar noch nicht wieder ganz bei mir, denn die Anzeige in der Ecke des Displays ergibt absolut keinen Sinn. Da steht, es sei der 26. Juli, aber das ist erst morgen.

Noch dazu liegt das Datum zwei Jahre zurück.

Ich blinzele verwirrt und sehe dann auf die Zeit – elf Uhr morgens.

Mist!

Anscheinend habe ich die ganze Nacht hier verbracht. Mum ist bestimmt außer sich vor Sorge.

»Hallo?«, rufe ich verzweifelt. Merkwürdig – meine Stimme klingt einen halben Ton tiefer, weicher, und außerdem spreche ich mit einem anderen Akzent – als käme ich aus Südengland oder so. Ich fasse mir an die Kehle.

Meine Güte, was ist denn mit mir los?

Mit zitternden Händen schlage ich die geblümte Bettdecke zurück und stelle fest, dass ich den Schlafanzug einer Fremden trage – einen blauen Seidenpyjama mit kleinen Glühwürmchen drauf.

Aber weshalb hat man mich umgezogen? Was geht hier eigentlich vor?

Ob man mich betäubt hat? Um Gottes willen. Aber jemand, der so etwas tut, hätte sich doch nicht die Mühe gemacht, mir extra einen edlen Schlafanzug anzuziehen. Unmöglich.

Ich setze mich auf, schwinge die Beine aus dem Bett und stelle meine Füße auf den kühlen Holzfußboden. Ich rechne damit, dass jeden Moment der stechende Schmerz zurückkommt und mein Körper seinen Dienst versagt, aber nichts passiert – Gott sei Dank.

»Hallo?«, versuche ich es noch einmal. *Verdammt, wo bin ich hier bloß?*

Ich drehe mich um und schaue aus dem Fenster. Auf der anderen Straßenseite befinden sich altmodische Mietshäuser, wie sie für Edinburgh typisch sind. Allerdings habe ich den Eindruck, in einem ganz anderen Stadtteil gelandet zu sein.

Das ergibt alles absolut keinen Sinn.

Schließlich verlasse ich das Zimmer und gelange in einen weiß getünchten Flur. An seinem Ende scheint ein kleines Wohnzimmer zu liegen, und ich wanke unsicher darauf zu.

Auf der rechten Seite liegt eine Eingangstür, daneben hängen einige Mäntel und Jacken. Ich bin also in einer Wohnung. Ich taumele weiter, wobei ich mich mit den Händen an den leicht unebenen Wänden abstütze. So müssen sich Betrunkene fühlen, denke ich – ich selbst habe kaum Erfahrung damit.

Im Wohnzimmer angekommen, lasse ich meinen Blick über das kleine, durchgesessene Sofa und den abgenutzten Holzfußboden schweifen. Eine Reihe unterschiedlicher Farbtöpfe steht vor einer der weißen Wände, als hätte sich jemand noch nicht entschieden, welche Farbe die richtige ist, und das große Erkerfenster an der gegenüberliegenden Seite taucht einen alten, runden Esstisch in schimmerndes Licht. Und obwohl ein laues Lüftchen von draußen hereinweht, wo sich ein sonniger Sommerhimmel über den Horizont erstreckt, verspüre ich ein nervöses Kribbeln.

Irgendwas geht hier nicht mit rechten Dingen zu.

Tief durchatmen, Maggie.

Eine Seite des Wohnzimmers beherbergt eine kleine Küchenecke, auf die ich jetzt zusteuere. Es herrscht ein ziemliches Durcheinander, Schraubgläser mit Nudeln und Gewürzen sind überall verteilt; ein Karton mit Bratpfannen steht auf dem Boden, als wäre jemand vor Kurzem erst eingezogen. Als ich einen Blick zurück in den Wohnbereich werfe, fällt mir eine Karte auf dem Kaminsims auf. Ich gehe hinüber und nehme sie in die Hand, offensichtlich eine Einladung. Unter einem streng wirkenden Briefkopf prangen in goldenen Lettern die Worte *Toby und Fran.*

Für Emily, lautet die Anrede, und darunter stehen Details zu einer Hochzeit im nächsten Jahr, irgendwo in London. Das bedeutet dann wohl, dass hier eine Emily wohnt. Aber wer ist sie? Und wo ist sie hin? Warum hat sie mich hier allein gelassen?

Im Moment weiß ich nur eines mit Gewissheit – ich muss unbedingt ins Krankenhaus.

Und mich gründlich untersuchen lassen. Ich gehe zurück zur Garderobe im Flur. *Hoffentlich sind meine Sachen hier.*

Als ich mich durch gelbe Regenjacken und bunte Mäntel wühle, stößt meine Hand plötzlich an etwas Kaltes, Hartes. Ich ziehe die Jacken auseinander und blicke in einen Spiegel.

Mein Gegenüber starrt mich an.

Ich schlucke.

Die Welt scheint stillzustehen.

Kapitel 5

Als ich klein war, habe ich auf dem Speicher ein kleines Fenster entdeckt, in dem ich mich spiegeln konnte. In meiner Vorstellung allerdings blickte ich in das Gesicht eines anderen Mädchens, das jenseits der Scheibe saß und spielte, in einem Spiegelhaus, auf einem Spiegelspeicher. Es hieß Tina, und nach meiner Diagnose ging ich manchmal allein dort oben hinauf und wünschte mir sehnsüchtig, für einen einzigen Tag dieses Kind zu sein, in einem gesunden Körper zu stecken und aufregende Abenteuer zu erleben. Dann müsste ich nicht ständig über Krankenhaustermine und Operationen nachdenken oder mich schlecht fühlen, weil alle anderen meinetwegen traurig waren.

Als ich jetzt in den Spiegel vor mir schaue, frage ich mich, ob meine Fantasie mit mir durchgegangen ist und ich so auf die andere Seite des Glases gelangt bin. Denn mir gegenüber steht eine Fremde – eine Frau mit langen, dunklen Haaren und sonnengebräunter, schimmernder Haut. Sie hat geschwungene Lippen, eine kleine Sommersprosse über einer ihrer elegant gebogenen Brauen und unglaublich lange Wimpern. Allein die Augenfarbe haben wir gemeinsam, ein warmes Haselnussbraun.

Also muss ich doch im Krankenhaus sein.

Das ist die einzige logische Erklärung für das, was hier vor sich geht: Ich bin im Botanischen Garten zusammengebrochen, jemand hat einen Krankenwagen gerufen, und jetzt liege ich in einem künstlichen Koma.

Mir bleibt nichts anderes übrig, als auszuharren, bis es vorbei ist.

Bis ich wieder aufwache.

Noch immer benommen, aber etwas ruhiger, nehme ich die Wohnung in meinem Traum genauer in Augenschein. Es ist kaum zu glauben, wie real sich alles anfühlt, das helle Sonnenlicht, das am Traumfänger vorbei ins Schlafzimmer scheint, und der angenehme Geruch nach Zitrusfrüchten, der die Luft durchzieht. Es duftet nach Zitronen und Rosen. Neugierig werfe ich einen Blick in die alte Holzkommode. Farbenfrohe Kleidung stapelt sich in den Schubladen – rosafarbene Trägertops und gelbe T-Shirts, leuchtend blaue Leggings und zerrissene Jeansshorts. Als Nächstes nehme ich mir den Kleiderschrank vor, wo ich eine ebenso große Anzahl an knallbunten, figurbetonten Kleidern vorfinde – ich würde mich niemals trauen, so etwas Grelles anzuziehen. Auf dem Schrankboden stehen und liegen eine ganze Reihe von Turnschuhen, Stiefeln und Taschen.

Mit einem Mal überkommt mich ein ebenfalls sehr reales Hungergefühl. Ich mache mich auf den Weg in die Küche und öffne einen Schrank, in dem ich eine Tüte Tortilla-Chips entdecke. Schon komisch, selbst im Traum zögere ich, bevor ich zugreife. Klar, normalerweise darf ich keine Chips essen, aber ich träume ja nur, da ist es doch Blödsinn, sich wegen möglicher Folgen Gedanken zu machen. Kurz entschlossen hole ich die Tüte aus dem Schrank und stopfe die Chips gierig in mich hinein.

Mein Gott, sind die gut. Sie schmecken nach Salz, Käse und sind unglaublich knusprig – einfach himmlisch.

Mit der Chipstüte in der Hand öffne ich als Nächstes den Kühlschrank. Kurioserweise spüre ich die Kälte auf meiner Haut, als würde das alles hier wirklich geschehen.

Zu meiner großen Freude stoße ich auf eine riesige Flasche Cola, eine halb volle Flasche Prosecco und eine Schüssel mit einem Rest Ramen, zumindest sieht es aus wie das japanische Gericht. Geradezu berauscht nehme ich alles heraus, während ich inständig hoffe, erst aufzuwachen, wenn ich den Inhalt des Kühlschranks restlos vertilgt habe. Ich kippe durstig einen Schluck Cola hinunter, dann nehme ich eine Gabel aus der Schublade und löse den Deckel von der Plastikschüssel. Ein unglaublich verführerischer Duft steigt mir in die Nase – eine Mischung aus Knoblauch, Chili und Schweinefleisch. Der Stoff, aus dem die Träume sind, im wahrsten Sinne des Wortes. Im Stehen schlinge ich den Inhalt der Schüssel so gierig hinunter, dass ich mir die Suppe auf den Glühwürmchen-Schlafanzug kleckere.

Sollte ich mich vielleicht umziehen?

Die Kleider.

Aufgeregt eile ich zurück ins Schlafzimmer, drehe kurz darauf wieder um und hole den Prosecco aus der Küche.

Als ich schließlich vor dem Kleiderschrank stehe, genehmige ich mir einen kleinen Schluck der sprudelnden Flüssigkeit direkt aus der Flasche und spüre, wie sich ihre Wirkung auf äußerst realistische Weise in meinem Körper entfaltet.

Dann lasse ich eine Hand sanft über die Sachen im Schrank wandern, einen rosa Pullover und einen türkisfarbenen Rock, ein gelbes Sommerkleid, das im Luftzug flattert, der durch das Fenster hereindringt. Schließlich bleibt mein Blick an einem luftigen, von roten, blauen und grünen Tupfen übersäten Kleid hängen, das aussieht wie die Flügel eines Schmetterlings. Es hat einen tiefen V-Ausschnitt und einen weiten, wallenden Rock. Mit einem dumpfen Geräusch stelle ich den Prosecco auf den Boden, ziehe den Schlafanzug aus und lasse mir das Kleid über die bloßen Schultern fallen. Als ich mich in dem großen Spiegel in der Ecke betrachte, geht mir durch den Kopf, wie hübsch ich aussehe oder, besser gesagt, mein Traumkörper, hier in dieser Wohnung, in der ich allem Anschein nach ganz allein lebe. Zugegeben, es ist nicht gerade das Penthouse in der Stadt oder die Hütte am See, von der ich immer geträumt habe. Diese kleine Wohnung hier in Edinburgh ist eher wie eine leere Leinwand, die darauf wartet, von mir gefüllt zu werden. Vielleicht bin ich ja genau deswegen hier?

»Die Farbtöpfe«, wispere ich und laufe, erneut von Aufregung gepackt, wieder zurück ins Wohnzimmer. Der Raum ist in dunstiges Morgenlicht getaucht, und für einen Augenblick stelle ich mir vor, wie es wäre, jeden Tag hier aufzuwachen, ganz für mich eine Tasse Kaffee zu trinken – oder auch fünf – und anschließend zu tun, was immer mir in den Sinn kommt.

Ich gehe zu den Farbtöpfen hinüber und knie mich hin, um mir einen Überblick über das Angebot zu verschaffen. Entzückt stelle ich fest, dass es nur leuchtende, lebendige Farben sind, Sonnengelb und Aquamarin, Fuchsia und Clementinen-Orange. Natürlich hatte Mum nichts dagegen, dass ich mir das Esszimmer nach meinen Wünschen einrichtete, aber es war halt nur ein kleiner Teil des elterlichen Zuhauses, nichts, was einen in Begeisterungsstürme ausbrechen lässt.

Als Erstes öffne ich den Topf mit dem Aquamarin, tauche einen der Pinsel in die kräftige Farbe und male in einer einzigen, schwungvollen Bewegung einen leuchtenden Streifen an die Wand. Die Farbe hebt sich schillernd vor dem weißen Hintergrund ab, und ich kann noch immer nicht fassen, wie real alles erscheint.

Ich wiederhole das Ganze mit der nächsten Farbe, dann noch eine, tauche den Pinsel hinein und streiche damit über die sterile weiße Fläche. Im Handumdrehen ist die gesamte Wand mit Streifen und Wirbeln, Kreisen, Punkten und Regenbogen bedeckt, ein einziges, knallbuntes Chaos.

Ich bin von oben bis unten mit Farbe bekleckert und gleichzeitig von überschwänglicher Freude erfüllt.

Und ich bin noch lange nicht fertig.

Denn schließlich stecke ich nicht mehr in meinem zerbrechlichen Körper, die Sonne strahlt, und ich verspüre das überwältigende Bedürfnis, mich frei wie der Wind draußen auszutoben. Ich trinke einen letzten Schluck Prosecco, Schwindel steigt mir in den Kopf, dann mache ich mich auf zur Wohnungstür, wo ich die Ansammlung von Schuhen genauer unter die Lupe nehme – Flipflops, Gummistiefel in Regenbogenfarben, Wanderschuhe. Ich entscheide mich für ein Paar neongelbe Turnschuhe, und im nächsten Moment stehe ich draußen auf dem Treppenabsatz, allem Anschein nach in einem alten Mietshaus, was passt, da ich mir immer vorgestellt habe, in einem solchen Gebäude zu wohnen. Offenbar bin ich im obersten Stockwerk, gegenüber liegt eine weitere Wohnung mit einer frisch gestrichenen, weißen Tür, vor der ein Paar große, schlammbedeckte Turnschuhe steht. Das Treppenhaus ist kühl und nur schwach erhellt, das einzige Licht fällt durch ein trübes Oberlicht herein, und ein Blick in den Schacht zwischen den Treppengeländern lässt mich erahnen, dass sich unter mir noch drei weitere Etagen befinden.

Und dann sause ich zwei Stufen auf einmal nehmend die Treppen hinunter, so schnell, dass ich das Gefühl habe, gleich abzuheben. Unten angekommen, spüre ich mein Herz energisch pumpen, ein unglaubliches Gefühl. Ich öffne die Eingangstür. Vor mir liegt eine belebte Straße mitten in Edinburgh – mehrstöckige Wohnhäuser, Geschäfte, Autos –, die der strahlende Sonnenschein in helles Licht taucht. Ich bleibe auf der Schwelle stehen und versuche, mir darüber klar zu werden, was hier gerade passiert.

Es fühlt sich alles so verdammt real an.

Meine Träume ergeben sonst nie so viel Sinn. Ich weiß nicht genau, was ich erwartet hatte, als ich die Haustür öffnete, aber gewiss nicht etwas so … Wirklichkeitsgetreues.

Mit einem Mal unsicher geworden trotte ich los, die Straße hinunter, während hinter mir die Eingangstür mit einem Rums ins Schloss fällt.

Wie bereits vermutet, befinde ich mich auf der anderen Seite der Stadt, in Tollcross, wie es aussieht. Ich war ab und zu in dem kleinen Laden für Künstlerbedarf in der Nähe, und manchmal habe ich mir einen grünen Tee im *Victor Hugo* in den Meadows, einem Park gleich um die Ecke, gegönnt. Allerdings bin ich seit meiner OP nicht mehr hier gewesen. Was nicht weiter verwunderlich ist, da ich seitdem eigentlich so gut wie nirgendwo mehr hingegangen bin.

Rechts von mir ragen hohe Bäume über grünen Wiesen auf und wiegen sich im Wind. Wie von selbst gehe ich auf sie zu. Wenigstes ein Ort, den ich kenne. Wie nicht anders zu erwarten herrscht viel Betrieb hier draußen, und ich spüre Panik in mir aufsteigen. Als ich endlich in den Meadows angekommen bin, fallen mir die seltsamen Blicke auf, die Spaziergänger mir zuwerfen, bis mir bewusst wird, dass ich noch immer von Kopf bis Fuß mit Farbe bekleckert bin.

Wegen des Sektes, den ich vorhin getrunken habe, bin ich leicht beschwipst und etwas wackelig auf den Beinen, sodass ich mich schließlich ins Gras setze, unsicher, wie es weitergehen soll. Ich strecke mich der Länge nach auf den weichen Halmen aus und starre in das endlose Blau über mir. Vom Geräusch spielender Kinder und dem gleichmäßigen Brummen der Rasenmäher eingelullt, fallen mir irgendwann die Augen zu.

Kühle Luft streicht mir über das Gesicht, und der Geruch nach Bäumen umgibt mich, als ich einige Zeit später wieder erwache. Ich bin noch immer in den Meadows, aber das Licht hat sich verändert. Der Himmel ist nicht mehr blau, sondern rosa. Die Kinder sind größtenteils verschwunden.

Ich hieve mich hoch und stelle fest, dass ich über und über mit Grashalmen bedeckt bin. Verrückt, wie unglaublich real auch dieses Detail ist. Dazu kommt, dass ich im Traum aufgewacht bin. Mein Herz beginnt laut zu pochen, und die ausgelassene Stimmung, die mich anfangs noch erfüllte, ist wie weggeblasen.

Das Ganze ist einfach unheimlich.

Während ich durch den Park zurückgehe, flattert mir das mit Farbflecken übersäte Kleid um die Beine, und das Gefühl, nicht ich selbst zu sein, wird immer überwältigender. Als ich an einem geschlossenen Café vorbeikomme, bleibe ich stehen und betrachte mein Spiegelbild: dieselbe mittelgroße Statur, dieselben sanften Rundungen wie zuvor, schwarze Haare flattern im Wind um ein hübsches, herzförmiges Gesicht.

Was geht hier vor?

Unruhig beschleunige ich meine Schritte. Als ich die Meadows verlasse, weiß ich genau, wo es als Nächstes hingeht. An den einzigen Ort, der mir schlüssig erscheint. Ich muss dahin zurück, wo alles angefangen hat. Zurück ins Bett, und wenn ich aufwache, wird alles wieder so sein wie vorher.

Das muss es einfach.

Als ich in die Straße einbiege, aus der ich gekommen bin, lege ich noch einmal einen Zahn zu und eile zur Kreuzung hinauf, von wo ich heute Vormittag gestartet bin. Aber weiß ich überhaupt noch, aus welcher Tür ich gekommen bin? Oder die Hausnummer?

Mist.

Als ich heute Vormittag so überstürzt losgezogen bin,

habe ich keinen Gedanken daran verschwendet, dass ich vielleicht zurückkommen würde. Doch während ich an den Cafés und Restaurants vorbeigehe, kommt die Erinnerung langsam zurück – an die Tapasbar, den Zeitungsladen und das Café mit der lila Fassade. Den Grußkartenladen mit dem Schmuck im Schaufenster. Die Tür, aus der ich gekommen bin, lag direkt daneben. Ihre rote Farbe war schon ziemlich verblichen, und in der Mitte prangte eine verrostete Sieben.

Aber wie um alles in der Welt komme ich jetzt wieder rein? Ich habe doch gar keinen Schlüssel mitgenommen.

So was Blödes.

Ich muss unbedingt zurück in diese Wohnung. Wenn ich wenigstens schon mal ins Treppenhaus käme. Einen Moment lang starre ich auf die Klingelknöpfe an der Seite, bevor ich willkürlich einen von ihnen drücke.

Nichts passiert.

Zaghaft probiere ich den nächsten, und eine grantige Stimme schallt mir gereizt aus dem Lautsprecher entgegen. »Ich erwarte keine Lieferung, ich will keine Werbung, und ich kaufe auch nichts. Also verschwinden Sie gefälligst.«

Ich stehe erschrocken da und bringe kein Wort heraus.

Aber ich muss da rein, koste es, was es wolle.

Ich drücke einen weiteren Knopf, dann den nächsten, und mit jeder Stille, die mir entgegenschlägt, pocht mein Herz heftiger.

Schließlich bleibt nur noch die Klingel ganz oben rechts, die zu der Wohnung gegenüber meiner gehören muss, die mit den dreckigen Turnschuhen vor der Tür.

Ein Rauschen.

»Hallo?«, fragt eine freundliche männliche Stimme.

Gott sei Dank!

»Hallo. Entschuldigen Sie bitte, aber ich habe meinen Schlüssel vergessen und –«

Ich zucke beinahe zusammen, als sofort der ersehnte Summton erklingt, und zögere einen Moment, bevor ich die Tür aufdrücke. Im Inneren des Mietshauses ist es kühl und dunkel, die reinste Wohltat nach der endlosen Weite des Himmels draußen. Ich kann immer noch nicht recht fassen, dass meine Stimme so … englisch klingt. Verstörend, selbst in einem Traum. Während ich die Steintreppen hinaufgehe, überlege ich fieberhaft, wie ich in meine Wohnung kommen soll. Na ja, einen Schritt weiter bin ich immerhin schon mal. Als ich den letzten Treppenansatz umrunde, steht zu meiner Überraschung oben im Flur ein Mann mit strubbeligen, dunklen Haaren und leichter Sonnenbräune. Er trägt kakifarbene Shorts und darüber ein verschlissenes schwarzes T-Shirt, doch es sind seine Augen, die mich in ihren Bann ziehen – geheimnisvoll waldgrün leuchtende Augen, wie ich es noch nie zuvor gesehen habe. Seine großen Hände ruhen auf dem Geländer, und er schaut mit einem schiefen Grinsen zu mir herab. Oben angekommen, bleibe ich unsicher vor ihm stehen.

»Du hast dich also ausgeschlossen«, stellt er gelassen fest. Jetzt, wo ich direkt vor ihm stehe, fallen mir die Staubflecken auf seinem T-Shirt auf, das Grübchen auf einer Seite seines Gesichts und seine schlanken, aber kräftigen Arme. Einen davon ziert ein ungewöhnliches Tattoo, und trotz der merkwürdigen Situation fühle ich mich irgendwie von ihm angezogen.

Und werde das unbestimmte Gefühl nicht los, ihn zu kennen.

»Ich hab meinen Schlüssel vergessen«, erwidere ich schließlich.

Er deutet mit dem Daumen auf die offene Wohnungstür hinter ihm. »Ist ja mal gut, dass ich heute früher aus der Werkstatt nach Hause gekommen bin, sonst hättest du womöglich noch lange da draußen gesessen und ein unfreiwilliges Sonnenbad genommen.«

Er grinst, doch ich bin immer noch viel zu überwältigt von der gesamten Situation, um etwas zu erwidern. Aber habe ich da nicht einen leichten Akzent wahrgenommen – amerikanisch vielleicht? Oder kanadisch?

»Alles in Ordnung?«, fragt er nach einer Weile, und sein Grinsen weicht einem eher besorgten Gesichtsausdruck.

»Klar, alles bestens«, erwidere ich nickend, als wäre das alles hier vollkommen normal und ich wäre nicht gerade auf mysteriöse Weise mitten in das Leben einer anderen Person katapultiert worden. »Ich glaube, ich war heute einfach zu lange in der Sonne.«

»Warte mal kurz«, sagt er und verschwindet in seiner Wohnung.

Verdutzt tue ich wie geheißen. Ich höre Wasser laufen, Schritte, und kurz darauf taucht er mit einem großen Glas Wasser in der Hand wieder auf. Er hält es mir hin, und als ich es entgegennehme, streifen sich unsere Finger flüchtig. Ich stürze das Wasser gierig hinunter, und erst jetzt wird mir bewusst, wie durstig ich war.

Als ich den Kopf wieder senke, steht er immer noch da und sieht mich mit seinen faszinierenden grünen Augen aufmerksam an.

»Mensch, du musst ja am Verdursten gewesen sein«, stellt er fest. »Wenn du magst, kann ich dir auch was zu essen holen. Meine Pastrami-Sandwiches sind legendär.«

Mir steht der Mund offen. Das Ganze will mir einfach nicht in den Kopf.

Pastrami-Sandwiches. Ein wahnsinnig attraktiver Typ, den ich gerade erst kennengelernt habe.

Das muss aufhören. Sofort.

»Danke, ist schon gut. Ich muss mich jetzt erst mal ordentlich ausruhen«, erwidere ich und zwinge mich zu einem Lächeln.

Er lächelt zurück, aber mir ist, als entdecke ich einen Anflug von Enttäuschung auf seinem Gesicht. »Klar, kein Problem, Emily.«

Schon wieder dieser Name.

Ich wende mich der weißen Tür zu, aus der ich heute Vormittag gekommen bin.

Mist, der Schlüssel.

Im Türbereich stehen jeden Menge Topfpflanzen, so wie bei mir zu Hause: Efeutute, Pfauen-Korbmarante, Geigen-Feige. Heute Morgen habe ich sie gar nicht wahrgenommen, aber wenn ich ehrlich bin, habe ich da so ziemlich gar nichts mitgekriegt.

Ich bücke mich und hebe den größten Topf an, in der Hoffnung, darunter einen Zweitschlüssel zu finden.

Fehlanzeige.

»Unter der Geranie«, vernehme ich eine Stimme und drehe mich um. Der Typ steht in seiner Tür und deutet auf eine Pflanze zu meiner Rechten. »Sorry, das sollte ich wahrscheinlich gar nicht wissen. Ich hab zufällig gesehen, wie du ihn vor zwei Wochen da deponiert hast«, sagt er entschuldigend.

Ich blicke in die Richtung, in die er zeigt, hebe den Topf an, und da liegt er tatsächlich, ein silberner, mit Erde bestreuter Schlüssel. Ich nehme ihn in die Hand und streife den Dreck ab, bevor ich mich aufrichte und noch einmal zu ihm umdrehe.

»Danke«, sage ich.

»Kein Problem.«

Er sieht mich eindringlich an. Sofort fühle ich mich wieder unweigerlich von ihm angezogen.

Ist schon merkwürdig, normalerweise kenne ich die

Menschen, die ich in meinen Träumen heraufbeschwöre – aus der Schule, von der Arbeit; Personen, die ich aus den Augen verloren habe, als ich ständig zu allem Nein gesagt habe.

Aber dieser Typ ist mir vollkommen fremd.

Oder?

»Na dann, bis bald mal«, verabschiedet er sich.

»Ja, bis dann«, erwidere ich, und noch bevor ich etwas hinzufügen kann, ist seine Tür mit einem sanften Klick zugefallen. Ich wende mich meiner eigenen Wohnung zu, stecke den Schlüssel ins Schloss und spüre, wie es nachgibt. Mit einem Seufzer der Erleichterung trete ich über die Schwelle, und sofort schlägt mir der unvertraute Geruch einer fremden Wohnung entgegen, der Duft von Zitronen und Rosen. Ich gehe direkt ins Schlafzimmer. Alles ist noch genauso wie vorher – die Bettdecke liegt unordentlich mitten auf dem Bett und der kleine Wecker kopfüber auf dem Boden. Ich lasse das Rollo am Fenster herunter, damit es möglichst dunkel im Zimmer wird, dann lasse ich mich erschöpft ins Bett fallen. Ich ziehe mir die fremde Decke über den Körper und drücke mein Gesicht ins Kopfkissen.

Hoffentlich wache ich bald wieder auf.

Kapitel 6

Licht.

Ein metallisches Scheppern, als ob draußen etwas abgeladen würde. Mir ist wohlig warm, ich bin noch nicht ganz wach und liege mit geschlossenen Augen da.

Bilder ziehen an meinem geistigen Auge vorbei, wie ich im Körper einer anderen durch die Gegend laufe, ihre Sachen anprobiere, durch den Park spaziere; ein wahnsinnig attraktiver Typ auf der anderen Seite des Flures. Ich drehe mich laut seufzend auf die Seite und öffne verschlafen die Augen.

Abgenutzte Holzdielen.

Ein Wecker kopfüber auf dem Boden.

Moment mal.

Schlagartig bin ich hellwach und sitze aufrecht im Bett. Das Fenster, das Rollo, das ich heruntergezogen habe, das Schlafzimmer.

Es ist alles genau wie vorher.

Scheiße.

Mein Herz klopft wie wild, und das Blut rauscht mir in den Ohren. Wie kann es sein, dass ich immer noch hier bin? Ich bin ins Bett gegangen, dann bin ich aufgewacht. Eigentlich sollte der ganze Spuk vorbei sein. Ich sollte im Krankenhaus liegen oder zu Hause sein, aber nicht an diesem Ort.

Ich schwinge die Beine über die Bettkante und spüre, wie meine Füße den kühlen Holzfußboden berühren. Dann hebe ich den Wecker auf und schaue erneut auf das Display.

27. Juli. Einen Tag später.

Aber immer noch vor zwei Jahren.

Ich gehe zur Kommode hinüber und starre in den Spiegel. Da ist es wieder, dieses unbekannte Gesicht. Mit den Fingern berühre ich zaghaft die Wangen, den Hals, das lange, dunkle Haar.

Alles ist unverändert – der fremde Körper, in einer mir unbekannten Wohnung. Und tief in meinem innern weiß ich, dass ich nicht träume.

Was bedeutet, dass sich mein Gesundheitszustand rapide verschlechtert haben muss: das unbekannte Gesicht im Spiegel, die fremde Wohnung, das alles sind Symptome meiner Krankheit, vielleicht auch eine Nebenwirkung der Medikamente, die ich nehme, damit mein Spenderherz nicht abgestoßen wird. Es ist die einzige logische Erklärung, die mir noch einfällt. Was es allerdings nicht besser macht – im Gegenteil. Mein Herz rast, und mir wird übel. Ich stehe total neben mir. Dissoziation – nennt man das nicht so?

Ich muss jetzt erst mal nach Hause. Von da aus kann ich dann ins Krankenhaus und den Ärzten erklären, was mit mir los ist. Sie werden schon wissen, was zu tun ist.

Ich nehme einen blauen Regenmantel vom Garderobenhaken und schlüpfe in ein Paar gelbe Turnschuhe, die neben der Tür stehen. Ich habe ein schlechtes Gewissen, jemandem die Sachen wegzunehmen, andererseits bin ich ja gar nicht sicher, ob das alles hier wirklich passiert. Ich trage immer noch das mit Farbe bekleckerte Kleid von gestern.

Bevor ich erneut in Panik ausbrechen kann, verlasse ich die Wohnung, diesmal nicht ohne mir vorher die Schlüssel zu schnappen, und laufe die Treppen des Mietshauses hinunter, wobei ich sorgfältig darauf achte, es diesmal langsamer angehen zu lassen. Denn wenn das hier kein Traum ist, dann habe ich gestern mit meinem Leben gespielt.

Draußen angekommen, sehe ich mich suchend nach einem Taxi um und recke meinen Arm in die Höhe, als ich endlich eins entdecke. Der Fahrer wirft mir einen skeptischen Blick zu, als ich einsteige, und plötzlich wird mir bewusst, wie durchgeknallt ich aussehen muss. Wahrscheinlich hält er mich für total übergeschnappt.

Aber vielleicht bin ich das im Moment ja auch?

»Primrose Street, bitte«, sage ich, noch bevor ich auf dem Rücksitz Platz genommen habe. Im Rückspiegel bemerke ich, dass der Fahrer kurz die Stirn runzelt, doch dann fahren wir los. Mietshäuser, Fußgänger und Geschäfte ziehen an uns vorbei, als wäre nichts geschehen, und mir wird schon wieder schlecht vor lauter Panik. Ich schließe die Augen und warte darauf, dass die Welt aufhört, sich zu drehen.

Mach, dass es ein Ende hat.

Kurz darauf öffne ich sie wieder, denn die Dunkelheit verschlimmert die Übelkeit nur. Ich schaue auf meine Hände – immer noch sonnengebräunt. Und die Luft um mich herum riecht noch immer nach Zitrone und Rose.

Ich verstehe einfach nicht, wie das möglich ist. Bei meiner jährlichen Kontrolluntersuchung war alles in bester Ordnung. Ich habe das erste Jahr nach der Transplantation ohne jegliche Komplikationen überstanden.

Also warum passiert das gerade jetzt?

Vorn im Wagen blinkt ein rotes Licht. Die Summe auf dem Taxameter steigt beständig.

Mist.

Ich klopfe den Mantel ab, den ich trage, bis ich in einer der Taschen etwas ertaste, das sich nach einem Portemonnaie anfühlt. *Gott sei Dank.* Ich ziehe es heraus, und zu meiner großen Erleichterung lugen einige Geldscheine aus dem weichen, braunen Leder hervor.

Wenigstens kann ich bezahlen, auch wenn ich nach wie vor keinen blassen Schimmer habe, was hier eigentlich vor sich geht. Während das Taxi die Straße entlangsaust, nehme ich den Inhalt genauer in Augenschein. Mir ist noch immer nicht wohl dabei, einfach so in anderer Leute Sachen herumzuwühlen. Denn eines muss ich mir langsam eingestehen – ich bin tatsächlich auf rätselhafte Weise in der Wohnung einer Fremden gelandet. Anders kann ich mir das Ganze nicht erklären.

Im Seitenfach stecken einige Karten, und ich ziehe die oberste heraus – ein Mitgliedsausweis für ein Fitnesscenter in London. Mit wild klopfendem Herzen starre ich auf das Foto.

Ich habe das Gefühl, den Boden unter den Füßen zu verlieren – es ist dasselbe Bild, das ich zuvor im Spiegel gesehen habe, dieselben Augen, Haare, Gesichtszüge. Hastig überfliege ich die Daten, die danebenstehen.

Emily Perin, dreißig Jahre alt.

»Genau wie ich«, stelle ich flüsternd fest.

Allerdings scheine ich mich zwei Jahre in der Vergangenheit zu befinden – zumindest in meinem Kopf.

O mein Gott.

Sich ein fremdes Gesicht im Spiegel einzubilden, ist ja eine Sache, aber jetzt auch noch ein Ausweis? Eine komplette Identität, in der Vergangenheit?

Ein Blick aus dem Fenster sagt mir, dass wir das Stadtzentrum inzwischen verlassen haben. Jetzt ist es nicht mehr weit.

Weiteratmen, Maggie.

Schließlich biegt das Taxi in die Straße ein, in der meine Eltern wohnen, und ich seufze erleichtert auf. Gleichzeitig bedaure ich schon jetzt zutiefst, was gleich passieren wird. Es wird meiner Familie den Tag, die Woche, den ganzen Monat total ruinieren.

Aber ich habe leider keine andere Wahl.

»Gleich hier«, krächze ich, als wir uns dem weißen Tor nähern, an dem die Farbe abplatzt. Wir haben kaum angehalten, da nehme ich schon einen Geldschein aus dem Portemonnaie und reiche ihn dem Fahrer durch die Trennscheibe. »Stimmt so«, sage ich, dann steige ich aus dem Wagen auf den Gehsteig. Während ich die mit Splitt bestreute Einfahrt hinunterrenne, auf unsere alte Doppelhaushälfte nahe dem Wasser zu, wird mir plötzlich bewusst, was ich hier tue, und ich verlangsame sofort meinen Schritt. Es bringt schließlich nichts, wenn ich mich jetzt überanstrenge, damit mache ich alles höchstens noch schlimmer. Als ich die Stufen hinaufsteige und nach meinem Hausschlüssel krame, nehme ich unterschwellig wahr, dass meine Rollstuhlrampe nicht mehr da ist.

Dann stocke ich.

Ich habe den Schlüssel nicht bei mir, natürlich nicht – genauso wenig wie meine anderen persönlichen Dinge.

O Gott, das ist einfach alles zu viel.

Ich klopfe, aber keiner macht auf. Wahrscheinlich suchen sie gerade alle nach mir, klappern sämtliche Orte ab, an denen ich mich eventuell aufhalten könnte. Was ehrlicherweise nicht gerade viele sind. Ich gehe ums Haus herum zur Küchentür, das Geißblatt wiegt sich sanft in der Brise, als ich vorbeigehe. Die Sommersonne scheint mir auf dem baufälligen Weg ins Gesicht, und mir kommt der Gedanke, dass Mum wahrscheinlich an jedem anderen Tag bei diesem Wetter im Garten stehen und Unkraut jäten oder Wäsche aufhängen würde.

Ich spüre Verzweiflung in mir aufsteigen und schließe für einen Moment die Augen, während ich mir meine nächsten Schritte überlege. Was soll ich ihr sagen? Ich weiß doch selbst nicht, was hier gerade passiert.

Aber was auch immer geschehen wird, an einer Sache hege ich keinen Zweifel – Mum wird mich direkt ins Krankenhaus bringen, und genau da gehöre ich auch hin.

Ich will gerade auf den frisch gemähten Rasen hinaustreten, als ich innehalte. Denn Mum ist tatsächlich im Garten und hängt Wäsche auf, als wäre heute ein Tag wie jeder andere.

Die Luft um mich herum beginnt wie elektrisiert zu knistern, und mein Magen zieht sich schmerzhaft zusammen.

Irgendetwas stimmt hier nicht.

»Mum«, setze ich an und will gerade zu ihr hinübergehen, als mich ein Geräusch verharren lässt. Eine Stimme.

Und etwas an ihr … lässt mir das Blut in den Adern gefrieren. Ich ziehe mich auf den Weg zurück und drücke mich dicht an die Hauswand, während ich versuche zu verarbeiten, was ich da höre. Wen ich da höre.

»Musst du noch lange arbeiten?«, fragt Mum.

»Nein«, antwortet die andere Stimme. »Ich will nur noch eine kleine Rundreise durch Italien fertigstellen, für jemandes Flitterwochen. Wusstest du, dass Michelangelo die Sixtinische Kapelle ursprünglich gar nicht bemalen wollte? Er hat sich selbst wohl mehr als Bildhauer betrachtet denn als Maler.«

»Das ist ja interessant, mein Schatz«, erwidert Mum. Ich höre das Geräusch von Betttüchern, die ausgeschüttelt werden, während mein Verstand krampfhaft versucht mitzuhalten. Es ist beinahe so, als würde ich einen Autounfall kommen sehen – oder vielmehr kommen hören –, entsetzt über das, was passieren wird, aber unfähig, mich abzuwenden.

»Du warst schon mal in Italien, oder?«, will die andere Stimme wissen.

»Ja, mit deinem Vater, aber das ist lange her.« Mum kichert leise. »Wir haben viel Spaß gehabt auf dieser Reise. Das war noch bevor ihr Mädchen zur Welt gekommen seid. Ich bin dort mit dem Orchester aufgetreten, und als unsere Tour beendet war, ist dein Vater nachgereist. Tagsüber haben wir die Stadt unsicher gemacht und danach bis zum Morgengrauen getanzt, jede Nacht.«

»Echt?«

»Aber sicher. Dein Dad war früher ein leidenschaftlicher Tänzer, genau wie Cat.«

Stille breitet sich aus. Immer wenn Mum damals Cat erwähnte, zog sie sich einen Moment lang in ihre eigenen Gedanken zurück.

Jetzt erinnere ich mich auch wieder an diesen Tag – es war kurz bevor ich das Sauerstoffgerät bekam. Kurz bevor die Rampe eingebaut wurde.

Das ist schon eine ganze Weile her, und trotzdem erlebe ich den Tag auf merkwürdige Weise noch einmal. Aber ich bin jemand namens Emily, und da drüben sitzt Maggie.

So was kommt nicht von Medikamenten.

»Du bist ja ganz blass«, bemerkt Mum plötzlich alarmiert, und jeder Hauch von Nostalgie ist mit einem Mal aus ihrer Stimme verschwunden. »Ich rufe Doktor Peterson an, damit er nach dir sieht.«

»Mir geht's gut, wirklich«, erwidert die andere Stimme keuchend. »Wahrscheinlich hab ich's ein bisschen übertrieben auf meinem Spaziergang vorhin. Ich hol mir eben was zu trinken.«

»Bleib sitzen, ich geh schon«, sagt Mum bestimmt. Ihre Stimme duldet keinen Widerspruch. Gleich darauf höre ich knirschende Schritte auf dem Kies.

Der Schreck fährt mir in die Glieder, als mir bewusst wird, dass ich direkt am Küchenfenster stehe. Ich muss verschwinden, keine Frage, aber etwas in der Küche erregt meine Aufmerksamkeit.

Mums Kalender.

Übelkeit steigt in mir auf, als ich durch die Scheibe auf das heutige Datum starre: der 27. Juli – vor zwei Jahren.

Genau wie auf dem Wecker.

Dann nehme ich im Inneren eine Bewegung wahr und ducke mich blitzschnell. Mum kommt leise, aber zügig über die Fliesen zu mir herüber. Mir stockt der Atem. Als ich kurz darauf vorsichtig wieder in die Küche spähe, steht ihre vertraute Gestalt mit dem Rücken zu mir an der Spüle. Eigentlich will ich gar nicht hinsehen, würde am liebsten laut schreien vor Entsetzen, und doch blicke ich wie gebannt auf die Szene, die sich vor mir abspielt.

»Was passiert hier gerade?«, flüstere ich.

Mit einem Ruck blickt Mum auf, und ich gehe sofort wieder auf Tauchstation. Wie soll ich bloß mit der Situation umgehen? Das ist einfach alles zu viel.

Geduckt schleiche ich den Weg zurück zur Straße. Als ich den Anbau hinter mir habe, richte ich mich wieder auf, dann eile ich hastig die Auffahrt hinunter. Ich hab nicht die leiseste Ahnung, wo ich hingehen oder was ich als Nächstes tun soll. Ich weiß nur, dass ich unmöglich hierbleiben kann.

Eine Weile später, verwirrt und völlig verloren, finde ich mich auf dem Weg zu meinem Lieblingsplatz am Strand wieder. Ich komme hier ab und zu hin, um nachzudenken, es ist der einzige Ort, an den es mich jetzt zieht. Mit seinen Millionen und Abermillionen von Sandkörnern und den Wellen, die sich an ihm brechen, hat der Strand etwas Besonderes, Besänftigendes und Zeitloses an sich.

Ich hocke auf meinem Felsen und beobachte die Menschen, die vorbeigehen, Eltern, die ihren Kindern hinterherjagen, und Hunde, die über den Sand rennen. Dabei denke ich daran, was Mum vorhin gesagt hat – dass Cat so gerne tanzte.

Und an den Sommer, als sie es zum letzten Mal tat.

***

Es war ein paar Monate nach meinem neunzehnten Geburtstag, und für einen kurzen, aber kostbaren Moment war mein Zustand stabil. Ich wohnte zwar noch zu Hause, war aber für den kommenden Herbst an der Kunsthochschule in Aberdeen angenommen worden. Ich hatte einige Jahre Schule verpasst und deshalb etwas länger dafür gebraucht, doch nach einem zusätzlichen Jahr am College und viel gutem Zureden von Cat stand es jetzt fest – ich würde zum Studium nach Aberdeen ziehen.

Meine Künstlerschwester, nannte sie mich stolz.

Mum versuchte natürlich, mir das auszureden. Es sei ja vollkommen in Ordnung, dass ich Kunst studieren wollte, aber warum nicht hier in Edinburgh, wo sie ein Auge auf mich haben und ich jederzeit die Ärzte aufsuchen konnte, die meine Krankengeschichte kannten? Und mich plagte tatsächlich das schlechte Gewissen, denn während meine Diagnose mir immer mehr Möglichkeiten raubte, war Cat wild entschlossen, so viel wie möglich zu erleben – für uns beide, wie sie immer sagte: Bergsteigen, von Brücken springen, auf Partys abrocken – sie ließ nichts aus. Je extremer, desto besser. So war es kein Wunder, dass sie sich immer häufiger mit Mum stritt, bis schließlich ständig die Fetzen flogen. Mum warf ihr immer wieder vor, viel zu leichtsinnig zu sein, doch Cat stellte sich jedes Mal taub. Nicht auszudenken, wenn jetzt noch eine weitere Tochter aufmuckte. Für jeden Schritt, den Cat sich vorwagte, wich ich deshalb einen zurück. Um unser aller willen. Allerdings lernte ich viele ihrer neuen Freunde kennen, wenn sie nach Edinburgh kamen, und sie brachte mir jedes Mal eine Kleinigkeit mit, wenn sie von einem ihrer Abenteuer zurückkehrte – abgerissene Eintrittskarten von einem Festival und Postkarten von sonnigen griechischen Inseln. Sie vergaß mich nie. Mit dem Kunststudium allerdings lag die Sache anders – hier ging es um etwas, das mir wirklich am Herzen lag.

Dort würde ich lernen, das zu tun, was ich liebte.

Cat dagegen hatte keinerlei Interesse an höherer Bildung und zog bei der ersten Gelegenheit von zu Hause aus, sosehr Mum auch versuchte, sie zum Bleiben zu bewegen.

Sie zog in eine WG mit zwei Mädels, die sie aus der Bar kannte, in der sie arbeitete, und obwohl ich sie zu Hause schmerzlich vermisste, sah ich doch, wie glücklich sie war – weil sie genauso lebte, wie sie es wollte. Außerdem besuchte ich sie so häufig, dass es sich ein bisschen so anfühlte, als sei ich mit ihr ausgezogen.

Ich erlebte etwas, und das tat gut.

Wahrscheinlich wusste ich damals schon, dass es nicht ewig so weitergehen konnte, dass meine Gesundheit langsam, aber unausweichlich auf den Abgrund zusteuerte. Die ersten Anzeichen waren schon jetzt zu spüren, die zunehmende Atemnot, die Blässe und die Schwindelanfälle. Aber allein die Tatsache, dass Cat meine Schwester war, gab mir ein gewisses Gefühl von Stärke. Nichts konnte mir etwas anhaben, solange sie bei mir war.

Wenigstens glaubte ich das.

Sie traf Fraser in der Bar zu Beginn jenes heißen und trüben Junis. Schon als sie mir zum ersten Mal am Telefon von ihm erzählte, wusste ich, dass ich sie an ihn verloren hatte. Er war Musiker, aus Edinburgh, und zog den Sommer über durch die Bars, von einem Gig zum nächsten – und so war er irgendwann auch in ihrer gelandet. Er war genauso alt wie sie und ihr absoluter Traummann. Er liebte Tiere und die freie Natur, und wenn die beiden nicht gerade arbeiteten, verschwanden sie zum Campen in die Pentlands oder fuhren hoch zum Cottage.

Er war wirklich ein netter Kerl, und es war schwer, ihn

nicht zu mögen, trotz der schleichenden Eifersucht, die von nun an immer mal wieder in mir hochkam.

Denn Cat war ein Teil von mir, gehörte zu mir, und doch verbrachte sie all ihre Zeit mit jemand anderem.

Ich erinnere mich noch daran, als ich ihn zum ersten Mal traf – seine langen, sandfarbenen Haare waren zu einem Pferdeschwanz zusammengebunden, und seine funkelnden blauen Augen ruhten praktisch unablässig auf meiner Schwester. »Du bist also Maggie«, sagte er herzlich und nahm mich in die Arme. »Ich hab irre viel von dir gehört – schön, dass ich dich endlich persönlich kennenlerne. Habt ihr Lust, zusammen zu Malones rüberzugehen und was zu trinken?«

Den ganzen trüben Sommer über schickte Cat mir Nachrichten und Bilder, von ihr und Fraser auf Fahrradtour oder hoch oben auf einem Hügel, vor einem Himmel, der sich in einer Mischung aus Neonpink und Veilchenblau über ihnen erstreckte, oder wie sie beide an einem selbst errichteten Lagerfeuer saßen, wo er für sie Gitarre spielte. Sie gingen gemeinsam in die Bar, wenn er einen Gig hatte, und dort tanzte Cat dann bis spät in die Nacht zu ihrer Lieblingsmusik.

Ich hätte sie gern begleitet, keine Frage; ich sehnte mich verzweifelt danach, mal so richtig auf den Putz zu hauen, so wie Cat, aber schon damals hielt mich meine angeschlagene Gesundheit davon ab.

»Vielleicht nächstes Mal«, lautete meine immer gleiche Antwort, wenn sie mich einlud mitzukommen.

Und als sich der Sommer langsam seinem Ende näherte, überraschten sie uns mit der Nachricht, dass sie zusammenziehen würden, obwohl sie erst seit wenigen Monaten ein Paar waren.

Klar habe ich mich für Cat gefreut, aber ich konnte nicht umhin, auch ein bisschen neidisch zu sein, was mich wiederum anspornte, meinen eigenen Umzug voranzutreiben und meine Koffer für die Fahrt zur Kunsthochschule in Aberdeen zu packen – das Zimmer im Studentenwohnheim war angemietet, die Zukunft war zum Greifen nahe, und jetzt, nachdem Cat mir den Weg geebnet hatte, hielt ich alles für möglich.

Es ist schon komisch, wie einem das Leben manchmal so mitspielt – gerade noch erstrahlt die Welt in ihren schönsten Farben, und im nächsten Moment herrscht Finsternis.

Während ich hier am Strand sitze und den Sonnenuntergang beobachte, der den Himmel ein letztes Mal in einem Feuerwerk aus Orange und Blau auflodern lässt, verblassen die Erinnerungen, und ich muss wieder an das Datum auf dem Wecker denken.

»Siebenundzwanzigster Juli«, hauche ich in die salzige Luft.

Vorgestern vor einem Jahr habe ich mein neues Herz bekommen.

Ich wünschte, ich könnte verstehen, was das alles bedeutet. Was geht hier verdammt noch mal vor? Im Moment weiß ich nur, dass ich im Körper einer anderen stecke und in einer fremden Wohnung lebe, zwei Jahre in der Vergangenheit. Und irgendwo nicht weit entfernt existiert eine andere Version meiner selbst; eine Version, der es sehr viel schlechter geht als mir, weil sie noch kein neues Herz bekommen hat. Ich befinde mich dort, aber gleichzeitig auch hier, im Leben einer Frau namens Emily.

Wie bitte soll das möglich sein?

Und was viel wichtiger ist, warum? Wieso ausgerechnet jetzt?

Kapitel 7

Am nächsten Morgen geht alles wieder von vorn los: Ich wache in Emilys Schlafzimmer auf, werfe einen prüfenden Blick auf meine Hände, die immer noch nicht die meinen sind, dann einen prüfenden Blick auf den Wecker, der immer noch anzeigt, dass ich mich zwei Jahre in der Vergangenheit befinde, allerdings einen Tag weiter. Die Zeit vergeht hier also normal.

Nur mit mir stimmt etwas nicht.

Verzweifelt mache ich mich daran, die Wohnung zu durchsuchen. Außer den Kleidern und Taschen, darunter auch eine Mulberry, hat das Schlafzimmer nicht viel zu bieten. Im Schrank im Flur entdecke ich einige Kartons mit Papieren und Dokumenten, und hier und da steht billige Deko herum. Aber wo ist eigentlich ihr Handy? Und der Laptop? Die könnten mir bestimmt weitere Informationen liefern.

Aber erst einmal gehe ich duschen, vor allem, weil ich hoffe, mich dabei etwas zu beruhigen. Außerdem habe ich keinen Schimmer, wann dieser Körper das letzte Mal gewaschen wurde – und so langsam erscheint es mir nötig. Als ich unter der Dusche stehe und das heiße Wasser an meiner neuen Gestalt hinunterläuft, kommt mir plötzlich ein Gedanke, und ich sehe auf meine Brust hinab.

Nichts.

Keine Narbe, die meine Brust in zwei Teile spaltet, nur makellose Haut. Dazu ein straffer Bauch, offenbar war dieser Körper ein regelmäßiger Gast in dem Fitnesscenter in London. Die schlanken, leicht muskulösen Arme lassen das Gleiche vermuten. Ganz anders als meine von Narben gezeichnete, kraftlose Gestalt. Mir drängt sich der Gedanke auf, wie sehr sich das Leben dieser Emily offenbar von meinem unterscheidet.

Hypertrophe Kardiomyopathie. So lautete die Diagnose. Ich war damals zwölf Jahre alt. *Eine genetisch bedingte Erkrankung, die sich in einer Verdickung des Herzmuskels äußert und einen plötzlichen Tod herbeiführen kann* – so stand es im Internet. Die Symptome können sehr unterschiedlich ausgeprägt sein, manche Menschen haben kaum Beschwerden, aber aus irgendeinem Grund litt ich an einem äußerst schweren und wie in allen Fällen fortschreitenden Verlauf.

Zu Anfang spürte ich kaum etwas davon – ich ging zur Schule, auf Partys und trieb Sport; ich hatte ein erfülltes Leben. Wäre nicht eine Großtante väterlicherseits einige Jahre zuvor daran gestorben, hätten wir meine wiederkehrenden plötzlichen Ohnmachtsanfälle vielleicht gar nicht damit in Verbindung gebracht. Aber so gab es keinen Zweifel, und Mum brachte mich sofort zum Arzt. Ich nehme an, dass sie Cat und Jess aus reiner Vorsicht untersuchten, doch glücklicherweise waren ihre Ergebnisse negativ.

Seitdem gab es Cat und mich nicht mehr im Doppelpack.

Ich weiß noch, wie sehr mich die Nachricht damals aus der Bahn warf. Wir waren nur neun Monate auseinander und hatten die gleichen roten Haare, sodass wir oft für Zwillinge gehalten wurden. Und wir machten tatsächlich alles gemeinsam: gingen in die gleiche Klasse, trieben den gleichen Sport, hatten dieselben Freunde. Wir teilten uns sogar freiwillig ein Zimmer. Warum sollte es jetzt anders sein? Ich wollte einfach nur gesund werden und wieder so leben wie sie.

Doch je mehr sich die Ärzte um meine Gesundheit sorgten, umso mehr bemühte sich Mum, dafür zu sorgen, dass mein Leben eingeschränkter wurde – ich ging kaum noch zum Sport, immer mehr Einladungen zu Partys wurden ausgeschlagen, und wir hielten uns stets in Reichweite eines uns bekannten Krankenhauses auf, weiter wegzufahren kam für unsere Familie nicht infrage. Rückblickend betrachtet ist es ein Wunder, dass Cat nicht noch mehr auf die Barrikaden ging. Meine Prognose verschlechterte sich zunehmend, und die Ärzte konnten nicht sagen, wann ich tot umfallen würde – vielleicht in zwei Jahren, vielleicht in zwei Monaten.

Vielleicht morgen.

Aber das änderte nichts an meinen Träumen – an der Tatsache, dass ich mein Leben voll auskosten wollte, genau wie Cat. Doch das eine Mal, als ich versuchte, wie sie zu leben, hatte bittere Konsequenzen.

Als ich mit Duschen fertig bin, streife ich das einzige graue T-Shirt über, das ich in all der Farbenpracht finde, und dazu ein Paar recht knappe Jeansshorts. Dann mache ich das Bett und stelle den kleinen Wecker zurück auf den Nachttisch. Das Letzte, was ich will, ist, das Leben eines anderen Menschen in Unordnung zu bringen. Je länger ich darüber nachdenke, desto überzeugter bin ich, dass die ganze Geschichte bald ein Ende finden muss und ich sie als irgendeine bizarre Störung im Gefüge des Universums abhaken kann. Ich muss einfach noch eine Weile ausharren, damit diese andere Person – Emily – alles genau so vorfindet, wie sie es verlassen hat, wenn sie in ihr Leben zurückkehrt (und ich in meins).

Dabei frage ich mich schon seit einer Weile, ob die Maggie, die ich im Garten gesehen habe, nicht vielleicht Emily war – ob wir am Ende die Körper getauscht haben, so wie in diesem Film *Freaky Friday – Ein voll verrückter Freitag*. Allerdings erinnere ich mich noch genau an diesen Tag und daran, was sie über die Sixtinische Kapelle gesagt hat, das waren eindeutig meine Worte. Absolut nichts deutete darauf hin, dass die Frau im Garten eine andere war als ich.

Aber wo steckt Emily dann?

Als Nächstes begebe ich mich auf die Suche nach etwas Essbarem, aus reiner Notwendigkeit, da ich mich nicht daran erinnern kann, wann ich das letzte Mal eine vernünftige Mahlzeit zu mir genommen habe. Ich gehe in das kleine, lilafarbene Café mit dem goldenen Umriss einer Ananas auf der Fassade, und nachdem ich eine Weile mit Zoe, der netten Bedienung mit den ebenfalls lilafarbenen Haaren und der roten Brille geplaudert habe, weiß ich, dass Emily hier Stammgast ist und gewöhnlich einen Double Shot Latte und dazu ein Schokocroissant bestellt. Was mich sehr überrascht, da Emilys Figur eher eine andere Ernährungsweise vermuten lässt. Doch ich entscheide mich ohnehin für Porridge zum Frühstück, da weiß ich, woran ich bin. Mir ist durchaus bewusst, dass ich vor zwei Tagen Ramen und Prosecco vertilgt habe, aber da dachte ich ja auch, das wäre alles nur ein Traum. Und obgleich nichts Schlimmes passiert ist, ist es mir einfach nicht geheuer, Emilys Bestellung treu zu bleiben.

Ich würde mich schuldig fühlen.

In einer etwas holprigen Unterhaltung mit Zoe, schließlich bin ich nicht diejenige, für die ich mich ausgebe, erfahre ich außerdem, dass Emily seit zwei Wochen ins Café kommt. Und in ihrem Portemonnaie finde ich eine ominöse Karte, die ich nicht aus ihrem Schlitz ziehen kann, sosehr ich mich auch bemühe.

Als ich einige Zeit später wieder auf die Straße hinaustrete, blicke ich zu den Meadows hinüber. Der Anblick des vertrauten Grüns der Bäume und des sich sanft im Wind wiegenden Grases beruhigt meine strapazierten Nerven und erdet mich im Hier und Jetzt.

Ich habe keine Erklärung für das, was hier passiert; ich weiß nur, dass es auf mysteriöse Weise tatsächlich geschieht.

Es ist real.

Ich schlendere eine Weile die Straße entlang, betrachte den Himmel und lasse mir die Sonne ins Gesicht scheinen. Schließlich habe ich nichts anderes zu tun und muss nirgendwohin.

Oder etwa doch?

Ich bleibe wie angewurzelt stehen.

Panik überkommt mich.

Kapitel 8

Mit wild pochendem Herzen haste ich zurück in die Wohnung, wobei ich mich im Zickzackkurs an den anderen Passanten vorbeischlängele. Einfach nicht zu fassen, wie verpeilt ich war, tagelang entspannt durch die Gegend zu streifen, als hätte ich keinerlei Verantwortung. Ich habe nicht die leiseste Ahnung, was Emily eigentlich den ganzen Tag tut – was, wenn sie Pflegekraft ist oder Ärztin? Vielleicht müsste ich mich gerade irgendwo um einen kranken Menschen kümmern, und stattdessen bummele ich gemütlich durch die Stadt und esse Porridge.

Als ich endlich vor Emilys Gebäude ankomme, halte ich einen Moment inne, um wieder zu Atem zu kommen. Ich warte auf das angestrengte, pfeifende Geräusch, das Gefühl, dass mein Körper gleich zusammenbricht.

Aber nichts passiert. Ich schwitze noch nicht einmal übermäßig. Noch bevor ich darüber nachdenken kann, was das bedeutet, erscheint auf der anderen Straßenseite eine Gestalt, und ich bekomme weiche Knie.

Adam, wie ich von einigen Briefen weiß, die vor seiner Tür lagen.

Er trägt noch immer dieselben Kakishorts und wieder ein schwarzes T-Shirt, und in der Hand hält er Einkaufstaschen – ein Stangensellerie lugt aus einer davon hervor. Seine Augen leuchten, als er mich sieht. Er hebt grüßend eine Hand und schenkt mir sein schiefes Lächeln.

Meine Güte, ist der attraktiv.

Aber jetzt ist weder die Zeit noch der Ort, um zu flirten, egal, wie gut der Typ auch aussehen mag.

Ich winke unverbindlich zurück und schlüpfe ins Haus. Oben angekommen, höre ich, wie die Tür unten geöffnet und geschlossen wird, und verschwinde schleunigst in meiner Wohnung.

Als Nächstes inspiziere ich erneut das Schlafzimmer. Das Wichtigste zuerst – Emilys Handy. Ich habe auch schon eine Ahnung, wo es stecken könnte.

Ich krame die Mulberry-Tasche aus dem Kleiderschrank hervor, öffne sie und erspähe etwas Dunkles am Boden.

»Volltreffer.«

Ich zaubere ein altmodisches Mobiltelefon hervor und versuche es anzuschalten, allerdings ohne Erfolg. Ich schließe es an das Ladegerät neben dem Bett an und eile dann zum Schrank im Flur hinüber, um die Kiste mit den Dokumenten durchzusehen. Sie sieht ziemlich schwer aus, doch ich hebe sie ohne Probleme an und trage sie ins Wohnzimmer, als wöge sie nichts. Diese Erfahrung ist ebenso verstörend wie befreiend.

Der Inhalt ist umfangreicher, als ich gedacht hätte, und ich frage mich, was es mit dem ganzen Papierkram auf sich hat. Erledigt man heutzutage nicht alles online? Vielleicht hat sie aus irgendeinem Grund beschlossen, sich von der modernen Technik loszusagen. Ich kann mir vorstellen, dass es ziemlich befreiend sein muss. Ich selbst bin so abhängig davon, dass ich die Möglichkeit nie in Betracht gezogen habe.

Wie dem auch sei, ich beginne, mich durch den Haufen an Papieren zu wühlen, und finde einige an Emily Perin in Highgate adressierte Nebenkostenabrechnungen.

Offenbar ist sie tatsächlich aus London hierhergezogen.

Konzentrier dich, Maggie.

Als ich mich dem Kistenboden nähere, finde ich endlich, wonach ich gesucht habe – einen Beschäftigungsnachweis von irgendeiner Firma im Finanzwesen. Also keine Pflegekraft.

Glück gehabt.

Während mein Puls sich langsam beruhigt, mache ich mich daran, die Dokumente gründlicher in Augenschein zu nehmen. Wahrscheinlich hätte ich das schon viel früher tun sollen, aber der Hunger und der Schock waren einfach zu groß – und ich fühle mich noch immer wie vom Schlag getroffen.

Ich finde Papiere über Rentenbeiträge und einen Mietvertrag mit jemandem namens William Johnson, außerdem ein Schreiben, in dem es um eine Beförderung geht: *Herzlichen Glückwunsch zum Direktorposten* steht da. Die Gehaltserhöhung, die darunter aufgeführt ist, treibt mir die Tränen in die Augen – Emily hat es wirklich zu etwas gebracht im Leben. Ich schaue mich noch einmal im Zimmer um, und beim Anblick des abgewetzten Teppichs und des schäbigen Sofas runzele ich verwundert die Stirn.

Das passt alles nicht recht zusammen. Doch das nächste Schreiben von ihrer Firma gibt zumindest einen Hinweis. Darin heißt es, dass man nach ihrem »unerwarteten« Weggang offiziell einem einjährigen Sabbatjahr zustimmt. Ihr werde während dieser Zeit kein Gehalt gezahlt, aber nach Ablauf des Jahres sei sie in der Firma wieder herzlich willkommen.

Ich lege die Papiere vorsichtig zurück in den Karton und schaue mir als Nächstes ihren Reisepass an. Emily Isabella Perin, geboren in London. Die Seiten sind von unzähligen Stempeln übersät – USA, Mittel- und Südamerika, Indien und Japan sind nur einige darunter, und ich kann nicht umhin, diese Person zu beneiden, auch wenn ich sie gar nicht kenne. Dann finde ich einen Führerscheinantrag – *kann sie etwa auch nicht Auto fahren?*

Ich fische einen Stapel Fotos aus der Kiste und schaue sie in aller Ruhe durch. Die unteren sind in Schwarz-Weiß und zeigen überwiegend ein kleines, dünnes Mädchen mit hellen Haaren. Im Hintergrund stehen dicht gedrängte Reihenhäuser, vor denen Wäsche zum Trocknen hängt, und überall spielen Kinder. Danach kommen Farbfotos von Emily – zumindest nehme ich an, dass sie es ist – als kleines Kind irgendwann in den Neunzigern. Sie sitzt in einem Planschbecken in einem riesigen, englisch aussehenden Garten. Hinter ihr stehen ein Mann und eine Frau, höchstwahrscheinlich ihre Eltern. Ihr Vater hat olivbraune Haut, volles, kastanienbraunes Haar und haselnussbraune Augen, genau wie Emily. Sein Blick wirkt freundlich, wenn auch etwas abwesend. Daneben ihre Mutter, der komplette Gegensatz: dünn und blass, in einem steif wirkenden, cremefarbenen Kleid. Sie ist bestimmt das kleine Mädchen auf den älteren Bildern.

Auf dem nächsten Foto steht Emily mit ihren Eltern in einer prunkvollen Halle, doch hier ist sie schon etwas älter – gerade so ein Teenager, würde ich sagen. In einem eleganten weißen Kleid posiert sie adrett zwischen ihnen, ein angespanntes Lächeln auf den Lippen und in der Hand irgendein Zertifikat. Dann Emily als Jugendliche, konzentriert lernend an einem Schreibtisch sitzend, wobei ihr eine lange Haarsträhne in das noch kindliche Gesicht fällt. Weiter geht es mit einer Aufnahme vom Schulabschluss: Emily eingerahmt von ihren Eltern vor einem elitär aussehenden Gebäude – ihre Mutter hat einen Arm um ihre Taille gelegt. Und zu guter Letzt Emily an einem sonnigen Tag in Universitätstracht in einem antiken Innenhof (ist das Oxford?).

Als ich mich dem Boden der Kiste nähere, stoße ich schließlich auf ein Bild, das eine ganz andere, ungezwungene Emily zeigt, zusammen mit einem hübschen Mädchen. Es hat eine dunkle, glänzende Kurzhaarfrisur, dunkelbraune

Augen und bronzefarbene Haut. Die beiden lachen Wange an Wange auf einer belebten Straße in die Kamera, hinter ihnen ragen hohe Gebäude auf, und überall leuchtet Neonreklame – London, allem Anschein nach. Die beiden sehen sich ziemlich ähnlich – Schwestern vielleicht? Ich drehe das Foto um, und auf der Rückseite steht: *E und Frans Elton-Sommer. Alles Liebe von deiner Lieblingscousine (Fran)!*

Das erklärt, wer sie ist. Aber wer ist Elton?

Ist auch egal, jedenfalls ist sie offenbar die Fran auf dem Kaminsims, die nächstes Jahr Toby heiraten wird.

Und ich finde noch etwas auf dem Grund des Kartons – eine alte Einwegkamera. Ich nehme sie heraus und drehe sie hin und her, sie ist sichtbar bis auf das letzte Bild vollgeknipst. Was da wohl drauf ist?

Als ich wieder aufblicke, entdecke ich etwas, das mir vorher offenbar vor lauter Panik, Müdigkeit, Hunger und Ratlosigkeit entgangen ist. Aber jetzt, wo ich etwas gegessen habe, sehe ich sie, eine Spiegelreflexkamera, die an einem der Stühle um den Esstisch hängt. Die Einwegkamera ist vergessen, stattdessen nehme ich den anderen Apparat vom Stuhl und spüre sein vertrautes Gewicht in meinen Händen. Während ich ihn vorsichtig drehe, kommen mir folgende Worte in den Sinn – *Digitale, einäugige Spiegelreflexkamera mit Wechselobjektiven.* So eine habe ich auch benutzt, als ich damals am College an einem Fotokurs teilgenommen habe.

Ich muss an die Zeichnungen denken, die ich zu Hause gemacht habe, unmittelbar bevor ich in diese fremde Welt gestolpert bin. An dieses Gefühl von Dringlichkeit, das mich beim Zeichnen antrieb. Auch die Motive selbst hatten etwas Merkwürdiges an sich – verschwommene Formen und Umrisse, Muster und Farben, die nichts mit dem zu tun hatten, was ich selbst an dem Tag gesehen oder getan hatte.

Ein Schauer läuft mir den Rücken hinunter.

Dann reißt mich der Signalton eines Handys aus meinen Gedanken. Ich lege die Kamera beiseite und kehre zurück ins Schlafzimmer, schon wieder geplagt von dem unterschwelligen Gefühl, etwas Unrechtes zu tun. Schließlich würde ich mich normalerweise nie an einem fremden Telefon zu schaffen machen. Allerdings wird mir langsam klar, dass ich keine andere Wahl habe. Das hier ist jetzt mein Leben, und ich muss unbedingt herausfinden, warum ich hier bin, warum jetzt und in diesem Körper.

Ich setze mich auf die Bettkante, nehme das Handy vom Nachttisch und schaue auf das Display. Keine Passwortverschlüsselung, keine Apps, keine Social-Media- oder E-Mail-Konten. Dafür ist das Gerät zu alt.

Aber eine neue Nachricht ist angekommen, von Fran. Ich zögere einen Moment, bevor ich sie öffne.

Ist alles okay bei dir, E? xxx

Ich schaue nach weiteren Nachrichten, finde aber nur noch eine gesendete, an »Mum«, mit der Adresse der Wohnung hier in Edinburgh. Allerdings gibt es offenbar keine Antwort, und ich frage mich, ob sie vielleicht vorher ein moderneres Handy hatte. Ich kann auch keine weiteren gespeicherten Kontakte entdecken.

Warum hat sie ihr Leben wohl so vollkommen umgekrempelt? Weshalb ist sie hierher nach Edinburgh gezogen?

Und wieso hat ihre Mutter ihr nicht geantwortet?

Nur eines von so vielen unlösbaren Rätseln, mit denen ich heute konfrontiert bin. Ich lege den Kopf in die Hände und versuche, die aufsteigende Panik zu unterdrücken. Wenn ich doch nur jemanden zum Reden hätte.

Jess zum Beispiel.

Ich zögere einen Moment, dann tippe ich die Nummer ein, die ich schon so oft angerufen habe, dass ich sie auswendig kann.

Es klingelt, zweimal.

»Hallo?«

Ich erstarre, als ich die Stimme meiner Schwester höre.

Sie wird mich doch gar nicht erkennen.

»Hallo?«, fragt sie noch einmal, diesmal schon ein wenig misstrauisch. Ein Baby quäkt im Hintergrund, einer der Jungs – zwei Jahre jünger.

Mir wird schlecht.

»Wer ist dran, Schatz?«, höre ich Graham im Hintergrund fragen.

»Keine Ahnung. Da ist keiner«, antwortet Jess.

Ich lasse den Kopf auf die Knie sinken und würde am liebsten sagen: »Ich bin's, Jess, Maggie.«

Ich bin hier, wo immer *hier* auch sein mag.

Kapitel 9

In den nächsten Tagen bleibe ich in der Nähe der Wohnung und grüble darüber nach, wie es weitergehen soll. Ich bin total angespannt und habe das Gefühl, mir selbst fremd zu sein, also gehe ich vorerst nicht ins *Purple Pineapple* und versuche auch sonst, Situationen zu vermeiden, in denen die Leute mich für jemand anders halten. Allerdings mache ich kurze Spaziergänge in der Sonne durch die Meadows und halte die Wohnung in Ordnung. Dabei fallen mir noch einige interessante Dinge auf: Auf dem Beistelltisch liegt Werbung, die Emily wohl von irgendwoher mitgebracht hat – für Sportklettern, Kochkurse und Tanzunterricht in Edinburgh, Skifahren in den nahe gelegenen Cairngorms und sogar für ein paar Nachtclubs in der Stadt, von denen ich selbst auch schon gehört habe. An der Rückwand des Flurschrankes lehnt eine Gitarre, und ich entlocke ihr vorsichtig ein paar ziemlich schiefe Töne, bevor ich sie wieder zurückstelle. Einige Bücher liegen in der Wohnung verstreut, darunter auch ein Atlas, und hier und da stehen ein paar seltsame Figuren, die offensichtlich Taucher darstellen. Aber nichts davon erklärt auch nur ansatzweise, was hier gerade mit mir passiert und vor allem, warum.

Irgendwann wage ich mich zu dem kleinen Supermarkt ein Stück die Straße hinunter, um meine Lebensmittelvorräte aufzufüllen. Der Inhalt des Portemonnaies ist bedenklich geschrumpft, aber für ein bisschen Obst, Milch und Vollkornbrot reicht es noch. Ich will gerade nach einer Packung Haferflocken greifen, als ich innehalte.

Werde ich überhaupt lange genug hier sein, um das alles aufzuessen?

Der ganze Spuk hat doch bestimmt bald ein Ende. Aber dann lege ich es trotzdem in den Einkaufskorb. Man weiß ja nie. Doch als wieder einmal der Morgen in den Nachmittag übergeht und dieser schließlich in den Abend, wird mir allmählich klar, dass ich so nicht weiterkomme. Schließlich mache ich mich auf den Weg in die örtliche Bücherei und suche mir einen Computer, an dem ich im Internet surfen kann. Ich gebe die Begriffe »in einem fremden Körper aufgewacht« und »in der Vergangenheit aufgewacht« in die Suchleiste ein, aber die angezeigten Treffer beziehen sich überwiegend auf metaphorische Aspekte – Menschen, die sich fragen, *wie sie eigentlich hier gelandet sind*, und damit ihre aktuelle Lebenssituation meinen. Zugegeben, es gibt auch welche, die tatsächlich das Gefühl beschreiben, buchstäblich im Leben eines anderen erwacht zu sein, aber das sind überwiegend Leute in irgendwelchen Chatrooms, die offenbar alle nicht ganz dicht sind. Ich überlege, ob ich vielleicht zum Arzt gehen sollte, verwerfe den Gedanken aber gleich wieder. Wie sollte ich dem meine Situation erklären, ohne vollkommen durchgeknallt zu klingen? Ich will schließlich nicht in der Klapsmühle landen.

Und so vergeht die Zeit mit unterschwelliger Panik als meinem ständigen Begleiter.

Am Abend des sechsten Tages sitze ich an dem großen Erkerfenster und schaue auf die Stadt hinaus. Am Himmel kündigen schimmernde Farben die Dämmerung an, und eine schreckliche Angst – begleitet von einer gewissen Unruhe – steigt in mir auf. Nun hocke ich hier schon wieder, allein in dieser Wohnung, habe niemanden zum Reden und nicht die leiseste Ahnung, wie es weitergehen soll. Ich bin es gewohnt, Menschen um mich zu haben; zu Hause sind Mum und Dad immer in der Nähe, oder ich telefoniere mit Jess oder treffe mich mit ihr. Hier habe ich nicht mal meine Malsachen und auch keinen Laptop.

Ich schlendere um den Esstisch herum, nehme die Kamera in die Hand und gehe die Aufnahmen noch einmal durch. Ich habe sie inzwischen alle angesehen, in der Hoffnung, irgendetwas zu finden, das mir mehr über Emilys Leben verrät, aber es sind hauptsächlich Stadtaufnahmen, sie hat aus jedem erdenklichen Winkel fotografiert. Und sie scheinen alle in den letzten beiden Wochen gemacht worden zu sein. Es ist fast, als gäbe es eine unsichtbare Grenze in Emilys Leben, und jenseits dieser Grenze ist alles verschwommen und grau. Ich weiß nur, dass sie in London gewohnt hat, einen Wahnsinnsjob hatte und mindestens eine enge Freundin, doch dann hat sie das alles aus irgendeinem Grund aufgegeben.

Warum?

Ich sehe mir noch einmal das einzige Selfie von Emily an. Es ist das letzte Bild auf der Kamera, sie muss es an dem Tag gemacht haben, bevor ich hier aufgetaucht bin. Mit einem Eis in der Hand sitzt sie allein in den Meadows und sieht unglaublich entspannt aus, ganz anders als auf einigen der älteren Fotos; einfach nur glücklich und zufrieden.

Mir geht durch den Sinn, wie es wohl wäre, es ihr gleichzutun: morgen einfach mit der Kamera loszuziehen und die Stadt aus jedem erdenklichen Winkel zu erkunden, ohne mir Sorgen zu machen, weder um mein Herz noch um andere Menschen – und ohne meine Mutter, die mich ängstlich umschwirrt.

Und warum eigentlich nicht?

Ein Klopfen ertönt an der Tür. Erschrocken, aber auch ein wenig aufgeregt fahre ich hoch. Barfuß tappe ich über den kühlen Holzboden und spähe durch den Türspion.

Er ist wieder da.

Adam.

Mit wild klopfendem Herzen trete ich hastig einen Schritt zurück.

Was er wohl will?

Einen kurzen Moment lang erwäge ich, einfach nicht aufzumachen, doch dann wird mir klar, wie armselig das wäre. Er scheint immerhin ziemlich nett zu sein und überaus hilfsbereit noch dazu. Es könnte doch sein, dass er jetzt meine Hilfe braucht. Ich öffne die Tür – er trägt Jeans und ein kariertes Hemd, aus dem seine muskulösen Unterarme hervorschauen und ein Teil seines außergewöhnlichen Tattoos.

Sofort fühle ich mich wieder zu ihm hingezogen.

Dann grinst er, und das Grübchen erscheint in seinem Mundwinkel. »Hi.«

»Hallo.«

»Also, das klingt jetzt vielleicht ein bisschen schräg, aber ich hab gesehen, dass bei dir Licht brennt, am Freitagabend. Ich wollte gerade was essen gehen, und da dachte ich mir, ich frag mal, ob du Bock hast mitzukommen. Ich kenn da einen super Laden.«

Überrascht öffne ich den Mund.

»Ich weiß nicht«, erwidere ich automatisch. Ich kann mich nicht daran erinnern, wann ich das letzte Mal ein Date hatte, schon gar nicht im Leben einer anderen.

»Nur wenn du willst«, erwidert er sofort. »Ich dachte mir, vielleicht kennst du sonst noch niemanden hier und hättest Lust auf ein bisschen Gesellschaft.«

Er sieht mich sanft an. Sofort fühle ich mich wieder von ihm angezogen, und eine Welle der Zuneigung überkommt mich; und noch etwas, eine leise Sehnsucht – danach, rauszugehen und durch die Stadt zu ziehen, so wie Emily es getan hat, einfach mal eine Weile nicht mehr nach dem

Warum zu fragen und meinem Verstand eine Pause zu gönnen. Ich werfe einen Blick auf das graue T-Shirt und die Shorts, die ich trage, und wäge meine Möglichkeiten ab. Ich könnte hierbleiben, allein in der Wohnung, und nichts tun.

Oder …

»Kannst du 'nen Moment warten?«, frage ich ihn und deute mit dem Daumen zurück in meine Wohnung. »Ich müsste mich kurz umziehen, dann bin ich dabei.«

»Kein Problem«, erwidert er mit leuchtenden Augen.

»Gib mir zehn Minuten, okay?« Ich bitte ihn herein, und als er an mir vorbeigeht, steigt mir der Geruch von Zahnpasta, Holz und Natur in die Nase.

»Setz dich doch«, sage ich und führe ihn ins Wohnzimmer. Mein Herz pocht heftig vor Aufregung. »Sorry, ich würde dir gern was zu trinken anbieten, aber ich hab leider nichts da«, entschuldige ich mich, unsicher, wie ich mich verhalten soll.

»Kein Problem«, antwortet er gelassen. »Trotzdem danke.«

Ich gehe ins Schlafzimmer und ziehe mir unterwegs das graue T-Shirt über den Kopf. Als ich die Shorts ausziehe, höre ich seine Schritte auf den knarrenden Dielen im Wohnzimmer.

»Darf ich sie mir ansehen?«, ruft Adam zu mir herüber.

Im ersten Moment weiß ich nicht, was er meint, doch dann geht mir ein Licht auf – die Kamera.

»Äh, klar«, erwidere ich, während ich mit einem Stirnrunzeln die Auswahl im Schrank begutachte. Normalerweise würde ich mich nie trauen, so etwas Knalliges anzuziehen, aber ich muss schon sagen, das Kleid, das ich neulich anhatte, stand mir echt gut.

Und welches nehme ich heute?

Wie von selbst streichen meine Finger über das butterblumengelbe, und bevor ich meine Meinung ändern kann, habe ich es schon vom Bügel genommen.

»Wow, die sind richtig gut«, höre ich Adam im Wohnzimmer sagen.

Ich weiß nicht so recht, wie ich reagieren soll, denn schließlich habe ich die Fotos nicht gemacht. Aber dann antworte ich einfach für Emily. »Danke.«

Ich streife mir das Kleid über den Kopf und lasse es herabgleiten. Es sitzt perfekt, schmiegt sich an den richtigen Stellen an meinen Körper und weitet sich unterhalb der Taille. Ich betrachte mich in dem großen Spiegel in der Ecke und muss zugeben, dass ich verdammt gut darin aussehe. Der gelbe Farbton hebt das Goldene in Emilys großen haselnussbraunen Augen hervor. Und die Tatsache, dass ich jetzt mit Emilys englischem anstatt mit meinem schottischen Akzent spreche, steigert mein Selbstbewusstsein irgendwie noch mehr.

Heute Abend bin ich ein anderer Mensch.

Mein Herz macht einen aufgeregten Hüpfer, als ich in ein paar weiße Turnschuhe schlüpfe, die neben dem Bett stehen, und mir eine silberne Handtasche über die Schulter werfe.

Ob ich ein bisschen Make-up auflegen sollte? Allerdings schminke ich mich selbst so gut wie nie, sollte ich mich da wirklich am Gesicht einer anderen versuchen? Aber schaden kann es schließlich nicht. Zaghaft öffne ich das kleine pinkfarbene Kästchen auf der Fensterbank und bewundere die umfangreichen Lidschattenpaletten und leuchtenden Lippenstifte. Immer wieder erhasche ich Einblicke in ein Leben, das mir fremd ist – ein Luxusleben, das so gar nicht zu dieser Wohnung zu passen scheint.

Schließlich trage ich ein wenig Wimperntusche und Rouge auf, beschließe aber nach kurzem Hin-und-her-Überlegen, keine weiteren Experimente anzustellen. Dafür ist die Zeit einfach zu kurz, der natürliche Look muss reichen.

Als ich zurück ins Wohnzimmer komme, dreht sich Adam, der am Kaminsims steht, hastig um.

»Wow, du siehst toll aus«, sagt er, und ein zärtliches Lächeln breitet sich auf seinem Gesicht aus.

Ich bin total nervös und habe wahnsinnige Angst, irgendetwas falsch zu machen. Ich werde das Gefühl nicht los, dass ich ihm besser erklären sollte, dass ich nicht ausgehen kann. Aber dann höre ich Jess' Worte in meinen Ohren widerhallen.

Das nennst du leben, Maggie?

Vielleicht sollte ich wirklich mehr aus meinem Leben machen.

Zumindest während ich hier bin.

»Bereit?«, fragt Adam und lächelt mich an.

Ich zögere einen Moment, dann nicke ich.

»Ich bin bereit.«

Kapitel 10

Der dunstig blaue Abendhimmel ist mit Haufenwolken überzogen, und darunter stellen die Vögel ihre Flugkünste zur Schau. Es ist warm, kein Lüftchen regt sich, und es riecht nach heißem Asphalt und Gras. Adam und ich gehen Seite an Seite die Straße hinunter, und mein Herz pocht so heftig in meiner Brust, dass ich es förmlich hören kann.

»Bist du ihm eigentlich entkommen?«

Ich drehe mich zu ihm um. »Wem?«

»Dem Psychopathen, der neulich morgens hinter dir her war.«

Ich muss grinsen, als ich daran denke, wie er an der Ampel stand und mir zugewinkt hat.

»Sorry, aber in meinem Leben herrscht im Moment ziemliches Chaos.«

Ich spüre, wie er mich neugierig betrachtet.

»Ich hab mich schon gefragt, ob ich mal nach dir sehen sollte. Du warst letztens irgendwie nicht ganz du selbst.«

Du selbst.

Was bedeutet das momentan überhaupt?

»Was stellst du eigentlich in deiner Werkstatt her?«, erkundige ich mich, hauptsächlich, weil ich nicht weiß, was ich sonst sagen soll, und es mir eine angemessene Frage für ein Date zu sein scheint. Ich hoffe nur, dass Emily ihn nicht vorher schon genau das Gleiche gefragt hat.

»Möbel. Also, genauer gesagt polstere und beziehe ich sie neu, und ein bisschen Upcycling mache ich auch. Mir ist schon klar, dass ein richtiger Mann die Möbel komplett eigenhändig baut, aber ich find's einfach schöner, etwas Altes wieder in Schuss zu bringen.«

»Ihm zu neuem Leben zu verhelfen«, füge ich bestätigend hinzu.

»Genau.«

Er lächelt mich an, und mir schießt die Röte ins Gesicht. »Und was ist mit dir? Hast du dich schon wegen des Kurses erkundigt?«

Welcher Kurs? Ich habe keine Ahnung, wovon er spricht. »Noch nicht«, taste ich mich vor.

»Na ja, wenn nicht jetzt, wann dann?«, erwidert er, während wir einen Fußweg entlangschlendern. Ich überlege immer noch fieberhaft, was er wohl meinen könnte, als vor uns glitzernde Lichter und riesige Zelte auftauchen, umgeben von lautem Stimmengewirr. Das Fringe Festival, das jedes Jahr im August in Edinburgh stattfindet. Ich bin seit Urzeiten nicht mehr hier gewesen, nicht seit mich Cat damals mitgeschleift hat, als wir noch Teenager waren. Aber ich habe immer davon geträumt, noch einmal herzukommen; habe im Internet alles über die Darbietungen gelesen und mir sehnsüchtig gewünscht, jede einzelne davon live sehen zu können. Und jetzt trete ich hinter Adam durch den Eingang zu einem Biergarten. Immer mehr Menschen lassen sich auf den Holzbänken nieder, die überall auf dem Kunstrasen verteilt stehen, und darüber schaukeln Lampions in allen Farben des Regenbogens sanft in der Brise. Rund um den Platz sind Blättergirlanden gespannt, und wir sind von funkelnden kleinen Lichtern umgeben, während mir ein verführerischer Duft nach etwas im Holzofen Gebackenen in die Nase steigt.

»Was riecht hier so?«, frage ich und schaue mich wie verzaubert um.

Adam sieht mich mit leuchtenden Augen an. »Hab ich nicht gesagt, dass ich einen tollen Laden kenne?«

Verwundert lasse ich meinen Blick über die leeren Picknicktische wandern. »Wo denn?«

»Da drüben.« Er deutet auf einen Imbisswagen, der am Rand des Platzes steht. »Der beste Pizzawagen der Welt, garantiert.« Adam geht zu dem Wagen hinüber. »Hi, Sven.«

Ein großer, stark gebräunter Mann mit einem kurz geschorenen Afrolook sieht auf und grinst, bevor er das Messer zur Seite legt, mit dem er gerade etwas gehackt hat, und den Wagen durch die Hintertür verlässt. Er trägt ein weißes T-Shirt und eine rote Schürze mit der Aufschrift »The Scandi Pizza Man«. Mit seinen freundlichen Augen und den leichten Segelohren wirkt er ausgenommen sympathisch und gutmütig. Er geht schnurstracks auf Adam zu und drückt ihn fest an sich, dann tritt er einen Schritt zurück.

»Ich wusste gar nicht, dass du heute kommst«, sagt Sven, bevor er mit hochgezogener Augenbraue zu mir hinübersieht. »Wen hast du denn da mitgebracht?«

»Emily, das ist Sven. Sven – Emily.«

»Ah, das hübsche Mädchen von gegenüber«, sagt Sven und strahlt. »Dann hat er sich also endlich ein Herz gefasst und dich zum Abendessen eingeladen?«

Adam wirft mir einen Blick zu. Ein Lächeln umspielt seine Lippen, und ich spüre erneut, wie mir die Hitze ins Gesicht steigt.

Gott, ist das peinlich.

Dann erkundigt er sich bei Sven: »Ist Charlie heute Abend nicht hier?«

»Doch, klar. Sie hat nur gerade einen Auftritt.«

»Ach ja, stimmt. Ich hatte ganz vergessen, dass sie dieses Jahr am Festival teilnimmt.« Und zu mir gewandt erklärt Adam: »Charlie, Svens Freundin, ist eine begnadete Tänzerin. Hat sogar ihre eigene Tanzschule. Sie ist bestimmt total aus dem Häuschen, oder?«, fragt er Sven.

»Und wie!« Sven strahlt vor Stolz. Gleich darauf klatscht er in die Hände. »So, jetzt gibt's erst mal Pizza. Womit kann ich euch heute eine Freude machen?«

Ich studiere die Karte im Imbisswagen. Es klingt alles hervorragend, jeder Belag stammt aus einem anderen Land. Es gibt italienische Pizza mit Oliven, spanische mit Chorizo-Wurst und eine amerikanische Variante mit Buffalo Chicken Wings. Mein Magen gibt ein lautes Knurren von sich, und doch habe ich tief in meinem Inneren noch immer das Gefühl, etwas Verbotenes zu tun.

Aber warum eigentlich? Soweit ich weiß, ist Emily gesund – fit wie ein Turnschuh, nach allem zu urteilen, was ich über sie herausgefunden habe. Also kann ich sicher alles essen, was sie gegessen hat.

Ich muss mir momentan keine Gedanken um Erfolgsstatistiken nach Herztransplantationen machen: *Nur fünfzig Prozent der Empfänger überleben die ersten zehn Jahre,* hat der Arzt im Krankenhaus nach der Operation zu mir gesagt.

Scheiße, gerade mal die Hälfte überlebt die ersten zehn Jahre.

Als mir so langsam aufgeht, dass ich nicht länger in meinem zerbrechlichen Körper stecke, sondern in einem kerngesunden, sage ich, ohne weiter darüber nachzudenken: »Ich nehme einfach eine mit Käse.«

»Der bewährte Klassiker«, kommentiert Adam grinsend. »Für mich auch eine. Danke, Sven. Aber wie oft muss ich dich eigentlich noch bitten, eine kanadische mit auf die Karte zu setzen?«

Sven lacht. »Und wie oft muss ich dir noch erklären, dass Poutine nicht auf eine Pizza gehört?«

Ich hatte also recht, was den Akzent angeht.

Adam sieht mich an. »Was möchtest du trinken?«, fragt er.

»Ein Wasser wäre super«, antworte ich, und er nickt.

»Ein Wasser und ein großes Bier bitte, Sven.«

Ich greife nach meinem Portemonnaie. Dafür sollte es gerade noch reichen.

»Nein, nein, lass nur«, winkt Adam sofort ab. »Es läuft alles so viel besser als geplant, du ruinierst nur die Stimmung, wenn du jetzt bezahlst.«

»Na gut, aber nächstes Mal übernehme ich das, okay?«

Er grinst, und mein Herz setzt vor Schreck einen Schlag aus. Mist, warum habe ich das bloß gesagt? Ich weiß doch gar nicht, wie lange ich noch hier bin, und davon abgesehen habe ich nicht das geringste Bedürfnis nach einer wie auch immer gearteten Beziehung. Aber immerhin habe ich Adam damit zum Lächeln gebracht, und er hat ein so wunderbares Lächeln.

Nachdem Sven uns die Pizzen und Getränke durch die Luke gereicht hat, gehen wir zu einer leeren Bank hinüber. Wie wir so unter den mit Girlanden geschmückten Sonnenschirmen sitzen, während der Himmel ins Abendrot übergeht, könnte man fast meinen, wir wären im Urlaub im Ausland. Zumindest habe ich es mir immer so vorgestellt.

Ich beiße in meine Pizza. Der Geschmack zähflüssigen Käses und saftiger Tomaten explodiert auf meiner Zunge. »Wow«, stoße ich mit vollem Mund hervor. Ich sehe die Pizza an, dann Adam. »Die ist ja der absolute Hammer.«

Er schluckt seinen Bissen hinunter, und die goldenen Flecken in seinen Augen funkeln. »Hab ich das nicht gesagt?«

Ich nehme noch einen Bissen. Die Mischung aus hervorragendem Essen und angenehmer Gesellschaft hilft mir, mich ein wenig zu entspannen – einen Augenblick lang zu vergessen, wie verrückt mein Leben gerade ist.

»Kennst du Sven schon lange?«, erkundige ich mich.

»Wir haben uns kennengelernt, als ich durch Schweden gereist bin, da war ich zwanzig, und jetzt bin ich zweiunddreißig«, überlegt er. »Also über zehn Jahre. Es war übrigens Sven, der mir vorgeschlagen hat, nach Edinburgh zu ziehen und hier meine eigene Möbelwerkstatt aufzumachen. Er wohnte damals selbst noch nicht lange hier und kannte niemanden, also …«

»Also bist du sein Freund geworden«, beende ich den Satz lächelnd. Ich habe immer mehr das Gefühl, dass er einfach ein richtig netter Kerl ist.

»Genau. Außerdem hatte ich zu der Zeit selbst gerade mit einigen Problemen zu kämpfen, und da tat es gut, jemanden zu haben, mit dem ich reden und etwas unternehmen konnte.« Ein Schatten huscht über sein Gesicht.

Ich will gerade fragen, was er damit meint, als ein älteres Paar auf uns zukommt. »Dürfen wir uns zu Ihnen setzen?«, fragt die Frau.

»Aber klar doch«, erwidert Adam und rückt ein Stück zur Seite, um Platz für die beiden zu machen. Während ich es ihm nachtue, erhasche ich einen genaueren Blick auf sein Tattoo – ein dorniger Baum, der in einen Fluss übergeht, ein Pferd mit einer Hand darüber und ganz oben noch etwas anderes, das ich nicht erkenne. Es ergibt für mich keinen Sinn, und ich würde ihn am liebsten danach fragen, aber ich kenne ihn ja kaum.

Kurz darauf wendet er sich mir wieder zu, der dunkle Ausdruck auf seinem Gesicht ist verflogen.

»Und wie hat es dich hierher verschlagen?«

Was soll ich darauf antworten? Ich hab nicht die leiseste Ahnung, warum Emily nach Edinburgh gekommen ist, und irgendetwas in mir sträubt sich dagegen, Adam anzulügen. Ich kenne ihn vielleicht erst seit einer knappen halben Stunde, aber er hat das Herz ganz offensichtlich am rechten

Fleck. Manchmal hat man einfach so ein Gefühl. Ich nippe an meinem Wasser. »Wenn ich ehrlich sein soll, weiß ich das selbst nicht so genau.« Und nach einer kurzen Pause fahre ich fort: »Ich bin wohl immer noch dabei, mir über einiges klar zu werden.«

Er lächelt mich auf eine Art an, die mein Herz erneut zum Flattern bringt. »Na, ich bin auf jeden Fall froh, dass du dir in der Wohnung mir gegenüber darüber klar wirst.«

Hastig trinke ich noch einen Schluck Wasser. »Wie lange wohnst du eigentlich schon dort?«

»Ach, streng genommen *wohne* ich nirgendwo, ich bleibe nie lange an einem Ort. Es ist eher ein Dach über dem Kopf für die Zeit, wenn ich in der Stadt bin. Und nach Möglichkeit sehe ich zu, dass ich das Fringe Festival mitkriege, weißt du?«

Aus irgendeinem Grund wird mir ein wenig flau im Magen.

»Wo wir gerade davon sprechen …« Mit diesen Worten zieht er zwei Karten aus seiner Tasche und fächert sie auf.

Ich schaue neugierig darauf.

»Eintrittskarten«, erklärt er, noch bevor ich fragen kann. »Für eine Comedy-Show in zwei Stunden. Ich habe sie für den unwahrscheinlichen Fall besorgt, dass du heute Abend mitkommst. Ein bisschen anmaßend, ich weiß, aber im Notfall hätte eben Sven einspringen müssen.« Er lacht.

Ich zögere. Zusammen eine Show besuchen? Ich hab mich schließlich gerade erst dazu durchgerungen, mit dem Typen eine Pizza zu essen.

»Keine Lust? Ist auch in Ordnung, ehrlich«, erwidert er schnell und hebt entwaffnend die Hände. »Sollte dich mein Gelaber vorher schon zu Tode gelangweilt haben, begleite ich dich wieder nach Hause, versprochen.«

Die offene und lockere Art, mit der er die Sache angeht,

macht ihn mir nur noch sympathischer, und ich werde von dem Gefühl überwältigt, dass ich dem Ganzen zumindest eine Chance geben sollte.

»Na, dann schauen wir doch einfach, wie der Rest des Abends so läuft, okay?«, schlage ich mit einem Lächeln vor.

Er nickt. »Guter Plan.«

Nachdem wir unsere Pizza verputzt haben, plaudern wir eine Weile, und ich bin überrascht, wie entspannt ich auf einmal bin. Seine Gegenwart hat etwas Beruhigendes und gibt mir nach allem, was in der vergangenen Woche passiert ist, erstmals das Gefühl, in dieser Zeit und in diesem Leben zu Hause zu sein. Ich höre auf, mir über das Wie und Warum Gedanken zu machen. Er erzählt mir von seiner Möbelwerkstatt und dass er, nach einigen Startschwierigkeiten, inzwischen recht erfolgreich damit ist. Seine Maßanfertigungen zieren ihm zufolge sogar einige der Nobelhotels in der Stadt, und er reist quer durchs ganze Land, um seine Bestellungen persönlich auszuliefern, zum einen, weil er gern neue Menschen trifft, und zum anderen, weil er gern neue Gegenden kennenlernt. Man kann sich unglaublich gut mit ihm unterhalten, er ist ein herzensguter Mensch, und ich werde das seltsame Gefühl nicht los, ihm in meinem eigenen Leben schon einmal über den Weg gelaufen zu sein.

»Das war jetzt aber echt genug von mir«, sagt er auf einmal, »ich möchte mehr über dich erfahren. Erzähl doch mal von deiner Familie.«

Ich antworte nicht sofort.

Was soll ich auch sagen? Dad, Jess und die Jungs, Mum – sie scheinen unendlich weit weg zu sein, in einem anderen Leben –, so fühlt es sich jedenfalls an.

»Sagen wir einfach, ich brauchte einen Neuanfang«, antworte ich schließlich.

Und mir wird schlagartig klar, dass ich damit womöglich sogar recht habe.

»Tja, ich hoffe, du findest, was du suchst, Emily.« Er sieht mich mit seinen geradezu verstörend grünen Augen an. Dann dreht er plötzlich das Ziffernblatt der altmodischen Uhr mit dem braunen Armband, die er am Handgelenk trägt, in meine Richtung. »Schau mal einer an, sieht ganz so aus, als hätten wir es bis zur Vorstellung geschafft. Bist du dabei?«

Ich bin mir nicht sicher, ob es an dem angenehmen Sättigungsgefühl oder den rosafarbenen Flecken am Himmel liegt, aber ich nicke.

»Okay«, erwidere ich. »Ich bin dabei.«

Die Veranstaltungshalle füllt sich langsam, und mein Atem geht zunehmend schneller. Als wir ankamen, waren kaum Leute im Zuschauerraum, ich fühlte mich leicht trunken von diesem Abend, und alles erschien mir wie ein schöner Traum.

Doch als ich jetzt durch den verdunkelten Zuschauerraum gehe, lässt die berauschende Wirkung langsam nach, und noch dazu ist die klare Weite des Himmels über mir verschwunden.

Hier drinnen erscheint alles so massiv, real und finster.

»Das sind unsere«, sagt Adam und deutet auf zwei Plätze mitten im Saal.

Mein Herzschlag beschleunigt sich.

Was mache ich hier eigentlich mit diesem Typen?

Hatte ich wirklich geglaubt, ich könnte so tun, als sei das alles hier vollkommen normal?

Ich kann doch nicht einfach das Leben einer anderen auf den Kopf stellen.

Adam hat unsere Reihe erreicht und dreht sich zu mir um.

»Kommst du?«, fragt er lächelnd.

Da ich nicht weiß, was ich sonst tun soll, nicke ich und folge Adam zu dem Platz neben seinem.

Während wir auf den harten Sitzen auf den Beginn der Vorstellung warten, strömen immer mehr Menschen in den Saal, und das Stimmengewirr um uns herum schwillt an. Inzwischen sind kaum noch Plätze frei, und Adam strahlt zufrieden. Er lässt den Blick über die Bühne wandern und beobachtet, wie sich der Zuschauerraum zunehmend füllt. Wenn ich nicht gerade gegen die aufsteigende Panik ankämpfen würde, fände ich es sicherlich süß, wie sehr er sich für die kleinen Dinge im Leben begeistern kann.

Aber mein Körper scheint nur noch aus Angst zu bestehen.

Ich kriege keine Luft mehr.

Instinktiv lege ich eine Hand an die Brust, dahin, wo normalerweise meine Narbe ist. Ich habe das Gefühl, das irgendwo dort unter der Haut mein altes, schwaches Herz schlägt.

Inzwischen sind wir von einer großen Menschenmenge umgeben, und aus den Lautsprechern ertönt von allen Seiten Musik, die mir im Kopf dröhnt und mir schmerzhaft durch die Glieder fährt. Dann betritt ein Mann die Bühne, den ich schon mal im Fernsehen gesehen habe, und alle brechen in rasenden Applaus und Jubel aus. Neben mir klatscht Adam sichtlich vergnügt in die Hände, während ich mich stocksteif in meinen Sitz presse und mit den Händen die warmen Plastiklehnen umklammere.

Dann spüre ich plötzlich seine Hand auf meiner. Er beugt sich zu mir herüber und fragt besorgt: »Alles in Ordnung, Emily?«

Ich ringe nach Luft, ein Gefühl, das ich nur zu gut kenne. Nur dass es diesmal nicht an meiner Krankheit liegt.

»Ich muss hier raus«, stammele ich.

»Was hast du gesagt?«, fragt er über den Lärm hinweg.

Der Mann auf der Bühne erzählt irgendetwas – über eine Party, auf der er war, und einen Vorfall mit Whisky und einer Waschmaschine.

Um mich herum erschallt brüllendes Gelächter.

Ich muss hier raus – und zwar sofort.

Und eh ich michs versehe, quetsche ich mich schon, begleitet von Seufzern und Unmutslauten, durch die Reihe. »Sorry … 'tschuldigung … Tut mir leid«, ist alles, was ich hervorbringe. Ich sehe mich nicht um, sondern schiebe mich einfach weiter, bis ich das Ende der Reihe erreicht habe, dann renne ich in Richtung Ausgang. Ich nehme dunkel wahr, wie jemand meinen Namen ruft – Emily –, aber in meinem Kopf herrscht nur ein einziger Gedanke: *Ich kann das einfach nicht.*

Draußen im Biergarten eile ich hastig über das Gelände, vorbei an dem Holztisch mit dem roten Sonnenschirm, an dem wir gerade noch gesessen und gelacht haben, an Svens Pizzawagen, an dem noch Hochbetrieb herrscht. Irgendwann drehe ich mich um und blicke zurück zu dem Veranstaltungsort, aus dem ich gekommen bin. Adam ist nirgendwo zu sehen, warum sollte er mir auch gefolgt sein? Wahrscheinlich will er nie wieder etwas mit mir zu tun haben. Und das ist vermutlich auch besser so.

Schließlich könnte der ganze Spuk hier schon morgen vorüber sein.

Unter dem inzwischen marineblauen, sternenfunkelnden Himmel mache ich mich über das Kopfsteinpflaster auf den Weg nach Hause. Allein, wie immer.

***

Ich kann nicht mehr genau sagen, was ich in puncto Beziehungen erwartet habe, als Cat noch lebte, aber ich meine, dass ich optimistisch war. Ich habe nicht allzu viel über die Details nachgedacht, aber an eins glaubte ich ganz fest: Wenn Cat jemanden finden konnte, der sie liebte, würde mir das sicher auch gelingen – trotz meiner Krankheit.

Und nach ihrem Tod? Nachdem ich einen Teil von mir auf so tragische Weise verloren hatte – nachdem ich uns allen so viel Schmerz bereitet hatte? Tja, danach änderte sich alles. Ich begann, mir wegen jeder noch so winzigen Kleinigkeit Sorgen zu machen; darüber, was passieren konnte, wenn ich das Haus verließ, zu schnell ging oder mich zu weit entfernte. Denn mir war nur allzu bewusst, dass ich uns alle ins Unglück stürzen konnte, wenn ich irgendwelche Risiken einging. Und hatte ich nicht schon genug Kummer verursacht? Und doch versuchte ich krampfhaft, den Anschein zu erwecken, alles sei in bester Ordnung – immerhin war auch die Welt meiner Eltern zusammengebrochen, genauso wie die von Jess. Ich vergrub all meine Sorgen unsichtbar für alle anderen tief in meinem Inneren, so, wie ich es immer tat.

Abgesehen von ein paar verstohlenen Küssen auf der ein oder anderen Highschool-Party, als Cat noch lebte, hatte ich meine erste richtige Beziehung ein paar Jahre nachdem ich angefangen hatte, bei dem Reiseveranstalter zu arbeiten. Denn nach Cats Tod musste mein Studienplatz an der Kunsthochschule mit als Erstes dran glauben. Der Job war hier in Edinburgh und erschien mir unter den gegebenen Umständen die wesentlich vernünftigere Alternative. Gesundheitlich ging es mir besser, und zumindest für eine kurze Weile konnte ich durchatmen und ein normales Leben wagen.

Sein Name war Theo, er war ein lieber und lustiger Kollege, und es machte einfach Spaß, mit ihm zusammen zu sein. Meine angeschlagene Gesundheit schien ihm nicht sonderlich viel auszumachen. Wenn ich es mir recht überlege, verbrachten wir auch gar nicht genug Zeit miteinander, als dass er das volle Ausmaß meiner Krankheit hätte verstehen können. Wir führten eine ziemlich lockere Beziehung, trafen uns vielleicht zwei, drei Abende pro Woche, bei ihm natürlich, weil ich ja noch zu Hause wohnte. Ich denke, mir gefiel die Unverbindlichkeit des Ganzen – ich brauchte nicht darüber nachzugrübeln, ob er mich wirklich liebte oder nicht, da mir nach etwa vier Monaten klar war, dass ich selbst nicht wirklich mit dem Herzen dabei war. Vielleicht war es nicht fair von mir, ihn derart hinzuhalten, aber ich glaube, dass es ihm damals ganz gelegen kam.

Wir genossen den unkomplizierten Sex und die Gesellschaft des anderen, doch als der Reiz des Neuen verflogen war, lagen wir uns immer öfter in den Haaren, bis ich ihn eines Tages geradeheraus fragte, ob er überhaupt eine Zukunft für uns sähe.

Er sagte Nein, und ich war erleichtert.

Alles in allem waren wir nur sechs Monate zusammen, dann war die Leidenschaft auf beiden Seiten erloschen, wie ein Stern, der niemals dazu bestimmt gewesen war, hoch oben am Himmel zu erstrahlen. Schließlich kündigte er seinen Job beim Reiseveranstalter, um sich selbst ins Abenteuer zu stürzen, so wie es die meisten meiner Kollegen taten. Die Beziehung hinterließ keine Narben, und das war mir nur recht.

Danach blieb ich einige Jahre allein. Mein Herz machte mir immer wieder zu schaffen, und wenn ich nicht gerade im Krankenhaus war, arbeitete ich oder hing zu Hause rum.

So vergingen die Jahre, und ich sah all die Fotos im Internet von Leuten, die nach der Schule von zu Hause weggingen, um zu studieren, im Ausland zu arbeiten oder an farbenfrohen, sonnigen Orten auf der anderen Seite des Globus wandern zu gehen. Ich drückte mein Gesicht ins Kissen und weinte, denn es war alles so wahnsinnig ungerecht. Wussten die überhaupt, wie gut sie es hatten?

Irgendwann traf ich dann Nick. Natürlich auch bei der Arbeit, wo sonst? Ich ging schließlich nirgendwo anders hin. Meine Gefühle Theo gegenüber waren allenfalls lauwarm gewesen, doch bei Nick schien es mir die wahre Liebe zu sein – zumindest hatte ich sie mir immer so vorgestellt. Er war warmherzig, hatte Humor, reiste für sein Leben gern und liebte Sportarten, die den Adrenalinspiegel in die Höhe trieben. Er sprudelte über vor Energie, wollte die ganze Welt bereisen und so viel wie möglich erleben. Ich wünschte ihm viel Glück, wenn er an einem Marathon teilnehmen oder einen Munro, einen der höheren Berge Schottlands, besteigen wollte; saß mit ihm beim Nepalesen, Japaner oder Griechen und sah zu, wie er sich durch die Speisekarte futterte, während ich mich wie immer mit einem möglichst einfachen Gericht begnügte. Ich strahlte ihn glücklich an, wenn er mir von all den Orten vorschwärmte, die er sehen, und all den Abenteuern, die er dort erleben wollte – Tauchen und mit Haien schwimmen in Australien, den Tafelberg in Südafrika besteigen und ohne Hilfsmittel die Antarktis durchqueren. Ich liebte ihn, und ich denke, er hat mich auch geliebt – zumindest für eine Weile. Nicht, dass wir je dazu gekommen wären, es einander zu sagen.

Nach sechs Monaten begannen wir dann, Pläne zu schmieden. Wir malten uns aus, wie es wäre, gemeinsam auf Reisen zu gehen. Mit Theo wäre mir das nie in den Sinn gekommen, doch mit Nick erschien es nicht mehr so undenkbar. Rückblickend betrachtet, habe ich mich wohl an mein optimistischeres Ich geklammert, das vor Cats Tod existierte, und mich in der Hoffnung in diese Beziehung gestürzt, dass schon alles gut werden würde. Gleichzeitig unterdrückte ich die Ängste, die mich zu überwältigen drohten – nicht imstande zu sein, seine Erwartungen zu erfüllen.

Meiner Familie noch mehr Kummer und Sorge zu bereiten.

Wir waren rund acht Monate zusammen, als ich den Artikel auf seinem Laptop fand – darüber, ob Menschen mit meiner Krankheit Reisen an entlegene Orte unternehmen oder Risikosportarten betreiben konnten.

Hiervon ist abzuraten. So lautete das Fazit, das mir natürlich längst bekannt war.

Ich habe ihn nie darauf angesprochen – ich hätte es einfach nicht ertragen, es ihn laut aussprechen zu hören. Aber sein angespannter Gesichtsausdruck, wenn er sich unbeobachtet fühlte, entging mir nicht. Ich verursachte ihm Schmerz, weil ich war, wie ich war. Denn ich konnte jeden Moment tot umfallen und ihn allein zurücklassen. Um ehrlich zu sein, lebte ich in ständiger Angst, er würde eines Tages einfach mir nichts, dir nichts verschwinden, wenn ihm alles zu viel wurde. Deshalb war ich schließlich diejenige, die vorschlug, getrennte Wege zu gehen – um unser beider willen. Wenn er mich wirklich liebte, so dachte ich, würde er schon bleiben. Doch obwohl er anfangs ehrlich verletzt schien, gab er kampflos auf.

Am Tag darauf packte ich meine Sachen, während er mich traurig von der Tür aus beobachtete. Wie verabschiedeten uns voneinander, versprachen, in Kontakt zu bleiben, und das war es dann. Ich zog wieder bei meinen Eltern ein, und er ging auf Reisen.

Ein paar Monate später infizierte ich mich mit einem Virus, der meinen Gesundheitszustand erschreckend schnell verschlechterte. Um ehrlich zu sein, war ich erleichtert, dass ich nicht mehr mit Nick zusammen war. So musste er wenigstens nicht so tun, als mache ihm das alles nichts aus.

Damals war mir klar, dass dieses Kapitel meines Lebens endgültig abgeschlossen war.

Ich würde nie wieder mein Herz aufs Spiel setzen.

Kapitel 11

Jeden Morgen versuche ich aufs Neue, mich in dieser unbekannten Realität zurechtzufinden, aber es fühlt sich noch immer ausgesprochen seltsam an, in einem fremden Körper zu stecken. Angst lässt meinen Puls immer wieder in die Höhe schnellen, sodass ich mich schon gefragt habe, ob Emily vielleicht auch einen Herzfehler hat. Ich habe so viele Jahre ununterbrochen damit verbracht, mich in Acht zu nehmen, dass ich anscheinend gar nicht mehr anders kann. Außerdem werde ich das Gefühl nicht los, dass Emily nicht endgültig verschwunden ist – dass sie jeden Moment zurückkommen und ihr Leben wieder übernehmen könnte. Und solange werde ich dafür Sorge tragen, dass alles reibungslos weiterläuft. Bloß keine Probleme verursachen.

Ich bringe die Einwegkamera zu einem Kiosk an der Ecke. Diesen Eingriff in Emilys Privatsphäre halte ich für vertretbar, schließlich muss ich herausfinden, was hier eigentlich vor sich geht. Allerdings geht mir langsam das Geld aus, sodass ich nicht werde bezahlen können, wenn ich die Bilder abhole. Mir wird bewusst, dass ich mich eventuell doch darauf einstellen muss, eine Weile hier zu sein. Also gehe ich mit ein paar Unterlagen zur Bank, um mir einen Überblick über Emilys Finanzen zu verschaffen. Ich muss wissen, welche Mittel ich zur Verfügung habe, um Emilys Leben weiterzuführen – angefangen mit ihrer Miete. Als ich erfahre, wie viel sie auf dem Konto hat, staune ich nicht schlecht – offenbar hat sie einiges zurückgelegt. Es sind keine Reichtümer, aber immerhin genug, um ein gutes Jahr davon zu leben, ohne arbeiten zu gehen, und in Anbetracht der Tatsache, dass sie ihren Job in London so Hals über Kopf verlassen hat, hatte sie das vermutlich von Anfang an vor.

Seit Kurzem bekomme ich regelmäßig Besuch von einem Kater, und ich freue mich, wieder etwas Gesellschaft zu haben. Er hat weder ein Halsband noch sonst eine Marke, und ich frage mich, ob Emily ihm einen Namen gegeben hat. Ich nenne ihn Ferris – Cat hätte das sicher sehr amüsant gefunden.

Adam laufe ich nicht wieder über den Weg, höre nur das sanfte Klicken seiner Tür und das Geräusch seiner Schritte auf den Steinstufen, wenn er die Wohnung verlässt oder nach Hause kommt. Er lässt mich in Ruhe, verständlicherweise. Allerdings weiß ich nicht so recht, ob ich mich darüber freuen soll oder nicht. Wenn ich daran denke, was passiert ist, plagt mich das schlechte Gewissen, aber schließlich kann ich es nicht mehr ändern. Und außerdem könnte ich jeden Moment von der Bildfläche verschwinden, und auch Adam könnte sich davonmachen. Genauso wie in meinem alten Leben – sobald sie erfahren, welche Zukunftsaussichten Menschen wie ich haben, spüre ich, dass unserer Beziehung gerade der Todesstoß versetzt wurde.

Es ist für uns beide besser, wenn ich uns diesen Schmerz erspare.

Mich auf nichts einlasse.

Ich lasse mich von Emily inspirieren, ziehe durch die Stadt und mache hier und da ein paar Fotos, wobei ich zunehmend genau auf die Motive und die Perspektive achte, so wie bei meinen Zeichnungen. Und es tut mir gut, mal etwas ganz anderes auszuprobieren.

Etwas Neues.

An den meisten Tagen gehe ich an unserem Haus vorbei, ohne recht zu wissen, was ich da eigentlich soll. Ich sehne mich einfach nach etwas Vertrautem. Ab und zu entdecke ich Mum im Garten oder beobachte, wie Dad von der Arbeit nach Hause kommt, und die vertrauten alltäglichen Abläufe beruhigen mich.

Doch dann sehe ich mich manchmal selbst am Fenster stehen oder zu einem Spaziergang aufbrechen und mache mich hastig aus dem Staub – es ist einfach zu schmerzhaft, mit anzusehen, wie sich mein Zustand von Tag zu Tag verschlechtert, wohl wissend, wohin das Ganze führen wird. Zweimal rufe ich Jess noch an, sehr zu ihrem Ärger. »Graham, schon wieder diese Idioten, die sich nicht melden!«, rief sie in einem Tonfall, der mich gleichzeitig zum Lachen und zum Weinen brachte. Gott, sie fehlt mir so sehr. Zum Glück habe ich bereits einen anderen Weg gefunden, sie trotz allem zu sehen, denn ihr Leben bestand zu dieser Zeit aus einer Vielzahl kleiner Gewohnheiten und regelmäßiger Ausflüge; nur so konnte sie ihren Alltag mit zwei energiegeladenen Kleinkindern im Schlepptau bewältigen.

Am folgenden Mittwoch schlendere ich deshalb an ihrem Lieblingsspielplatz in den Meadows entlang. Ich spreche sie nicht an; ich wüsste auch gar nicht, was ich sagen sollte, schließlich bin ich eine Fremde für sie. Aber es tut gut, sie und die Jungs einfach nur dort zusammen zu sehen, und für den Moment muss das wohl genügen.

Ich schlafe sehr schlecht und schrecke nachts immer wieder vollkommen desorientiert hoch. Doch dann, fünf Tage nach meinem Date mit Adam, verspüre ich plötzlich einen gewaltigen Energieschub, der mir kribbelnd und knisternd durch alle Glieder fährt. Am Donnerstagvormittag ist mir klar, dass ich deswegen etwas unternehmen muss. Ich durchwühle die Kommode im Schlafzimmer, bis ich ein Paar teuer aussehende Sportleggins und ein Laufshirt finde. Das Nylon fühlt sich anfangs seltsam an auf meiner Haut, aber schon bald merke ich es gar nicht mehr. Ich schlüpfe in die leuchtend blauen Joggingschuhe neben der Tür, die mir wie angegossen passen, und als ich anschließend in den Spiegel schaue, muss ich lächeln. Ich sehe aus wie eine ganz normale Joggerin, die zu ihrer täglichen Runde in der Morgensonne aufbricht.

Die Luft draußen ist etwas kühler als an den vorherigen Tagen, und der Himmel ist mit sanften weißen Wolken übersät. Anfangs begnüge ich mich mit einem zügigen Schritttempo, doch mein Herz schlägt immer schneller, geradezu aufgeregt – als wüsste der Muskel bereits, was als Nächstes kommt. Als ich die Meadows erreiche, rennt einer der etlichen anderen Jogger, die dort bereits unterwegs sind, so dicht an mir vorbei, dass der Luftzug meine Haut kitzelt. Wie von selbst setzen sich auch meine Füße plötzlich in Bewegung, gefolgt von meinen Armen, und dann renne ich los. Ich rieche das süße Gras und die Bäume um mich herum, und mit einem Mal überkommt mich ein überwältigendes Gefühl körperlicher Erlösung. Dieses Kribbeln, das sich seit Tagen in mir aufgestaut hat – mein unregelmäßiger Puls, der mir solche Sorgen gemacht hat –, all das findet plötzlich ein Ventil. In einem unerwarteten Freudenrausch jage ich immer schneller durch den Park, vorbei an der Joggerin, der ich vorhin gefolgt bin, vollkommen überwältigt von der Kraft, die in diesem Körper steckt.

Ein Gefühl grenzenloser Freiheit.

Als das Kribbeln endlich zu verebben beginnt, habe ich die Meadows viermal umrundet. Eine nie gekannte Zufriedenheit breitet sich in mir aus, und ich mache mich im Laufschritt auf den Weg zurück zur Wohnung.

Als ich den Schlüssel ins Haustürschloss stecke, spüre ich einen Tropfen auf meiner Haut. Dann noch einen, und im nächsten Augenblick öffnet der Himmel seine Schleusen.

Das Wasser rinnt kühlend über meinen erhitzten Körper und in meinen ausgetrockneten Mund. Ich rühre mich nicht von der Stelle, während mich der schwere Duft des auf die Straße und gegen die Häuserwände trommelnden Regens umgibt. Ich schließe die Augen, lege den Kopf in den Nacken, bleibe reglos stehen und lasse mich einfach patschnass regnen. Es ist mir vollkommen egal, ob ich friere oder krank werde oder sonst etwas Schlimmes passiert, wie Mum mir immer predigt.

Als ich schließlich die Augen wieder öffne, sehe ich Adam im obersten Stockwerk am Fenster stehen und mit einem interessierten Schmunzeln zu mir herabblicken. Die Röte schießt mir ins Gesicht, und ich verschwinde hastig im Haus, wo ich, zwei Stufen auf einmal nehmend, die Treppe hinaufeile.

Wie lange hatte er mich wohl schon beobachtet?

Ich starre auf seine Tür. Mein Herz klopft noch immer wie wild, aber ich bin mir nicht mehr sicher, weshalb. Als ich die Wohnung betrete, erfüllt mich das unglaubliche Gefühl, alles tun zu können, in einer strahlenden, unbeschwerten Welt.

Voller Überschwang hüpfe ich geradezu ins Badezimmer, schäle mich aus meinen nassen Sachen und lasse sie achtlos auf den Boden fallen. Sommerregen trommelt gegen die dünne Fensterscheibe, und als ich unter die Dusche steige, gestatte ich mir, diesen Körper, der mir die Kraft schenkt, mich so zu verausgaben wie heute, eingehend zu betrachten. Ich bleibe eine Weile unter dem warmen Wasserstrahl stehen und genieße es, von Kopf bis Fuß gereinigt zu werden. Langsam taue ich wieder auf und überlasse mich für einen Moment dem Gefühl vollkommenen Friedens.

In ein Handtuch geschlungen suche ich mir ein Paar Jeansshorts und ein pinkfarbenes Oberteil aus. Dann betrachte ich mich im Spiegel und fahre mit den Fingern über die bloße Haut entlang des Saumes des samtigen Oberteils. Als Nächstes kämme ich mir die Haare, bis sie geschmeidig und leicht gewellt herabfallen. Emily hat sie bestimmt auch so getragen. Es ist faszinierend zu sehen, wie sehr die Haut nach meinem Power-Run strahlt, obwohl ich weder Make-up noch irgendeine Creme oder Lotion aufgetragen habe.

Ich bin auf dem Weg in die Küche, um mir einen Tee zu kochen, als ich es mir plötzlich anders überlege und zur Wohnungstür gehe. Ich trete auf den Flur hinaus, und mein Herz hämmert nervös, als ich vor Adams Tür stehe. Doch ich kann ihm nicht ewig aus dem Weg gehen, schließlich sind wir Flurnachbarn. Und davon mal ganz abgesehen, sollte ich mich vielleicht bei ihm für mein abruptes Verschwinden neulich entschuldigen. Wenn er nichts mehr mit mir zu tun haben will, dann ist es eben so.

Ich habe gerade die Hand erhoben, um zu klopfen, als die Tür plötzlich aufschwingt und Adam mit einem Rucksack auf dem Rücken vor mir steht, offensichtlich auf dem Sprung.

»Oh, hallo«, sagt er sichtlich überrascht, aber ich glaube, auch einen Hauch von Freude in seinem Gesicht auszumachen.

»Hi«, erwidere ich und versuche, ruhig weiterzuatmen.

Einen Moment herrscht Schweigen, während er mich erwartungsvoll ansieht.

Dann nehme ich all meinen Mut zusammen. »Ich wollte nur sagen, na ja, es tut mir echt leid wegen neulich, also dass ich da einfach abgehauen bin, das war ziemlich daneben von mir. Aber ich hab auf einmal totale Panik gekriegt, ist halt alles ein bisschen viel zurzeit.«

Einen Augenblick lang bin ich sicher, dass er mir jeden Moment die Tür vor der Nase zuschlägt, doch dann breitet sich wieder das inzwischen vertraute schiefe Grinsen auf seinem Gesicht aus, und mein Magen schlägt einen Purzelbaum.

»Entschuldigung angenommen. Schließlich hast du ja gesagt, dass du noch einiges verarbeiten musst. Nimm dir so viel Zeit wie nötig, Emily, und falls du doch mal jemanden zum Reden brauchst, weißt du, wo du mich finden kannst.« Er deutet mit dem Daumen auf die einladend aussehende Wohnung hinter sich.

»Danke«, erwidere ich erleichtert. Und füge hinzu: »Dass du mich nicht für ein totales Arschloch hältst.«

Er sieht mich sanft an. »Das ist das Allerletzte, wofür ich dich halte, Emily. Ich genieße es einfach, dich kennenzulernen. Und ich würde gern mehr Zeit mit dir verbringen, und sei es lediglich als Freunde.«

»Freunde«, wiederhole ich nach einer Weile. »Ja, ich denke, das sollte klappen.«

»Das freut mich«, erwidert er, und sein Lächeln lässt darauf schließen, dass er es ehrlich meint. »Ach ja, das hier habe ich für dich aus dem Schrank geholt, für den Fall, dass wir uns über den Weg laufen.«

Er zieht etwas Orangefarbenes aus der Tasche, und als er es mir reicht, berühren sich unsere Finger für einen Moment. Es ist ein Stirnband. »Ich hab dich im Regen laufen sehen. Habe es selbst nie getragen und dachte, vielleicht wäre es was für dich, wenn du das nächste Mal joggen gehst. Oder falls du mal wieder aus einer Show Reißaus nimmst …«

Ich lache auf, während ich mit gespieltem Ärger die Augenbrauen hochziehe.

»Also ehrlich, ich weiß nicht, ob ich mich bei dir dafür bedanken oder es dir lieber ins Gesicht schleudern sollte.«

Er grinst, und seine grünen Augen strahlen. »Es tut gut, dich wieder lachen zu sehen.«

Stille.

»Ich muss dann mal los in die Werkstatt. Man sieht sich.« Mit diesen Worten schließt er die Tür hinter sich ab und macht sich auf den Weg die Treppe hinunter. Ich spüre etwas in mir aufsteigen, Worte, die unbedingt gehört werden wollen. Ich lehne mich über das Geländer.

»Adam«, rufe ich ihm hinterher, und er dreht sich sofort zu mir um. Ich hole tief Luft. »Du hast nicht zufällig Lust, nachher eine Runde mit mir spazieren zu gehen?«

Er antwortet nicht sofort, und ich halte angespannt den Atem an. Hat er es am Ende gar nicht so gemeint?

Vielleicht war das alles nur so dahingesagt?

Aber dann lächelt er. »Okay. Ich denke, das sollte klappen. Passt es dir am frühen Abend?«

»Klingt super«, erwidere ich.

Kurz darauf ist er verschwunden, und ich stehe allein am Geländer. Mein ganzer Körper kribbelt, und mich überkommt das Gefühl, dass ich vielleicht doch noch ein bisschen länger hierbleiben möchte.

Am Nachmittag gehe ich zu dem kleinen Kiosk, wo ich die Einwegkamera abgegeben habe. Ich bin gespannt, was auf den Fotos drauf ist – und warum sie noch nicht entwickelt waren. Die Spiegelreflexkamera scheint der einzige Wertgegenstand in Emilys Wohnung zu sein, und wenn ihr die Fotografie so wichtig ist, warum hat sie dann auch so ein billiges Teil? Wie dem auch sei, es ist die einzige Spur, der ich noch nicht nachgegangen bin, soweit ich weiß.

Sobald ich die Fotos bezahlt habe, verlasse ich den Laden eilig wieder und schaue mir die Bilder gleich draußen auf der Straße an. Sonnenlicht spiegelt sich in der ersten Aufnahme, aber man erkennt ihn trotzdem – einen attraktiven Mann mit blonden Haaren und einem markanten Kinn. Er sieht aus wie ein Filmstar und lächelt von seinem Platz ihr gegenüber breit in die Kamera. Sie sitzen an einem Tisch auf irgendeiner heißen Piazza. Das nächste Bild ist ein Selfie von ihm und Emily an einem anderen Ort. Sie küssen sich, ihre Haare verfangen sich in seiner Jacke, und er hält ihre Wange. Und so geht es weiter, Foto um Foto von ihm oder ihr oder beiden zusammen, eindeutig bis über beide Ohren ineinander verliebt.

Als ich das letzte Bild betrachte, auf dem sie gemeinsam in einem Fahrstuhl stehen, überkommt mich ein äußerst merkwürdiges Gefühl.

Kenne ich ihn nicht von irgendwoher?

Noch immer in das Foto vertieft, reißt mich plötzlich ein Klingelton aus meinen Gedanken. Ich lasse meinen Blick über die anderen Passanten wandern, in der Annahme, dass einer von ihnen angerufen wird, doch dann stelle ich fest, dass ich es bin.

Das Handy.

Ich ziehe es hastig aus der Handtasche und starre panisch auf den Namen, der auf dem Display aufleuchtet.

Fran.

Einen kurzen Moment lang spiele ich mit dem Gedanken, einfach nicht ranzugehen – wenn die beiden Cousinen sind, wird Fran sicher merken, dass sie nicht mit ihrer Emily spricht. Mit Adam war das etwas anderes, Emily war ja erst vor Kurzem eingezogen, aber hier handelt es sich um zwei Frauen, die offensichtlich ein Herz und eine Seele sind.

Nein, ich kann einfach nicht mit ihr sprechen.

Allerdings möchte ich auch nicht, dass Emilys Freundschaften meinetwegen leiden. Ich kann doch nicht alle Menschen in Emilys Leben bewusst ignorieren, während ich hier bin, und dadurch noch mehr Probleme verursachen. Ich muss vorerst allen etwas vorgaukeln.

»Hallo?«, sage ich, als ich schließlich drangehe.

»Schau mal einer an, du lebst also doch noch«, ertönt eine Stimme am anderen Ende der Leitung.

Ich kann mir ein Schmunzeln nicht verkneifen. Sie klingt fast wie Jess.

»Hi Fran«, sage ich zaghaft.

»Hi Fran?«, schallt es ungläubig zurück. »Mehr hast du mir nicht zu sagen? Nachdem wir ein Leben lang befreundet sind, verschwindest du ausgerechnet nach Schottland und schaltest dann auf absolute Funkstille. Ich weiß, du hast gesagt, dass du dich erst mal einleben musst, E., aber ehrlich.«

Obwohl ich diese junge Frau nicht kenne, höre ich den Schmerz heraus, der sich hinter ihren flapsigen Worten verbirgt.

Und vielleicht sogar eine Spur Panik? Die beiden müssen sich wirklich sehr nahestehen.

»Tut mir echt leid«, entschuldige ich mich. »Es ist hier immer noch alles so … fremd. Ich muss mich erst mal zurechtfinden.«

»Na, dann mal raus mit der Sprache – erzähl mir alles.«

Ich überlege, was ich sagen soll, was Emily sagen würde, doch noch bevor ich den Gedanken zu Ende geführt habe, fährt sie fort: »Ach, und falls es dich interessiert, die Hochzeitsvorbereitungen laufen wie am Schnürchen, vielen Dank.«

»Ach ja … die Hochzeit.« Die Tatsache, dass ich bereits etwas über Fran weiß, verleiht mir ein wahres Hochgefühl. Ich muss daran denken, wie ich vor ein paar Jahren Jess' und Grahams großen Tag organisiert habe. Jess war damals bereits schwanger, also habe ich ihr fast alles abgenommen, und es hat mir viel Spaß gemacht, vor allem, weil wir dadurch so viel Zeit miteinander verbrachten. Und das tat gut nach der Sache mit Cat.

»Alles im grünen Bereich?«, frage ich Fran.

»Doch, super. Die Checkliste, die du uns gegeben hast, ist eine Riesenhilfe. Uns fehlt nur noch der Sitzplan. Da fällt mir ein, hast du eigentlich schon mit Simon gesprochen?«

Simon. Der Mann auf den Fotos.

Ich frage mich, woher, aber ich weiß einfach, dass es so ist. Als hätte ich mich plötzlich wieder daran erinnert. Ein seltsames Gefühl. Gleichzeitig wird mir klar, dass Fran mir mit Sicherheit die Antworten auf die meisten meiner Fragen liefern kann.

»Bisher noch nicht«, erwidere ich nach kurzem Zögern. So viel zumindest ist wahr. »Und du?«, erkundige ich mich vorsichtig.

»Nein, aber ich kann auch nicht behaupten, dass ich das Bedürfnis hätte, ihn zu sehen, nach allem, was er getan hat.«

Ich schweige einen Moment, als mich das seltsame Gefühl erneut überkommt, stärker diesmal.

»Er ist fremdgegangen ... als wir schon verlobt waren«, kommen die Worte langsam aus meinem Mund.

»Na ja, *hundertprozentig* weißt du das nicht«, entgegnet Fran. »Du hast lediglich eine Restaurantquittung gefunden.«

»Über ein Essen für zwei Personen«, flüstere ich.

»Ja, stimmt. Schon ein bisschen verdächtig«, gibt Fran zögernd zu.

O Gott.

Deshalb ist Emily also hierhergezogen.

Plötzlich ergibt alles einen Sinn – die einschneidenden Veränderungen, die teuren Sachen in der bescheidenen Wohnung, die Fotos von einem Mann, der mir so bekannt vorkommt. Und als ich jetzt auf meine Hand hinabsehe, fällt mir etwas auf, das mir bisher entgangen ist – eine blasse Linie, die sich um meinen Ringfinger zieht.

Aber woher um alles in der Welt weiß ich, dass sie verlobt waren? Und dass er sie betrogen hat?

Und mit wem eigentlich?

Als hätte sie meine Gedanken gelesen, fragt Fran vorsichtig: »Hast du eigentlich herausgefunden, mit wem er sich an dem Abend getroffen hat? Ich kann immer noch nicht fassen, dass er die Quittung so offen hat rumliegen lassen.«

»Nein.«

»Und dir geht es wirklich gut?«, erkundigt sich Fran. Man hört, dass sie sich Sorgen macht. »Ich könnte dich in Edinburgh besuchen kommen, wenn du magst.«

»Ist schon in Ordnung«, erwidere ich nach kurzem Zögern. »Vielleicht später mal. Ich glaube, ich muss mich erst mal richtig eingewöhnen.«

Schweigen.

»Also gut«, lenkt Fran ein. »Sag mir Bescheid, falls du es dir anders überlegst.«

Ich bin im Begriff, mich zu verabschieden, als ich einen tiefen Atemzug am anderen Ende der Leitung vernehme.

»Du fehlst mir total, E., ehrlich«, sagt sie dann, und ich zögere. Sie klingt unglücklich.

»Du fehlst mir auch«, versichere ich ihr, schon aus reiner Nettigkeit.

»Aber ich glaube, ich verstehe, warum du eine Veränderung brauchtest«, fährt sie fort, als versuchte sie gerade, sich selbst darüber klar zu werden. »Mit deinen irren Arbeitszeiten, dem Fitnessstudio jeden Morgen und dem gegrillten Fisch jeden Abend … Auch wenn die meisten Menschen wahrscheinlich ihre Seele verkauft hätten, um mit dir tauschen und in dein riesiges Penthouse einziehen zu können. Nicht, dass du dich oft darin aufgehalten hättest. Aber du warst ja an der Uni auch nicht anders – Arbeit, Arbeit, Arbeit, weißt du noch? Und dann hast du wahrscheinlich einfach nahtlos so weitergemacht. Letztes Jahr haben wir dich ja kaum noch zu Gesicht gekriegt.«

Ich frage mich, wen genau sie mit *wir* meint. Und warum ist Emily ausgerechnet nach Edinburgh gezogen? Wenn sie überall hätte hingehen können?

»Das heißt aber nicht, dass ich dich nicht wieder hier haben möchte«, fügt Fran schnell hinzu. »Es ist nur … also, was ich dir raten würde, auch wenn ich gerade nur rumstottere – ruh dich gründlich aus, und nimm dir die Zeit, die du brauchst, um all das zu verarbeiten.«

»Tja, danke, dann weiß ich ja jetzt Bescheid«, erwidere ich schmunzelnd.

»Keine Ursache, E.«

»Und wenn du noch Hilfe bei der Hochzeitsplanung brauchst, ruf einfach an. Ich hab da einiges an Erfahrung.«

»Alles klar«, antwortet sie lachend. »Ich nehme dich beim Wort, nimm dich ja in Acht.«

Nachdem wir uns verabschiedet haben, verstaue ich die Bilder von Simon in meiner Handtasche und gehe zurück zur Wohnung.

Kapitel 12

Zur verabredeten Zeit warte ich draußen vor dem Haus auf Adam. Ich war gerade unterwegs, um mir ein paar Lebensmittel fürs Abendessen zu besorgen, als er heute Nachmittag anrief und sagte, dass er mich gegen sieben abholen würde. Er riet mir, etwas Warmes anzuziehen, was mich wunderte, denn nach meinem Telefonat mit Fran stiegen die Temperaturen angenehm an, und es wehte ein laues Lüftchen. Vor unserer Verabredung ging ich noch in ein Internetcafé, um mehr über Fran und Emily in Erfahrung zu bringen. Damit ich beim nächsten Mal besser vorbereitet bin. Wie sich herausstellte, wohnt Frans Familie in Kent, während Emily in London aufgewachsen ist, und der Rest der Verwandtschaft lebt in Rom. Sie sind auf dieselbe Eliteschule gegangen, haben dann zusammen in Oxford studiert und landeten schließlich auch in derselben Firma in London. Sie scheinen tatsächlich nicht nur Cousinen, sondern auch die dicksten Freundinnen zu sein.

Nachdem ich diesen Punkt auf meiner To-do-Liste abgehakt hatte, schnappte ich mir eine Decke und machte mich auf den Weg in die Meadows, wo ich den Rest des Nachmittags faul auf einer Wiese in der Sonne lag.

Jetzt stehe ich hier auf dem Gehsteig und frage mich, wo uns unser Spaziergang wohl hinführen mag. Vielleicht durch unser Viertel? Oder in die Stadt?

Ein weißer Bulli kommt die Straße herunter und hält zu meiner Überraschung direkt vor mir an. Durch das offene Fenster blicke ich in Adams grinsendes Gesicht.

»Spring rein.«

Ich runzele die Stirn.

»Ich dachte, wir wollten spazieren gehen.«

»Tun wir auch, keine Sorge«, erwidert er und sieht mich mit hochgezogener Augenbraue an, woraufhin ich amüsiert den Kopf schüttele.

Während ich um den Wagen herumgehe, sinne ich darüber nach, wie Adam es immer wieder schafft, mich zu überraschen. Trotzdem fühle ich mich in seiner Gegenwart absolut sicher.

Der Wagen riecht nach Holz und alten Ledersitzen und nach ihm.

Er trägt einen ausgefransten, tiefschwarzen Pulli, dessen hochgekrempelte Ärmel seine kräftigen Unterarme zur Geltung bringen, mitsamt dem ungewöhnlichen Tattoo. Ich spüre die Schmetterlinge in meinem Bauch und wende mich hastig ab, um den Gurt anzulegen.

Wir sind schließlich nur Freunde.

Für einen kurzen Moment frage ich mich, wie das bei Emily war. Hat sie auch mit Adam gesprochen? Oder war sie an dem Freitagabend, als er vorbeigekommen war, gar nicht zu Hause?

»Wohin fahren wir?«, frage ich schließlich, als er in den Verkehr einschert.

»Raus aus der Stadt, dachte ich. In die Pentlands.« Sein Blick ist konzentriert nach vorn gerichtet.

»Oh, das klingt gut. Wobei ich seit Jahren auf keinen Hügel mehr gestiegen bin.«

Er sieht kurz zu mir herüber. »Ehrlich? Das gibt's doch nicht.«

Mir gehen all die vielen Dinge durch den Kopf, die ich im Laufe der Jahre aufgegeben habe, die unzähligen Orte, die ich aus der Liste meiner persönlichen Möglichkeiten gestrichen habe.

»Na ja, meine Eltern hatten es nicht so mit dem Bergsteigen«, liefere ich schließlich als Erklärung.

Er lacht nur. »Na, da habe ich mir ja anscheinend genau das Richtige ausgesucht.«

Wir brausen durch Bruntsfield, dann Morningside, während der Himmel über uns rosa leuchtet. Darunter erwachen nach und nach die Straßenlaternen, wie eine Reihe winziger Sonnen, die den Tag am Leben erhalten wollen. In den Restaurants und Bars herrscht noch reger Betrieb, Menschen kommen und gehen, lachen, plaudern, rufen einander etwas zu.

»Ach, übrigens ist mir aufgefallen, dass du kein Auto hast. Du kannst jederzeit das hier benutzen, falls du mal eins brauchst.«

Ich zögere einen Moment, und er sieht zu mir herüber.

»Was ist los?«, fragt er.

»Nichts, nur … ich habe keinen Führerschein.«

»Echt nicht? Wie kommt's?«

Ich antworte nicht sofort. Wie soll ich ihm erklären, dass ich nie Auto gefahren bin, obwohl die Ärzte absolut keine Bedenken hatten. Aber was, wenn ich am Steuer einen Herzinfarkt bekäme? Oder ohnmächtig würde? Und womöglich andere in Gefahr brächte?

»Braucht man wahrscheinlich in London auch gar nicht, das U-Bahn-Netz ist ja klasse«, spekuliert Adam gedankenverloren. »Aber falls ich dir das Fahren beibringen soll, gib Bescheid. Wobei es mir natürlich auch jederzeit ein Vergnügen ist, dich durch die Gegend zu kutschieren.«

Die Begeisterung, mit der er mir seine Hilfe anbietet, wärmt mir das Herz, obgleich ich mir nicht vorstellen kann, es tatsächlich zu versuchen. Immer wenn ich mich hinters Steuer gesetzt habe, bin ich vor Angst erstarrt und gleich wieder ausgestiegen.

»Vermisst du dein altes Leben eigentlich?«, erkundigt er sich dann. Mir ist klar, dass er damit London meint, aber seine Worte hallen in mir nach.

Mein altes Leben.

»Manchmal schon«, gebe ich zu. Dabei denke ich an die Spaziergänge am Haus meiner Eltern vorbei, die Anrufe bei Jess, das Gefühl, vollkommen abgeschnitten zu sein von den Menschen, die ich liebe.

Von meiner ganzen Welt.

»Ist bestimmt nicht leicht, einfach so alles zurückzulassen, was man kennt«, mutmaßt Adam.

Ich denke einen Moment über seine Worte nach.

»Stimmt, aber es hat auch seine guten Seiten.« Mir kommt meine Joggingrunde von heute Morgen in den Sinn und die berauschende Energie, die mich von Kopf bis Fuß erfüllt hat. »Und eines fehlt mir mit Sicherheit nicht – rund um die Uhr am Schreibtisch zu sitzen«, füge ich hinzu.

Er grinst. »Wohl wahr, und falls es dir irgendwie weiterhilft, ich finde, du meisterst das alles hervorragend. Warte noch ein Weilchen ab, und bevor du dichs versiehst, wird es dir vorkommen, als hättest du schon immer hier gelebt. Veränderung macht einem nur so lange Angst, bis man sich wirklich darauf einlässt.«

Ich starre aus dem Fenster und lasse den Gedanken auf mich wirken. Ob Emily sich zu diesem Zeitpunkt wohl genauso gefühlt hat – ein bisschen verunsichert, ein bisschen aufgeregt –, wie das so ist, ein paar Wochen nach einem großen Umzug? Auf sich allein gestellt und weit weg von allem, was sie kannte.

Adam schaltet das Radio ein, und ein Song von Vance Joy ertönt. Die Musik lullt mich ein, und ich beginne langsam abzuschalten. In behaglichem Schweigen fahren wir aus der Stadt hinaus, und nach etwa zehn Minuten tauchen vor uns am Horizont, vor einem Himmel, der in einem wahren Feuerwerk aus Rot- und Rosatönen glüht, die geschwungenen Hügel der Pentlands auf. Schließlich biegt Adam in einen Weg ein, an dessen Ende er auf einem Schotterparkplatz mit hohen Bäumen anhält.

Wir sind nicht die Einzigen, die sich zu einem Abendspaziergang hierher aufgemacht haben; Pärchen, Familien und einsame Wanderer tummeln sich um uns herum, und mir gefällt der Gedanke, dass auch sie beschlossen haben, diesen wunderschönen Tag hier ausklingen zu lassen.

Sobald wir ausgestiegen sind, dreht sich Adam zu mir um. »Ich hol dir schnell einen Pulli aus dem Wagen, oben auf dem Gipfel kann es ziemlich ungemütlich werden.«

Ich schmunzele, aber in Wahrheit bin ich nervös. Was genau er wohl mit *ungemütlich* meint?

Nachdem ich mir den weichen, grünen Pulli übergestreift habe, brechen wir auf und gehen einen Wanderpfad entlang, auf dem schon einige andere Leute unterwegs sind. Er führt durch Wiesen hindurch und erstreckt sich bis zur Spitze des Hügels hinauf. Es riecht nach Gras und Lagerfeuer, und mir wird bewusst, dass es bald Herbst wird.

Was, wenn ich dann immer noch hier festsitze?

»Ich würde jetzt gern in deinen Gedanken schmökern können«, sagt Adam, und ich sehe ihn verwirrt an.

»Sorry, das ist einer von Lillys Sprüchen.«

»Wer ist Lilly?«

»Meine Mum.«

»Du nennst deine Mutter Lilly?«

»Na ja, so heißt sie eben.« Er zieht eine Augenbraue hoch, dann sagt er schmunzelnd: »Schon gut, ich weiß, das ist nicht ganz normal, aber so ist meine Mum halt.«

Mir fällt auf, dass sich sein Unterkiefer leicht verkrampft, als er das sagt.

»Du würdest sie wahrscheinlich als Hippie bezeichnen«, fährt er nach einer kurzen Pause fort, »aber ich nenne sie lieber eine Frau mit unkonventionellen Ansichten.«

»Was meinst du damit?«, frage ich vorsichtig.

Er zuckt mit den Achseln. »Na ja, ich bin überall und nirgends aufgewachsen. Geboren bin ich in Kanada, aber Mum hatte eine Liste, weißt du, so à la *Hundert Dinge, die ich tun will, bevor ich sterbe,* und sie sah nicht ein, weshalb ein Kind sie davon abhalten sollte, ihre Träume zu verwirklichen.« Sein Kiefer spannt sich wieder an. »Also feierte ich meinen dritten Geburtstag in Nepal, den fünften in Papua-Neuguinea, den achten in Kenia ... und so weiter. Und zwischendurch hat sie mich immer mal wieder bei meinen Großeltern abgeladen.«

»Wow, das klingt ja fantastisch.« Wie gern hätte ich all diese Orte gesehen.

»Na ja, in gewisser Weise schon«, erwidert Adam mit einem zögerlichen Lächeln, »aber auch ein bisschen zu unbeständig für ein Kind, wenn du mich fragst. Meine Mutter hatte psychische Probleme, musst du wissen, hat sich aber nie richtig damit auseinandergesetzt. Es gab die fröhliche Lilly, die mich mit an die aufregendsten Orte nahm, und die Lilly, die mich einfach zurückließ. Und ich wusste nie, mit welcher von beiden ich es als Nächstes zu tun haben würde. Aber klar hat es Spaß gemacht, so um die Welt zu reisen. Es gab praktisch keine Regeln. Als ich vierzehn war, habe ich mir den Anfang dieses Tattoos stechen lassen – auch das war kein Problem für sie.« Lachend deutet er auf seinen Arm.

»Ja, ich hab mich schon gefragt, was es damit auf sich hat«, gebe ich zu. Er krempelt den Ärmel seines Pullis ein Stück weiter hoch, sodass ich endlich einen ausgiebigen Blick auf sein Tattoo werfen kann. »Es ist ziemlich ungewöhnlich.«

»Na ja, es ist einfach eine bunt zusammengewürfelte Mischung aus einigen der Orte, die ich besucht habe.« Er deutet auf seinen Unterarm. »Der Fluss hier, das war an diesem wunderschönen Fleckchen in Venezuela, und der Baum mit den Dornen, der sich um ihn herumwindet, das war in Neuseeland. Das Pferd habe ich mit fünfzehn ohne Sattel in Belize geritten. Ein wildes Durcheinander, wie du siehst«, erklärt er amüsiert. »Es sind einfach Dinge, die mir Spaß gemacht oder mich tief beeindruckt haben.«

»Und was ist damit?«, frage ich und berühre mit dem Finger einen stümperhaft gezeichneten Elch direkt über seinem Ellbogen. Er zuckt fast unmerklich zusammen.

»Das«, erwidert er mit einem belustigten Funkeln in den Augen, »war ein Ausrutscher. Ich war achtzehn, betrunken und sehnte mich nach Kanada.«

»Sieht fast so aus, als hätte das ein kleines Kind gemacht«, sage ich mit einem Blick auf das schiefe Geweih und die riesigen Kulleraugen. Ich kann mir ein Lachen nicht verkneifen.

Auch er sieht sich das Motiv noch einmal eingehend an und fällt dann in mein Gelächter ein.

»Okay, hast ja recht«, gibt er schließlich zu und wischt sich eine Träne aus dem Gesicht. »Aber du kannst dich darauf verlassen, dass meine Möbel wesentlich professioneller sind als meine Tierzeichnungen.«

»Davon bin ich überzeugt«, versichere ich schmunzelnd.

Er grinst mich an, dann rollt er seinen Ärmel wieder runter.

»Und wo bist du zur Schule gegangen?«, frage ich kurz darauf, neugierig, wie das alles funktioniert hat.

»Mal hier, mal da. Hin und wieder sind wir eine Zeit lang an einem Ort geblieben, zumindest lange genug, um meine Großeltern davon abzuhalten, in den Flieger zu steigen und mich zu holen. Meistens habe ich dann auch ein paar Freunde gefunden, nur um sie am Ende wieder zurücklassen zu müssen. Mit ein paar von ihnen habe ich bis heute Kontakt. Sie sind rund um den Globus verstreut.«

Ich versuche mir vorzustellen, wie es sich wohl anfühlen mag, in derart großer Ungewissheit zu leben – aber auch in derart großer Freiheit. So vollkommen anders, als ich es kenne, behütet und verhätschelt unter den Fittichen meiner Mutter. Sie hätte mich *nie im Leben* in Belize Pferde ohne Sattel reiten oder die Schule schwänzen lassen. Und unter gar keinen Umständen hätte sie mich allein gelassen. Ich habe ein schlechtes Gewissen, als mir der Gedanke durch den Kopf schießt, wie schön es gewesen wäre, wenn sie es getan hätte. Zumindest ab und zu.

»Hast du noch Kontakt zu deinen Großeltern?«

Adam sieht gedankenverloren geradeaus, dann sagt er schließlich: »Nein, sie sind vor ein paar Jahren verstorben.«

»Tut mir leid«, erwidere ich sanft. »Und was ist mit deinem Vater?«, bohre ich weiter, bevor ich mich eines Besseren besinnen kann. Er wirkt mit einem Mal so furchtbar einsam und allein, dass er mir leidtut.

»Den habe ich nie kennengelernt«, sagt Adam vollkommen emotionslos, während er in seinen ausgetretenen Wanderschuhen den Pfad entlangläuft. »Ich weiß nur, dass er sich noch vor meiner Geburt aus dem Staub gemacht hat. Was die Liebe angeht, hat Lilly nie sonderlich viel Glück gehabt. Es gab immer mal wieder einen Typen, der eine Weile mit uns zusammengelebt hat, aber irgendwann sind sie alle wieder verschwunden.«

Es klingt, als habe in seiner Kindheit tatsächlich eine gewisse Stabilität gefehlt. Aber dafür hat er all die Abenteuer erlebt, die mir versagt geblieben sind.

»Und wo ist sie jetzt? Deine Mutter, meine ich.«

Adam legt den Kopf in den Nacken und schaut nachdenklich in den Himmel. »Auf den Fidschi-Inseln, glaube ich. Sie meldet sich nicht besonders oft, aber wenn sie anruft, dann meist zu einer für mich absolut unmöglichen Zeit«, erklärt er halb belustigt, halb genervt. »Manchmal schaffen wir es, uns zu treffen, wenn ich auch auf Reisen bin, aber die Welt ist groß. Und ab und zu verbringen wir ein bisschen Zeit zusammen in der Hütte meiner Großeltern, aber ich bin wesentlich öfter dort als sie.«

»Und wie …?«, setze ich nach einer kurzen Pause an.

»Wie bin ich Edinburgh gelandet?«

»Genau.«

Er überlegt einen Moment. »Ich bin ein bisschen aus der Spur geraten, als ich etwa neunzehn war. Meine Großeltern waren gerade im Abstand von nur ein paar Monaten gestorben. Für die meisten Kinder wäre das wohl keine große Sache gewesen, aber für mich, na ja, für mich war es eine schwere Zeit. Mit einem Mal hatte ich keine Bezugspersonen mehr, keinen Job, keine …« Er wirft mir einen Blick zu.

»Das tut mir leid«, sage ich mitfühlend.

Er schüttelt den Kopf. »Muss es nicht, ist schon lange her.«

»Trotzdem, es kann nicht leicht für dich gewesen sein, damit fertigzuwerden, noch dazu in dem Alter«, füge ich leise hinzu.

Er lächelt, und sein nahezu absurd attraktives Gesicht leuchtet in der untergehenden Sonne. Doch darüber liegt ein Schatten, und die unterschiedlichsten Emotionen spiegeln sich für einen Moment auf seinen Zügen wider.

»Um ehrlich zu sein, hab ich das gar nicht erst versucht. Stattdessen hab ich einfach dichtgemacht und keinen an mich rangelassen – weder Mum noch meine Freunde. Ich hab's mit dem Alkohol übertrieben … Im Grunde ist mir alles ein bisschen außer Kontrolle geraten. Wenn ich so darüber nachdenke, hab ich mich wie ein ziemliches Arschloch aufgeführt.«

Jetzt verstehe ich auch, warum er damals im Biergarten so betrübt aussah, als er die Zeit ansprach, bevor er Sven getroffen hatte.

»Ich glaube, das ist vollkommen normal, wenn wir jemanden verlieren, der uns so nahesteht. Wir tun dann oft die seltsamsten Dinge«, sinniere ich, während ich neben ihm hergehe. Er wirft mir einen hoffnungsvollen Blick zu. »Manche Menschen verfallen wahrscheinlich in Angst … und andere sind einfach wütend auf die Welt, weil sie ihnen alles genommen hat.« Er nickt stumm, und eine gewisse Erleichterung legt sich auf seine Züge. Mir kommt der leise Verdacht, dass er noch immer nicht ganz mit der Sache abgeschlossen hat, auch wenn er das vielleicht glaubt.

»Aber jetzt scheinst du doch prima zurechtzukommen«, füge ich hinzu und stupse ihn aufmunternd in die Seite.

Er stupst zurück. »Auf jeden Fall hat es mir die Augen geöffnet. Nachdem meine Großeltern gestorben sind, ist mir erst richtig bewusst geworden, was für mich eigentlich zählt. Bis dahin war mein Leben genauso ziellos wie Mums früher.«

»Und du wolltest lieber etwas anderes?«

»Na ja, klar wollte ich weiterhin die Welt kennenlernen. Aber gleichzeitig wurde mir bewusst, dass ich einen anständigen Job brauchte – mit dem ich genug Geld verdienen konnte, um meine Reisen zu finanzieren. Mein Großvater war Tischler, also erschien es mir irgendwie logisch, auch was mit Möbeln zu machen. Und da ich wusste, dass Sven sich in Edinburgh pudelwohl fühlte, dachte ich mir, das könnte auch was für mich sein. Dank meiner Großmutter habe ich einen britischen Pass, also beschloss ich, in Schottland eine Ausbildung zu machen und von dort aus die Welt zu erkunden.«

Ich zögere einen Moment, bevor ich frage: »Und, wirst du bald wieder auf Reisen gehen?«

»Normalerweise entscheide ich das ganz spontan und schaue einfach, wohin es mich verschlägt.«

Ich spüre, wie sich mein Magen zusammenzieht bei dem Gedanken, dass er mir nichts, dir nichts verschwinden könnte, genauso wie Nick. Vielleicht ist es gut, dass wir weiterhin nur Freunde sind. Außerdem darf ich nicht vergessen, dass es hier um das Leben einer anderen geht.

»Jetzt aber genug von mir«, unterbricht Adam meine Gedanken. »Ich möchte viel lieber mehr über dich erfahren.«

Mir wird ein wenig flau im Magen. Ich weiß, dass er mich nie zu einer Antwort drängen würde, aber nachdem er so offen zu mir war, verspüre ich das Bedürfnis, es ihm gleichzutun.

»Weißt du, worüber ich vorhin nachgedacht habe? Ob es überhaupt richtig war, hierherzukommen. Ich frage mich, ob ich nicht zu Hause gebraucht werde.«

Der Weg durch die Wiese macht eine Biegung, und der eigentliche Anstieg beginnt.

O Gott, mein Herz, schießt es mir durch den Kopf, obgleich der Gedanke absolut lächerlich und in Emilys Körper völlig unbegründet ist. Aber ich merke, dass sich manche Gewohnheiten nur schwer ändern lassen – vor allem, wenn sie einen schon so lange begleiten.

»Du bist sicher nicht ohne Grund hier, Emily«, sagt Adam nach einer Weile. »Ich denke, du schuldest es dir einfach, das Beste daraus zu machen. Oder?«

Unsere Blicke treffen sich, und wir lächeln uns an.

»Meine Güte, unsere Unterhaltung ist aber verdammt schnell verdammt ernst geworden«, stellt Adam fest.

»Ein bisschen schon«, erwidere ich lachend. Aber ich lasse mir seine Worte in aller Ruhe durch den Kopf gehen. Denn zum ersten Mal seit langer Zeit habe ich einen gesunden Körper, Geld auf dem Konto, und ich muss nicht in ständiger Sorge leben, mich zu übernehmen oder den Menschen um mich herum Kummer zu bereiten.

Eine ganz neue Erfahrung.

Inzwischen mühen wir uns den Hügel hinauf und kommen mit jedem Schritt mehr außer Atem, aber auch diesmal fühlt es sich gut an. Energie schießt wie kleine Stromschläge durch meinen Körper, und meine Beine strengen sich immer mehr an. Plötzlich werde ich von einer starken Böe erfasst, die mich beinahe umwirft. Es dauert einen Moment, bis ich mein Gleichgewicht wiedergefunden habe. Und dann sind wir da, oben auf dem Gipfel. Ich bleibe stehen und sehe mich um, lasse den Anblick der sanft abfallenden, grün und braun schimmernden Landschaft auf mich wirken. Der Abendhimmel leuchtet in immer intensiver werdenden Rottönen – ein wahrhaft überwältigender Anblick, vor allem aus dieser Perspektive. Normalerweise schaue ich von unten zu den Dingen auf.

Während ich dem kräftigen Herzschlag in diesem gesunden Körper lausche, überkommt mich mit aller Macht etwas, das sich wie Euphorie anfühlt.

Gleich darauf werden wir von einem weiteren Windstoß erfasst, der mich in Adams Arme drückt. Wir fangen beide an zu lachen, während der Wind in unseren Ohren heult und über unsere Gesichter peitscht. Er bläst so heftig, dass ich Mühe habe zu atmen, doch diesmal macht es mir keine Angst.

Im Gegenteil, es fühlt sich richtig gut an.

Als der Sturm nachlässt, grinsen wir uns an. Unsere Gesichter sind sich so nahe, dass ich die goldenen Flecken in seinen Augen erkennen kann, und ich spüre die Energie, die seine bloße Nähe mir schenkt.

»Na, das war doch ein Erlebnis, oder?«, fragt er, dabei hält er mich noch immer fest.

Meine Haut kribbelt bei seiner Berührung, sogar durch den Wollpullover hindurch.

Einen Moment lang stehen wir einfach da, seine Augen ruhen auf meinen, und mein Magen schlägt einen Salto nach dem anderen.

»Wir sollten langsam umkehren«, murmelt er schließlich und lässt die Hände sinken. Als seine Finger meine berühren, fühle ich mich wie elektrisiert.

»Okay.«

Er lächelt mich an, und gemeinsam machen wir uns an den Abstieg. Das Licht am Horizont verblasst und verwandelt die Welt in ein Gemälde aus Gold und den milden Abend in eine kühle Nacht.

Aber mir ist warm, äußerlich wie innerlich.

Kapitel 13

Von nun an jogge ich jeden Morgen und werde immer schneller, je herbstlicher die Blätter sich färben. Meine Route führt mich zurück bis an die Stelle in den Pentlands, wo ich mit Adam war, oder hinunter in die Stadt und anschließend schmale Pfade unter Bäumen entlang. Hin und wieder laufe ich auch im Botanischen Garten, von wo ich den Blick auf Edinburghs Skyline genieße, von den Spitzen und Türmchen der Altstadt bis hin zu Arthur's Seat, und als die Oktoberstürme mich umpeitschen, spüre ich, wie sich Adams weiches, orangefarbenes Stirnband an meine Haut schmiegt. Zu Hause schaue ich nicht mehr vorbei, denn ich kann es einfach nicht ertragen zuzusehen, wie ich immer mehr dahinsieche. Und davon ganz abgesehen, habe ich nicht die leiseste Ahnung, wann ich wieder in mein altes Leben zurückkehren werde. Wie bisher zu versuchen, meiner Familie nahe zu sein, würde sie nur verstören, und es wird garantiert kein gutes Ende nehmen, wenn ich mich ständig vor ihrem Grundstück herumdrücke.

Allerdings jogge ich nach wie vor jeden Mittwoch an Jess und den Jungs im Park vorbei. Das ist ein gewisser Trost für mich, trotzdem muss ich oft an meine Eltern denken – besonders an Mum. Schließlich war ich mein ganzes Leben lang kaum von ihr getrennt. Doch sosehr ich sie auch vermisse, wird mir langsam bewusst, dass mir die Trennung von ihr und der Familie ein nie gekanntes Maß an Freiheit schenkt.

Denn meine angeschlagene Gesundheit beeinträchtigte nicht nur mein Leben, sondern das von allen, die mir etwas bedeuten: Cat, die meinetwegen ständig zurückstecken musste, bis sie es zu Hause nicht mehr aushielt; Dad, der als Professor in Edinburgh blieb, anstatt seinen Traum zu verwirklichen und ins Ausland zu gehen; Mum, die ihren Job als Konzertflötistin im Orchester aufgeben musste, um mich zu versorgen. Und nicht zuletzt Jess, meine kleine Schwester, deren gesamte Kindheit von Krankenhausbesuchen, abgesagten Urlauben und vergessenen Schulfesten überschattet wurde.

Und nachdem das Schicksal uns Cat auf so grausame Weise genommen hatte, wollte ich die Lage unter keinen Umständen für alle noch schlimmer machen.

Ich hatte schließlich schon genug getan.

Adam und ich verbringen immer mehr Zeit miteinander, als Freunde natürlich. Wenn er aus der Werkstatt zurück ist, gehen wir manchmal auf einen Kaffee und ein riesiges Stück Karottenkuchen ins *Purple Pineapple*, und dann wieder hängen wir einfach ein paar Stunden ab und quatschen über lauter belangloses Zeug. Er zeigt mir, wo man in der Gegend gut essen kann – griechisch, türkisch und italienisch, Gerichte aus Ländern, die er im Gegensatz zu mir bereits bereist hat. Ich bin in keinem dieser Restaurants je gewesen, und doch meine ich ab und an, eine Kellnerin oder die Reihenfolge der Gerichte auf der Speisekarte wiederzuerkennen. Ich denke an den Rest Ramen, den ich am ersten Tag im Kühlschrank gefunden habe, und daran, dass Fran sagte, Emily habe ausschließlich von gegrilltem Fisch gelebt, trotz der vielfältigen Restaurantauswahl, die eine Stadt wie London bietet.

Hat Emily hier wohl auch gegessen?

Wie dem auch sei, ich entdecke beständig neue Gerichte und werde von Tag zu Tag experimentierfreudiger. Ab und zu trinke ich sogar ein Glas Wein zum Essen. Das hätte ich früher nicht im Traum gewagt, aber in kleinen Mengen hilft er mir tatsächlich, mich zu entspannen.

Wie sich herausstellt, schaut Adam genauso gern alte John-Hughes-Filme wie ich, und schon bald wird es uns zur Gewohnheit, mal kurz über den Flur zu huschen und es uns bei ihm oder bei mir gemütlich zu machen, eine Schale Popcorn zwischen und Adams Laptop vor uns, auf dem wir einen der Filmklassiker genießen. Ich weiß nicht, wann ich mich das letzte Mal so wohl mit jemandem gefühlt habe. Es tut gut, einfach schweigend beieinanderzusitzen oder drei Stunden lang über Gott und die Welt zu quatschen. Klar hatte ich früher auch ein paar enge Freunde, die ich aus der Schule kannte und von der Arbeit beim Reiseveranstalter, aber als sich mein Gesundheitszustand nach Cats Tod zunehmend verschlechterte, wurde es, wie bei all meinen Beziehungen, immer schwerer, diese Freundschaften zu pflegen, bis sie schließlich einschliefen.

Ab und zu telefoniere ich auch mit Fran, die mich mit ihrer direkten Art immer wieder zum Lachen bringt, wenn sie sich zum Beispiel freiheraus erkundigt: »Und, habt ihr schon rumgeknutscht?«

Das hätte auch von Jess kommen können.

Von Zeit zu Zeit frage ich mich, warum Emilys Eltern sich eigentlich nie melden – obwohl mich schon der bloße Gedanke, mit ihnen sprechen zu müssen, in Panik versetzt. Mittlerweile kommen mir Zweifel, dass sie überhaupt noch leben. Sonst hätten sie doch sicher längst angerufen?

Vielleicht sollte ich nicht allzu viel darüber nachgrübeln. Ehrlich gesagt *will* ich das auch gar nicht, denn so langsam gefällt es mir hier.

Allerdings hatte ich neulich eine Nachricht von einer unbekannten Nummer auf dem Handy, und als ich sie öffnete, begann mein Herz aus unerfindlichen Gründen hefig zu pochen.

Dabei standen dort nur drei Worte:

Du fehlst mir. xx

Ich konnte natürlich nicht mit Sicherheit sagen, von wem die Nachricht stammte, aber ich tippte auf Simon. Ich wurde sofort nervös, denn nach den Fotos zu urteilen, die ich von ihm und Emily zusammen gesehen habe, bedeutet er ihr sehr viel, die verdächtige Quittung hin oder her. Allerdings hatte ich nicht die geringste Ahnung, wie ich darauf reagieren sollte. Er hatte ja auch nichts geschrieben, was eine Antwort erforderte. Alles, was ich wusste, war, dass Emily sich entschieden hatte, ihn zu verlassen. Also ignorierte ich die Sache, auch wenn mir nicht ganz wohl dabei war.

Dennoch werde ich das Gefühl nicht los, dass es vielleicht keine gute Idee ist, mich so unbefangen mit Adam zu treffen. Wenn er nur nicht so verdammt attraktiv wäre … seine charismatischen Augen, die kräftigen Schultern, Gott, bei seinem Anblick gerät mein Blut in Wallung. Aber es ist nicht nur sein Äußeres, das mich anzieht, es ist einfach das Gesamtpaket: Er ist stets bereit, etwas Neues auszuprobieren, hat mir beim Italiener einen Nachschlag von den Cannelloni organisiert, von denen ich nicht genug bekommen konnte, und auf unseren inzwischen regelmäßigen gemeinsamen Wanderungen in den Hügeln kriegen wir uns oft vor Lachen nicht mehr ein. Er würde am liebsten mit mir auf einen echten Munro steigen, aber ich glaube, ich bin noch nicht so weit.

Und doch dreht sich mir beim bloßen Gedanken daran, dass aus uns mehr werden könnte, vor Angst der Magen um. Ich kann ihn doch nicht derartig hintergehen. Emilys Leben zu führen, solange mir keine andere Wahl bleibt, ist ja schön und gut, aber kann ich mich einfach auf eine Beziehung einlassen? Was, wenn ich plötzlich in mein altes Leben zurückkehre und Emily in dieses? Dann weiß doch keiner von uns mehr ein noch aus. Nein, das ist nicht fair, niemandem gegenüber. Und davon mal ganz abgesehen, habe ich ohnehin den Eindruck, dass Adam nicht gerade der sesshafte Typ ist und nirgendwo lange bleibt. Und ich bin schlicht und ergreifend nicht bereit, mich diesem Schmerz noch einmal auszusetzen.

Dafür ziehe ich immer häufiger mit der Kamera los und bin insgeheim überrascht, wie viel Spaß mir dieses neue Hobby macht – als hätte jemand einen kreativen Schalter in mir umgelegt, der mich die Welt aus einem leicht veränderten Blickwinkel betrachten lässt.

Als ich etwa eine Woche später von einer Fotosafari an der Küste zurückkomme und meine Aufnahmen begutachte – das Blau des Wassers, über dem sich der bis dahin noch klare Himmel erstreckt; ein einsamer Stand-up-Paddler, der in die sanften Wellen hinausgleitet –, bemerke ich plötzlich, dass ich vor dem Secondhandladen stehe, in dem Mum von Zeit zu Zeit arbeitet. Und mit einem Mal wird mir bewusst, dass heute Dienstag ist, einer der Tage, an denen sie hier sein müsste. Mein Puls beschleunigt sich, und ich verharre einen Moment lang reglos, während ich überlege, was ich tun soll. Dann sehe ich sie im Schaufenster stehen, wo sie eine der Puppen ankleidet. Beim Anblick des orangefarbenen Tops, das diese trägt, muss ich grinsen – gedecktes Orange ist Mums Lieblingsfarbe. Sie ist gerade dabei, einen cremefarbenen Schal fein säuberlich zu einer Schleife zu binden, als sie aus dem Fenster in meine Richtung schaut. Hat sie meinen Blick etwa gespürt? Ich erstarre, doch dann fasse ich mir ein Herz und betrete das Geschäft.

Ich war natürlich schon mal hier, habe Mum ein paarmal

geholfen, Ware zu sortieren, und der leicht muffige Geruch von gebrauchten Büchern und Kleidern, der Krimskrams und die exotische Sammlung von Lampenschirmen sind wohltuend vertraut. Ganz zu schweigen von dem dezenten, blumigen Duft, den Mums Parfüm verströmt.

Am Strand war es die ganze Zeit recht stürmisch, und ich sehe mit Sicherheit ziemlich zerzaust aus, aber Mum schenkt mir ihr typisches, leicht gestresstes Lächeln, während sie hinter dem Kassentresen einen Karton auspackt.

»Kann ich Ihnen helfen? Oder schauen Sie sich nur um?«, fragt sie leicht abgelenkt.

»Ich schaue nur«, antworte ich und lasse meinen Blick in gespieltem Interesse über die Regale schweifen. Mein Herz hämmert in meiner Brust, als ich die Kleiderständer durchgehe. Sie sieht mehrmals zu mir herüber, und in meinem Kopf schwirren unzählige Fragen umher. Sollte ich sie ansprechen? Und wenn, was soll ich sagen? Ob sie spüren kann, dass ich hier bin? Maggie, meine ich.

Schließlich bleibt mein Blick an etwas Marineblauem hängen, und ich nehme eine hübsche Bluse von der Stange. Ich frage mich, ob Emily auch manchmal in Läden wie diesem eingekauft hat, nachdem sie London mit seinen Designerboutiquen hinter sich gelassen hatte. Hat sie ihre teuren Sachen verkauft? Die Klamotten in ihrem Kleiderschrank wirken ziemlich zusammengesucht, die Labels sind überwiegend aus der Mode oder vollkommen unbekannt, und an einigen Stücken habe ich selbst gemachte Preisschilder entdeckt. Also könnte ich sicher auch öfter hier einkaufen.

»Das steht Ihnen bestimmt ausgezeichnet«, erklingt Mums Stimme hinter mir, und ich fahre herum. Sie steht jetzt dicht bei mir, ganz die zuvorkommende Verkäuferin. »Möchten Sie es anprobieren?«

Ich zögere einen Moment, dann sage ich: »Warum nicht?«, woraufhin sie mir in ihrer effizienten Art das Kleidungsstück aus der Hand nimmt und es in die kleine Kabine im hinteren Teil des Ladens hängt. Als ich sie betrete, lächle ich Mum im Vorbeigehen an, bevor ich den Vorhang hinter mir zuziehe. Als ich vor dem Spiegel stehe, atme ich hörbar aus.

Was um alles in der Welt mache ich hier bloß?

Dann wird mir klar, dass ich die Bluse zumindest anprobieren muss. Während ich mich darin betrachte, fällt mir auf, wie schön das Blau eigentlich ist. Ich drehe mich ins Profil, um die Farbe auch von der Seite zu bewundern.

»Alles in Ordnung bei Ihnen?«, fragt Mum, und ich schaue auf, schiebe den Vorhang zur Seite und trete in den Laden hinaus, wo sie mich eingehend mustert.

»Was habe ich gesagt? Sie sehen wirklich wunderhübsch darin aus. Und das Blau bringt Ihre Augen so schön zur Geltung.«

Mum versteht wesentlich mehr vom Verkaufen, als mir bisher bewusst war. Doch sie meint es ohne Zweifel ehrlich – sie mag zwar sehr direkt sein, aber dafür sagt sie auch immer die Wahrheit.

»Gefällt Ihnen die Bluse?«, erkundigt sie sich.

»Ich glaube schon. Die Farbe ist wirklich toll.«

»Das finde ich auch«, pflichtet sie mir bei. »Möchten Sie sie mitnehmen?«

»Warum eigentlich nicht? Ja, ich nehme sie.«

»Prima«, erwidert Mum lächelnd und geht rasch zur Kasse zurück. »Wenn Sie möchten, können Sie sie auch gleich anbehalten. Meiner Meinung nach ist es ein gutes Zeichen, wenn Sie ein Kleidungsstück sofort tragen wollen.«

»Gerne«, erwidere ich. Es tut gut, diese vertrauten Worte

zu hören. Ich hebe meinen Pulli vom Boden der Kabine auf, ziehe Emilys roten Mantel über das neue Oberteil und gehe zur Kasse hinüber. Ich habe noch nie einen roten Mantel besessen und war total aufgeregt, als es endlich kalt genug war, um ihn zu tragen.

»Haben Sie heute Abend noch was Schönes vor?«, fragt Mum, nachdem ich bezahlt habe.

»Ich weiß noch nicht genau. Wahrscheinlich hole ich mir irgendwo zeitig was zu essen und schaue dann einfach, was der Abend noch so bringt.«

Sie lächelt, sieht dabei aber irgendwie trauriger aus als zuvor, und ich frage mich, ob ich etwas Falsches gesagt habe.

»Geht es Ihnen gut?«, frage ich besorgt, und sofort verschwindet der Kummer aus ihren Augen.

»Aber sicher doch«, winkt sie hastig ab, »machen Sie sich um mich keine Sorgen. Viel Spaß mit Ihrem neuen Oberteil.«

»Danke.« Ich gehe wortlos zur Tür, dabei denke ich darüber nach, was hier gerade passiert ist.

»Und schauen Sie bald wieder vorbei«, sagt Mum noch. »Wir bekommen regelmäßig schöne neue Sachen rein.«

»Mache ich«, versichere ich, und mir wird warm ums Herz bei dem Gedanken, sie wiederzusehen, ohne dass meine Krankheit – und alles, was damit zusammenhängt – wie ein Damoklesschwert über uns hängt.

Als ich die Tür öffne und die kleinen Glöckchen erklingen, drehe ich mich um und sage: »Bis bald.«

Mum.

Ich weiß tatsächlich noch nicht, was der angefangene Abend für mich bereithält, als ich mich wieder auf den Weg mache. Ich bin noch ganz beschwingt vor Glück, weil ich Mum getroffen habe und so entspannt und unbefangen mit ihr reden konnte. In meinem alten Leben spielen sich die Dinge zwischen uns seit eh und je auf die gleiche, unabänderliche Weise ab: Sie sagt mir, was ich tun oder besser *lassen* soll, und ich füge mich widerspruchslos, um niemandem zur Last zu fallen. Wenn ich recht darüber nachdenke, haben wir so gut wie nie miteinander gelacht oder uns gegenseitig geneckt, ganz zu schweigen davon, die Gesellschaft des anderen als gleichberechtigte Partner zu genießen.

Es tat gut, ohne all diesen Ballast mit ihr zu reden.

Gleichzeitig überlege ich, warum sie wohl plötzlich so traurig ausgesehen hat. Mir gegenüber hat sie sich nie etwas anmerken lassen, hat sich immer erschreckend organisiert und absolut unerschütterlich gegeben, es sei denn, wir sprachen über Cat. Ich denke, ich werde sie bald noch einmal im Laden besuchen, um mehr herauszufinden.

Ich gehe zu Fuß zurück zur Wohnung und genieße die kühle Abendluft. In der Dämmerung, die mich umgibt, erwachen die Lichter der Stadt wie Leuchtkäfer zum Leben, und ich frage mich, ob Adam wohl zu Hause ist und ob wir uns heute Abend noch sehen werden. Allein bei dem Gedanken an ihn bekomme ich Schmetterlinge im Bauch, aber mir ist nur allzu bewusst, wie gefährlich dieses Gefühl ist. Das Ganze kann einfach kein glückliches Ende nehmen.

Als ich zu Hause ankomme, steht Adam schon draußen vor der Tür und grinst mich an. Er trägt Jeans, ein weißes T-Shirt und darüber eine Daunenjacke, und mein Magen schlägt einen Purzelbaum.

»Ich wollte dir gerade eine Nachricht schreiben«, sagt er, und bei seinen Worten läuft ein wohliger Schauer durch meinen Körper.

»Ich treffe mich gleich mit Charlie und Sven, wir wollen was trinken gehen. Bist du dabei?«

Ich muss wieder an Mum vorhin im Laden denken und daran, wie anders – wie viel besser – es sich diesmal angefühlt hat, als wir uns unterhalten haben. Vielleicht habe ich tatsächlich eine zweite Chance bekommen, und sei es auch auf eine noch so verdrehte Art und Weise.

Und bevor ich es mir anders überlegen kann, antworte ich: »Ich bin dabei.«

Kapitel 14

Nachdem ich meine Kamera in die Wohnung gebracht habe, machen wir uns direkt auf den Weg in die Stadt. Eisige Winterfrische umgibt uns, in meinem alten Leben hätte ich mich an einem solchen Abend längst zu Hause im Warmen verkrochen, aber hier draußen mit Adam erfüllt mich die kalte, klare Luft mit ungeahnter Energie.

Unterwegs frage ich ihn nach seiner Arbeit, und er berichtet mir, welche Stücke er gerade aufpolstert, eine ganze Garnitur ausgefallener Möbel für einen wohlhabenden Kunden oben in Aberdeen. Er erkundigt sich, wie mein Tag war, und ich erzähle ihm von den Aufnahmen, die ich gemacht habe.

»Du hast wirklich ein hervorragendes Auge dafür«, bemerkt er. »Die werden dich mit Kusshand nehmen.«

»Danke«, erwidere ich und werde plötzlich nervös.

Ich weiß inzwischen, von welchem Kurs Adam damals auf dem Fringe Festival gesprochen hat. Ich habe ein Bewerbungsformular für eine professionelle Weiterbildung zur Fotografin gefunden – deshalb also auch die Kamera –, und mir ist klar geworden, dass Emily aus genau diesem Grund überhaupt erst hierhergekommen ist. Ich sollte mich wohl besser für den Lehrgang bewerben, wenn ich ihr Leben nicht vollkommen durcheinanderbringen will, während ich hier bin. Aber was, wenn ich nicht angenommen werde? Wenn ich Emilys einzige Chance ruiniere, ihren Traum zu verwirklichen?

Um ganz ehrlich zu sein, habe ich nicht nur ihretwegen Angst, mich zu bewerben. Was, wenn ich nicht gut genug bin? Ich habe so viele Jahre damit verbracht, jegliches Risiko zu vermeiden, habe mir nie erlaubt zu tun, was ich wirklich wollte. Was, wenn es schlichtweg zu spät ist?

»Also, wenn du mich fragst, solltest du auf jeden Fall darüber nachdenken«, fährt Adam fort, als hätte er meine Gedanken gelesen. »Den perfekten Moment, um es zu versuchen, gibt es sowieso nicht. Und mach dir keine Gedanken, ob es klappt oder nicht, deine Fotos sind einfach großartig.«

Kurz darauf bleibt Adam vor einem seltsam aussehenden Eingang stehen. Das Wort *Pharmacy* steht in goldenen Lettern darüber.

»Da sind wir«, verkündet Adam.

Verdutzt sehe ich ihn an.

»Hier?«

»Jupp.« Seine Mundwinkel zucken, als er die Tür öffnet, hinter der eine steile Treppe nach unten führt.

»Es ist ein Speakeasy.«

»Ach so«, erwidere ich, als mir dämmert, dass er die Art von Bar meint, in der in den USA während der Prohibition Alkohol serviert wurde, »und ich Dummerchen dachte, Bars mit Alkoholausschank wären heutzutage legal.«

Lachend macht er sich auf den Weg die Stufen hinunter, und ich folge ihm. Dann schaut er über die Schulter zu mir zurück und sagt: »In London bist du doch bestimmt auch mal in so einem Schuppen gewesen, oder?«

Ich schüttele kaum merklich den Kopf. »Ich bin nicht gerade oft rausgekommen.«

»Na, es wird dir bestimmt gefallen. Eine Bar, die vorgibt, eine Apotheke zu sein, darf man sich nicht entgehen lassen. Man muss erst mal genauer hinsehen, und dann kann der Spaß losgehen.«

Ich denke, ich weiß, was er meint.

Drinnen wirkt alles ziemlich edel im Vergleich zum eher spartanischen Treppenhaus – dunkler Holzfußboden, lederne Rückenlehnen, Stühle aus rotem Samt und eine Bar mit unzähligen Flaschen in allen Formen und Größen.

Als wir den Raum betreten, schießt sofort in einer der Ecken ein Arm in die Höhe. Wir gehen zu Sven hinüber. Die Frau neben ihm – Charlie, wie ich vermute – ist kaum zu übersehen. Mit ihren blonden Locken, dem scharlachroten Lippenstift und dem gepunkteten Retrokleid sieht sie aus, als wäre sie direkt den 1950er-Jahren entsprungen. Mit einem breiten Lächeln steht sie auf, um uns zu begrüßen, dann huscht ein Anflug von Überraschung über ihre Züge, und ihr ist deutlich anzusehen, dass sie mich von irgendwoher kennt.

Mist.

»Emily, nicht wahr?«, fragt sie lächelnd und drückt mich herzlich an sich.

Meine Gedanken überschlagen sich. Woher kennt sie Emily? Und was weiß sie von ihr? Dann habe ich mit einem Mal ein Bild vor Augen: Charlies strahlendes Gesicht in irgendeiner Halle, ihre Lippen, die sich beim Sprechen bewegen, als sie mir einen gelben Flyer überreicht – den, den ich in Emilys Wohnung gefunden habe.

»Ich war total eifersüchtig, als Sven mir erzählt hat, dass er dich schon getroffen hat.« Charlie tritt einen Schritt zurück und grinst. »Aber wie sich herausstellt, habe ich dich zuerst getroffen. Allerdings hab ich dich noch nicht in einem meiner Kurse gesehen, oder?«

»Ach, weißt du, ich hatte in letzter Zeit alle Hände voll zu tun«, erwidere ich, während mir leicht schwindelig wird und ich das seltsame Gefühl nicht loswerde, mich an etwas zu erinnern, das ich nie erlebt habe. Genau wie bei dem Foto von Simon und der Quittung, die Fran erwähnt hatte.

»Hallo, schön, dich wiederzusehen«, begrüßt mich Sven jetzt und umarmt mich kurz, bevor er Adam kameradschaftlich auf den Rücken klopft.

»Also dann, was wollt ihr trinken?«, fragt Adam und reibt seine kalten Hände wärmend aneinander.

»Für mich ein Bier«, antwortet Sven.

»Das sprudelndste Wasser, das du kriegen kannst«, bestellt Charlie überschwänglich.

Adam berührt mich am Arm, und ich blinzle kurz, bevor ich ihn anschaue. »Und du, Emily?«

»Ähm, ein kleines Glas Rotwein vielleicht?«

»Super, ich schau mal, ob sie hier den Malbec haben, der uns neulich abends so gut geschmeckt hat«, sagt er und verschwindet in Richtung Bar.

Während ich mich setze, spüre ich, wie Sven und Charlie mich erwartungsvoll ansehen. Ich bin noch immer ganz durcheinander von den fremden Erinnerungen, und schließlich erfasst mich erneute Panik, denn Charlie weiß offenbar etwas über Emily, das mir nicht bewusst ist. Ich muss unbedingt herausfinden, was.

»Also, die Welt ist doch tatsächlich ziemlich klein«, stellt Charlie fest. »Hast du dich mittlerweile gut eingewöhnt? Und hast du schon die kleine Gasse gefunden, nach der du gesucht hast?«

Ich zögere einen Moment, während mein Herz vor Aufregung klopft. »Die kleine Gasse?«

Sie schaut mich erwartungsvoll und gleichzeitig leicht perplex an. »Ja, die auf der Royal Mile? Du hast doch gesagt, dass du nach einer ganz bestimmten Gasse Ausschau hältst. Mensch, wie hieß die denn noch mal?«

Während sie sich sichtlich das Hirn zermartert, versuche ich, das Gespräch wieder auf Charlies erste Frage zu lenken. »So langsam fühle ich mich hier zu Hause. Tut mir leid, dass ich noch in keinem deiner Kurse war … Bei mir ist in letzter Zeit einfach jede Menge los.«

»Hoffentlich nur Gutes?«, fragt Sven.

»Absolut. Ich fotografiere viel, gehe joggen und so. Und ich muss mir unbedingt bald mal wieder eine Pizza bei dir holen.«

»Klar, komm jederzeit gerne vorbei.«

Charlies Augen weiten sich. »Dunbar's Close, das war's.«

»Wie bitte?«, frage ich mit klopfendem Herzen.

Sie grinst und klatscht in die Hände. »Dunbar's Close, das war der Name der Gasse, die du gesucht hast. Meine Güte, das hat mir einfach keine Ruhe gelassen.«

»Ach ja, richtig«, erwidere ich, als wüsste ich genau, wovon sie spricht.

Charlie beugt sich verschwörerisch zu mir herüber. »So, jetzt mal raus mit der Sprache, was läuft da eigentlich zwischen dir und Adam?«

»Ach, gar nichts«, antworte ich hastig, doch erleichtert, dass wir das Thema wechseln. »Wir sind nur gute Freunde.«

Charlie grinst mich verschmitzt an. »Wenn du das sagst.«

Sven rollt bei ihren Worten mit den Augen, doch seine Zuneigung ist unübersehbar. »Entschuldige bitte, Charlie gerät bei solchen Dingen gern mal ein wenig aus dem Häuschen.«

»Warum auch nicht?«, fragt diese zurück. »Schließlich ist es eine Ewigkeit her, dass Adam eine Freundin hatte. Claire war die letzte.«

»Das stimmt allerdings«, bestätigt Sven.

Neugierig und etwas verwirrt horche ich auf. Ich hatte angenommen, dass Adam sich bisher nie dauerhaft an einem Ort aufgehalten hatte. Wie lange ist er mit dieser Claire zusammen gewesen? Und wann haben sich die beiden getrennt? Aber ich will nicht zu viele Fragen stellen, sonst denken sie nur, dass doch was zwischen uns läuft.

Was selbstverständlich nicht der Fall ist.

»So oder so, es ist schön, ihn noch hier zu haben«, fügt Charlie hinzu, woraufhin Sven ihr einen vielsagenden Blick zuwirft.

»Stimmt, er hat erwähnt, dass er gerne und viel verreist«, bemerke ich so beiläufig wie möglich, auch wenn mir die Vorstellung gar nicht gefällt.

»Noch ist er ja in Edinburgh«, stellt Charlie fest und zieht eine ihrer geschwungenen Augenbrauen hoch. »Was ihn hier wohl hält?«

Die Schmetterlinge in meinem Bauch sind wieder da.

»Hier, probier mal«, sagt Charlie und reicht mir ihren Cocktail. »Ich sollte sowieso lieber nichts trinken.«

Ich frage nicht weiter nach, wir kennen uns ja kaum, sondern nippe gehorsam an dem fruchtigen Getränk. Es ist eine wahre Geschmacksexplosion, und ich spüre, wie sich die Flüssigkeit wärmend in meinem Körper ausbreitet. »Nur zu, trink ihn ruhig aus«, bietet Charlie mir an.

»Wenn du unbedingt möchtest, dass ich um neun schon unterm Tisch liege«, gebe ich zu bedenken. Charlie lacht und schiebt den Drink rüber zu Sven.

»Sag mal, was für Tänze unterrichtest du eigentlich?«, erkundige ich mich.

»Sieht man das nicht?« Charlie deutet auf ihr Kleid. »Swing.«

»Charlie macht keine halben Sachen. Auch nicht, was ihre Outfits angeht«, erklärt Sven lächelnd. Ich glaube, ich habe die beiden bereits jetzt ins Herz geschlossen.

»Ich muss gestehen, dass ich nicht mehr getanzt habe, seit ich zwölf war«, gebe ich zu. Charlie schaut mich mit ihren großen, blauen Augen entgeistert an. »Das ist nicht dein Ernst?«

Svens Augen weiten sich in gespielter Furcht. »Na, jetzt

hast du aber was angerichtet«, murmelt er. Ich sehe ihn verdutzt an.

»Das musst du mir jetzt aber erklären«, verlangt Charlie und hält meine Hand fest umklammert. »Davon hast du beim letzten Mal kein Wort gesagt. Was soll das heißen, du hast nicht mehr getanzt, seit du zwölf warst? Jeder sollte tanzen, meine Liebe. Es ist unser gottgegebenes Recht. Nicht, dass ich an dieses Zeug glaube.«

»Du glaubst nur an die Götter des Tanzes«, erwidert Sven und nimmt einen Schluck von seinem Bier.

Ich schmunzele, als ich in Charlies noch immer leicht schockiertes Gesicht blicke. »Na ja … es hat sich einfach nie ergeben.«

»Auch nicht in der Schule oder bei Festivals oder Partys?«

»Oder in der Disco?«, ergänzt Sven und reckt den ausgestreckten Zeigefinger mehrmals rhythmisch in die Höhe.

Ich schüttele den Kopf. »Nein, nicht wirklich. Meine ältere Schwester war die Tänzerin in unserer Familie.«

Charlie sieht ehrlich geschockt aus, und für einen Moment befürchte ich, meine Offenbarung könnte ihr bleibenden Schaden zugefügt haben.

Aber dann drückt sie meine Hand und sieht mir geradewegs in die Augen. »Na, das können wir schnell ändern.« Und noch bevor ich etwas erwidern kann, zieht sie mich auf die leere Tanzfläche. Einige Leute sehen erwartungsvoll zu uns herüber, und ich verspüre ein nervöses Kribbeln am ganzen Körper, während Charlie ein paar Worte mit dem DJ in seiner Ecke wechselt. Unsicher suche ich Svens Blick, aber der grinst nur und reckt beide Daumen in die Höhe. Adam kümmert sich drüben an der Bar um unsere Getränke und hat offensichtlich noch nichts von alledem mitbekommen.

»Was hat sie vor?«, versuche ich zu Sven durchzudringen,

aber meine Worte gehen im Lärm der Musik unter. Musik, die ich definitiv schon mal gehört habe.

Swing.

O Gott.

»Na dann«, sagt Charlie, als sie zu mir auf die Tanzfläche kommt. Sie mustert mich eingehend und korrigiert ein wenig meine Haltung.

»Na dann, was?«, frage ich, und sie grinst mich an.

»Zunächst mal bewegen wir das linke Bein nach hinten, so.«

Zögerlich versuche ich, ihren Anweisungen zu folgen. Mir wird ganz heiß vor Verlegenheit, aber ich muss zugeben, dass mir die Musik gute Laune macht. Und es schaut sowieso niemand richtig zu uns hin. Nicht *wirklich.*

»Ja, super«, lobt Charlie strahlend. »Und jetzt nach vorn, so.«

Ich ahme ihre Schritte nach, erst nach hinten, dann nach vorn.

»Und jetzt die Hände«, hält sie mich an und reißt ihre schwungvoll in die Höhe. Ich versuche, ihr im Takt der Musik zu folgen, wobei sich meine Arme und Beine ruck, zuck verheddern, aber seltsamerweise ist mir egal, ob ich es richtig mache oder nicht. Es stört mich auch nicht, dass wir inzwischen ein fasziniertes Publikum haben, denn Charlie ist so begeistert und engagiert bei der Sache, dass ich gar nicht anders kann, als mitzumachen. Ich will genauso viel Spaß haben wie sie.

Den Rest des Abends machen wir so weiter, zwischendurch genehmigen wir uns einen Schluck und plaudern mit Adam und Sven. Wir animieren sogar einige der anderen Gäste, auch ein wenig das Tanzbein zu schwingen. Und es fühlt sich toll an, einfach so mit Freunden auszugehen und vollkommen unbeschwert den Abend zu genießen, ohne die ständige Sorge, zu spät nach Hause zu kommen oder es zu »übertreiben«. Adam lässt es sich nicht nehmen, ebenfalls mit mir zu tanzen, und als er mich an den Händen hält und mit mir über das Parkett wirbelt, spüre ich, wie mir die Röte ins Gesicht schießt. Es tut auch gut, mal wieder Zeit mit einer anderen Frau zu verbringen, und zwar nicht nur übers Telefon wie mit Fran. Irgendwann später am Abend, leicht benebelt vom Alkohol, wird mir schlagartig bewusst, wie sehr ich Jess vermisse. Und Cat.

Abrupt bleibe ich mitten auf der Tanzfläche stehen.

Die Musik dudelt noch immer ausgelassen vor sich hin, doch als Charlie mich sieht, hört auch sie auf zu tanzen.

»Alles klar?«, fragt sie und legt mir eine Hand auf den Arm.

»Aber sicher«, antworte ich betont fröhlich. Doch alles, woran ich denken kann, ist Cat, wie sie auf einem von Frasers Gigs tanzt und ihre langen roten Haare in alle Richtungen wirbeln, einen Ausdruck purer Freude auf dem Gesicht.

»Ich hab nur ein bisschen Seitenstechen«, erwidere ich und gehe zurück zu unserem Tisch. Adam ist in eine Unterhaltung mit Sven vertieft, doch als er mein Gesicht bemerkt, fragt er sofort: »Alles in Ordnung?«

»Ja, nur ein bisschen Seitenstechen«, wiederhole ich reflexartig. »Alles bestens.«

Adam lächelt und nickt, aber ihm ist deutlich anzumerken, dass er mir nicht recht glaubt.

Einige Zeit später schlendern wir gemeinsam an den eleganten Stadthäusern des Charlotte Square und den Prachtbauten des West End vorbei in Richtung Lothian Road mit ihren schnörkellosen grauen Gebäuden. Es ist noch kälter geworden, aber die frische Luft tut gut.

Adam geht so dicht neben mir, dass wir uns an den Händen halten könnten, und ich spüre eine knisternde elektrische Spannung zwischen unseren Fingern, ausgelöst durch das Bewusstsein, dass wir uns jederzeit berühren könnten.

Oder es liegt an den zwei Gläsern Wein, die ich getrunken habe, wer weiß.

Zugegebenermaßen bin ich immer noch angeheitert, aber auf eine harmlose, leicht benebelte Art und Weise.

»Mal ehrlich, was war da eigentlich vorhin auf der Tanzfläche los?«, fragt er schließlich.

Die Anspannung ist zurück. »Das weiß ich selbst nicht so genau«, erwidere ich und seufze. »Ich musste plötzlich an etwas von früher denken, das nicht leicht für mich war«, füge ich wahrheitsgemäß hinzu.

Einen Moment lang herrscht Schweigen.

»Du wirst das sicher irgendwann verarbeiten und hinter dir lassen … wenn du das willst.«

Die Art, wie er das sagt, gibt mir Zuversicht, dass er recht hat.

»Charlie ist klasse«, wechsle ich kurz darauf das Thema.

»Allerdings«, pflichtet Adam mir bei. Er klingt beinahe stolz. Es ist nicht zu übersehen, wie sehr er die beiden schätzt. Sie sind offensichtlich wie eine Familie für ihn, und ich fühle mich ziemlich geehrt, dass er mir Zutritt zu diesem Bereich seines Lebens gewährt hat.

»Sie ist unglaublich warmherzig.«

»Und durchgeknallt?«, setzt Adam nach und zieht amüsiert die Augenbrauen hoch.

»Ja, und durchgeknallt, aber das gefällt mir irgendwie.«

»Mir auch.«

Wir kommen an eine Kreuzung, an der einige Bürogebäude hoch über uns aufragen, und ich frage mich, ob ich Adam darauf ansprechen soll, was Charlie über den Cocktail gesagt hat. Ich möchte nicht indiskret erscheinen, schließlich habe ich sie gerade erst kennengelernt, allerdings scheint sie auch nicht der Typ zu sein, der Geheimnisse hat.

»Sag mal ... Charlie meinte, sie sollte lieber keinen Alkohol trinken. Ist sie schwanger?«

Er sieht mich an. »Sie versuchen es zumindest, schon seit einer Weile.«

»Tut mir echt leid. Wie geht es ihr damit?«

»Ganz gut, glaube ich. Du hast ja sicher mitbekommen, was für eine positive Einstellung die beiden haben.«

»Ja, schon. Aber leicht kann das trotzdem nicht sein.«

In Anbetracht meines Gesundheitszustandes waren eigene Kinder für mich nie wirklich ein Thema gewesen. Es wäre eine zu große Belastung für alle gewesen – sosehr ich mir auch meine eigene kleine Familie gewünscht hätte. Aber deshalb kann ich mir gut vorstellen, wie unglücklich ich gewesen wäre, hätte ich es vergeblich probiert.

Ich würde ihn gern noch nach etwas anderem fragen, das Charlie erwähnt hat, nämlich nach Claire, und mit einem Mal wird mir bewusst, dass ich eifersüchtig bin. Nackte, sinnlose Eifersucht auf eine Frau, der ich nie begegnet bin. Wer war sie? Haben sie sich geliebt? Wie lange waren sie zusammen?

Mich überkommt das beängstigende Gefühl, dass Adam mir mehr bedeutet, als ich bisher angenommen hatte.

»Und, wirst du zu einem von Charlies Kursen gehen?«, fragt er und reißt mich aus meinen Gedanken.

Ich werfe ihm einen schiefen Blick zu. »Hast du mich vorhin nicht gesehen? Ich bin 'ne totale Niete im Tanzen.«

»Jetzt mach aber mal halblang«, entgegnet er, und seine Augen funkeln. »Das ist doch gar nicht wahr. Und außerdem scheinst du dich prächtig amüsiert zu haben, und das ist doch schließlich die Hauptsache, oder? Ich könnte mitkommen, wenn du willst.«

Seine Worte und die Art, wie er mich ansieht, lassen die Schmetterlinge in meinem Bauch mal wieder wild durcheinanderflattern.

»Mal sehen«, erwidere ich, unsicher, ob ich es tatsächlich so meine oder nicht. Ich weiß, dass ich diesen gesunden Körper wahrscheinlich voll auskosten sollte, solange ich kann, aber was ich vorhin gesagt habe, ist die Wahrheit – Cat war die Tänzerin in unserer Familie, auch wenn ich immer schon fand, dass es nach jeder Menge Spaß aussah.

»Ich bin mir ziemlich sicher, dass ich zwei linke Füße habe«, füge ich hinzu. Er soll schließlich nicht denken, ich würde ihm einen Korb geben oder dass ich keine Zeit mehr mit ihm verbringen will. Denn das möchte ich auf jeden Fall.

Aber ich bin eben ein gebranntes Kind.

»Versuch macht klug«, erwidert Adam grinsend, und ich frage mich, ob er womöglich recht hat.

Vielleicht wäre es einen Versuch wert.

Inzwischen sind wir vor unserem Haus angekommen, und Adam schließt die Tür auf. Als ich hineingehe, fällt mein Blick auf etwas im Fenster des Grußkartengeschäfts in unserem Gebäude, und mein Herz bleibt für einen winzigen Moment stehen. Doch dann gerate ich plötzlich ins Stolpern und mache im Dunkeln einen Satz nach vorn.

»Shit!«, rufe ich aus, als Adam beherzt von hinten nach meinem Mantel greift und mich wieder hochzieht.

Ich drehe mich um und sehe ihn mit wild klopfendem Herzen an, dann fange ich an loszuprusten. »Zwei linke Füße«, unterstreiche ich mein Argument. Adam stimmt in der Dunkelheit in mein Gelächter ein, und bald hallt das ganze Treppenhaus davon wider.

Ein Klicken ertönt, eine Tür wird geöffnet, und wir werden in helles Licht getaucht.

»Was zum Henker ist hier draußen los?«, fragt eine schneidende und doch irgendwie vertraute Stimme. Wir fahren herum und blicken in das Gesicht eines älteren Mannes, der im Türrahmen der Wohnung im Erdgeschoss steht.

Er trägt einen Schlafanzug, darüber einen blauen Morgenmantel, und sein weißer Haarschopf ist ungekämmt. Obwohl wir in der Überzahl sind, durchbohren uns seine blassen, blauen Augen mit einem stechenden Blick.

»Entschuldigung, William, wir sind gerade erst zurückgekommen«, versucht Adam ihn zu beschwichtigen.

»Das sehe ich. Aber mir hängt der Lärm langsam zum Hals raus. Die Leute kommen immer später nach Hause. Warum können sie nicht einfach alle die Klappe halten?«

Die zweite Klingel, die ich damals gedrückt habe.

Adam schweigt, aber mir tut William irgendwie leid. Es muss ein ziemlicher Schreck gewesen sein, so aus dem Schlaf gerissen zu werden. Ich senke den Blick und entdecke, was mich eben fast zu Fall gebracht hätte – ein Paket, auf dem der Name *William Johnson* steht. *Also ist er mein Vermieter*, geht es mir durch den Kopf, bevor ich den Karton aufhebe und ihm überreiche.

»Hier, bitte. Ich bin beim Reinkommen darüber gestolpert – deshalb haben wir so laut gelacht. Tut mir wirklich leid, dass wir Sie geweckt haben.«

William nimmt das Paket mit spitzen Fingern entgegen, als vermute er eine Bombe darin, doch dann fällt sein Blick auf den Adressaufkleber.

»Ah, ja«, sagt er und räuspert sich. »Meine Totenbriefe … Nach diesem Schock brauche ich sie vermutlich eher als geplant.«

Trotz der zynischen Worte meine ich auch etwas Leichteres, vielleicht sogar eine Spur von Humor in seiner Stimme zu hören.

Dann verdunkelt sich sein Gesicht wieder.

»Hättet ihr jetzt vielleicht die Güte, euch zu verdrücken und einen alten Mann schlafen oder am besten gleich sterben zu lassen? Wäre mir auch recht.«

Und mit diesen Worten verschwindet er samt Karton in seiner Wohnung und schlägt mir die Tür vor der Nase zu.

»Nimm's nicht persönlich«, tröstet mich Adam, als er mich ein paar Minuten später vor meiner Tür abliefert. »Ich habe schon versucht, mit William ins Gespräch zu kommen, aber er hat mich eiskalt abblitzen lassen. Vielleicht ist es ab einem gewissen Punkt einfach zu spät, sich noch zu ändern.«

Doch als wir uns voneinander verabschieden und uns lange und intensiv in die Augen schauen, überlege ich, ob das wirklich stimmt. Und noch etwas beschäftigt mich – das, was ich gesehen habe, bevor ich gestolpert bin.

Ein Schild, das im Grußkartengeschäft unter uns hing – *Zu vermieten.*

Kapitel 15

Alles Gute zum Geburtstag, E!«

Ich bin gerade vom Joggen zurück und genehmige mir wie üblich im Anschluss einen Kaffee, als mir eine Woche später diese Worte durchs Telefon entgegenschallen. Ich war sofort rangegangen, als ich Frans Namen las, und hatte erst dann gesehen, dass es gerade mal sieben Uhr morgens war.

»Wie bitte? Alles Gute wozu?«

»Ich fasse es nicht, vergisst du jetzt schon deinen eigenen Geburtstag?«

Mein Herz pocht nervös. Nicht, dass ich das Gefühl hätte, Fran etwas vormachen zu müssen, im Gegenteil: Trotz der merkwürdigen Umstände gehen wir ganz unbefangen und offen miteinander um. Aber meinen eigenen Geburtstag zu vergessen, das muss schon ziemlich komisch wirken.

»Eigentlich wollte ich dieses Jahr keine große Sache daraus machen«, liefere ich schließlich als Erklärung.

»Na, das ist ja nun wirklich nichts Neues. Wie kommt es bloß, dass du die tollsten Feiern für andere organisierst, dich selbst aber immer links liegen lässt?«

Ich denke an meinen letzten Geburtstag zurück und daran, wie sehr mich die ganze Angelegenheit unter Druck gesetzt hatte. Ich hasste es, dass die anderen so ein großes Aufheben um mich machten, aber es wusste schließlich keiner, ob es auch im nächsten Jahr noch was zu feiern gab. Mum wuselte die ganze Zeit um mich herum und las mir jeden Wunsch von den Augen ab, während meine einzige Aufgabe darin bestand, so zu tun, als hätte ich noch nie etwas Besseres gegessen als den zuckerfreien Kuchen, den sie für mich gebacken hatte.

»Wie auch immer«, fährt Fran fort, »ich wusste ja, dass du versuchst, dich zu drücken, also hab ich dir ’ne Kleinigkeit geschickt, um dich in die richtige Stimmung zu versetzen. Sollte heute Vormittag ankommen.«

»Aha?«

»Nix *Aha.* Ein bisschen Geduld musst du schon noch haben.«

»Auf jeden Fall danke im Voraus«, erwidere ich lächelnd, »das ist total lieb von dir, bin schon sehr gespannt. Und da wir gerade vom Feiern sprechen, wie sieht es denn mit dem Programm für die Flitterwochen aus, das ich für Toby und dich zusammengestellt habe? Passt das so für euch?«

»Absolut, ich buche hiermit offiziell die Luxusresort-Tour«, bestätigt sie, doch ihr spöttischer Ton lässt mich aufhorchen. Hat sie etwa Zweifel? Ein Bimmeln ertönt am anderen Ende der Leitung. »Bleib mal kurz dran, da ist jemand an der Tür«, sagt Fran.

Während ich warte, denke ich wieder an die Hochzeitsvorbereitungen. Sie waren ursprünglich nicht über den großen Tag hinausgegangen, und mit einem Mal hatte ich das befriedigende Gefühl, etwas beisteuern zu können, in dem ich richtig gut war – Ideen sammeln und ausarbeiten, um für andere Leute den Urlaub zu planen. Bisher hatte ich bei Bedarf Adams Laptop ausgeliehen, aber als ich tiefer in die Planungen einstieg, raffte ich mich schließlich auf und kaufte mir selbst ein billiges Gerät. Immerhin werde ich jetzt nicht mehr den ganzen Tag davorsitzen. Und als ich mich mit dem Laptop auf dem Sofa niederließ und mich an die Arbeit machte, wurde mir erst bewusst, wie lange es schon her war, dass ich das letzte Mal anderen Menschen ein Abenteuer beschert hatte. Ich habe in letzter Zeit einfach selbst so viel vor: joggen, fotografieren, mich mit Adam treffen, kochen, essen, auf Entdeckungsreisen gehen – ich erlebe rund um die Uhr meine eigenen kleinen Abenteuer. Als ich neulich auf der Royal Mile unterwegs war, bin ich einen Moment stehen geblieben, als ich an einer Gasse ein Schild mit der Aufschrift *Dunbar's Close* entdeckte. Doch obgleich sich mein Puls beim Anblick dieses Namens beschleunigte, blieben die seltsamen Gefühle, die mich im Speakeasy überkommen hatten, diesmal aus. Ich beschloss, dass ich vielleicht gar nicht wissen musste, warum Emily nach der Gasse gesucht hatte, und setzte meinen Weg durch die Stadt fort. Langsam kommt mir der Verdacht, dass die merkwürdigen Empfindungen und Bilder Fragmente aus Emilys Leben sind. Sie haben rein gar nichts mit Stella zu tun oder mit dem *Zu-vermieten*-Schild vor dem Laden unten.

Keine Ahnung, weshalb mich das Schild an meine Herzspenderin denken lässt – immerhin sind überall in der Stadt Geschäftsräume zu vermieten. In dem Durcheinander, seit ich hier bin, hatte ich den Brief – und sie – vollkommen vergessen. Aber das Schild hat sie mir wieder ins Gedächtnis gerufen. Einen haarsträubenden Moment lang fragte ich mich, ob ich eventuell in *ihrem* Leben gelandet war, was mein Herz zum Rasen brachte – immerhin weiß ich, dass sie sterben wird. Allerdings ist mein Name Emily und nicht Stella, und ich wohne über einem Grußkartengeschäft und nicht über einer Bäckerei.

Ich schiebe diese beunruhigenden Gedanken beiseite und lausche Frans Stimme, die sich leise im Hintergrund mit jemandem unterhält. Dabei kommt mir ihre bevorstehende Reise wieder in den Sinn – und wie neidisch ich insgeheim bin. Sie und Toby hatten ein ziemlich großes Budget, sodass ich sie in einigen Luxusresorts auf den Malediven eingebucht habe, wo Toby offensichtlich schon immer mal absteigen wollte. Fran tat mir ein wenig leid, da ich wusste, dass sie eigentlich viel lieber mit dem Schiff die Galapagosinseln bereist hätte, um sich dort auf die Suche nach einigen der seltensten Kreaturen der Erde zu machen. Aber wenn sie noch einmal darüber witzelt, den Blaufußtölpel finden zu wollen, drehe ich ihr den Hals um. Mir ist aufgefallen, dass sie und Toby recht unterschiedliche Vorlieben zu haben scheinen – sei es, was den Urlaub angeht oder die Wochenendgestaltung (er bleibt am liebsten im Bett und liest Zeitung, sie dagegen ist eher der abenteuerlustige Typ) –, was ja schön und gut ist, solange es für die beiden funktioniert. Allerdings hoffe ich, dass Fran seinetwegen ihre eigenen Träume nicht zu häufig zurückstellen muss.

Meine liebe Fran – denn das ist sie für mich mittlerweile –, die warme, beruhigende Stimme, die ich jederzeit anrufen kann, wenn ich Heimweh nach Jess, Mum oder Dad habe.

Und nicht zum ersten Mal überkommt mich das Gefühl, dass ich sie schon seit Ewigkeiten kenne, dass wir schon tausendmal zusammen was trinken oder essen waren und leicht beschwipst bis in die frühen Morgenstunden gequatscht haben.

»'tschuldige, tut mir leid. Das war der Postbote«, sagt Fran etwas außer Atem, als sie zurück ans Telefon kommt. »Und wo wir gerade davon sprechen, ich hab 'ne Nachricht vom Lieferdienst bei dir bekommen. Er lässt fragen, ob du ihm bitte aufmachen kannst.«

»Oh, dann muss wohl die Klingel kaputt sein«, sage ich und blicke stirnrunzelnd zur Tür.

»Wie auch immer, lass ihn bitte rein, okay, und dann mach dir zur Abwechslung mal einen richtig schönen Tag.«

»Alles klar, wird gemacht«, verspreche ich grinsend.

Sobald ich aufgelegt habe, gehe ich zur Tür und will gerade den Summer drücken, um die Haustür zu entriegeln, als es klopft. Ich öffne und finde mich einer Unmenge an *Happy-Birthday*-Ballons gegenüber. Dahinter steht Adam in seinem Wollpulli und lächelt mich an.

»Ich war so frei und habe die Ballons dem armen Kerl unten abgenommen, der sich vergeblich bemüht hat, ins Haus zu kommen. Und dann waren da noch die hier«, fügt er hinzu und überreicht mir einen teuer aussehenden Blumenstrauß. Es ist keine Karte dabei – seltsam. Ob der vielleicht auch von Fran ist? Allerdings gerät mein Herz leicht ins Flattern.

»Und jetzt würde ich gerne mal wissen, warum ich keine Ahnung hatte, dass du heute Geburtstag hast.«

Er grinst, aber seine Verwirrung ist nicht zu übersehen.

»Ach«, winke ich leichthin ab, »Geburtstage sind einfach nicht mein Ding.«

Er richtet den Blick gen Himmel, als hätte ich etwas total Verrücktes gesagt, dann sieht er mich an. »Wir müssen das unbedingt feiern. Abendessen bei mir später? Ich mache auch nicht wieder rohes Hühnchen, versprochen.«

Ich lache laut auf bei der Erinnerung an die missglückte Kochaktion. Anschließend waren wir mit Sven und Charlie im Pub ein Stück die Straße runter gelandet. Es gab Livemusik, und wir blieben, bis sie uns rausfegten. Ich weiß noch, dass ich an diesem Abend zum ersten Mal das Gefühl hatte, trotz aller Rückschläge langsam zu begreifen, was leben eigentlich bedeutet.

Ich lächle ihn an, die geheimnisvollen Blumen immer noch fest umklammert. »O ja, gerne.«

Später stehe ich vor dem Spiegel im Flur und begutachte das Prachtstück aus Mums Secondhandladen, das ich für heute Abend ausgesucht habe – ein eng anliegendes blaues Kleid mit feinem Glitter vorn. Ich gehe jetzt häufiger in den Laden, und auch wenn ich weiterhin jeden Mittwoch an Jess und den Jungs im Park vorbeijogge, ist es immer ein besonderes Erlebnis, Mum im Geschäft zu besuchen. Ich kann mich mit ihr unterhalten, kann ihr erzählen, was ich so treibe, ohne dass sie mir vorwirft, ein zu großes Risiko einzugehen, oder gleich zum Telefon greift, um den Arzt zu rufen. Ich merke langsam, wie eine normale Beziehung zwischen uns aussehen könnte, und kann mir nebenbei noch etwas Schönes zum Anziehen kaufen. Sie hatte das blaue Kleid sofort für mich zur Seite gelegt, als es reinkam. Es schmiegt sich perfekt an meinen Körper und endet direkt oberhalb meiner Knie. Meine dunklen Haare werden von einem glitzernden Stirnband zurückgehalten, und ich trage dezentes Make-up.

Mein ganzer Körper prickelt erwartungsvoll. Der heutige Abend, Adams Einladung zum Essen und seine zärtlichen Blicke – all das lässt mein Herz schneller schlagen. Mir ist natürlich klar, dass wir nur Freunde sein können, schließlich möchte ich niemanden hier verletzen, und doch verspüre ich einen unnachgiebigen Drang, wenn ich an Adam denke, und ein enormes Verlangen, ihm nachzugeben.

Wenigstens für eine Weile.

Und wenn ich es einfach drauf ankommen lasse?

Bevor ich weiter darüber nachdenken kann, klopft es an der Tür. Ich öffne, und mein Herz macht einen kleinen Hüpfer, als mein Blick auf Adam fällt, in seinem Schottenkarohemd und einer Tweedjacke, die offenbar schon seit geraumer Zeit nicht mehr zum Einsatz gekommen ist, so steif, wie er sich darin bewegt.

Und der Blick, mit dem er mich ansieht … er scheint schlichtweg überwältigt zu sein.

Mein Magen schlägt einen Salto.

»Du siehst einfach umwerfend aus«, sagt er und klingt sichtlich nervös. So kenne ich ihn gar nicht.

»Danke. Ich zieh nur noch schnell Schuhe an.« Leicht überdreht steige ich in ein Paar silberne Absatzschuhe. Mit einem Mal wird mir ein bisschen schwindelig, als würde pures Serotonin durch meinen Körper fluten und mich jeden Moment zu Fall bringen.

»Nimm deine Kamera mit und eine warme Jacke«, rät Adam mir. »Es könnte ein bisschen frisch werden.«

»Musst du denn immer so hoch hinaus mit mir?«, scherze ich, bin aber gespannt wie ein Flitzebogen. Ich laufe ins Schlafzimmer und schnappe mir aufgeregt die Kamera. An der Wohnungstür ziehe ich noch schnell einen cremefarbenen Wollmantel über, während Adams Blick wieder auf mir ruht. Ich atme tief ein.

Ein Klicken auf der anderen Seite des Flures lässt uns beide zusammenfahren. Jemand kommt aus Adams Wohnung. »Wer …?«, setze ich zu fragen an, als Sven im Türrahmen erscheint. Er nickt Adam zu und hält beide Daumen hoch, dann grinst er uns verschmitzt an. »Tschüss, ihr beiden. Viel Spaß!«

Bevor ich etwas erwidern kann, fällt die Tür hinter ihm ins Schloss, und er verschwindet die Treppe hinunter. Ich sehe Adam gespannt an, aber der verrät sich mit keiner Miene. »Komm mit«, sagt er nur und ergreift meine Hand. Wir gehen über den Flur zu seiner Wohnung. Es ist das erste Mal, dass ich seine Hand halte, sie fühlt sich warm und gleichzeitig rau auf meiner Haut an. Ein wohlig-warmes Gefühl, wie von heißer Schokolade, breitet sich in mir aus.

An der Tür lässt Adam meine Hand – zu meiner großen Enttäuschung – wieder los, um aufzuschließen. Sobald wir drinnen sind, komme ich aus dem Staunen nicht mehr heraus: Sein üblicherweise recht karger Flur ist zu beiden Seiten von brennenden Kerzen gesäumt, bis hin zum Schrank am anderen Ende.

»Das ist noch nicht alles«, erklärt er fröhlich. »Ich habe nicht vor, hier auf dem Flur mit dir zu speisen, versprochen.«

Ich muss grinsen, dann nimmt er wieder meine Hand, und diesmal bleibt er einen Moment stehen und blickt mir im Kerzenschein zärtlich in die Augen. Mein Atem beschleunigt sich, und die Funken zwischen uns sind greifbar.

»Hier entlang«, sagt er und geht zu meiner Überraschung zielstrebig auf den Schrank am Ende des Flures zu. Als er die Tür öffnet, weht mir ein Luftzug entgegen, und dahinter führt eine Steintreppe bis hinauf in den pechschwarzen Himmel.

»Was zum …?«, stoße ich im Flüsterton hervor.

»Irgendeinen Vorteil muss es doch haben, auf meiner Seite des Treppenhauses zu wohnen«, sagt Adam und geleitet mich die Stufen hinauf. Meine Absätze hallen in der frischen Oktoberluft wider, und mein Atem bildet vor meinem Mund kleine Wölkchen.

Oben angekommen, habe ich das Gefühl, auf dem Gipfel der Welt zu stehen. Unter uns erstrecken sich die bunt zusammengewürfelten Dächer Edinburghs, und in der Ferne erstrahlt die Burg in blauem Licht vor dem kalten Nachthimmel. Doch kaum zwei Schritte von mir entfernt bietet sich mir der herzerwärmendste Anblick, den ich je gesehen habe. Auf einem kleinen Tisch stehen zwei abgedeckte Teller, dazwischen eine Vase mit grünen Zweigen und ein Sektkühler mit einer Flasche darin. Auf jedem der beiden Stühle, die sich am Tisch gegenüberstehen, liegen ein pralles, lilafarbenes Kissen und weiche Decken. Ein Heizstrahler verströmt angenehme Wärme. Rundherum sind Lichterketten um das Eisengeländer gewickelt, das die Dachterrasse umgibt.

»Wie hast du das alles hinbekommen?«, frage ich überwältigt.

»Sven und Charlie«, erklärt er, dann wendet er sich mir zu. »Ich weiß, es ist nicht gerade ein Dreisternerestaurant; wenn dir das lieber wäre, können wir …«

»Es ist perfekt«, falle ich ihm ins Wort. »Ich kann einfach nicht fassen, dass du das alles für mich arrangiert hast.«

»Immerhin hast du heute Geburtstag«, erwidert Adam. »Ein weiteres Jahr auf diesem Planeten, wenn das mal kein Grund zum Feiern ist, Emily.«

Ich atme tief ein und weiß nicht recht, was ich sagen soll, doch dann rückt er einen der Stühle vom Tisch ab und bedeutet mir, mich zu setzen. Nachdem er auf dem Stuhl gegenüber Platz genommen hat, nimmt er die Sektflasche aus dem Kübel.

»Ich war mir nicht ganz sicher, ob wir das Eis hier draußen überhaupt brauchen.« Mit diesen Worten schenkt er mir ein Glas ein. »Ist dir warm genug?«

»Im Moment auf jeden Fall«, antworte ich wahrheitsgemäß. Mit dem Heizstrahler neben mir und der Decke über meinem Schoß fühle ich mich geborgen wie in einem gemütlichen Kokon.

»Auf dich, Emily, und auf dein neues Leben.« Adam erhebt sein Glas und hält es mir entgegen.

Ich lasse meins ganz sanft anstoßen und beobachte, wie die Blasen darin nach oben steigen.

»Danke, Adam.« Nicht zum ersten Mal fällt mir auf, wie wahnsinnig gut er aussieht und wie unwiderstehlich ich mich von ihm angezogen fühle. Mein Herz rast.

Ich nehme einen kleinen Schluck, dann deute ich mit dem Kopf auf die abgedeckten Teller. »Hat Sven uns etwa seine Pizza gemacht? Oh, bitte, bitte.«

»Da muss ich dich leider enttäuschen. Ich habe ihn gebeten, ein bisschen was Ausgefalleneres zu zaubern. Ist ja schließlich ein besonderer Anlass. Schau gern nach.«

Ich schüttele in gespieltem Missmut den Kopf, dann hebe ich vorsichtig den Deckel an, und der Anblick, der sich mir bietet, entlockt mir ein breites Grinsen. Vor mir auf dem Teller dampft eine unglaublich verführerisch aussehende, heiße Portion Cannelloni vor sich hin, bedeckt mit einer cremigen roten Soße, obenauf eine hauchdünne Schicht Parmesan.

»Oh, lecker«, murmele ich andächtig. Ich muss sofort an das kleine italienische Restaurant denken, in dem wir waren. Das Essen dort war einfach himmlisch.

Und er hat sich ganz offenbar daran erinnert, wie sehr ich es mochte.

»In Anbetracht des Klimas in unserem Lokal sollten wir lieber gleich anfangen«, rät Adam mit einem Fingerzeig in Richtung Himmel. »Ich hätte wohl auch besser eine wärmere Jacke angezogen als diese«, stellt er mit einem entsprechenden Kopfnicken fest.

»Dafür ist sie aber sehr schick«, erwidere ich lächelnd. Es rührt mich, dass er sich so ins Zeug gelegt hat.

»Um nicht zu sagen lächerlich?« Fragend hebt er eine Augenbraue, und wir fangen beide laut zu lachen an.

Schließlich beruhigen wir uns ein wenig, legen die Servietten beiseite, die Charlie offensichtlich selbst gestaltet hat, und machen uns genüsslich über das Essen her. Währenddessen tauschen wir uns über die Ereignisse der letzten Tage aus: Ich erzähle ihm, dass ich bei William geklopft habe, einfach, um Hallo zu sagen, woraufhin ich zu hören bekam, ich solle ihn gefälligst in Ruhe lassen. Dann berichte ich ihm von den Fotos, die ich am Carlton Hill gemacht habe, und er berichtet, dass er mit der Arbeit an der Möbelgarnitur für den Kunden in Aberdeen fertig geworden ist und sie morgen mit seinem Lieferwagen zu ihm bringt.

»Wenn du möchtest, kannst du gerne mitkommen«, schlägt er vor und wirft mir einen raschen Blick zu. »Wir könnten das Ganze mit einem Ausflug verbinden. Unterwegs hättest du bestimmt auch Gelegenheit, ein paar schöne Aufnahmen zu machen.«

Was soll ich denn jetzt machen? Ich täte nichts lieber, als ihn zu begleiten, aber ist das wirklich eine gute Idee? Es geht alles viel zu schnell, erst das Essen heute Abend und morgen gleich ein gemeinsamer Ausflug bis rauf nach Aberdeen? Denn es geht hier eindeutig um mehr als nur Freundschaft, dies ist der romantischste Abend, den ich je erlebt habe. Und ich muss mir endlich eingestehen, was ich für ihn empfinde, auch wenn ich Angst habe, ihn zu verletzen. Oder mich selbst.

»Jetzt tu doch nicht so«, erwidere ich schließlich, »du hast doch bloß keine Lust auf die lange Fahrt allein.«

Er lacht. Ich liebe diesen tiefen, aufrichtigen Klang. Adam gibt mir stets das Gefühl, die interessanteste Person auf der Welt zu sein.

»Zugegeben, vielleicht war mein Vorschlag nicht ganz uneigennützig. Aber ich glaube, dass du dich ganz wunderbar mit Daphne verstehen würdest, der Frau von meinem Kunden Markus.« Ich frage mich, worauf er hinauswill. »Sie würde dir bestimmt auch liebend gern ihre Scones servieren. Ob du's glaubst oder nicht, die beiden sind inzwischen schon sechzig Jahre verheiratet.«

»Kannst du dir vorstellen …? Ich meine, warst du jemals in einer auch nur annähernd so ernsten Beziehung?«

Ich weiß nicht recht, warum ich ihn jetzt danach frage, vielleicht liegt es am Sekt oder auch am Nachthimmel oder an den Kerzen – aber er zögert nicht eine Sekunde, natürlich nicht, das ist einfach nicht seine Art.

»Einmal«, antwortet er ruhig. »Ihr Name war Claire, wir waren etwa zwei Jahre zusammen, meine längste Beziehung bisher, aber wir haben uns letzten Sommer getrennt.«

Ich verspüre einen Anflug von Eifersucht. Jetzt mach dich nicht lächerlich – natürlich hatte er schon mal eine Freundin, er ist schließlich der attraktivste Mann, den du je getroffen hast, in jeglicher Hinsicht.

Ich räuspere mich. »Und warum habt ihr euch getrennt?«

Sein Blick verdunkelt sich ein wenig im Kerzenschein. »Wir hatten eine schöne Zeit miteinander.« Er schluckt. »Aber ich glaube, wir haben nicht wirklich zueinandergepasst. Es wäre nicht fair gewesen, für keinen von uns, wenn wir so weitergemacht hätten. Ich bin mir nicht sicher, ob sich eine Beziehung so anfühlen sollte.«

»Wie sollte sie sich denn anfühlen?«, frage ich, bevor ich mich eines Besseren besinnen kann.

Aber er sieht mich einfach nur mit seinen sanften Augen an, und mein ganzer Körper beginnt zu kribbeln.

»Und du?«, fragt er und trinkt einen Schluck Sekt.

»Ich war mal in einer Beziehung, von der ich dachte, dass daraus was Ernstes werden könnte … aber da hatte ich mich wohl geirrt.«

»Und warum?«

Ich überlege einen Moment, wie viel ich preisgeben will. Die Wahrheit ist definitiv zu kompliziert. Schließlich sage ich: »Wir hatten einfach sehr unterschiedliche Erwartungen an unser Leben. Und letztlich lag ihm nicht genug an unserer Beziehung, um bei mir zu bleiben, also habe ich ihn gehen lassen.«

Adam denkt einen Moment nach, und ich habe den Eindruck, dass er etwas erwidern will, als ein Windstoß über den Tisch hinwegfegt und ihn davon abhält.

»Ich habe etwas für dich«, sagt er stattdessen. Er holt einen weißen Karton unter dem Tisch hervor und stellt ihn vor mir ab.

»Ich bin leider nicht mehr dazu gekommen, es einzupacken.«

Ich sehe ihn neugierig an. »Was ist da drin?«

Er zieht die Augenbrauen hoch. »Du musst es schon aufmachen.«

Ich nehme den Deckel ab und erspähe etwas Schwarzes unter einer Lage Luftpolsterfolie. Ich ziehe es hervor und sehe Adam verblüfft an.

»Es müsste das Richtige sein«, beeilt er sich zu sagen, während er sich zu mir herüberbeugt. »Ich hab den Typen im Laden gefragt, und er hat mir genau dieses empfohlen.«

Ich betrachte noch einmal das Objektiv, dann wieder ihn. Abgesehen von diesem wunderbaren Abendessen, das er mit so viel Mühe arrangiert hat, ist das wohl das Aufmerksamste, was je ein Mensch für mich getan hat. Dabei geht es weniger um das Objektiv an sich als vielmehr um die Gewissheit, dass er mein Bedürfnis, mich weiterzuentwickeln und zu verändern, versteht und dass er mich bedingungslos dabei unterstützt.

»Danke«, sage ich schließlich.

Das ist alles, was mir vor lauter Überraschung einfällt, also nehme ich die Kamera von der Stuhllehne und schraube das Objektiv auf, bis es mit einem Klicken einrastet. Dann stelle ich mich an das beleuchtete Geländer und blicke auf die Stadt hinaus. Der Wind weht mir ins Gesicht, als ich durch die Kamera schaue und all die alten Türmchen, rauchenden Schornsteine und die kleinen gelben Vierecke auf den Gebäuden unter uns so nah wie möglich heranhole – Momentaufnahmen, mitten aus dem Leben gegriffen: ein Mann beim Abwasch; eine Frau, die jemanden im Hintergrund anlacht; zwei Kinder, die auf einem

Bett auf und ab hüpfen; ein Paar, das sich gemeinsam aufs Sofa fallen lässt.

Unglaublich, wie deutlich ich von hier oben alles erkennen kann.

So könnte das Leben aussehen.

Ein Geräusch neben mir. Ich lasse die Kamera sinken und blicke in Adams Gesicht, der auf einmal neben mir steht und mich auf eine Art ansieht, die mein Herz noch schneller schlagen lässt als zuvor. Ein erwartungsvolles Kribbeln breitet sich langsam, aber stetig in meinem ganzen Körper aus.

Hat er etwa vor, mich zu küssen?

O Gott, ich weiß nicht, ob das eine gute Idee ist …

Dann wendet er sich ab und blickt zur Burg hinüber, und mir rutscht das Herz in die Hose. Vielleicht habe ich mich ja total getäuscht. Sollte ich ihn völlig falsch verstanden haben, als er vorhin meinte, mit Claire hätte sich das alles nicht richtig angefühlt? Wollte er damit andeuten, dass es bei uns genauso ist?

»Ich hab doch gesagt, dass man von hier oben tolle Fotos machen kann«, bemerkt er jetzt und lehnt sich über das Geländer. Ich tue es ihm gleich, wobei unsere Arme sich ganz leicht berühren, und für einen Moment überkommt mich ein Gefühl der Traurigkeit.

»Gefällt dir der Abend bisher?« Er sieht mich an. Wir sind uns so nah, dass ich seinen warmen Atem spüren kann, und mein Magen vollführt einen Salto, doch ich versuche, ruhig zu bleiben.

»Absolut«, antworte ich sanft, dann füge ich hinzu: »Du bist wirklich klasse, Adam.«

Er lächelt mich an. »Ich bin einfach gern mit dir zusammen, Emily, selbst wenn aus uns niemals mehr werden sollte als Freunde.«

In diesem Augenblick wird mir klar, dass ich ihm mehr

bedeute, als Claire es je getan hat, dass er mir gegenüber das empfindet, was er bei ihr vermisste. Ich weiß es genau, denn ich fühle das Gleiche, zumindest glaube ich das. Es ist seit Monaten in mir gewachsen, und plötzlich scheint in meiner Brust eine Flamme zu lodern.

Er will sich gerade wieder der Burg zuwenden, als ich nach seiner Hand greife, und dann pressen sich unsere Lippen aufeinander. Ich habe keine Ahnung, von wem der Kuss ausgegangen ist, von ihm, von mir oder von uns beiden, aber es ist mir auch herzlich egal. Wir küssen uns in der kühlen Nachtluft, sein Geschmack ist neu und vertraut zugleich, und ich gebe mich ganz dem Moment hin, presse meinen Körper gegen seinen, während seine Arme mich fest umschließen.

Um uns herum leuchten die Lichterketten mit dem Sternenhimmel um die Wette, während sich alles andere in nichts auflöst.

Kapitel 16

Am nächsten Morgen brauche ich länger als gewöhnlich, um wach zu werden, und einen Moment lang überkommt mich Panik.

Ist es vorbei?

Ist Adam verschwunden?

Dann drehe ich mich auf die Seite, und als mein Blick auf den Wecker und den Traumfänger fällt, seufze ich vor Erleichterung laut auf. Denn ehrlich gesagt wird mir ganz schlecht bei dem Gedanken, wieder in mein altes, zurückgezogenes Leben zurückzukehren, wo Mum alle paar Sekunden nach dem Rechten sieht. Ich bin noch nicht bereit dafür.

Und dann erinnere ich mich an den gestrigen Abend. Ich schließe die Augen ganz fest, als könnte ich so verdrängen, auf welch furchtbare Weise wir auseinandergegangen sind.

Wie war es eigentlich dazu gekommen? Es war doch der perfekte Abend, alles lief wunderbar, bis hin zum Objektiv, das er mir geschenkt hatte. Und dann dieser magische Kuss unter dem funkelnden Sternenhimmel.

Ich sehe uns auf seinem Bett liegen, wo wir uns noch lange weiterküssten, als gebe es kein Morgen mehr, jetzt, wo der Damm einmal gebrochen war. Es schien die natürlichste Sache auf der Welt zu sein, seine Lippen auf meinen zu spüren, auf meinem Hals, und sein perfektes Gewicht auf meinem Körper. Zumindest eine Zeit lang. Doch obwohl alles in mir lautstark nach mehr verlangte, hielt mich auch etwas zurück, und beinahe gegen meinen Willen entzog ich mich ihm plötzlich.

»Alles in Ordnung?«, fragte er heiser und zog sich ebenfalls ein Stück zurück.

Ich nickte in der Dunkelheit, doch in meinem Inneren machte sich schon wieder die Panik breit.

»Mach dir keine Gedanken«, sagte er sanft. »Wir haben alle Zeit der Welt.«

Und ich wünschte mir inständig, er hätte recht.

»Kommst du morgen trotzdem mit nach Aberdeen? Ich fahre um neun los«, erkundigte er sich an der Wohnungstür, als ich ging. Das dämmrige Licht beschien seinen bloßen Oberkörper, meine Hände hatten in seinem Haar deutliche Spuren hinterlassen, und ich musste meine ganze Willenskraft aufwenden, auch nur einen Schritt zurückzuweichen.

»Ich weiß nicht«, erwiderte ich nach einer Weile. »Ich hab Fran versprochen, mit ihr die Vorbereitung der Flitterwochen abzuschließen. Ich kann sie nicht hängen lassen.«

Ich sah Adam seine Zweifel an, und er tat mir unendlich leid – und ich mir selbst auch. Aber ich musste unablässig daran denken, wie schmerzhaft die Trennung von Nick für mich gewesen war, dieses Gefühl, einfach zurückgelassen zu werden.

»Bist du sicher, dass das der einzige Grund ist?«, bohrte er nach und runzelte leicht die Stirn, und ich wusste, dass er mich durchschaut hatte.

»Na ja, ehrlich gesagt möchte ich mich auf nichts einlassen, wenn am Ende doch einer von uns verschwindet. Ich will einfach vermeiden, dass jemand verletzt wird.«

Seine Augen funkelten. »Hattest du etwa vor, dich noch heute Abend aus dem Staub zu machen?«

»Natürlich nicht, aber wer weiß denn schon, was die Zukunft bringt – ich könnte zurück nach … London gehen, oder du beschließt vielleicht, dass es mal wieder Zeit für einen Tapetenwechsel ist.«

Bei diesen Worten verdunkelten sich seine Züge. »Und wie bitte schön kommst du auf diese Idee?«

Ich zögerte einen Moment. »Na ja, Sven meinte, dass du normalerweise um diese Jahreszeit auf Reisen gehst.«

»Nur weil ich normalerweise etwas tue, heißt das noch lange nicht, dass es immer so sein muss, Emily.« Eine gewisse Kühle lag in seinen Worten, die ich nicht recht hatte deuten können. »Können wir nicht einfach schauen, wie sich die Dinge entwickeln? Und jeden Tag genießen, wie er kommt?«

Ich zog die Augenbrauen hoch. »Du weißt ja nicht mal jetzt, was du eigentlich willst, wie soll ich da sicher sein, dass du es dir nicht plötzlich anders überlegst? Du hast doch selbst gesagt, dass du einfach schaust, wohin es dich verschlägt.«

Adam fuhr sich mit der Hand durch die Haare. »Pass mal auf, natürlich kann ich nichts versprechen, aber wer kann das schon? Ich weiß nur, dass die letzte Nacht einfach unglaublich war und ich gerne weiterhin mit dir zusammen sein möchte.«

Wir schwiegen eine Weile, und ich beobachtete, wie seine Brust sich hob und senkte. Ich wünschte mir nichts sehnlicher, als zu ihm zu gehen, wieder unter seiner Bettdecke zu verschwinden und dort zu bleiben. Aber selbst er konnte mir nichts garantieren.

»Es war wirklich toll heute Abend«, sagte ich schließlich mit fester Stimme, wobei ich meine Worte mit Bedacht wählte, »aber ich weiß einfach nicht, ob ich das alles noch einmal wagen kann, wenn es vielleicht morgen schon vorbei sein könnte.«

Und dann überkam mich das seltsame Gefühl, das alles schon einmal erlebt zu haben, dieselben Bedenken vorher schon geäußert zu haben, genau hier an diesem Ort. Ich sah

Adam an, der den Kopf schüttelte, und mir war klar, dass seine Stimmung umgeschlagen war.

»Du weißt offenbar schon, was passieren wird, Emily, und wenn dem so ist, sollten wir hier vielleicht wirklich lieber einen Schlussstrich ziehen.«

»Na dann«, gab ich zurück, während meine Brust vor lauter Schmerz zu bersten schien.

»Na dann«, sagte er, kehrte mir mit steifen Schultern den Rücken und verschwand in seiner Wohnung. Im letzten Moment wandte er sich noch einmal um und sah mich an. Ich gestattete mir noch einmal einen Blick in seine faszinierenden Augen und bemerkte, wie sich sein Unterkiefer vor Anspannung verkrampfte.

Dann zog er die Tür hinter sich zu, und nachdem ich einen Moment lang mit geschlossenen Augen dagestanden hatte, ging ich über den Treppenabsatz zurück in meine Wohnung.

Und während jetzt neben mir der Wecker auf sieben umspringt, überlege ich, ob ich mit ihm nach Aberdeen fahren soll oder nicht.

In nur zwei Stunden bricht er auf.

Etwas später jogge ich in der eiskalten Morgenluft die im Laternenlicht still daliegende Straße entlang, während die Morgendämmerung sich über den bibbernden Häusern der Stadt erhebt. Ich lasse die kalte Luft auf meine Haut treffen in der Hoffnung, dass sie den unwiderstehlichen Sog vertreibt, den Adam auf mich ausübt. Ich bleibe im belebteren, sicheren Teil der Stadt, kämpfe mich allein voran und wünsche mir von ganzem Herzen, meine Angst endlich hinter mir lassen zu können.

Einfach im Moment zu leben, wie andere Leute auch.

Aber je ernster ich die Sache mit Adam werden lasse, desto schwieriger wird es für alle Beteiligten, da irgendwann ohne großen Schaden wieder herauszukommen.

Mit gesenktem Kopf, um mich vor der Kälte zu schützen, umrunde ich mehrere Male die Meadows, bis ich schließlich im Café *Victor Hugo* auf einen Kaffee einkehre. Mutterseelenallein sitze ich draußen an einem der kleinen Tische, während es langsam immer heller wird, und lasse alles an mir vorbeiziehen – Paare, Freunde, Jogger.

Als ich schließlich aufstehe, um mich auf den Heimweg zu machen, sehe ich, wie sie an einem Tisch mir gegenüber Platz nimmt.

Eine Frau.

Sie ist ganz in Grau gekleidet, die roten Haare sind zurückgebunden, und ihr Gesicht lugt blass und abgehärmt unter einer schwarzen Wollmütze hervor. Sie ist ganz allein, bewegt sich nur langsam und hat offensichtlich Mühe zu atmen.

Mein Herz rast. Dann schaut sie auf, und als sie mich erblickt, ist mir, als sei ich in eine Falle getappt.

In diesem Moment gefangen.

Sie sieht mich aufmerksam und geradezu wehmütig an, bevor sie wieder die Speisekarte studiert. Ich beobachte, wie sie bei der Bedienung ihre Bestellung aufgibt, murmele sie in Gedanken nahezu zeitgleich vor mich hin – *einen grünen Tee und ein Wasser bitte.*

Ich überlege, an welchem Zeitpunkt genau wir uns gerade befinden. Es ist November, gut acht Monate vor der Transplantation.

Von jetzt an wird es mit ihr bergab gehen, sie wird sich quälen, sich dahinschleppen, bis die Operation, die ihr letztlich das Leben rettet, unausweichlich ist, aber ihre Möglichkeiten bleiben auch danach eingeschränkt.

An diesem Tag kam sie das letzte Mal hierher, um in dem Laden für Künstlerbedarf einzukaufen.

Dann werfe ich einen Blick auf meine neonfarbene Joggingkleidung und das riesige Croissant auf meinem Teller, dazu den Kaffee mit reichlich Milch. Ich muss an die Wohnung denken, in der ich lebe, und die Fotos, die ich mache. An die Freunde, die ich gefunden habe, und die Momente purer Freude, die ich erleben durfte. Ich denke an den gestrigen Abend mit Adam auf dem Dach zurück. An die unglaublichen Küsse unter dem Sternenhimmel und später im Schlafzimmer.

Und in diesem Moment ist mir klar, dass ich nicht mehr zurückkann, nicht mehr zurückwill in ein Leben, in dem ich ständig Angst haben muss. Wo ich nichts tun kann, nirgendwo hingehen kann, ohne mir darüber Sorgen zu machen, was das für mich und die anderen bedeuten könnte. Wo ich mich nicht verlieben kann, aus Furcht, jemanden zu verletzen.

Oder mich selbst.

Und könnte es nicht sein, dass Emily dieses Leben gar nicht wollte? Bin ich am Ende deswegen hier und kann noch eine Weile bleiben?

Vielleicht sogar für immer?

Mit diesem Gedanken im Kopf springe ich auf und renne los, so schnell ich kann.

Ich rase die Stufen hoch, und als ich schwer atmend oben ankomme, hämmere ich an seine Tür.

Bitte sei noch da, bitte sei noch da.

Doch auf der anderen Seite der Tür rührt sich nichts.

Schweren Herzens lasse ich mich mitten auf dem Treppenabsatz zu Boden sinken. Warum musste ich ihm auch Vorhaltungen machen wegen seiner Reisen? Warum habe ich ihn vor den Kopf gestoßen, als wäre er mir egal?

Dabei hat mir noch nie jemand so viel bedeutet wie er. Und möglicherweise hat er recht. Vielleicht brauchen wir gar nicht genau zu wissen, was morgen passieren wird. Sondern können einfach den Augenblick genießen und jeden Tag so nehmen, wie er kommt.

Ich wünschte, ich könnte ihm das sagen. Aber inzwischen ist er wahrscheinlich schon ein gutes Stück unterwegs in Richtung Norden und bereut, dass er sich gestern Abend all die Mühe gemacht hat. Ich werde mit ihm reden müssen, wenn er wieder zurück ist, um ihm alles zu erklären. Eine Weile sitze ich einfach da und frage mich, was ich tun soll, als ich plötzlich ein Geräusch neben mir vernehme. Ich schaue abrupt auf und erblicke Adam, der gerade seine Wohnung verlässt. Er trägt eine schwarze Fleecejacke und Jeans, und seine Haare schimmern feucht, als käme er frisch aus der Dusche.

Wir sehen uns einen Moment lang an, dann stehe ich auf und gehe zu ihm.

»Emily«, setzt er an, als wolle er zu einer längeren Ansprache ausholen, aber bevor er dazu kommt, beuge ich mich vor und küsse ihn mitten auf den Mund. Er zögert für den Bruchteil einer Sekunde, dann spüre ich, wie er den Kuss erwidert und seine Arme um mich legt. Und jegliche Erklärungen sind vergessen, alte Verletzungen und die Narben, die sie hinterlassen haben, spielen in diesem Augenblick keine Rolle, denn das Leben ist kurz, und dieser Moment ist alles, was zählt.

Als ich mich schließlich von ihm löse, immer noch in meinem Nylonoutfit, schaut er mich mit seinen grünen Augen an.

»Das Joggen hat gutgetan?«

»Du hast ja keine Ahnung«, erwidere ich, und er grinst.

Kurze Zeit später machen wir uns auf in Richtung Aberdeen, und als wir die Forth Road Bridge überqueren, deren imposante, hoch aufragende Tragseile im Vorbeifahren wirken, als würden sie an uns vorbeisausen, atme ich erleichtert auf, denn mit der Stadt lassen wir auch mein altes Ich hinter uns.

»Alles in Ordnung?«, fragt Adam sachte und wirft mir einen kurzen Blick zu.

Und in dem Moment wird mir klar, dass es so ist. Denn ich bin bei ihm, und wir können überall hinfahren und tun und lassen, was immer wir wollen. Ich denke nicht darüber nach, was passiert, wenn er oder ich irgendwann weggehen, und wer dabei verletzt werden könnte. Es zählt nur, dass wir hier und jetzt zusammen sind.

»Alles bestens«, sage ich bestimmt und lege eine Hand bestätigend auf sein Bein. So verbringen wir den Rest der Fahrt, meine Hand auf seinem Knie, seine Hand auf meiner, während er von Zeit zu Zeit zu mir herübersieht.

Wir stimmen in die Lieder im Radio ein (Ist es wirklich schon Weihnachtszeit?) und reden über alles und nichts. Als wir Hunger haben, holen wir uns unterwegs an einer Tankstelle Kaffee und fettige Teigtaschen mit Käse, und immer wenn ich ein tolles Fotomotiv entdecke, violett schimmernde Hügel oder fünfhundert Jahre alte Burgen, die sich imposant vor dem weißen Himmel abzeichnen, halten wir an, und ich mache ein paar Aufnahmen.

Irgendwann lassen wir die hügelige Landschaft hinter uns, der Himmel scheint sich immer höher über uns zu erstrecken, und dann liegt sie plötzlich vor uns – die überwältigende Weite der Nordsee zu unserer Rechten. Sie scheint geradezu unendlich zu sein, Millionen von Wellen, deren weiße Klingen das stahlgraue Wasser durchschneiden. Ihre schiere Größe verschlägt mir den Atem.

Schließlich erreichen wir Aberdeen, die Granitstadt, mit ihren jahrhundertealten grauen Gebäuden und den vielen Türmchen, die über ihnen aufragen.

Doch trotz der Strenge, die der Ort auf den ersten Blick ausstrahlt, entlockt mir das Glitzern der Sonne auf den Steinen, da, wo sich ihre Strahlen fächerartig einen Weg durch die Wolken bahnen, ein Lächeln.

»Ich liebe es, wenn du das tust.«

»Was denn?«

»Die Dinge so fasziniert betrachten, als sähest du sie zum ersten Mal.«

»Vielleicht ist es ja auf gewisse Weise so«, erwidere ich glücklich, bevor ich wieder aus dem Fenster schaue. Und in diesem Augenblick wird mir klar, wie wahr diese Worte sind. Obwohl ich immer dachte, ich wüsste, was Leben bedeutet und hätte Tag für Tag daran teilgenommen, hatte ich doch nie von einem unbekannten Hügel aus beobachtet, wie das Licht sich langsam verändert, nie den Geruch von verbrennendem Holz wahrgenommen, der aus dem Schornstein eines einsamen Hauses aufsteigt, oder wie sich die Energie kaum merklich verändert, wenn man in eine neue Stadt kommt. Selbst vor Cats Tod war ein Urlaub stets wie der andere gewesen. Alles spielte sich auf die gleiche Weise ab, roch gleich, fühlte sich gleich an. Und schon die kleinste Abweichung davon ist faszinierender – stimulierender –, als ich es mir je hätte vorstellen können.

Adams Kunde hat ein riesiges Haus im West End mit Fenstern und Türmchen im gotischen Stil. Sobald wir angekommen sind, hieven wir die Möbel unter viel Gelächter aus dem Bulli – wie sich herausstellt, habe ich nicht das Zeug zum Möbelpacker, trotz meiner neu gefundenen Stärke –, und jedes Mal, wenn sich unsere Blicke treffen, spüre ich zwischen uns dieselbe knisternde Spannung wie am Vormittag. Daphne lässt es sich tatsächlich nicht nehmen, uns kurz darauf in der viktorianischen Orangerie mit Tee und Scones zu bewirten. Dabei erfahre ich, dass sie früher eine berühmte Fotografin war und um die ganze Welt gereist ist, um Aufnahmen zu machen, und während wir uns gemeinsam über Kunst unterhalten, schaut Adam immer wieder mit einem zufriedenen Lächeln zu mir herüber.

Seltsam berauscht machen wir uns anschließend auf den Weg in die Stadt, wobei wir kaum die Hände voneinander lassen können. Wahrscheinlich ist uns beiden klar, wie nahe wir heute Morgen daran waren, uns dies alles entgehen zu lassen und für immer getrennte Wege zu gehen. Wir begeben uns in den alten Teil der Stadt und schlendern Hand in Hand durch die eisigen Kopfsteinpflasterstraßen bis zur Universität. Wir stehen im kalten Nachmittagslicht da, während sich um uns herum Studenten mit Kaffeebechern in der Hand tummeln, und ich frage mich, wie es wohl gewesen wäre, nach Cats Tod doch von zu Hause auszuziehen und zum Kunststudium hierherzukommen. So wie ich es eigentlich geplant hatte.

Wir essen in einem kleinen Bistro zu Mittag, das Magnus und Daphne uns empfohlen haben, genießen entspannt lokale Austern und frischen Seehecht. Als wir danach wieder durch die Stadt streifen, sticht mir ein Prospekt ins Auge. Ich halte es Adam hin und frage: »Bist du dabei?«

Und er antwortet: »Aber klar doch.«

Zwanzig Minuten später betreten wir das Jahrmarktgelände direkt am Meer. Achterbahnen ragen in den Himmel auf, und wir sind umgeben von einem blinkenden Lichtermeer, doch obwohl mein Herz hektisch pocht, bin ich voller Vorfreude. So etwas hätte ich früher nie wagen können, nicht mal als Teenager. Heute allerdings fühle ich mich so frei wie nie zuvor, und ich möchte all das nachholen, was ich bisher versäumt habe. Jetzt und hier.

Als wir kurz darauf in einem der Wagen der Achterbahn

sitzen und langsam, aber sicher immer höher in die eiskalte Luft hinauffahren, wird mir doch ein wenig mulmig zumute – was, wenn mit der Technik etwas schiefläuft? Was, wenn wir auf den Asphalt tief unter uns stürzen? Doch dann erblicke ich das breite Lächeln auf Adams Gesicht, und mir ist klar, dass ich nirgendwo anders als hier bei ihm sein möchte. Oben angekommen, verharrt der Wagen einen winzigen Augenblick, und dann rasen wir in einem Rausch aus Geschwindigkeit und Licht so rasant in die Tiefe, dass meine Haare nach hinten fliegen. Adam jauchzt, und ich kreische, aber nicht mehr aus Angst, sondern aus purer, überschwänglicher Freude.

Am liebsten würde ich gleich noch einmal fahren.

Nachdem wir noch einige Fahrgeschäfte ausprobiert und gemeinsam die Spielhalle unsicher gemacht haben – ich habe jedes Mal laut gejubelt, wenn ich Adam besiegt habe –, neigt sich die Sonne am wolkenverhangenen Winterhimmel langsam dem Horizont entgegen, und Adam nimmt meine Hand.

»Machen wir uns lieber auf den Heimweg, bevor es anfängt zu schneien«, sagt er sanft.

Und tatsächlich, nur wenige Minuten nachdem wir wieder im Bulli sitzen, fallen die ersten Flocken. Sie nehmen an Größe zu und fallen immer dichter, während wir wieder aus der Stadt jagen. Im Nullkommanichts sind die Straßen von einer dicken Schneeschicht bedeckt, und selbst Adams robuster Lieferwagen gerät ins Rutschen.

»Das sieht aber gar nicht gut aus«, bemerke ich mit einem Blick auf die wenigen anderen, langsam fahrenden Fahrzeuge vor uns, die ebenfalls gefährlich schlingern.

»Ach, das geht schon«, versichert Adam neben mir, aber mir entgeht nicht, wie weiß seine Fingerknöchel sind, weil er das Lenkrad so fest umklammert. Mit pochendem Herzen beobachte ich, wie er angestrengt auf die Straße starrt, und frage mich, wir lange das Ganze noch gut geht. Allerdings sind wir schon weit entfernt von jeglicher Zivilisation, und ich kann mich nicht erinnern, ob wir auf dem Hinweg an irgendwelchen Unterkünften vorbeigekommen sind.

Als wir etwa eine halbe Stunde aus der Stadt heraus sind, tauchen vor uns, ein Stück von der Landstraße entfernt, plötzlich ein Hoffnung weckender Lichtschimmer und eine Rauchsäule auf, dann ein baumbestandener Fahrweg, der von der Straße abgeht, und ein Schild mit der Aufschrift *Eastwick House Hotel*.

Adam verlangsamt das Tempo, und mein Herzschlag beschleunigt sich, als wir die Abzweigung erreichen. Ich bin dankbar, dass wir sie gefunden haben, und gleichzeitig frage ich mich aufgeregt, was das für uns bedeutet. Adam schaut mich an.

»Nicht, dass du denkst, ich hätte irgendwelche Hintergedanken«, beeilt er sich zu versichern, »aber wenn du mich fragst, ist es sicherer, heute Abend nicht mehr weiterzufahren … Was meinst du?«

Schneeflocken fallen wie ein dichter weißer Vorhang auf die Windschutzscheibe.

Ich sehe ihn an und sage: »Ich meine, da hast du recht.«

Er steuert den Fahrweg entlang, der inzwischen mit einem dicken, weißen Teppich ausgelegt ist. Die Reifen verursachen nicht das geringste Geräusch, und mit einem Mal kommt ein unglaublich malerisches Gästehaus in Sicht. Seine großen, viktorianischen Fenster sind hell erleuchtet, und ich hoffe inständig, dass noch Zimmer für uns frei sind.

Eilig erklimmen wir die breiten Steinstufen, die zu der riesigen, alten Tür hinaufführen. Als wir die Schwelle übertreten, schlägt uns die wohlige Wärme eines im Kamin knisternden Feuers entgegen. Zu unseren Füßen liegen Teppiche mit Schottenkaromuster, und an der Decke hängt ein Lampenschirm aus Hirschgeweihen. An der Rezeption teilt man uns mit, dass es nur noch ein freies Zimmer gibt, und ich habe das Gefühl, in einer furchtbar einfallslosen romantischen Komödie gelandet zu sein, aber das ist mir herzlich egal – ich finde, ich habe ein paar klischeehafte Momente verdient.

Als wir in den zweiten Stock geführt werden, weiß ich bereits genau, was heute Nacht passieren wird, mit diesem Körper, der nicht meiner ist, mir aber dennoch mittlerweile so vertraut ist, dass es immer schwieriger wird, zwischen Maggie und Emily zu unterscheiden. Ich spüre, wie die altbekannte Angst, mein treuer Begleiter, mich noch immer zurückhalten will, in dem Versuch, mich selbst und andere zu schützen. Aber dieses Mal werde ich nicht auf sie hören. Ich werde nicht zulassen, dass sie diesen Moment ruiniert – diesen wunderschönen Tag, den wir gemeinsam verbracht haben.

Wir übernachten in einem komfortablen Doppelzimmer, ebenfalls im Schottenkarostil, die gemütlichen Ohrensessel sind mit Tweed bezogen. Und das Prunkstück des Raumes ist ein mit weißen Laken frisch bezogenes Bett, die Decken sind bereits für die Nacht zurückgeschlagen.

Nachdem die junge Frau uns mitgeteilt hat, dass ab sieben Uhr Frühstück serviert wird, und sich höflich von uns verabschiedet hat, sieht Adam verstohlen zu mir herüber. Die knisternde Spannung zwischen uns hat sich im Laufe des Tages zu einem überwältigenden Crescendo gesteigert, und die Tür hat sich kaum hinter uns geschlossen, als wir schon übereinander herfallen und uns geradezu verzweifelt küssen. Die Anspannung des Vormittags, die Unsicherheit darüber, wie es mit uns weitergeht, liegen unter einer dicken Schneedecke begraben.

Und als wir uns auf das gigantische Bett fallen lassen und die Schneeflocken gegen die Fensterscheibe rieseln, habe ich das Gefühl, vor Glück zu schweben.

So, wie es immer sein sollte.

Kapitel 17

Frohe Weihnachten, du widerliches Stinktier.«

»Danke gleichfalls, Fran«, antworte ich lachend am Telefon. »Dabei haben wir streng genommen ja erst Heiligabend. Aber trotzdem schon mal vielen Dank für den gigantischen Fresskorb mit Schokolade. So was habe ich noch nie gesehen, da können wir bestimmt nächstes Jahr noch von essen.«

Zumindest hoffe ich das.

»Aber gerne doch«, fährt Fran fort, während sich Ferris eng an meine Beine schmiegt. »Ich gehe doch recht in der Annahme, dass dein neuer *Freund* dir dabei helfen wird?«

Ein Lächeln breitet sich auf meinem Gesicht aus. Wir sind noch nicht so weit, unsere Beziehung also solche zu bezeichnen, aber ich bin mir sicher, dass er das Gleiche fühlt wie ich, und vielleicht genügt das vorerst.

»Und er hat dir tatsächlich einen Strumpf gebastelt, um ihn an den Kamin zu hängen? Alle Achtung. Toby muss ich in solchen Fällen praktisch eine Einkaufsliste schreiben.«

»Du bist aber auch ziemlich wählerisch. Ich habe bestimmt zehn Läden abgeklappert, bis ich den Pulli mit den Sternen drauf bekommen habe, den du dir damals gewünscht hast«, entfährt es mir, bevor mir klar wird, was ich da sage.

»Stimmt, das hatte ich schon ganz vergessen«, erwidert sie lachend.

Ich halte einen Moment inne, denn mir ist ganz seltsam zumute – die Worte sind mir ohne mein Zutun aus dem Mund gekommen, und diesmal war es mehr als nur eine zufällige Erinnerung Emilys. Es war, als seien die Worte ein Teil von mir geworden.

»Egal, wie ist denn die Stimmung bei deinen Eltern?«, wechsele ich das Thema. Mein Atem geht schwer.

»Ach, du kennst das ja, hier geht's inzwischen ziemlich feuchtfröhlich zu, nach fünf Gläsern Prosecco mit Orangensaft. Aber schließlich ist gestern die Familie aus Italien angekommen.«

Einen Moment herrscht Schweigen. Dann fragt Fran: »Triffst du dich eigentlich mit deiner Familie?«

Seltsam, dass Emilys Eltern nicht zu diesem Familientreffen eingeladen sind, schließlich sind Fran und Emily Cousinen. Wo stecken sie wohl?

»Ich glaube kaum«, antworte ich schließlich.

Was der Wahrheit entspricht – immerhin habe ich bisher nichts von ihnen gehört.

»Ist ja auch kein Wunder, so, wie es zwischen euch gekracht hat. Ich kann immer noch nicht fassen, was deine Mum zu dir gesagt hat.«

Ich blinzele.

Hatte Stella nicht auch eine Auseinandersetzung mit ihrer Mutter, unmittelbar bevor sie »in den Norden« gezogen war?

Aber wahrscheinlich mache ich mir viel zu viele Gedanken und sehe Verbindungen, wo keine sind.

»Wie auch immer, meinst du, du schaffst es Anfang des Jahres mal, nach London zu kommen?«

Mein Magen verkrampft sich nervös. Ich würde Fran nur zu gern persönlich kennenlernen, doch gleichzeitig möchte ich Edinburgh, und damit Adam, auf gar keinen Fall verlassen, jetzt weniger denn je. Ich habe hier alles, was ich mir je gewünscht habe, und das möchte ich keine Sekunde lang missen.

»Mal sehen«, gebe ich schließlich zurück, aber mir ist bewusst, wie wenig überzeugend das klingt.

Fran seufzt. »Adam ist natürlich auch herzlich eingeladen.«

Ihre Beharrlichkeit bringt mich zum Lachen.

»Und falls du Angst hast, Simon über den Weg zu laufen, denk dran, London ist groß«, fügt sie hinzu. »Die Wahrscheinlichkeit, dass ihr euch zufällig trefft, ist gleich null, also vergiss ihn einfach.«

»Wenn du das sagst.« Bei der Erwähnung seines Namens habe ich sofort so ein merkwürdiges Gefühl in der Brust. Erst gestern habe ich wieder eine dieser mysteriösen Nachrichten erhalten: Du fehlst mir so wahnsinnig, Emily, können wir reden? Bitte. xx. Ich kann natürlich nicht beschwören, dass sie wirklich von Simon stammen, doch ich glaube kaum, dass ich Frans Rat befolgen und ihn einfach so aus meinem Kopf verbannen kann.

»Ich hab da noch eine Bitte an dich«, sagt Fran.

»Was denn?«

»Ich habe mich gefragt, ob du vielleicht unsere Hochzeitsfotografin sein möchtest.«

»Wie bitte?«, frage ich ungläubig und mit wild klopfendem Herzen. »Ich dachte, ihr hättet schon längst eine … Ich habe doch noch nicht mal einen Kurs gemacht. Was weiß ich denn schon über Eventfotografie?«

»E, wenn du dich beim Fotografieren nur halb so sehr reinhängst wie in deinem Job, beim Uniexamen *und* deinen Abschlussprüfungen an der Schule, dann werden die Bilder fantastisch. Ich vertraue dir vollkommen. Also sag schon Ja, dann können wir alle so glücklich sein wie du.«

Ich denke einen Augenblick darüber nach – einerseits könnte es eine unangenehme Herausforderung werden, weitere Menschen aus Emilys altem Leben zu treffen. Doch andererseits kann ich nicht leugnen, dass Fran ein wichtiger Teil meines Lebens hier geworden ist und wir uns mittlerweile unweigerlich sehr nahestehen. Ich kann sie einfach nicht vor den Kopf stoßen und noch dazu ein Angebot ablehnen, das mir die Gelegenheit bietet, etwas zu tun, das mir immer mehr ans Herz wächst.

»Also gut«, lenke ich schließlich ein. »Ich freu mich drauf.«

Nachdem ich mich von Fran verabschiedet habe, ziehe ich los, um die letzten Geschenke zu besorgen. Adam bekommt von mir bereits einen Wollpullover und ein Buch über Munro-Bagging, das nützliche Tipps für jene liefert, die all die hohen Berge in Schottland besteigen möchten, aber ich hätte gern noch eine ganz bestimmte Kleinigkeit. Ein wenig Zeit habe ich noch, bevor Sven und Charlie kommen, um mit uns den Heiligen Abend zu feiern. Sven übernimmt natürlich das Kochen, obwohl Adam und ich letzte Woche im Pub darauf bestanden haben, uns selbst daran zu versuchen. Sven hat uns angesehen, als hätten wir jetzt gänzlich den Verstand verloren. *Um Gottes willen*, hat er vollkommen entsetzt erwidert, woraufhin wir in schallendes Gelächter ausgebrochen sind. Es schien mir nicht ganz fair zu sein – ich liebe Adams berühmt-berüchtigte Küche, besonders seine etwas zu lange pochierten Eier, wobei das wahrscheinlich eher am Koch liegt als am Essen. Einen Großteil des Vormittags haben wir damit zugebracht, in der Wohnung klar Schiff zu machen und den Tisch zu decken. Adams Mutter hat ihm letztes Jahr eine Weihnachtsdecke mit einem tropischen Motiv zugeschickt, die sie auf den Weihnachtsinseln erstanden hatte.

Die Gläser und das restliche Geschirr sind bunt zusammengewürfelt, aber als alles fertig ist, sieht es einfach perfekt aus – und ich kann es kaum erwarten, Heiligabend und den ersten Weihnachtstag mit Adam zu verbringen. Lilly ist gerade dabei, Nummer 501 auf ihrer Bucketlist abzuhaken – Weihnachten auf Hawaii –, und als Adam mich fragte, ob ich zu meinen Eltern nach London fahre, behauptete ich einfach, dass sie ebenfalls über die Feiertage verreist seien.

Er sah mich fragend an, bohrte aber nicht weiter.

Es macht mich unglaublich traurig, dass ich ausgerechnet zu dieser Zeit nicht bei meiner eigenen Familie sein kann, wo sie doch zum Greifen nahe sind, gleich hier um die Ecke in Edinburgh. Ich stelle mir vor, wie die Jungs zu nachtschlafender Zeit aufstehen und schließlich alle total müde Geschenke austauschen, bevor sie gemeinsam zu einem Weihnachtsspaziergang aufbrechen; später würde ich dann mit Jess auf der Couch abhängen und zweitklassige Filme gucken. Aber irgendwie war es auch immer dasselbe, denn mehr war für mich eben nicht drin. Hier hingegen kann ich die Feiertage voll auskosten, ohne den anderen den Spaß zu verderben.

Als ich kurz darauf die belebte Straße entlanggehe, stelle ich fest, dass ich nicht als Einzige die Idee hatte, jetzt noch Geschenke zu kaufen. Doch nachdem ich eine Weile in einem der Kaufhäuser herumgestöbert habe, finde ich, wonach ich gesucht habe – ein paar knallige orangefarbene Socken, in der gleichen Farbe wie dieses lächerliche Stirnband, das er mir geschenkt hat.

Auf dem Rückweg komme ich am Weihnachtsmarkt auf der Princess Street vorbei – das Riesenrad ist hell beleuchtet, und die Lichterketten an den Ständen blinken. Ich war letzte Woche bereits mit Adam hier, nachdem wir uns einen Christbaum ausgesucht hatten. Abgedroschene Weihnachtslieder dudelten in voller Lautstärke im Autoradio, und wir tranken Pumpkin Spice Lattes aus dem *Purple Pineapple*. Als wir auf dem Verkaufsgelände ankamen, lag dort sogar Schnee, und die ganze Umgebung war von einer zarten, weißen Puderschicht bedeckt. Als ich aus dem Auto stieg, schlug mir der intensive Geruch von Tannennadeln und einem perfekten Wintertag entgegen, und ich atmete tief ein. Der Duft weckte eine Erinnerung an mein altes Leben – Cat, Jess und ich mit unseren Eltern bei einem Weihnachtsbaumzüchter wie diesem hier (vielleicht sogar derselbe?). Damals wussten wir noch nichts von meiner Krankheit. Wir tranken heiße Schokolade aus Mums roter, glänzender Thermosflasche, spielten zwischen den Bäumen Fangen und lachten schallend, während Mum und Dad uns amüsiert zusahen. Es gab auch richtig schöne Momente in meinem alten Leben.

Ich inspizierte mit Adam das Angebot an Weihnachtsbäumen: Es gab große, stattliche und ausladende, buschige, aber mir hatte es ein eher kümmerliches Exemplar angetan. Es war nicht sonderlich gleichmäßig gewachsen, zwischen seinen Ästen klafften immer wieder Lücken, und wahrscheinlich würde es nicht so lange halten wie die anderen, aber ich blieb dennoch vor ihm stehen.

»Ist das der richtige?«, fragte Adam und ergriff meine Hand.

»Ich glaube, ja«, antwortete ich und fuhr, ohne nachzudenken, fort, »stört es dich, dass es so eine Krücke ist?«

Adam sah mich an. »Wieso Krücke?«

Ich zuckte die Achseln und fühlte, wie sich mein Magen ein wenig zusammenzog. »Keine Ahnung, ein bisschen zerbrechlich halt, mit 'ner kürzeren Lebensdauer.«

»Wenn du mich fragst, kommt es nicht auf die Länge seines Lebens an, sondern darauf, was er daraus macht, während er hier ist. Die Einstellung zählt, nicht die Belastbarkeit.« Und mit diesen Worten warf er sich meinen mickerigen Baum mit Leichtigkeit über die Schulter und verstaute ihn im Bulli.

Später am Nachmittag schmückten wir ihn mit Lichterketten und einigen alten Kugeln, die Adam noch hatte. Am

Ende beschlossen wir, dass sie nicht ausreichten, und machten uns auf den Weg zum Weihnachtsmarkt in der Innenstadt.

Heiße, nach Zucker und Zimt duftende Dämpfe stiegen uns in die Nase, sobald wir das Gelände betraten. Wir bummelten von Stand zu Stand, tranken Glühwein, schwärmten lautstark für die Weihnachtsdeko und kauften haufenweise Christbaumschmuck, unter anderem einen weihnachtlichen Schmetterling, der in allen Farben des Regenbogens schimmerte.

»Er hat mich an dich erinnert«, sagte Adam, der ihn entdeckt hatte, und als wir uns schließlich auf den Heimweg machten, kam mir der Gedanke, dass ein solcher Tag in meinem alten Leben absolut unvorstellbar gewesen wäre. Nach Cats Tod musste Weihnachten irgendwie überstanden werden – beinahe, als hätte Mum Angst davor, sich ohne sie zu sehr zu amüsieren. Cat hatte Weihnachten geliebt. Jedes Jahr spielte sie *Rockin' Around the Christmas Tree* in voller Lautstärke ab und wirbelte Jess und mich so lange herum, bis uns schwindelig wurde und wir lachend zu Boden gingen.

Wie kann es nur sein, dass sich so etwas Wunderbares von jetzt auf gleich einfach in Luft auflöst?

Doch beim Anblick der bunten Lichter, die mich auf dem Weihnachtsmarkt umgeben, und beim Gedanken an den herrlichen Abend mit meinen Freunden, der mich erwartet, wird mir wieder bewusst, wie viele kleine Freuden die Welt trotz allem für uns bereithält.

Als ich mich schließlich unserem Haus nähere, ist in der anbrechenden Dunkelheit nicht viel zu erkennen. Aber irgendetwas ist anders, und mein Herz beginnt heftig zu pochen.

Über dem ehemaligen Grußkartengeschäft hängt ein

neues Schild, es ist nicht länger *Zu vermieten*. Ich kneife die Augen zusammen, während ich hastig darauf zugehe, unfähig, den Blick abzuwenden. Je näher ich komme, desto deutlicher werden die Buchstaben, bis ich sie schließlich lesen kann.

Dee's Bakery.

Mein Herz rast, während ich auf das Schild starre, und meine Gedanken verheddern sich ineinander wie blinkende Lichterketten. Was hat das für mich zu bedeuten? Es wohnen doch sicher jede Menge Leute über einer Bäckerei? Schließlich gibt es Tausende davon, und über den meisten von ihnen wohnt jemand. Absurd zu denken, dass das Ganze etwas mit meiner Herzspenderin, Stella, zu tun hat.

Die Frau, die in sieben Monaten sterben wird.

Trotzdem mache ich sofort auf dem Absatz kehrt und verschwinde im Haus, während sich mein Magen verkrampft und Übelkeit in mir aufsteigt.

Zwanzig Minuten später habe ich die gesamte Wohnung auf den Kopf gestellt, jedes Fitzelchen Papier wieder hervorgekramt, jede Schublade durchwühlt, auf der Suche nach irgendetwas, auf dem der Name Stella steht. Denn so hieß meine Spenderin, Stella, und nicht Emily.

Definitiv nicht Emily.

Ich habe noch einmal auf dem Pass nachgesehen, auf dem Mitgliedsausweis des Fitnesscenters, sogar auf ihrer Geburtsurkunde, für den Fall, dass ihr zweiter Vorname Stella ist. Aber der lautet Isabella. Außerdem bin ich in Gedanken den Brief noch einmal Wort für Wort durchgegangen, soweit ich mich erinnere jedenfalls, denn der Name scheint das Einzige zu sein, das nicht ins Bild passt – Stella war dreißig, als sie starb, so alt, wie Emily jetzt ist. Sie hat nur die besten Universitäten besucht, und den Bildern nach zu urteilen, die ich gefunden habe, war Emily in Oxford. Sie hatte eine Auseinandersetzung mit ihrer Mutter und ist »in den Norden« gezogen.

Für sich genommen ist jedes einzelne Detail nicht weiter beunruhigend, aber wenn ich sie in Gedanken zusammenfüge, werde ich ziemlich nervös. Sollte ich tatsächlich das Leben meiner Herzspenderin führen?

Aber wie wäre das möglich?

Wie ist denn überhaupt etwas von alldem hier möglich?, meldet sich eine Stimme in meinem Inneren.

Doch wie ich es auch drehe und wende, egal, wie viele Zufälle hier aufeinandertreffen (denn darum *muss* es sich handeln), da ist immer noch die Sache mit den Namen. Sie stimmen ganz eindeutig nicht überein, und ich muss mich auf die Fakten konzentrieren. Also ist alles in Ordnung.

Oder?

Mit zitternden Händen packe ich die orangefarbenen Socken in Geschenkpapier ein, dann mache ich mich auf den Weg zu Adam. Unterwegs linse ich über das Treppengeländer in die Tiefe und muss an William denken, der da unten wohnt. Aber nachdem ich einen Kuchen vor seiner Tür abgestellt, zwei unbeantwortete Weihnachtskarten geschrieben und drei Mal vergeblich bei ihm geklopft habe, habe ich keinen Zweifel mehr daran, dass er nichts mit mir zu tun haben will. Er fragt sich wahrscheinlich, warum um alles in der Welt eine Wildfremde so hartnäckig seine Freundschaft sucht, doch etwas an seiner Lage lässt mich einfach nicht los: die Tatsache, dass sein Fernseher den ganzen Tag ein leeres Zimmer beschallt, was ich deutlich von der Haustür aus durch sein Fenster hindurch erkennen kann, und dass sein Kaminsims übersät ist mit Fotos von seiner Frau – zumindest nehme ich an, dass sie seine Frau war. Allem Anschein nach ist sie schon vor langer Zeit verstorben.

Vor Adams Tür stehen meine regenbogenfarbenen und seine olivgrünen Gummistiefel einträchtig beieinander, und ihr Anblick entlockt mir ein Lächeln. Ich atme tief durch. *Alles ist gut.*

Drinnen sind Sven und Charlie eifrig dabei, die Wohnung für den Abend zu dekorieren. Ich bin erstaunt, wie viel Mühe sie sich gegeben haben – überall hängen Efeugirlanden und Stechginsterzweige, und auch die Kerzenleuchter vom Dach haben ihren Weg nach unten in die Wohnung gefunden, und jeder einzelne ist mit einer brennenden Kerze bestückt. Sie haben das reinste Weihnachtswunderland erschaffen.

»Ah, da bist du ja«, begrüßt mich Charlie überschwänglich, und ich erwidere ihr Lächeln, obgleich mein Herz noch immer nervös pocht. Doch als ich sie an mich drücke und ihre glitzernde Gestalt in den Armen halte, beruhige ich mich langsam wieder. Sie sieht beinahe selbst wie ein geschmückter Christbaum aus oder vielleicht eher wie eine Elfe, in ihrem funkelnd grünen Kleid, der roten Strumpfhose und der Weihnachtsmannmütze.

»Ich freu mich so, dass wir zusammen feiern können«, sage ich.

»Ich mich auch«, stimmt sie mir grinsend zu.

»Na, wie ist die Lage?«, fragt Sven, kommt zu mir herüber und umarmt mich ebenfalls.

Als Adam, in jeder Hand eine Kartoffel, aus der Küche geeilt kommt, ertönt ein Klopfen.

Wir tauschen erstaunte Blicke.

»Erwarten wir noch jemanden?«

»Der Geist der vergangenen Weihnacht?«, mutmaßt Adam, und ich rolle liebevoll mit den Augen.

Dann drehe ich mich um und öffne die Tür. Ein Lächeln breitet sich auf meinem Gesicht aus, als ich in ein Paar blassblaue Augen mit buschigen Brauen darüber blicke – William. Ich breite die Arme aus, und mir wird wohlig warm ums Herz.

»Du hast dich also ernsthaft auf ein Kriegsschiff geschlichen?«, fragt Adam und vergräbt sein Gesicht fast in dem traditionellen schwedischen Schokoladenkuchen, den Sven gebacken hat.

»O ja«, bestätigt William und nippt an seinem Rotwein. Seine Augen leuchten, und seine Wangen sind von all dem guten Essen gerötet.

Um uns herum stapeln sich die Überreste eines opulenten Mahls, eine reichliche Auswahl an kulinarischen Hochgenüssen aus Schweden – eingelegter Hering und Weihnachtsschinken, Würstchen aus Schweinefleisch und ein köstlicher Salat aus Eiern und Anchovis namens Gubbröra. Es gibt nach Bierwürze schmeckendes Roggenbrot, Kartoffeln, und für den unwahrscheinlichen Fall, dass William kommen sollte, durfte natürlich auch der Truthahn nicht fehlen.

Doch zu unser aller Erstaunen zuckte William nicht einmal mit der Wimper beim Anblick des etwas fremd anmutenden Angebotes auf dem Tisch. Seine Frau sei Halbschwedin gewesen, erklärte er, und habe mit Vorliebe eingelegte Eier gegessen, besonders während ihrer Schwangerschaft.

»Wo wir gerade beim Thema sind, wir haben euch heute Abend etwas mitzuteilen«, sagt Sven plötzlich, und alle Blicke richten sich auf ihn.

Mein ganzer Körper prickelt vor Aufregung, als mir klar wird, was als Nächstes kommt. Denn ich bin mir ganz sicher, dass ich genau diese Unterhaltung schon einmal geführt habe. Mein Herzschlag beschleunigt sich wieder, und Sven verkündet: »Wir sind schwanger.«

»Oh mein Gott«, entfährt es Adam, und er springt auf, um die beiden zu umarmen. »Leute, das sind ja wunderbare Neuigkeiten.«

Ich tue es ihm nach, und als Charlie mich überglücklich in die Arme schließt, weiß ich plötzlich genau, dass ich diesen Moment bereits erlebt habe. Es sind mehr als nur vage Erinnerungen oder Worte, die wie von selbst aus meinem Mund schlüpfen – ich habe das alles schon einmal gefühlt, erfahren und erlebt.

Aber warum wird dieses Gefühl in letzter Zeit immer intensiver?

»Herzlichen Glückwunsch«, flüstere ich ihr ins Ohr. Mein Herz hämmert wild in meiner Brust, doch ich muss mich jetzt zusammennehmen.

Als wir alle wieder Platz genommen haben, fährt Sven fort: »Wir sind noch in den ersten Wochen und sollten das wohl eigentlich noch für uns behalten, aber ihr seid schließlich so was wie unsere Familie, also …«

Verdammt, ich freue mich wahnsinnig für die beiden, doch gleichzeitig macht sich Panik in mir breit. Ich muss wieder an den Brief denken, all die einzelnen Bruchstücke, die ich zu einem Bild von meiner Herzspenderin zusammengefügt habe, und von Emily – deren Erinnerungen immer stärker werden. *O Gott.* Aber vielleicht spielt mir mein vom Eierpunsch vernebelter Verstand einfach einen Streich – wahrscheinlich gibt es nicht den geringsten Grund, Angst zu haben.

Denn ich kann das alles hier auf keinen Fall aufgeben.

Ich werde es nicht aufgeben.

»Das ist bestimmt furchtbar aufregend für euch«, sage ich an Charlie gewandt und lächle sie an. Ich werde diesen Abend genießen und ihn mir nicht von meinen Sorgen verderben lassen. *Entspann dich einfach.*

»Willst du weitertanzen, bis das Kind kommt?«, will Adam wissen.

»Natürlich«, erwidert Charlie grinsend.

Herrlich. Charlie, wie sie leibt und lebt. Und schließlich kann Tanzen in der Schwangerschaft ja auch nicht schaden, soweit ich weiß. Und doch ist mir nicht ganz wohl bei der Sache – immerhin ist es nicht ihr erster Versuch. Ich würde mich an ihrer Stelle wahrscheinlich vor lauter Panik kaum noch rühren.

»Und anschließend wollen wir auf Reisen gehen«, fährt Charlie fort.

»Mann, das klingt toll«, sage ich.

Ich muss daran denken, wie es für Jess nach der Geburt der Zwillinge war. Wie oft sie die beiden auf der immer gleichen Route durch die Nachbarschaft geschoben hat, damit sie einschliefen. Ihr Leben war in dieser Zeit recht eintönig, wenn ich es genau bedenke. Aber sie war glücklich, das weiß ich.

»Nonsens«, poltert William plötzlich ohne Vorwarnung los, und alle Köpfe drehen sich in seine Richtung. Er runzelt die Stirn, seine buschigen Augenbrauen ziehen sich zusammen, und ich bin bestürzt. Er war den ganzen Abend so guter Stimmung, richtig unbeschwert.

»Tanzen, bis das Kind kommt, mit einem Baby die Welt bereisen … ist euch nicht klar, was da alles schiefgehen kann?«, fragt er entrüstet.

»Wir würden ja nicht sofort nach der Geburt aufbrechen«, versucht Sven ihn mit sanfter Stimme zu beschwichtigen. »Aber vielleicht nach einer Weile, wenn alles gut läuft.«

William starrt nur schweigend auf seinen Teller, und ich frage mich, was ihn so aufregt, doch bevor ich etwas sagen kann, klopft es erneut.

Kapitel 18

Ich gehe zur Tür, um nachzuschauen, wer da ist. Im Hinausgehen höre ich, wie Adam William einlädt, sich bei Gelegenheit die Dachterrasse anzusehen. Er ist so unglaublich liebenswürdig – immer darum bemüht, dass sich alle wohlfühlen.

Ich werfe einen flüchtigen Blick in den Spiegel im Flur und streiche über das glitzernde Samtkleid, das ich trage. Zugegeben, es ist reichlich kurz geraten, aber wenn ich nicht mal auf einer Weihnachtsfeier mit Freunden ein bisschen verwegen sein kann, wann dann?

Eine Weihnachtsfeier mit Freunden.

Wie unwirklich das klingt, doch mir läuft bei diesen Worten ein freudiger Schauer den Rücken hinab.

Erfüllt von dem Gedanken, wie glücklich ich bin und dass meine Sorgen vollkommen überflüssig waren, öffne ich die Tür und bleibe wie angewurzelt stehen.

Draußen steht eine Frau, sie ist groß und sieht in ihrer marineblauen Hose und dem schicken, cremefarbenen Mantel äußerst gepflegt aus. Ihr hellblondes Haar ist zu einem adretten Pagenkopf geschnitten, und die blassblauen Augen darunter habe ich schon einmal gesehen. Aus der Nähe betrachtet, erscheinen sie allerdings viel härter, vor allem, da mich ihre Besitzerin jetzt unerbittlich von oben bis unten mustert, wobei ihr das Entsetzen deutlich ins Gesicht geschrieben steht.

Ich öffne den Mund, um etwas zu sagen, aber mir bleiben die Worte im Halse stecken.

Mein Herz hämmert wie verrückt.

»Wie ich sehe, bist du im Nichtssagen immer noch sehr gut.«

Wir stehen einen Moment lang einfach da, ich und diese Frau, über die ich nichts weiß.

Und doch erscheint mir die Dynamik zwischen uns seltsam vertraut, und all die Déjà-vus, die ich in letzter Zeit hatte, überfluten mich mit aller Wucht.

Ich werfe einen kurzen Blick über die Schulter, dann frage ich: »Wie hast du mich hier gefunden?«

»Ich habe es zuerst an der Tür gegenüber versucht, aber da war niemand zu Hause, und dann habe ich den Lärm gehört«, antwortet sie ohne das geringste Zögern.

Ich suche vergeblich nach den richtigen Worten und bedeute ihr stattdessen, mir über den Flur in meine Wohnung zu folgen. Drinnen sieht sie sich sofort prüfend um, begutachtet die Zimmerdecken, den Fußboden und die Wohnzimmereinrichtung. »Darf ich dir den Mantel abnehmen?«, frage ich unsicher und weiß, wie lächerlich das klingt.

Emilys Mutter dreht sich mit funkelnden Augen zu mir um.

»Neun Monate in meinem Bauch und achtzehn Jahre unter meinem Dach, und du begrüßt mich wie eine Fremde, wenn man es überhaupt so nennen kann.«

Hitze steigt mir ins Gesicht, während sie wie eine in einer Flasche gefangene Wespe umherschwirrt, die Decken auf dem Sofa befingert und meine noch immer knallbunte Wand mustert. Und ich stehe stumm daneben, ohne den geringsten Schimmer, was ich sagen oder tun soll.

Mist, hatte ich wirklich gedacht, ich könnte sie mir ewig vom Leib halten? Schließlich ist sie eine Mutter. Was habe ich mir bloß dabei gedacht, Emilys altes Leben einfach zu ignorieren? Ich habe zwar keine Ahnung, was zwischen ihr und ihrer Mutter vorgefallen ist, aber vielleicht hätte ich mir doch die Mühe machen sollen, es herauszufinden.

Endlich lässt sie sich auf dem Sofa nieder, allerdings hockt sie da, als würde sie etwas in den Hintern piken.

»Möchtest du eine Tasse Tee?«, frage ich mit klopfendem Herzen.

»Ich denke, du weißt, dass ich nicht deshalb hier bin«, gibt sie zurück, aber ihre Stimme klingt jetzt etwas sanfter.

»Und warum bist du hier?«, erkundige ich mich zögerlich.

Ihre Augen weiten sich, und ein geradezu gequälter Ausdruck liegt darin. »Wie konntest du nur einfach so alles stehen und liegen lassen, Emily? All deine Verpflichtungen ignorieren, deinen Job aufgeben und diesen wunderbaren Mann?«

Sie schüttelt verständnislos den Kopf, und mir fehlen die Worte.

»Dein Leben hier ist doch nur ein Traum, Emily«, verkündet sie und steht wieder auf. »Das Fantasiereich eines Kindes. Die ganze Welt hat dir zu Füßen gelegen, und jetzt setzt du das alles aufs Spiel, alles, wofür wir so hart gearbeitet haben.«

Bei ihren Worten durchfährt ein Zucken meinen Körper.

Denn sie hat recht. Die letzten sechs Monate sind mir tatsächlich wie ein Traum erschienen, etwas aus dem Reich der Vorstellungskraft. Ich habe in meiner Zeit als Emily mehr erlebt als in meinem ganzen vorherigen Leben als Maggie. Ich habe mehr Freude und Begeisterung erfahren, als ich es je für möglich gehalten hätte.

Und das werde ich mir von niemandem nehmen lassen.

Emilys Mutter erspäht etwas auf dem Kaminsims und geht hinüber, um es in die Hand zu nehmen. Es ist ein Selfie, das ich von Adam und mir auf dem Weihnachtsmarkt gemacht habe – wir sitzen im Riesenrad, man sieht deutlich, wie kalt uns ist, und doch grinsen wir wie Honigkuchenpferde, die Gesichter aneinandergeschmiegt. Sie starrt das Bild eine ganze Weile an, dann dreht sie es um, sodass ich es auch sehen kann.

»Und wer bitte schön ist das?«, will sie wissen und streckt mir das Bild mit beiden Händen anklagend entgegen, als hätte ich die Aufnahme nicht selbst gemacht, als hätte ich nicht selbst schon Hunderte Male ungläubig daraufgestarrt.

»Das ist Adam«, antworte ich, souveräner als zuvor, und nehme ihr das Bild ab. »Wir sind zusammen.«

Emilys Mutter sieht mich verständnislos an. »Wir haben so hart dafür gearbeitet, Emily. Alles war genau geplant. Denk doch nur an deine erstklassige Ausbildung, all die harte Arbeit an der Uni und für die Beförderung«, sagt sie fast flehentlich. »Ich habe mich für das Geschäft deines Vaters aufgeopfert, damit dir all die Möglichkeiten offenstanden, die ich nie hatte, und jetzt wirfst du das alles weg, um Hobbyfotografin zu werden und mit einem Kerl zusammen zu sein, der dir offensichtlich nichts bieten kann.«

Ihre Worte fühlen sich an wie ein Schlag ins Gesicht.

Wie kann sie nur so etwas über einen derart wundervollen Menschen sagen, der immer für alle da ist und vor Lebenslust nur so übersprudelt? Genau wie Cat damals.

Und plötzlich wird aus dem Zucken in meinem Körper ein Vulkanausbruch.

»Wage es ja nicht, so über ihn zu sprechen.«

»Und warum bitte nicht?« Auch Emilys Mum ist sichtlich frustriert. »Soll ich etwa zulassen, dass du dein Leben wegwirfst?«

»Das tue ich doch gar nicht«, entgegne ich mit fester Stimme.

Ich schaue mich in dem einfachen Wohnzimmer um, das

vor Farbe und Lebensfreude nur so strotzt. Dann betrachte ich erneut das Foto von Adam in meiner Hand.

»Im Gegenteil – ich habe es endlich gefunden«, entfährt es mir schließlich, als sei irgendwo ein Damm gebrochen; als sprudelten die Worte einer anderen aus meinem Mund. »Ich habe immer versucht, so zu leben, wie du es für mich vorgesehen hattest, bis ich kaum noch wusste, was *ich* eigentlich wollte. Aber wenn ich nicht endlich anfange, das herauszufinden, dann kann ich mich auch gleich begraben lassen.«

Emilys Mum macht ein paar Schritte auf mich zu, bis sie direkt vor mir steht.

»Komm mit mir zurück, Emily, und zwar noch heute«, bittet sie inständig.

Mein Herz rast jetzt, und ich bin mir nicht sicher, was genau in diesem Moment mit mir geschieht. Es ist, als sei ich hier und gleichzeitig auch wieder nicht, als hörte ich meine eigenen Gedanken und gleichzeitig die einer anderen.

Dies ist das Leben, für das ich bestimmt war, sagen sie.

Dies ist das Leben, von dem ich immer geträumt habe.

»Ich bleibe hier«, entfährt es mir wie von selbst. »Ich habe keine Angst mehr.«

Eine ausgedehnte Stille legt sich zwischen uns, Mutter und Tochter stehen im Halbdunkel schweigend da.

»Du weißt ja nicht, was du tust«, sagt sie schließlich, »du vergeudest dein Leben und alles, was wir dir mitgegeben haben. Komm ja nicht heulend zu mir zurückgekrochen, wenn das alles hier den Bach runtergeht.«

»Keine Sorge«, erwidere ich mit Nachdruck.

Und genauso schnell, wie sie hereingekommen ist, macht Emilys Mum auf ihren schicken, schwarzen Absätzen kehrt und verlässt die Wohnung. In letzter Sekunde wendet sie sich noch einmal um, und mir ist, als erkenne ich einen feuchten Schimmer in ihren Augen, als gebe die Mauer, die sie die ganze Zeit umgeben hatte, ein wenig nach.

Und in diesem Moment wird mir plötzlich alles sonnenklar. Dass Emily und ich, trotz all unserer oberflächlichen Unterschiede, überaus viel gemeinsam hatten. Keine von uns lebte das Leben, das sie sich gewünscht hatte.

Wenn ich es recht bedenke, habe ich überhaupt nicht gelebt.

Emilys Mutter öffnet die Wohnungstür und wirft mir einen letzten Blick voll Schmerz und Bedauern zu.

»Ich liebe dich, Mum«, sage ich, und im selben Moment beginnen die sonderbaren Gefühle sich zu verflüchtigen, »aber ich kann nicht anders.«

Ein Moment lang sieht es so aus, als wolle auch sie sagen, dass sie mich liebt, aber dann hält sie sich zurück.

»Leb wohl, meine Stella«, sagt sie und fügt sanft hinzu, »mein Stern.« Dann geht sie.

Die Tür fällt hinter ihr ins Schloss, und ich stehe wie vom Schlag getroffen da.

Meine Stella.

Und alles, was ich gerade geglaubt hatte, verstanden zu haben, wird von einem Tsunami hinweggerissen.

Kapitel 19

Als wir noch ganz klein waren, hatte Dad oft Mühe, Cat und mich auseinanderzuhalten. Mit unseren roten Haaren und der blassen Haut konnten wir uns, je nach Blickwinkel, zum Verwechseln ähneln – und auch unser Gang, unsere Art zu sprechen, ja selbst unser Lachen waren nahezu identisch. Deshalb beschloss er damals, uns Große und Kleine zu nennen. Cat war gar nicht wesentlich größer als ich, und doch fand ich die Spitznamen schon immer sehr passend, denn in Cats Gegenwart erschien einem die Welt gleich viel strahlender, heiterer und voller Möglichkeiten. Sie war stets die Erste, die eine neue Geschmacksrichtung ausprobierte oder ein neues Hobby anfing, und die Einzige, die vom Frühstückstisch aufstand, um durch die Küche zu tanzen – einfach, weil ihr danach war. Obwohl ihm die Namen in erster Linie dazu dienten, uns auseinanderzuhalten, drückte er damit gleichzeitig auch seine Zuneigung aus und stellte zu jeder von uns eine ganz persönliche Bindung her.

Während ich nun hier sitze und auf den Bildschirm starre, geht mir langsam, aber sicher auf, dass auch Emilys Eltern einen Kosenamen für sie hatten, und alles, was ich über dieses Leben zu wissen glaubte, fällt wie ein Kartenhaus in sich zusammen. Joggen im Regen, mich gegen den Wind einen Hügel hinaufkämpfen, neue Gerichte probieren und mit Freunden Cocktails trinken, den Mann meiner Träume treffen und zum ersten Mal in meinem Leben meiner Leidenschaft freien Lauf lassen. All das ist nicht mehr als ein fein säuberlich erdachtes Bühnenbild, das während der Vorstellung auseinandergenommen wird.

Ich stütze den Kopf in die Hände und schluchze bitterlich.

Stella.

Italienisch für *Stern*.

Ich befinde mich also im Körper meiner Herzspenderin, und in sieben Monaten wird dieser Körper – zusammen mit dem Leben, das ich führe – aufhören zu existieren.

Und ich werde wieder in meinem alten Leben festsitzen.

Die Grausamkeit dieser Aussicht droht mich zu erdrücken. Gerade als ich dachte, das Universum stünde zur Abwechslung mal auf meiner Seite und hätte mir eine zweite Chance gegeben, stellt sich heraus, dass es mir lediglich vor Augen geführt hat, was ich nie haben werde: Gesundheit, Spaß, Liebe.

Ich gehe zum Sofa hinüber und krame mein Portemonnaie aus der Handtasche, die dort liegt. Mit der Schere vom Beistelltisch schneide ich, ohne mit der Wimper zu zucken, durch das Leder und ziehe endlich die Karte heraus, die so lange darin festgesteckt hat. Jetzt halte ich ihn in der Hand – ihren Organspendeausweis, neu und glänzend, die unwiderlegbare Bestätigung, dass sie im Falle ihres Todes ihre Organe spenden wollte. Denn Emily war großzügig, dachte immer zuerst an die anderen, und eine solche Entscheidung würde sie auf gar keinen Fall einem anderen überlassen.

Bitte nicht, rufe ich verzweifelt aus.

Aber wie ist das überhaupt möglich? Sofort setze ich mich wieder an den Computer und suche nach Begriffen wie Herztransplantation und Phänomen, dabei stoße ich auf Artikel aus der ganzen Welt, in denen Empfänger von Spenderherzen berichten, Erinnerungen und Erfahrungen – ja selbst Emotionen ihrer Spender geerbt zu haben. Die Erklärungsversuche sind mannigfaltig, von der Theorie des »Herz-

Gehirns«, die besagt, dass das Herz über ein eigenes Nervensystem verfügt und so für die Übertragung von Erinnerungen verantwortlich ist, bis hin zur psychometrischen Theorie in der Parapsychologie, die davon ausgeht, dass dem Spenderherz die spirituelle Energie des Spenders innewohne, vergleichbar mit einem Armband oder sonstigen Gegenstand, der ebenfalls Erinnerungen übertragen könne.

Was also, wenn sich eine dieser Theorien nach meiner Transplantation bei mir bewahrheitet und auf das Extremste manifestiert hat, sodass ich in diese Erinnerungen zurückversetzt wurde? Was, wenn das alles real ist, wenn es wirklich passiert, aber nicht ihr, sondern mir? Vielleicht überschreibe ich gerade ihr letztes Jahr.

Ich sinke auf die Knie und lege den Kopf in die Hände.

O Gott, was heißt das jetzt für mich?

Ich kann Adam unmöglich die Wahrheit sagen. Und wie soll ich ihm jemals wieder ins Gesicht sehen? Ich kann doch nicht einfach wieder rüberspazieren und so tun, als wäre nichts gewesen, wo ich doch genau weiß, was die Zukunft bringt.

Denn mit einem Mal begreife ich die ganze Wahrheit: Dieses Leben hatte einen Wert, Emily wollte es nicht aufgeben, ist vollkommen unerwartet herausgerissen worden – so stand es in dem Brief. Nicht etwa »sie hat sich das Leben genommen« oder dass sie nicht mehr wollte, nichts dergleichen. Sie hatte sich etwas ganz Neues aufgebaut, und aus irgendeinem nach wie vor unerfindlichen Grund erlebe ich jetzt noch einmal ihr letztes Jahr.

Bevor sie stirbt.

Mein Telefon vibriert, und ich brauche gar nicht erst nachzuschauen, um zu wissen, dass es Adam ist.

Alles in Ordnung bei dir? War das vorhin deine Mutter?

Was soll ich ihm antworten? Nein, es ist nicht alles in

Ordnung, und obwohl wir gerade dabei sind, uns ineinander zu verlieben, muss ich bald gehen. Ich muss dich verlassen. Und sie muss es auch.

Verdammt, wie kann ich ihm das nur antun?

Und mir erst? Denn tief in meinem Inneren weiß ich, dass ich dieses Leben in sieben Monaten verlassen und in mein altes zurückkehren werde. Schließlich haben wir beide, Emily und ich, nur ein funktionierendes Herz, und letztendlich werde ich es bekommen. Und die Tatsache, dass ich jetzt hier bin – als Emily gehe, rede und handele –, kann nur bedeuten, dass sie endgültig von uns gegangen ist. Das Schicksal ist gnadenlos, genau wie für Cat, genau wie für uns alle, und egal, was für eine kosmische Panne mich auch hierhergeführt haben mag, ich kann nicht einfach Gott spielen. Nein, was immer ich tue, es besteht kein Zweifel, dass der Körper, in dem ich mich gerade befinde, am 25. Juli dieses Jahres sterben wird – am Tag meiner Herztransplantation –, und ich werde in das kleine, eingeschränkte Dasein zurückkehren, aus dem ich gekommen bin.

Ich lasse mich auf den harten Holzboden sinken und starre meine knallbunte Wand an, die Wirbel und Kringel und Spritzer aus Leben und Licht, während ich darüber nachdenke, was ich tun soll; was ich zu jemandem sagen soll, den mir das Schicksal verwehrt.

In einem Leben, das ich nicht behalten kann.

Die Zeit vergeht und mit ihr der Heiligabend, und ich liege noch immer auf dem Fußboden auf der verzweifelten Suche nach etwas Stabilem, das mir Halt gibt. Irgendwann dringen Stimmen aus dem Flur zu mir herüber, Sven, Charlie und William, die heiter miteinander plaudern. Sie lachen und wünschen sich frohe Weihnachten, während draußen vor dem Fenster die ersten Schneeflocken fallen. Der Lärm vor der Tür nimmt zu und lässt dann wieder nach, als sie gemeinsam die Treppe hinunter verschwinden. Gleich darauf ertönt das unumgängliche Klopfen an meiner Tür.

Einen Moment lang überlege ich, es einfach zu ignorieren, aber das wäre ihm gegenüber nicht fair.

Also hieve ich mich vom Boden hoch und gehe langsam zur Tür, wobei ich an den Abend zurückdenken muss, als er zum allerersten Mal zu mir kam. Ich war damals so verängstigt und allein, aber gleichzeitig voller Hoffnung, voller Neugier, was diese neue Welt da draußen mir alles zu bieten hatte. Und ich wünschte, die Zeit zu diesem Punkt zurückdrehen zu können, als all diese Erfahrungen noch vor mir lagen.

Ich öffne die Tür, und er steht da, verlässlich wie immer, und blickt mich mit seinen waldgrünen Augen an.

»Geht es dir gut?«, fragt er. »Du hast auf meine Nachricht nicht reagiert.«

Die Besorgnis in seiner Stimme ist nicht zu überhören.

»Tut mir leid«, setze ich an, rede dann aber nicht weiter. Denn ich habe immer noch nicht die geringste Ahnung, was ich sagen soll, wie es jetzt weitergehen soll.

»Ist deine Mutter noch da?«, erkundigt er sich, als hoffe er, meine Funkstille so erklären zu können.

Ich schüttele den Kopf. »Nein, sie ist schon seit einer Weile wieder weg.«

»Verstehe«, sagt er und runzelt die Stirn.

»Adam«, beginne ich schließlich, nach den richtigen Worten ringend, »ich … muss wieder zurück nach Hause.«

Er sieht besorgt aus. »Für wie lange? Sind alle gesund?«

»Ja, sind sie. Ich werde auch noch eine Weile hier sein, aber ich kann nicht bleiben, nicht dauerhaft, meine ich.«

»Warum nicht? Was willst du damit sagen?«

Als ich ihm die Antwort schuldig bleibe, greift er nach meiner Hand, und seine Stirn glättet sich wieder.

»Sieh mal, Emily, ich weiß nicht, was zwischen dir und deiner Mutter vorgefallen ist, und ich behaupte nicht, deine Erfahrungen auch nur ansatzweise zu verstehen. Ich weiß nur, dass ich in den letzten fünf Monaten glücklicher war, als ich es mir je hätte träumen lassen. Ich habe Dinge gefühlt, die ich noch nie zuvor gefühlt habe … und ich glaube, dass ich dich liebe.«

Mein Herzschlag beschleunigt sich bei seinen Worten, und gleichzeitig hallen andere, eigene Worte in meinem Kopf wider, die mir in den Sinn kamen, kurz bevor Emilys Mum auftauchte – dass die letzten fünf Monate mit Adam die schönsten meines Lebens waren. Sie waren alles, was ich mir je gewünscht habe, weil ich endlich nicht mehr in Angst lebe. Und in der Zeit, die mir noch bleibt – in den sieben Monaten, die mir noch bleiben –, muss ich so viel erleben, wie ich nur kann, das weiß ich genau. Nicht für mich, sondern für Emily. Denn ich spüre es mit jeder Faser meines Körpers – ihres Körpers: Dies ist keine andere Dimension. Das erkenne ich an den Bäumen und dem Gras und der Luft um mich herum.

Das hier ist die Wirklichkeit.

Und obwohl sie nicht mehr lebt, werden meine Handlungen für immer verändern, wie die Welt sie sieht.

»Sag doch was, Emily«, sagt er und schaut mir direkt in die Augen. Seine Hand umklammert die meine. »Bitte, tu jetzt nichts, was wir später bereuen werden … ich kann dich jetzt nicht verlieren.«

Und obwohl ich mich am liebsten in seine Arme stürzen und nie wieder von seiner Seite weichen möchte, halte ich mich zurück.

Ich kann und werde ihn da nicht mit hineinziehen.

Als ich noch dachte, ich könnte womöglich hierbleiben und dieses Leben weiterführen, lagen die Dinge anders, aber jetzt besteht kein Zweifel mehr, wem es eigentlich gehört.

Und was passieren wird.

Ich sehe die Liebe in seinen Augen und spüre die Wärme seiner Berührung. Dennoch löse ich meine Hand schweren Herzens aus seiner.

»Es tut mir furchtbar leid, ich kann einfach nicht.«

Kapitel 20

Das Ende des Heiligen Abends hatte ich mir anders erhofft. Adam sah mich mit einer Mischung aus Sorge und Verzweiflung an, die schließlich in so etwas wie Wut umschlug, bevor er allein in seiner Wohnung verschwand. Und ich kann ihn nur zu gut verstehen. Schließlich habe ich ihm keinerlei Erklärung geliefert – keine nachvollziehbare Begründung für meine abweisende Haltung oder dafür, warum ich auf einmal Edinburgh verlassen muss. Aber was bitte schön sollte ich ihm auch sagen? Dass es diesen Körper, in dem ich mich befinde, dieses Leben, das ich führe, in wenigen Monaten nicht mehr geben wird?

Gleich nachdem Adam gegangen war, rief ich Charlie an und bat sie, am ersten Weihnachtstag ein Auge auf ihn zu haben. Sie versprach es, doch ihre Verwunderung war nicht zu überhören.

»Habt ihr zwei euch etwa gestritten?«

Ich schluckte meine Tränen hinunter und sagte: »So was in der Art.«

Sie versicherte mir, dass wir uns bald treffen würden. Schließlich sei sie inzwischen auch meine Freundin, nicht nur Adams, und deshalb für uns beide da.

Und so verbrachte ich den Nachmittag des ersten Weihnachtstages mit William, und obwohl ich mich ohne Adam an meiner Seite traurig und trostlos fühlte, gelang es uns dennoch, ein wenig fröhliche Stimmung aufkommen zu lassen – nachdem William sein Kreuzverhör endlich beendet hatte. Auch fand ich an diesem Tag endlich mehr über Emilys Eltern heraus – unter anderem, dass ihr Vater ein millionenschweres Immobilienunternehmen führte, nachdem er sich einige Jahre zuvor von seinem früheren Geschäftspartner und Bruder – Frans Vater – getrennt hatte. Eine Familienfehde, die sich glücklicherweise nicht auf die nachfolgende Generation ausgeweitet hatte. Ich verstand mehr und mehr, unter welch enormem Leistungsdruck Emily gestanden haben musste.

Nach etwas Glühwein und einer riesigen Portion Nudeln schleppte ich mich zurück in meine leere Wohnung und schlief wie ein Stein. Als ich am zweiten Weihnachtstag aufwachte, spürte ich eine Veränderung in mir. Trotz meines gebrochenen Herzens blickte ich mit frischem Mut durch die verschneiten Fensterscheiben hinaus und begriff, dass ich zwei Möglichkeiten hatte: entweder mich vor der Welt verstecken und mein Elend beklagen oder etwas tun.

Die Ärmel hochkrempeln und all die Dinge angehen, die Emily sich vorgenommen hatte.

Denn ihre Mutter hatte mich in ihrem Brief nur um eines gebeten.

Sie weiterleben zu lassen.

Und nach allem, was in den letzten fünf Monaten passiert ist, weiß ich, dass es nicht ausreicht, einfach nur am Leben zu sein. Es ist nicht genug, bloß zu existieren. Ich muss herausfinden, was Emily vorhatte, die Orte aufsuchen, die sie sehen wollte, losziehen und ihr Leben voll auskosten, so wie sie es sicher damals auch getan hat. Denn sonst wären da wohl kaum die vielen vagen Erinnerungen an Restaurantbesuche und Probestunden in Tanzkursen, die Kamera und all die Kleider und nicht zuletzt die Tatsache, dass sie ihr Leben von jetzt auf gleich so drastisch geändert hat. Wenn ich es jetzt nicht angehe und für sie lebe, solange ich in ihrem gesunden Körper stecke – wenn ich ihr Erbe auf diese Weise vergeude und meine Chance ein für alle Mal verspiele –, wie könnte ich dann in meinem eigenen Leben überhaupt noch in den Spiegel schauen?

Und selbst wenn ich nicht alles richtig mache, glaube ich doch, die meisten ihrer Wünsche erfüllen zu können. Ich habe zunehmend das Gefühl, dass Emily bei jedem Schritt bei mir ist, in den Erinnerungen und Empfindungen, die ich von ihr empfange, in der Art und Weise, wie ich mit ihrer Mutter gesprochen habe. Ich spüre, dass ich nicht allein bin. Dass sie mich auf meinem Weg begleitet.

Also habe ich mich hingesetzt und über all das nachgedacht, was Emily für dieses Jahr, das sich als ihr letztes erweisen sollte, geplant haben mochte – die Dinge, die sie wahrscheinlich auch damals unternommen hatte. Inspiriert von dem, was mir in der Wohnung aufgefallen ist, und von den Gesprächen mit Fran, habe ich eine Liste erstellt, eine ziemlich klischeehafte Bucketlist.

Und genau deshalb bin ich jetzt hier, auf einem verlassenen Parkplatz, und nehme mir Nummer zwei der Liste vor – *Autofahren lernen*. Nummer eins war selbstverständlich, herauszufinden, wie man sich am besten für eine Weiterbildung zur Fotografin bewirbt, da dies sicher die meiste Zeit in Anspruch nimmt (und ich vermutlich sogar Spaß daran haben werde). Mir war klar, dass ich die meisten Fristen bereits versäumt hatte, aber durch ein kurzes Telefonat mit Daphne in Aberdeen brachte ich in Erfahrung, dass ich eine Bewerbung nachreichen kann, wenn ich nur schnell genug ein Portfolio zusammenstelle. Es fühlt sich irgendwie scheinheilig an, Aufnahmen für einen Kurs zu machen, an dem Emily niemals teilnehmen können wird. Trotzdem weiß ich, dass es die richtige Entscheidung ist. Ich weiß, dass sie diesen Kurs unbedingt machen wollte, und vielleicht ist das Grund genug.

Doch Autofahren stand definitiv als Nächstes auf meiner Liste, war es doch eines der ersten Dinge, die mir aufgefallen waren, nachdem es mich hierher verschlagen hatte – Emily hatte keinen Führerschein.

Ich selbst hatte natürlich Fahrstunden nehmen wollen, sobald ich siebzehn und damit in dem Alter war, in dem jedes normale Kind seine Eltern anflehte, sich ans Steuer setzen zu dürfen. Doch obwohl es durchaus möglich gewesen wäre und die Ärzte sagten, dass viele Menschen mit Herzproblemen Auto fahren, hatte ich letztlich entschieden, das Risiko nicht einzugehen. Was, wenn ich unterwegs einen Herzinfarkt hätte? Oder jemanden überfahren würde?

Aber jetzt, wo ich mit Charlie auf dem Beifahrersitz im Slalom um die Pfützen fahre, lösen sich all meine Bedenken und »Was wäre, wenn«-Überlegungen einfach in Luft auf, und es erscheint mir beinahe albern, dass ich mir vorher solche Sorgen gemacht habe.

»Und jetzt die Kupplung kommen lassen und das Gaspedal durchtreten … genau so«, unterweist mich Charlie. Ich beiße die Zähne zusammen, während ihr kleiner roter Mini langsam über den leeren Parkplatz tuckert, aber ich fahre tapfer weiter.

»Warum wendest du nicht hier, und dann fahren wir auf der anderen Seite zurück?«

»Okay«, sage ich mit mehr Selbstvertrauen in der Stimme, als ich tatsächlich verspüre. Aber eines habe ich in der Woche seit Weihnachten gelernt: Ich werde vielleicht niemals hundertprozentig bereit sein für die Dinge, die mich im Leben erwarten, und werde vielleicht immer Angst haben, dass etwas schiefgehen könnte. Aber ist es nicht trotzdem besser, es zumindest zu versuchen?

Als ich den Wagen schließlich an dem rostigen Zaun zum Stehen bringe, lehne ich meinen Kopf zurück und lächle.

»Das hast du richtig toll gemacht«, lobt Charlie, und als ich mich zu ihr umdrehe, sehe ich, dass sie eine Hand auf ihren Bauch gelegt hat. Ich hatte sie gefragt, ob das mit den Fahrstunden überhaupt eine gute Idee war, wo sie doch schwanger war und so, aber Charlie, wie es eben ihre Art war, hatte alle Bedenken beiseitegewischt und gesagt, das Baby hätte ganz bestimmt Lust auf eine kleine Spritztour.

»Danke für den Unterricht«, sage ich.

»Jederzeit wieder, wir machen aus dir im Nullkommanichts einen richtigen Verkehrsrowdy, du wirst schon sehen. Gott, als ich jünger war, habe ich es geliebt, mit meinen Freunden einfach so durch die Gegend zu juckeln«, sagt sie mit leicht abwesendem Blick. »Wir haben die Fenster runtergekurbelt, die Mucke voll aufgedreht und sind einfach dem Sonnenuntergang entgegengefahren.«

»Das klingt nach ’ner Menge Spaß«, antworte ich leise, und mir gehen mal wieder all die Dinge durch den Kopf, die ich verpasst habe, all die Dinge, die ich stets ausgeschlagen habe. Ob das wirklich nötig war?

Und nicht zum ersten Mal fällt mir auf, wie ähnlich sich Charlie und Cat im Grunde sind – oder vielmehr waren. Cat hatte genau das Gleiche mit ihren Freunden gemacht und später auch mit Fraser. Sie hatte gelebt, als könnte jeder Moment ihr letzter sein, jeder Sonnenuntergang ihr großes Finale.

Und sie hat immer versucht, mich dazu zu bewegen, ihrem Beispiel zu folgen – soweit es mir möglich war. »Jetzt mal Hand aufs Herz«, sagt Charlie plötzlich und sieht mich an, »woher kommt eigentlich auf einmal der Wunsch, Auto zu fahren?«

Ich halte kurz inne, und mir wird klar, dass in meiner Antwort ein Fünkchen Wahrheit steckt. »Ich schätze, ich bin es einfach leid, drauf zu warten, dass es endlich losgeht.«

»Dass was losgeht?«

»Irgendwas«, sage ich und blicke hinauf in den endlos scheinenden Himmel. »Alles. Es gibt so viele Dinge, die ich schon immer tun wollte, aber trotzdem nie gemacht habe. Ich hab da so eine Liste …«

»Eine Liste?«, erkundigt sich Charlie. »Klingt super.«

»Du kannst mir gerne dabei helfen, sie abzuarbeiten«, sage ich. Natürlich hätte ich dabei am liebsten Cat an meiner Seite gehabt, doch auch wenn Charlie meine Schwester nicht ersetzen kann, verbindet die beiden die gleiche Energie, der gleiche Lebenshunger. Und eine ordentliche Portion davon könnte mir vermutlich zwischendurch nicht schaden.

»Und was ist mit Adam?«, fragt Charlie nach einem Moment und lässt den Zettel, den ich ihr rübergereicht habe, in ihren Schoß sinken. »Ich bin sicher, dass er auf einige der Sachen hier auch Lust hätte.«

Ich richte meinen Blick wieder nach vorn und starre auf den rostigen Zaun mit seinem ineinander verschlungenen Knotenmuster.

»Ich weiß«, entgegne ich, »aber so ist es besser. Er ist besser dran ohne mich.«

Charlie runzelt die Stirn. »Das kannst du mir nicht erzählen.«

Ich sehe sie an und hole tief Luft. »Hast du was von ihm gehört?«

»Nur kurz«, sagt sie. »Er war gerade auf irgendeiner Fähre.«

»Er ist einfach so schnell verschwunden«, sage ich und denke daran, wie ich ihn von meinem Fenster aus mit dem Rucksack auf dem Rücken habe gehen sehen, »ich konnte ihm noch nicht mal eine gute Reise wünschen.«

»Das sieht ihm ähnlich«, sagt sie nachdenklich, »aber ich glaube nicht, dass er länger wegbleibt, er tingelt nur ein bisschen durch Norwegen. Er muss noch Aufträge erledigen, bevor er richtig auf Tour geht.«

Ich schweige einen Moment. »Und wie ging es ihm? Als du mit ihm gesprochen hast, meine ich.«

»Nicht gut«, antwortet Charlie geradeheraus, »aber er wird schon damit klarkommen ... und du?« Ich zwinge mich, hinauf in den weiten Himmel zu schauen, mich darauf zu konzentrieren, dass mir noch Zeit bleibt, meine Liste abzuarbeiten. Und obwohl mein Herz bei dem Gedanken an Adam schwer wird, lächle ich. »Ich hoffentlich auch.«

Charlie erwidert mein Lächeln. »Bleibt es bei Freitagabend?«

»Auf jeden Fall.«

Nummer drei auf der Liste, ich komme.

***

Ein paar Tage später steigen William und ich die Treppe in unserem Haus hinunter. Er lässt sich Zeit, aber ich dränge ihn nicht und trotte geduldig neben ihm her. Er ist nicht mehr der Jüngste, und jeder muss für sich selbst entscheiden, wann er bereit ist, sein Leben zu ändern.

Keine Ahnung, warum, aber bei William war es eine simple Einladung zu einer Tanzstunde gewesen, die den Ausschlag gegeben hatte; meine Bitte, sein Können mit mir zu teilen, das auf den Bildern mit seiner Frau, die auf dem Kaminsims standen, so deutlich zu sehen war.

Manchmal braucht es nur eine Kleinigkeit oder einen Menschen, einen Nachbarn vielleicht, der überraschend in unser Leben tritt und uns dazu bringt, uns zu fragen: Warum eigentlich nicht jetzt?

Schweigend fahren wir mit dem Bus durch die beleuchtete Stadt, und während ich William beobachte, wie er durch die schwarzen Fenster hinausstarrt, wird mir klar, dass er womöglich das erste Mal seit sehr langer Zeit wieder in einem Bus sitzt. Es könnte sogar das erste Mal seit Langem sein, dass er überhaupt etwas unternimmt.

Und mit einem Mal frage ich mich, ob wir beide tatsächlich so verschieden sind.

Am liebsten wäre ich selbst gefahren – Charlie und ich haben in dieser Woche ein paar zusätzliche Fahrstunden absolviert, und mit jedem Mal schlage ich mich besser –, aber ich muss natürlich erst noch die Prüfung bestehen. Der Termin, den ich gewählt habe, ist bereits in zwei Wochen, Anfang Februar, unmittelbar nach der Theorieprüfung. Sogar Charlie hat große Augen gemacht, als ich ihr davon erzählte, und gefragt, ob ich mir nicht vielleicht doch lieber ein paar Monate Zeit lassen wollte. Das Problem ist: So viel Zeit habe ich nicht. Mir bleiben nur noch sechs Monate in diesem Leben, und mit Charlies Crashkurs bin ich zuversichtlich, dass ich es schaffen kann.

Ich werde bestehen – für Emily.

Abgehakt, nächster Punkt.

Was war das noch mal? Genau, Tanzen. Das ergab sich zweifelsohne aus der Tatsache, dass sich Emily ja offensichtlich gleich für Charlies Kurs interessiert und eine Probestunde genommen hatte. Meine Güte, was war ich nervös, als ich mir die Website ansah und mir klar wurde, dass ich mich wahrscheinlich total zum Deppen machen würde. Aber war das etwa ein Grund zu kneifen? Wenn sie es doch wollte. Allerdings wünschte ich mir, Adam wäre mit von der Partie.

Ich hätte wirklich gern mit ihm getanzt.

»Wo ist Emily Perin, und was hast du mit ihr angestellt?«, hatte Fran lachend am Telefon gesagt, als ich ihr davon erzählt hatte, doch sie schien sich aufrichtig für mich zu freuen.

Schließlich erreichen wir die Haltestelle in Stockbridge,

die Charlie uns genannt hat. Ich klopfe William leicht auf den Arm, bevor wir uns langsam zum Ausgang begeben. Ich halte ihm meine Hand hin, doch er erwidert nur, dass er sehr wohl in der Lage sei, allein aus einem Bus auszusteigen, »trotzdem vielen Dank«. Dann schiebt er die Füße schlurfend an den Rand der Stufe und setzt einen nach dem anderen langsam runter auf den Gehsteig.

Ich kann mir ein Lächeln nicht verkneifen, als er mir seinen Arm entgegenstreckt – manchmal kann Sturheit auch hilfreich sein.

»Jetzt mal raus mit der Sprache, warum bist du eigentlich hier und nicht bei Adam?«, fragt er, als wir uns zusammen auf den Weg zu dem hell erleuchteten Gebäude machen. »Was ist da los bei euch zwei Turteltauben?«

Ich schweige einen Moment, überrascht von der plötzlichen Frage nach dem langen Schweigen. Typisch William eben.

»Ich bin mir einfach … nicht sicher, ob ich die Richtige für ihn bin«, antworte ich schließlich.

»Blödsinn«, entgegnet er, »wer ist schon jemals der oder die Richtige? Als ich meine Connie traf, hatte ich keinen Penny, und ihre Eltern meinten, ich sei nicht gut genug für ihre Tochter, aber das war mir schnurzpiepegal. Denn ich liebte sie von ganzem Herzen, und ein größeres Geschenk gibt es nicht. Liebst du ihn?«

Mein Herzschlag beschleunigt sich. »So einfach ist das nicht.«

»Doch, das ist es. Irgendwann wirst du das verstehen. Als ich meine Connie kennenlernte, wusste ich es gleich«, sagt er und sieht zum Himmel hinauf. »Drei Monate, länger dauerte es nicht, bis ich ihr einen Antrag machte. Und wir hatten die wunderbarste, aufregendste Zeit zusammen, die man sich vorstellen kann, bevor sie von uns ging.«

Ich halte inne und denke an die Bilder auf dem Kaminsims von einer schwangeren Connie und an Williams harsche Worte, als er an Weihnachten von Charlies Plänen erfuhr.

Es gab kein einziges Bild von seiner Frau nach der Schwangerschaft. »War es die Geburt?«, frage ich vorsichtig.

Sein Schweigen bestätigt mir, dass ich recht habe.

»Und die Zwillinge auch – es waren Jungs«, sagt er, ohne mich anzusehen. »Damals brach meine ganze Welt zusammen. Ich hörte auf, mit anderen Menschen zu sprechen, sogar mit meinem Bruder und seinen Kindern, weil ich es einfach nicht ertragen konnte.«

Wir gehen schweigend über das Kopfsteinpflaster, und ich versuche zu verarbeiten, was ich gerade gehört habe. Wie schrecklich muss es für ihn gewesen sein. Er hatte für seine Liebe alles riskiert und alles verloren. Die Welt ist grausam, und man läuft ständig Gefahr, verletzt zu werden. Bei dem bloßen Gedanken daran bleibt mir manchmal schlicht die Luft weg.

Es grenzt an ein Wunder, dass man sich überhaupt noch traut, irgendetwas zu riskieren.

»Aber irgendwie fühlte es sich nicht richtig an«, sagt er plötzlich, und ich drehe mich um und sehe ihn fragend an. »Was fühlte sich nicht richtig an?«

»Nein zu diesem Tanzkurs zu sagen. Denn Connie hat liebend gern getanzt, und ich glaube, es hätte ihr gefallen.«

Wir schweigen einen Moment. Dann tätschelt William meinen Arm.

»Ich glaube, sie hätte dich gemocht.«

Ich suche noch immer nach einer passenden Antwort, als ich merke, dass wir bereits an der Tanzschule angekommen sind. Ein Mann mit Brille überholt uns und öffnet die Tür.

»Kommt ihr?«, fragt er lächelnd und hält sie für uns auf.

Ich schaue zu William hinüber, der mir galant den Vortritt lässt.

Wir betreten die warme, weiß gestrichene Halle und sind gleich mittendrin im Gewusel – Männer und Frauen verschiedener Altersgruppen, die sich unterhalten und lachen. Ringsherum hängen Pinnwände mit Flyern für Yoga, Krabbelgruppen und Tanzkurse, Tische werden für andere Aktivitäten zur Seite geschoben, und es herrscht reges Treiben – und ein Gefühl von Gemeinschaft. Plötzlich huscht jemand Rotgepunktetes durch die Menschenmenge auf mich zu.

»Da bist du ja«, sagt Charlie entzückt und drückt mich an sich. »Und du auch, William«, fügt sie strahlend hinzu. »Ich freue mich riesig.«

»Danke für die Einladung«, entgegnet er, »aber ich spiele besser gleich mit offenen Karten: Ich bin kein Anfänger.«

»Das habe ich auch keine Sekunde lang angenommen«, sagt Charlie wie aus der Pistole geschossen, »aber manchmal ist es trotzdem hilfreich, ein paar Schritte zum Aufwärmen zu wiederholen, nicht wahr?«

William scheint darüber nachzudenken. »Da hast du wohl recht. Meine Frau Connie und ich haben früher viel getanzt, weißt du? Es war unser Ding, wie man heutzutage sagt.«

Charlie strahlt. »Und was für ein tolles Ding.«

»Doch, schon«, erwidert William, und Charlie führt uns zur Mitte des honigfarbenen Eichenparketts.

Dann kehrt sie zu ihrem Platz gegenüber der Gruppe zurück, legt Swing-Musik auf, die sanft aus den Lautsprechern trällert, und alle stellen sich wie von Zauberhand in Reihen auf, von einem Ende der Halle bis zum anderen. William und ich suchen uns einen Platz in der Mitte, auch wenn ich mich eigentlich am liebsten ganz hinten verstecken möchte. Eine Minute später beginnt Charlie, mit uns ein paar Aufwärmübungen zu machen, gefolgt von einigen einfachen Tanzschritten. Meine Glieder werden lockerer, mein Puls beschleunigt sich.

Plötzlich sehe ich Cats rotes Haar wild vor mir umherwirbeln, während sie sich in der Musik verliert.

Für einen kurzen Moment möchte ich am liebsten sofort das Tempo drosseln und einfach stehen bleiben, so wie damals im Speakeasy. Doch dann geschieht etwas Unerwartetes – ich schaue auf diesen gesunden Körper hinab, spüre dieses Herz in meiner Brust schlagen, und plötzlich wird mir klar, dass ich mich nicht für andere zurückhalten muss – im Gegenteil, ich muss für sie durchstarten.

So wie Cat es immer für mich getan hat.

Kapitel 21

In den folgenden Wochen arbeite ich mich Stück für Stück durch Emilys Liste, und Charlie ist nur allzu gerne bereit, sich mir anzuschließen. Mir ist inzwischen bewusst geworden, dass wir gewissermaßen denselben Zeitplan haben – etwa im August wird ihr Baby zur Welt kommen und ihr Leben sich von Grund auf ändern. So wie meins.

Also nehmen Charlie und ich Kochunterricht bei Sven und gehen in einer Halle klettern. Wir probieren neue Instrumente aus, ich die Gitarre aus Emilys Schrank und Charlie eine Ukulele, die Sven noch aus seiner Jugendzeit bei sich herumliegen hatte. Wir gehen bis spät in die Nacht tanzen, und ich trinke zum ersten Mal Shots, gebe mir richtig die Kante und verputze mit der stocknüchternen Charlie um zwei Uhr morgens einen Döner. Ich bin ganz kurz davor, Adam in meinem benebelten Zustand eine Nachricht zu schicken, schaffe es aber irgendwie, mich zurückzuhalten. Wir gehen auf der Kunstschneepiste am anderen Ende der Stadt Ski fahren – oder vielmehr ich fahre, während Charlie strahlend zuschaut –, und obwohl es natürlich nicht das Gleiche ist wie in den Bergen, ist mir klar, dass ich irgendwo anfangen muss. Ich gehe davon aus, dass Emily Ski fahren kann, wenn man bedenkt, aus was für einem wohlhabenden Umfeld sie kommt. Allerdings hatte sie laut Fran nichts als Arbeit im Kopf, also hat sie es vielleicht wirklich nie gelernt.

Ich ziehe die Wanderschuhe an, die an der Tür stehen, und wir besteigen an einem klaren, frostigen Tag gemeinsam einen Munro. Und als ich auf dem Gipfel stehe und meinen Blick über das Grün und Braun der Landschaft gleiten lasse, denke ich, wie atemberaubend schön die Welt von hier oben aussieht.

Natürlich mache ich mir Sorgen, dass Charlie sich während der Schwangerschaft überanstrengt. Aber sie betont immer wieder, dass sie noch in den ersten Monaten sei und die schlimmste Übelkeit schon hinter sich habe, also sei das alles kein Problem. Sven wirkte anfangs etwas nervös, doch als er merkt, wie viel Spaß wir haben, hält er sich mit Kommentaren zurück. Er weiß schließlich, dass ich dabei bin und auf sie achtgebe.

Was uns am meisten einschränkt, ist die Tatsache, dass wir erst Februar haben und es für manche Aktivitäten auf der Liste schlicht noch zu kalt ist. Ich überlege, irgendwo hinzufliegen, um einige der Punkte an einem heißen und exotischen Ort abzuhaken, aber ich bin mir nicht sicher, ob ich das überhaupt will – und ob ich es mir zutraue, wenn ich ehrlich bin. Außerdem genieße ich es ungemein, hier in Schottland mit Charlie die Gegend unsicher zu machen. Ich habe nämlich festgestellt, dass man nicht unbedingt das Land verlassen muss, um Abenteuer zu erleben.

Als ich nach der Besteigung eines weiteren Munro mit Charlie zu meiner Wohnung zurückkehre, die Stiefel voll klebrigem Matsch und das Herz voll wunderbarer Leichtigkeit, sehe ich jemanden aus der entgegengesetzten Richtung die Straße entlang auf uns zukommen. Mein Herz stockt.

Adam.

Es ist das erste Mal, dass ich ihm seit Weihnachten begegne.

»Hallo«, sage ich automatisch und lächle, als wir voreinander zum Stehen kommen. Er trägt Jeans und seine alte schwarze Winterjacke, dazu eine ausgefranste Mütze, und ich spüre, wie sich mein ganzer Körper zu ihm hingezogen fühlt.

»Hallo«, entgegnet er mit leuchtenden Augen, als würde er sich aufrichtig freuen, mich zu sehen.

Keine Wut, keine Spur von Feindseligkeit. Allenfalls ein Hauch von Traurigkeit.

»Wie geht's dir?«, erkundige ich mich, nachdem sich meine Atmung wieder normalisiert hat. »Wie war es in Norwegen?«

»Ziemlich aufregend. Keine ruhige Minute.«

Er führt nicht weiter aus, was genau er damit meint, und ich frage auch nicht nach. Es geht mich schließlich nichts mehr an.

»Und du?«, fragt er, und ich bilde mir ein, eine Spur von Nervosität in seiner Stimme zu hören. »Wie geht's dir?«

»Och, gut. Keine ruhige Minute.«

Wir müssen beide über meine unkreative Antwort lächeln. Es fühlt sich komisch an, so unbeholfen miteinander umzugehen.

»Wo kommst du denn her?«, will er wissen, als er auf meine schlammverschmierten Füße schaut.

»Von einem Munro, mit Charlie.«

Seine Mundwinkel zucken nach oben. »Cool. War es kalt?«

»Herrlich kalt«, antworte ich grinsend. »Absolut eisig, wenn ich ehrlich bin.«

»Ich habe gehört, dass ihr in letzter Zeit einiges zusammen unternommen habt. Klingt so, als hättet ihr jede Menge Spaß.«

»Und ob. Wir planen demnächst einen Skiausflug«, platze ich heraus, bevor ich mich zurückhalten kann.

»Stimmt, Sven hat davon erzählt.«

Ich halte kurz inne und frage dann: »Magst du mitkommen?«

Er sieht mir in die Augen. »Ich möchte mich nicht aufdrängen.«

Ich spüre, wie mir sein Blick die Hitze in die Wangen treibt, denn schließlich bin ich hier der wahre Eindringling. Ich weiß, dass ich mich von ihm fernhalten und dafür sorgen muss, dass nichts mehr zwischen uns passiert, aber Tatsache ist nun mal, dass Sven und Charlie zuerst seine Freunde waren, und ich will ihn auf keinen Fall aus seinem eigenen Freundeskreis ausschließen.

Und davon mal ganz abgesehen vermisse ich ihn: seine Begeisterung für alles und jeden, seine Fähigkeit, selbst kleine Momente unendlich groß erscheinen zu lassen, den Rückenwind, den er mir unermüdlich gibt – seine Nähe.

Könnte es denn wirklich schaden, ein wenig Zeit mit ihm zu verbringen?

»Du drängst dich überhaupt nicht auf«, versichere ich, »bitte komm mit.«

»Okay«, lenkt er ein, »abgemacht. Wir können den Bulli nehmen.«

Ich lächle, glücklich und erleichtert.

»Hättest du Lust«, setze ich nach, bevor ich es mir anders überlegen kann, »ich meine, was hältst du davon, heute Abend was zu unternehmen? Einen Happen essen gehen oder so, nur als Freunde, meine ich.«

Er öffnet den Mund, um zu antworten, als plötzlich neben uns ein Taxi hält, aus dem ein Mann aussteigt – gut aussehend, hellbraunes, zurückgekämmtes Haar, markantes Kinn. Es dauert ein paar Augenblicke, bis es bei mir klick macht.

Simon.

Und plötzlich ist mir, als würde das Herz in meiner Brust explodieren, und ich werde von allen möglichen Gefühlen heimgesucht: Anziehung, Panik … Schmerz.

O mein Gott.

Als er mich entdeckt, bleibt er abrupt stehen, und ich stelle fest, dass er genauso gut aussieht wie auf den Fotos. In seinem teuren Wollmantel, den marineblauen Kaschmirschal elegant um den Hals geschlungen, wirkt er wie eine andere Sorte Mensch. Seine Haut ist gebräunt, als hätte er Wochen auf den Malediven verbracht.

»Emily«, sagt er und bleibt vor mir stehen.

»Simon«, entgegne ich, und es ist, als würde ich den Namen anprobieren wie ein Kleidungsstück. Er fühlt sich seltsam vertraut auf meiner Zunge an.

Und dann schenkt mir Simon ein unbeschreibliches Lächeln.

Ich nehme ein schlurfendes Geräusch neben mir wahr – Adam, der zwischen Simon und mir hin- und herschaut. Mir blutet das Herz, weil ich mir nur zu gut vorstellen kann, wonach es für ihn aussehen muss, wenn Simon auf einmal hier aufkreuzt.

Aber deshalb habe ich nicht Schluss gemacht. Denk das bitte nicht.

Doch gleichzeitig kann ich nicht leugnen, dass sich etwas abspielt zwischen mir und diesem Mann, den ich noch nie gesehen habe. Die Verbindung zwischen uns ist nicht abzustreiten.

»Ich muss dann mal los«, sagt Adam leise und verschwindet mit einem Nicken in Richtung Simon im Haus.

Ich will ihm gerade etwas hinterherrufen, irgendetwas, um ihm zu erklären, was hier vor sich geht, als ich eine sanfte Hand auf meinem Arm spüre.

»Hast du vielleicht Lust, etwas trinken zu gehen?«, fragt Simon mit hoffnungsvollem Blick, und ich drehe mich wieder zu ihm um. »Oder musst du zurück zu …?«

»Adam«, vervollständige ich. Als ich die Tür ins Schloss fallen höre, überkommt mich ein Gefühl der Hilflosigkeit. »Er heißt Adam.«

»Ach so, verstehe. Meinst du, wir könnten irgendwo hingehen und reden?«

Und obwohl ich mich ärgere, dass mir die Gelegenheit entgangen ist, den Abend mit Adam zu verbringen, kommen auf einmal andere Gefühle in mir auf. Ich möchte Simon nach diesen Worten nicht einfach so abblitzen lassen. Er ist schließlich den ganzen Weg von London aus angereist, um mich zu sehen, und wenn ich mich nicht sehr täusche, lassen die dunklen Ringe unter seinen Augen darauf schließen, dass er nicht sonderlich gut geschlafen hat.

»Wir könnten einen Kaffee zusammen trinken«, biete ich an.

»Klingt gut«, erwidert Simon sichtlich erleichtert, und wir machen kehrt und gehen gemeinsam den inzwischen in Dunkelheit gehüllten Gehsteig entlang. Das *Purple Pineapple* müsste noch einen Moment geöffnet haben und stellt eine sichere und vertraute Umgebung dar. Denn egal, was ich gerade empfinde, im Grunde kenne ich diesen Kerl überhaupt nicht.

Wir laufen schweigend nebeneinander den schummerigen Gehsteig entlang. Das bunte Treiben von Tollcross überspielt die Leere, die ich nicht zu füllen vermag – vorbeifahrende Autos, Geschäfte, die gerade schließen, und Restaurants, die gerade öffnen. Wir betreten das warme Café und suchen uns einen kleinen Tisch im hinteren Teil. Mir entgeht nicht, dass Zoe uns argwöhnisch beäugt, während sie mit einem Paar an der Kasse abrechnet. Natürlich hatte ich ihr erzählt, was mit Adam vorgefallen war, und sie hatte aus ihrem Ärger keinen Hehl gemacht – schließlich hätte sie bei unserer Hochzeit das Catering übernehmen wollen, sagte sie anklagend, worüber ich nur hilflos gelacht hatte.

»Nett hier«, sagt Simon, und es klingt, als meine er es ernst. Er streift seinen sündhaft teuren Mantel ab.

Dennoch ist nicht zu übersehen, wie fehl am Platz er hier ist. Ein luxuriöses Restaurant oder eine Hotelbar würden besser zu ihm passen als ein lila eingerichtetes Café in Tollcross.

Gleich darauf steht Zoe vor uns und nimmt unsere Bestellung auf, während sie immer wieder zu Simon hinüberschielt, als sei er eine Art Filmstar. Und er sieht ja auch wie einer aus. Einen Typen wie ihn hätte ich in meinem früheren Leben niemals kennengelernt.

Nachdem Zoe abgezogen ist, um unseren Kaffee zu holen, wendet Simon sich wieder mir zu.

»Bist du … mit ihm zusammen? Mit diesem Adam, meine ich?«, fragt er schließlich, und man merkt, wie sehr ihn diese Frage beschäftigt. Ich denke einen Moment nach und wünsche mir beinahe, ich könnte mit Ja antworten. Aber das würde nicht der Wahrheit entsprechen.

»Nein«, sage ich schließlich.

Er nickt und sieht erleichtert aus. Doch nun bin ich an der Reihe mit meinen Fragen.

»Warum bist du hier?«, will ich wissen. Immerhin ist er derjenige, der Emily betrogen hat, während sie verlobt waren. Derjenige, der ihr Herz gebrochen und sie dazu gebracht hat, ihr altes Leben hinter sich zu lassen. Warum hatte er so lange gewartet? Und warum kommt er ausgerechnet jetzt?

Er sieht mich an. »Weil du auf keine meiner Nachrichten reagiert hast, auch nicht auf die Blumen zu deinem Geburtstag.«

O Gott.

Er war also tatsächlich von ihm gewesen – der kartenlose Blumenstrauß.

Simon mustert mich fragend, aber ich bleibe stumm, schaue nur in seine kobaltblauen Augen, die in diesem Moment nichts als Liebe ausdrücken.

»Und ich bin gekommen, weil ich dir etwas sagen wollte«, fährt er fort.

»Was denn?«, frage ich mit pochendem Herzen.

»Die Quittung«, sagt er, und nach einer kurzen Pause, »du hattest recht, ich war mit einer anderen Frau zusammen.«

Ich sehe ihn an und will gerade für Emily Partei ergreifen, als er weiterspricht. »Aber es war nicht, was du denkst. Es war bloß ein Abendessen mit einer alten Freundin. Ich hätte es dir vorher sagen sollen, das ist mir jetzt klar. Als ich dir alles erklären wollte, warst du schon weg.«

Jetzt will ich mehr erfahren, und sei es nur um Emilys willen, denn ich verspüre ein starkes Bedürfnis, sie zu beschützen.

Welchen Grund kann es bitte schön geben, sich heimlich mit einer alten Freundin zu treffen?

»Ich höre?«

Er nickt, als hätte ich ihm damit die Erlaubnis gegeben, auf die er gewartet hat.

»Es war alles so unglaublich kompliziert geworden. Du hattest nur noch deine Arbeit im Kopf, und ich hatte das Gefühl, dass die gesamten Hochzeitsvorbereitungen an mir hängen blieben. Deine Karriere kam für dich immer zuerst, und ich habe das bewundert, aber irgendwann ist das Ganze außer Kontrolle geraten – und das weißt du, Emily. Wir haben mehrfach darüber gesprochen. Ich habe mich einsam gefühlt. Und auf einmal rief sie an und schlug vor, dass wir uns treffen, um in alten Zeiten zu schwelgen. Aber es ist nichts passiert, ich schwöre es.«

»Und, Emily«, fährt er fort, bevor ich etwas erwidern kann, »nachdem du weg warst, habe ich dich so unendlich vermisst, dass mir klar wurde, wie dumm ich gewesen war und wie sehr ich dich liebe. Ich liebe dein strahlendes Lächeln und dein schiefes Singen unter der Dusche, ich liebe es, wie du dich bemühst, jedem zu helfen, sogar der Frau, die sich damals in Madrid in dieser kleinen Seitenstraße verlaufen hatte, weißt du noch? Ich bewundere, wie entschlossen du bist, alles, was du anpackst, erfolgreich zu Ende zu bringen, aber vor allem bewundere ich, dass du den Mut hattest, noch einmal ganz von vorn anzufangen, und ich möchte ein Teil dieser neuen Geschichte sein, in welcher Form auch immer. Wir könnten in London bleiben, oder ich könnte hierher zu dir ziehen, oder wir gehen zusammen irgendwo anders hin. Was immer du willst, Emily – ich bin bereit, dir überallhin zu folgen.« Er holt tief Luft. »Für immer.«

Tief in mir keimt etwas auf und breitet sich langsam aus. Die seltsamen Empfindungen sind zurück.

Ich habe all das schon einmal gehört, schon einmal gesehen, sein unfassbar schönes Gesicht, seine reumütigen Worte hier in diesem Café.

Und auf einmal überwältigen mich all diese Gefühle und Erinnerungen, steigen wie Seifenblasen in meinem Geist und in meinem Herzen auf – Simons Gesicht vor mir auf einem weißen Kissen, wir beide zusammen im Flugzeug, während ich vor lauter Glück platzen könnte, tanzend auf irgendeinem Boulevard, während Simon mich wieder und wieder herumwirbelt, wir zwei an einem exotischen Strand, unsere Hände im Sand ineinander verschlungen, in dem unerschütterlichen Glauben, die Welt läge uns zu Füßen.

Und ich spüre die Liebe zwischen uns, selbst nach all den Monaten der Trennung. Vielleicht war es wirklich nur ein Treffen um der alten Zeiten willen? Ein Missverständnis, wie er sagt?

In mir macht sich das schlechte Gewissen breit. Ich hätte mir Emilys Leben von Anfang an genauer ansehen sollen.

Vielleicht hat sie hier oben lediglich eine Auszeit genommen. Was, wenn sie nur kurz geblieben und dann wieder zurückgegangen ist?

Was, wenn sie sich am Ende wieder mit Simon versöhnt hatte?

O Gott, das war mir noch gar nicht in den Sinn gekommen – womöglich ist der Weg, auf dem ich mich befinde, gar nicht derjenige, den Emily gegangen ist. Ich habe mich so sehr darauf konzentriert, all die aufregenden Dinge zu tun, die sie auch unternommen hat, dass ich andere Aspekte ihres Lebens einfach ausgeblendet habe.

Mein Herz blutet für Emily, denn mittlerweile weiß ich mit hundertprozentiger Sicherheit, dass es ihre letzten Lebensmonate sind, die ich gerade verbrauche. Danach werde ich in mein altes, eingeschränktes Leben zurückkehren, wo mir noch ein bisschen mehr Zeit bleibt. Emily hingegen wird aufhören zu existieren. Ganz und gar.

Was hat sie wohl damals in diesem Moment getan? Wie hatte sie sich entschieden?

Ich suche in meinem Kopf nach weiteren Bildern, weiteren Empfindungen. Doch der Strom ist zum Erliegen gekommen.

»Bitte sag was, Emily«, fleht Simon, und ich schaue ruckartig auf. Er sieht mich eindringlich an. Und ich weiß, dass ich hier nicht einfach einen Schlussstrich ziehen kann.

Ihr zuliebe.

»Lass uns einfach reden«, sage ich schließlich entschlossen, »wenn dir das reicht.«

Ein strahlendes Lächeln überzieht sein Gesicht. »Das reicht mir absolut.«

Also unterhalten wir uns in den nächsten Stunden bei einer Flasche Wein über Gott und die Welt – darüber, was die anderen so machen, dass Phoebe und Hector gerade ihr zweites Kind bekommen und Simon gebeten haben, Pate zu werden, dass er auf Tristans und Laylas Hochzeit in Cornwall war, dem aufwendigsten Spektakel, das er je erlebt hat.

Die Geschäfte seines Vaters laufen gut, seine Mutter lässt mir Grüße ausrichten, und eine weitere Erinnerung dringt an die Oberfläche, an eine hochgewachsene, elegante Frau, die ihre Zeit mit Vorliebe in Wellnesscentern verbrachte. Simon ist geistreich und selbstbewusst, er fasziniert und fesselt mich. Ich glaube nicht, schon einmal jemanden wie ihn getroffen zu haben. Gleichzeitig ist er warmherzig, und ich fühle mich bei ihm sofort gut aufgehoben, genau wie damals bei Fran. Ehe ich michs versehe, macht Zoe sich daran, das Café zu schließen, und wir müssen wieder raus in die Kälte. Als wir vor meinem Haus stehen, schaut Simon mich mit seinen tiefblauen Augen an, und ich weiß instinktiv, dass die Geschichte der beiden hier noch nicht zu Ende ist – dass Emily sie noch nicht enden lassen wollte.

»Können wir weiterreden?«, fragt Simon hoffnungsvoll.

»Können wir«, stimme ich zu und stelle fest, dass ich es wirklich will. Simon strahlt. Ich gebe ihm einen flüchtigen Kuss auf die Wange, bevor ich das Haus betrete und die Treppe hinaufgehe. Oben angekommen bleibe ich unschlüssig stehen und schaue kurz zu Adams geschlossener Tür hinüber. Der Anblick versetzt meinem Herz einen Stich. Dann wende ich mich nach links und gehe in meine Wohnung.

Kapitel 22

»Und jetzt bitte rückwärts einparken.«

Ich halte das Lenkrad des Fahrschulwagens fest umklammert und schiele hinüber zu der Dame mit dem lockigen schwarzen Haar, die mit einem absoluten Pokerface neben mir sitzt. So sanft wie möglich bugsiere ich das Auto in die Lücke hinter uns, auch wenn meine Beine über den Pedalen zittern.

Beinahe traue ich mich nicht nachzuschauen, ob ich es geschafft habe, doch als ich mich der Prüferin wieder zuwende, sagt mir ihr knappes Nicken, dass ich alles richtig gemacht habe.

Sie beginnt, sich Notizen auf ihrem Tablet zu machen, und ich schaue an ihr vorbei aus dem Fenster zu Charlie, die beide Daumen nach oben reckt.

Als die Prüferin schließlich die Hände in den Schoß legt und sich zu mir umdreht, stockt mir für eine Sekunde der Atem.

Bitte, bitte, bitte.

»Nun«, setzt sie an, »es wird Sie freuen zu hören, dass Sie mit Bravour bestanden haben, Emily. Herzlichen Glückwunsch.«

Ich grinse sie an und falle ihr impulsiv um den Hals. Sie gibt einen überraschten Aufschrei von sich, bevor ihre Schultern ein wenig nachgeben.

»Glückwunsch«, sagt sie noch einmal, bevor sie sich hastig zurückzieht. »Und jetzt sagen Sie es bitte Ihrer Freundin da draußen«, fordert sie mich mit einem Stirnrunzeln auf. »Die macht mich langsam nervös, so wie sie hier reinstarrt.«

Kaum habe ich das Auto verlassen, stürzt Charlie auch schon auf mich zu und umarmt mich. »Ich wusste, dass du es schaffst«, sagt sie und drückt mich fest an sich.

»Na ja, ich hatte ja auch eine fantastische Fahrlehrerin.«

Sie schüttelt den Kopf, und ihre blonden Locken wirbeln umher.

»Das ist einzig und allein dein Verdienst, Emily«, erwidert sie, »ich hätte das im Leben nicht in einem Monat hingekriegt. Und, wie geht es jetzt weiter? Was willst du mit deiner neu gewonnenen Freiheit anfangen?«

»Fahren«, verkünde ich, »und zwar zu unserem Skiausflug dieses Wochenende.«

Die Skisaison neigt sich bereits dem Ende zu, und von den Flyern in ihrer Wohnung weiß ich, dass ein solcher Ausflug auf Emilys Wunschliste stand, also sage ich mir: Jetzt oder nie! Auch wenn es schade ist, dass ich den Tanzkurs mit William am Freitag sausen lassen muss, inklusive des gemeinsamen Abendessens im Anschluss, das schon fast zur Tradition geworden ist. Ich vermute, er empfindet das genauso. Schritt für Schritt kehrt er ins Leben zurück, geht immer länger aus und ist begierig darauf, Neues zu entdecken. So wie ich. Als ich ihm allerdings vorschlug, wieder mit seinem Bruder und dessen Familie Kontakt aufzunehmen, schüttelte er nur den Kopf und sagte, es sei zu lange her.

»Ist es eigentlich komisch für dich, Adam wiederzusehen?«, erkundigt Charlie sich behutsam.

»Ich bin nicht ganz sicher«, entgegne ich, denn natürlich wird es seltsam sein, die Zeit mit ihm dort oben in den Cairngorms zu verbringen. Vor allem nach Simons Besuch und den Gefühlen, die dieser in mir geweckt hat.

Charlie kaut nervös an ihrer Unterlippe, als wolle sie etwas sagen.

Ich runzle die Stirn. »Was ist?«

»Gott, ich habe ewig überlegt, ob ich dir das erzählen soll oder nicht …«, beginnt sie, »aber ich glaube, du solltest es wissen. Denn ich mag euch zwei, dich und Adam, und ich möchte einfach, dass ihr beide glücklich seid.«

»Geht es etwa um Claire?«, frage ich mit klopfendem Herzen. Charlie nickt. »Die beiden waren verlobt, weißt du?«

Mir wird flau im Magen, und ich frage mich, was jetzt kommt.

»Und dann hat er ganz plötzlich Schluss gemacht«, fährt sie fort, »ein paar Wochen vor der Hochzeit. Claire war am Boden zerstört. Ich fühle mich total schlecht dabei, das zu sagen, aber ich bin nicht sicher, ob Adam überhaupt dazu in der Lage ist, sich irgendwo dauerhaft niederzulassen. Er hatte eine schwierige Kindheit …«

»Ich weiß«, unterbreche ich sie, und mir ist auf einmal ganz seltsam zumute – ich habe schon wieder so eine Art Déjà-vu, als sie Claire erwähnt, und nicht zum ersten Mal frage ich mich, was genau eigentlich zwischen Emily und Adam passiert ist. Irgendeine Art von Beziehung muss es zwischen den beiden gegeben haben, die Frage ist nur, wie genau diese ausgesehen hat und wie eng sie war. Doch gleich darauf ist das Gefühl wieder verschwunden, und es bleibt bloß der Schock, nachdem Charlie enthüllt hat, was mit Claire vorgefallen ist.

»Ist alles okay?«, erkundigt Charlie sich, die auf einmal besorgt aussieht. »Ich habe nur gedacht, nach allem, was du mit Simon durchgemacht hast, tut es dir vielleicht nicht unbedingt gut, mit jemandem zusammen zu sein, der ein Problem damit hat, sich dauerhaft zu binden. Aber jetzt tut es mir total leid, dass ich was gesagt habe …«

»Ach was«, entgegne ich trotz meines wild pochenden Herzens, »danke, dass du dir Gedanken um mich machst.« Charlie wirkt erleichtert.

»Und du hast immer noch Lust mitzukommen, auch wenn du nicht Ski fährst?«, wechsle ich das Thema und hoffe inständig, dass sie Ja sagt. Denn ich werde sie dort brauchen – und das mehr, als sie ahnt.

»Natürlich«, antwortet sie fröhlich. »Ich kann etwas Bergluft gut gebrauchen, bevor das Baby kommt.«

»Wunderbar«, sage ich. »Wir werden irre viel Spaß haben.«

»Ganz bestimmt«, bekräftigt sie und strahlt übers ganze Gesicht.

Freitagfrüh machen wir uns in Adams Bulli auf den Weg – nur dieses Mal sitze ich am Steuer. Das große Gefährt ist mir nicht ganz geheuer, und ich frage mich, ob ich nicht doch erst einmal in der Stadt hätte üben sollen, wie Adam es vorsichtig vorgeschlagen hatte. Aber nein, ich springe ins kalte Wasser, die Hände ans Steuer geklammert und den Blick starr auf die Straße gerichtet. Wir lassen das Rauschen des glitzernden, eiskalten Firth of Forth hinter uns zurück, und ich muss unweigerlich an das letzte Mal denken, als Adam und ich zusammen Richtung Norden gefahren sind.

Unsere unvergessliche erste gemeinsame Nacht, damals im November.

Seitdem ist so viel passiert.

Trotzdem bin ich froh, dass wir jetzt zusammen im Auto sitzen. Wir unterhalten uns darüber, was ich in der Zwischenzeit gemacht habe, über die Stücke, die er gerade restauriert, und verfallen schließlich in ein angenehmes Schweigen, während wir gemeinsam der blechernen Radiomusik lauschen. Keiner von uns beiden erwähnt Simons Besuch, auch wenn ich Adam gern erklären würde, was zwischen uns vorgefallen ist.

Letztlich nämlich gar nichts.

Was mich ehrlicherweise ziemlich verwirrt. Seit unserem Treffen schickt Simon eine Nachricht nach der anderen, und ich muss zugeben, ich genieße es – bei jeder einzelnen von ihnen überkommt mich ein kleiner Freudenrausch. Denn seit jenem Abend im *Purple Pineapple* kommen so viele Erinnerungen zurück – an unsere gemeinsamen Jahre in Oxford, in denen ich immer gehofft hatte, dass Simon Carmichael vielleicht dasselbe empfand wie ich. Und dann war es endlich passiert … nicht an der Uni, sondern in London. An einem verregneten Abend unter der Woche mit Fran, kurz nach meinem fünfundzwanzigsten Geburtstag. Wir waren alle drei ziemlich angeheitert, und der Abend endete schließlich mit einem Kuss. Er war genau der Mann, mit dem ich mich immer gesehen hatte – mit dem auch meine Mutter mich immer gesehen hatte –, und eine Woche später führte er mich zu einem »richtigen« Date in ein französisches Sternerestaurant aus: Champagner, Rotwein, seine unglaublich blauen Augen, die tief in meine sahen. Es war augenblicklich um mich geschehen, und am Ende des Monats waren wir bereits unzertrennlich.

Unzählige Bilder und Geräusche, Ahnungen, Erinnerungsfetzen und Empfindungen, die mir unter die Haut gehen, fast so, als wären es meine eigenen. Ich bin sicher, dass Emily hin- und hergerissen war, unschlüssig, wie es mit ihr und Simon weitergehen sollte – Quittung hin oder her.

Denn jetzt weiß ich auch wieder, warum diese Quittung mich dazu veranlasst hatte, London zu verlassen. Es ging dabei nicht nur um ein kleines Stück Papier, sondern auch um die wachsende Distanz zwischen uns. Ich arbeitete ununterbrochen, und wenn ich spätabends nach Hause kam, war er manchmal selbst noch nicht da. Oder ich ertappte ihn nachts im Bett, wie er dabei war, eine SMS zu schreiben, woraufhin er schnell das Telefon weglegte und behauptete, es sei für die Arbeit. Gleichzeitig muss ich an Simons Blick im Café denken, an die Wärme, die darin lag. Er liebt mich noch immer, das weiß ich – will mich nach wie vor heiraten. Vielleicht hat Emily sich das Ganze nur eingebildet. Vielleicht lag es daran, dass sie müde und gestresst war und damit rang, alles irgendwie auf die Reihe zu bekommen. Denn ich weiß ja, dass dem so war. Und egal, wie sehr ich mich zu Adam hingezogen fühle, es geht hier nicht länger nur um mich und das, was ich will. Es geht um Emily und darum, herauszufinden, was sie am Ende wollte – und wen.

Natürlich habe ich mit Fran darüber gesprochen, und auch wenn sie sich meinen Bericht über das Treffen mit Simon bis ins kleinste Detail geduldig angehört hat, war ihr deutlich anzumerken, wie wenig ihr gefiel, dass wir immer noch Kontakt hatten. Sie hätte es vorgezogen, wenn ich einen endgültigen Schlussstrich unter die Sache gezogen und nach vorn geblickt hätte. *Du hast was Besseres verdient*, hatte sie mit Nachdruck in der Stimme gesagt. In diesem Moment drängte sich mir die Frage auf, ob Fran vielleicht mehr über Simon weiß. Doch schließlich beruhigte ich mich mit dem Gedanken, dass sie mir das, nach allem, was Emily und sie zusammen durchgemacht hatten, ganz sicher sagen würde.

Während wir an verschneiten Feldern und dem einen oder anderen qualmenden Schornstein vorbeifahren, während am Horizont die Cairngorms auftauchen, habe ich das beruhigende Gefühl, nach Hause zu kommen. Früher waren wir zweimal im Jahr hier, denn es war gut zu erreichen, und – was noch wichtiger war – man war von dort aus schnell im Krankenhaus in Inverness.

Aber war das Ganze wirklich eine gute Idee? Seit Cats Tod bin ich nicht mehr dort gewesen, und wenn ich ehrlich bin, weiß ich nicht recht, wie ich mich dabei fühle. Ob ich damit umgehen kann?

Doch alle anderen Unterkünfte in der Gegend waren ausgebucht, und irgendwie ahnte ich, dass das Cottage noch frei sein könnte – immerhin vermieten sie es nicht ständig. Es hilft alles nichts, ich muss da jetzt durch.

Muss damit klarkommen.

Mittlerweile sind wir auf dem rumpligen Feldweg Richtung See angelangt, und ich konzentriere mich vorläufig auf das Fahren und darauf, nicht ins Rutschen zu kommen. Doch Adams Bulli hält unbeirrbar die Spur, und seine Anwesenheit auf dem Beifahrersitz gibt mir zusätzliche Sicherheit.

»Wo genau übernachten wir noch mal?«, erkundigt sich Adam, während er den Blick über die hochgewachsenen, weiß gepuderten Bäume schweifen lässt, die vor uns aufragen.

»Siehst du gleich«, entgegne ich und erspähe endlich das Tor mit dem Schild »Inch Cottage«.

»Da sind wir.« Ich manövriere den Wagen das letzte Stück des Weges hinunter, und dann liegt es vor uns, direkt am See – mit seinen dicken weißen Mauern, dem roten Eisendach und einem weitläufigen Garten ringsherum. Genau so, wie ich es in Erinnerung habe.

»Wow«, sagt Adam, »das sieht ja traumhaft aus.« Er schaut aus dem Fenster zum Rauch hinauf, der aus dem Schornstein aufsteigt.

Als wir aussteigen, wird die rote Küchentür weit aufgerissen, und Charlie stolpert in die verschneite Landschaft hinaus, dicht gefolgt von Sven.

»Da seid ihr ja«, jubelt sie und stürzt in den klobigsten gefütterten Winterstiefeln, die ich je gesehen habe, auf mich zu. Sie trägt einen glitzernden, pinkfarbenen Pulli, unter dem sich ihr Bauch schon deutlich abzuzeichnen beginnt, und als sie mich umarmt, spüre ich, wie er gegen meinen Körper drückt. Sven kommt, nur mit T-Shirt und Jeans bekleidet, hinterhergeschlendert, und gleich darauf reden und lachen wir alle durcheinander und liegen uns in den Armen. Als wir uns schließlich auf den Weg ins Warme machen, kreuzt sich mein Blick kurz mit dem von Adam, und ich spüre, wie elektrische Funken mich durchzucken.

Drinnen haben Charlie und Sven schon alles wohnlich hergerichtet, nachdem sie den Schlüssel bei der Agentur in der Stadt abgeholt hatten. Die zusammengeschusterte Küche quillt über von frischem Brot, Obst, Wein und Keksen.

»Das wäre doch nicht nötig gewesen«, erkläre ich, als ich den Raum betrete.

»Jetzt mach aber mal halblang«, sagt Charlie, »immerhin bin ich hier diejenige, die für zwei isst. Was haltet ihr von Kaffee, Leute? Oder sollen wir gleich zu den Cocktails übergehen?«, fügt sie grinsend hinzu.

»Cocktails klingen perfekt«, sage ich und spüre Euphorie in mir aufsteigen. Denn eines liebe ich ganz besonders an den Aktivitäten und Abenden in der letzten Zeit: den Adrenalinstoß, den ich verspüre, dieses absolut berauschende Gefühl, nur für den Moment zu leben.

Ganz anders als in meinem alten Leben.

Während Charlie und Sven sich in der Küche zu schaffen machen, erkunde ich den Ort, den ich von früher so gut kenne. Der Geruch alter Bücher und Teppiche, der Duft der Clementinenseife, die Mum hier oben immer benutzt hat, all das umgibt mich, und es erfordert meine ganze Beherrschung, beim Anblick des Familienfotos, das neben dem alten roten AGA-Herd hängt, nicht zusammenzuzucken – Mum, Dad, Cat, Jess und ich, vielleicht sechs Monate, bevor es passierte. Mum und Dad stehen lächelnd mit Jess im Hintergrund am See, und ich bin bei ihnen. Cat hingegen befindet sich unmittelbar vor der Kamera, so nah am Objektiv, dass ihre Gesichtszüge riesengroß erscheinen, und sie grinst von einem Ohr zum anderen – eines ihrer wenigen Fraser-freien Wochenenden.

»Sympathische Familie«, sagt Adam neben mir, und ich wische mir eilig die Tränen aus dem Gesicht. Dann gehe ich hinüber in den Wohnbereich und lasse meine Tasche auf den Boden fallen.

Adam tut es mir nach und erkundigt sich: »Woher kanntest du sie noch mal?«

»Ach, Freunde der Familie«, sage ich schnell, bevor ich meinen Blick durch den gemütlichen Raum schweifen lasse.

Der altbekannte, gestreifte Teppich, der kleine Ketchupfleck auf der Rückseite des cremefarbenen Sofas – Cat hatte damals darauf bestanden, dass wir Piraten spielten, und die Couch musste darunter leiden. Ein paar Sachen haben meine Eltern offensichtlich neu angeschafft – die moderne Stehlampe in der Ecke und die Sessel am Kamin. Wobei sie das mehr für die Gäste getan haben, die die Wohnung mieten, als für sich selbst. Sie kommen schließlich nicht mehr hierher.

Alle weinen. Eine ungekannte Finsternis.

Auf einmal fühle ich mich ein wenig seltsam und frage mich erneut, ob ich wirklich hätte hierherkommen sollen.

»Alles okay?«, fragt Adam, und ich öffne die Augen. Ich hatte gar nicht mitbekommen, dass ich sie geschlossen hatte.

»Ja«, sage ich hastig und drehe mich zu ihm um. »Ich zeige dir, wo die Schlafzimmer sind.«

»Oh, ganz vergessen«, ruft Charlie, »wir haben unsere Taschen im Doppelzimmer unten abgestellt, aber es sieht so aus, als gäbe es noch zwei Zimmer unter dem Dach, wenn euch das passt?«

»Klar«, sage ich mit stockendem Atem, »können wir so machen.«

»Von mir aus auch«, fügt Adam hinzu, und ich bin sicher, dass auch er ein wenig atemlos klingt.

Später am Abend sitzen wir alle um den Tisch herum, trinken Wein und lachen, genau wie früher. Sven hat einen herrlichen Braten gezaubert, mit Wild aus der Region und einer absurden Menge an Beilagen – unter anderem Kartoffeln, Wintergemüse und Blumenkohlgratin –, und wir spülen alles mit literweise Malbec herunter, den Adam in dem kleinen französischen Laden in Tollcross besorgt hat. Wir geben uns ganz schön die Kante (nur Charlie natürlich nicht). Mir ist durchaus bewusst, dass ich unsere Gläser etwas zu regelmäßig nachfülle, aber ich möchte auf dieser Reise einfach Spaß haben – die Art von purem, ausgelassenem Spaß, die mir vorher nie vergönnt war. Ich überrede die anderen zu einem Trinkspiel, wir tanzen im Wohnzimmer herum und biegen uns vor Lachen, bis wir davon Seitenstechen bekommen. Charlie und ich gehen alle möglichen verrückten Babynamen durch und verputzen zusammen eine Schachtel *Celebrations*, und ich verspüre ein derartiges Gefühl von Wärme und Geborgenheit, dass ich mir wünsche, der Abend würde nie zu Ende gehen.

»Gott«, sagt Charlie schließlich gähnend, »tut mir leid, es ist noch nicht mal zehn, und ich häng schon total in den Seilen.«

»Ach komm«, sage ich, noch nicht bereit, den Spaß enden zu lassen, »bevor du dichs versiehst, hast du ein Baby im Schlepptau und denkst sehnsüchtig an Nächte wie diese zurück.«

Sie gibt sich geschlagen und nickt. »Okay, dann nehme ich noch einen von diesen Mocktails, bitte.«

»Kommt sofort«, sage ich und hüpfe beschwingt mit ihrem Glas davon, um es aufzufüllen. Es gibt schließlich nicht den geringsten Grund, eine Schwangerschaft so apathisch zu verbringen, wie Jess es getan hat – sie hat die ganze Zeit nur auf dem Sofa gehockt, ferngesehen und darauf gewartet, dass die Jungs in ihrem Bauch anfingen, wie wild um sich zu treten.

Wir anderen trinken natürlich noch einen richtigen Cocktail, und ich bemerke, dass Svens und Adams Augen langsam glasig werden. Auch ich fühle mich mittlerweile ziemlich benebelt, berauscht von all den Drinks. Aber was schadet es schon, wenn wir etwas länger aufbleiben – dafür gibt es ja Kaffee. Man lebt schließlich nur einmal, und in Emilys Fall sogar nur noch vier Monate.

»Alles klar, Leute«, verkündet Sven schließlich, als er sich etwa eine Stunde später vom Tisch hochhievt, »ich denke, das reicht für uns. Ich muss die kleine Tänzerin hier ins Bett bringen«, sagt er mit einem Blick zu Charlie hinüber. Schuldbewusst lässt er ihn dann über die Teller und Gläser wandern, die noch auf dem Tisch stehen. »Ich könnte …«

»Ach was«, winke ich ab, »darum kümmern wir uns morgen früh.«

»Wie du meinst«, sagt Sven und schwankt leicht, bevor Charlie ihn unterhakt und in Richtung Schlafzimmer führt.

Sobald die beiden verschwunden sind, wanken auch Adam und ich die Treppe hinauf Richtung Bett, und ich atme tief den beruhigenden Duft von Zuhause ein.

Am oberen Ende der Treppe dreht sich Adam zu mir um. »Also, ich hatte einen richtig schönen Abend.«

Ich schiebe meine Gedanken mit einem Blinzeln beiseite und schaue hinauf in diese unglaublich warmen, wenn auch leicht blutunterlaufenen Augen, betrachte die kräftigen Schultern unter der schwarzen Fleecejacke, die ich so gut kenne. Würde ich mich nur ein paar Zentimeter vorlehnen, könnte ich ihn küssen.

»Ich auch«, sage ich stattdessen und schlucke.

Einen Moment lang passiert nichts, dann öffnet er seinen Mund.

»Gute Nacht, Emily«, sagt er schließlich, sieht mich noch ein letztes Mal an und verschwindet in seinem Zimmer.

»Gute Nacht«, flüstere ich, noch immer im Flur stehend. Meine Lippen sehnen sich nach ihm, ebenso wie mein ganzer Körper. Vielleicht liegt es am Alkohol, vielleicht auch nicht, aber ich wäre jetzt so gern bei ihm, dass ich all meine Kraft aufbringen muss, ihm nicht zu folgen. Und wieder einmal frage ich mich, ob zwischen Emily und Adam beim ersten Mal etwas passiert ist.

Hatte sie sich auch in ihn verliebt?

Ein Moment vergeht.

Könnte ich wieder mit ihm zusammen sein, wenn sie es ebenfalls war? Auch wenn Emily nicht mehr hier ist, möchte ich trotzdem ihre Wünsche respektieren, vor allem, wenn meine Entscheidungen unumkehrbar für alle Zeiten Bestand haben. Was also, wenn sie Adam wollte?

Doch dann denke ich an Simon und daran, wie er mich angesehen hat – daran, dass wir einmal verlobt waren und er ganz offensichtlich für immer bei mir bleiben wollte. Wie soll ich sicher sein, dass Adam das überhaupt kann nach allem, was Charlie mir über ihn und Claire erzählt hat? Ich weiß, dass ich eine Beziehung mit Adam nur für mich eingehen würde.

Schließlich betrete ich mein dunkles Zimmer und lasse mich aufs Bett fallen, in der Hoffnung, dass das irgendwie hilft, aber es fühlt sich alles nur noch schlimmer an. Ich starre die Wand an und versuche mir vorzustellen, was Adam wohl gerade denkt und fühlt. Mein ganzer Körper brennt vor Sehnsucht, Frustration und Trunkenheit, und ich frage mich, wie ich jemals einschlafen soll, wenn er mir so nahe ist. Obwohl auch unsere Wohnungen einander gegenüberliegen, gibt es dort zumindest eine klare Trennlinie. Hier hingegen stehen die Türen weit offen.

Verlockend weit.

Aber irgendwann, wie immer, übernimmt mein Körper die Kontrolle, und meine Augen fallen zu.

Ich schlafe ein.

Kapitel 23

Als ich am nächsten Morgen aufwache, bin ich vollkommen gerädert. Mein Kopf dröhnt, und mein Mund fühlt sich ausgetrocknet und wie Sandpapier an. Instinktiv greife ich nach einem Glas Wasser, muss aber feststellen, dass keins am Bett steht. Ich sehe mich um, und mit einem Schlag wird mir klar, wo ich bin – in unserem alten Zimmer im Cottage. Jetzt, wo es hell ist, kann ich alles erkennen – den Dachvorsprung über mir, die gestreiften Teppiche zu meinen Füßen und die kleinformatigen Bilder von den schottischen Hügeln, die Mum aufgehängt hat. Die zueinanderpassenden Quilts am Fußende der Betten, die sie für uns genäht hat, die Lampe mit den Perlenquasten, die Cat in einem Laden hier oben entdeckt hat, ihre alten Bücher im Regal: *Der geheime Garten*, *Little Women* und die *Der Babysitter-Club*-Sammlung, und einen Moment lang habe ich das Gefühl, keine Luft mehr zu bekommen.

Cats letzter Tag auf diesem Planeten.

Die letzten Schritte, die sie vor dem Haus machte.

O Gott, o Gott, o Gott.

Doch dann schaue ich auf meine Hände – Emilys Hände –, und mein Herzschlag verlangsamt sich etwas, als ich mich daran erinnere, warum ich hier bin: um Zeit mit guten Freunden zu verbringen, gemeinsam zu essen und Ski zu fahren und all die Dinge zu tun, die ich mir vorher nie erlaubt habe. Denn wenn ich ehrlich bin, mache ich all das eben doch in erster Linie für mich – ich weiß noch genau, wie ich anderen Leuten dabei zugeschaut habe, wie sie in die Hütten und Chalets hier oben fuhren, das Auto bis unters

Dach vollgeladen mit Alkohol und Skiausrüstung, und ich mich dabei gefragt habe, wie es sich wohl anfühlen mag, es mal so richtig krachen zu lassen. Und jetzt kann ich es endlich ausprobieren.

Mein Schädel dröhnt, als ich mich langsam aus dem Bett schäle, und ich bereue es, dass wir so viel getrunken haben und so lange aufgeblieben sind. Trotzdem schaffe ich es immerhin, mir die erste Schicht Kleidung überzustreifen und die Zähne zu putzen, bevor ich mich auf der Suche nach etwas Essbarem auf den Weg nach unten mache. Es ist schon neun Uhr, und ich ärgere mich, dass ich den schönsten Teil des Morgens in den Bergen verschlafen habe. Unten in der Küche hat Adam bereits das Chaos in Angriff genommen, das wir letzte Nacht hinterlassen haben.

»Hey«, krächze ich, und ein Hauch von Schuldgefühlen macht sich in mir breit, als er mich beobachtet, wie ich die Treppe herunterkomme. Er sieht ebenfalls ziemlich müde aus, und ich weiß, dass ich nicht ganz unschuldig daran bin. Er hat dunkle Ringe unter den Augen, und sein Haar ist zerzaust, als hätte er sich die ganze Nacht von einer Seite auf die andere gewälzt.

»Guten Morgen«, sagt er mit ungewöhnlich tiefer Stimme und stellt eine äußerst willkommene Kanne Kaffee auf den Tisch. »Wie fühlst du dich?«

»Lausig«, antworte ich wahrheitsgemäß. »Ich bin nicht sicher, ob ich jemals zuvor so viel Alkohol getrunken habe.«

»Nimm erst mal einen Schluck Kaffee«, sagt er sanft, »dann wird es besser. Aber vielleicht lassen wir es heute Abend etwas ruhiger angehen, Miss Party, was meinst du?«

»Könnte sicher nicht schaden.« Ich lächle reumütig, während ich mich hinsetze. Er schenkt uns beiden eine Tasse ein, gießt einen Schluck Milch in meine und lässt seinen Kaffee schwarz.

»Hast du Lust auf Eier?«, fragt er und deutet auf den Herd. »Ich könnte sie pochieren, wenn du magst.«

Ich halte kurz inne und spüre alle möglichen Gefühle in mir aufwallen – zusammen frühstücken, zusammen Kaffee trinken, Eier auf dem Herd.

Genauso wie früher.

»Muss nicht sein«, sage ich schließlich. »Ich esse gleich einen Toast.«

»In Ordnung«, sagt er und nimmt auf der anderen Seite des Tisches Platz.

Wir trinken unseren Kaffee in der entspannten Stille, die schon immer zwischen uns herrschte – zwei verkaterte Freunde, die früh aufgestanden sind, aber sich in der Gesellschaft des anderen wohlfühlen.

Unsere Blicke treffen sich, und ich habe das Gefühl, dass er gerade etwas sagen will, als von irgendwoher Schritte ertönen. Wir schauen uns um und erblicken einen äußerst mitgenommenen Sven, der in Boxershorts und einem fleckigen Scandi-Pizza-Man-Kapuzenpulli auf den Tisch zuwankt.

»Morgen«, brummen wir beide.

»Ich fühle mich, als ob mich zuerst wilde Tiere angegriffen hätten und ich danach noch unter einen Lastwagen geraten wäre«, ächzt Sven.

Ich kann mir trotz aller Verlegenheit ein Lachen nicht verkneifen. »Tut mir leid, das geht wohl auf meine Kappe. Ich bin ein bisschen eskaliert.«

»Ohne Scheiß«, erwidert Sven und holt zwei Becher aus dem Schrank. Er stellt sie auf den Tisch und setzt sich. »Egal, es war ein spaßiger Abend. Nichts, was ein bisschen Skifahren nicht wieder in Ordnung bringen könnte, sobald Charlie aufgestanden ist.«

»Charlie will doch nicht etwa auch Ski fahren, oder?«, frage ich besorgt.

»Nein, nein«, sagt Sven und schenkt sich und Charlie einen Becher Kaffee ein, »sie wird sich unten an der Piste vergnügen. Mich plagt ein wenig das schlechte Gewissen, sie allein zu lassen, aber du weißt ja noch, was du gestern den ganzen Abend gesagt hast, oder?«

Ich runzle die Stirn, denn meine Erinnerung ist etwas lückenhaft. »Was denn?«

»YOLO«, sagen Sven und Adam wie aus einem Mund.

You only live once. Man lebt nur einmal.

Ich zucke peinlich berührt zusammen. »O Gott, Entschuldigung.«

»Ach was«, sagt Sven, »alles gut. Wir treffen uns später hier zum Essen, okay?« Dann verschwindet er mit den Bechern im Schlafzimmer.

»Klingt nach einem Plan«, antwortet Adam und sieht mir über den Tisch hinweg wieder in die Augen.

Und auf einmal wird mir klar, dass ich einen ganzen Tag mit Adam draußen in den Bergen verbringen werde. Ich weiß nicht, ob es am Koffein liegt, das meinen Körper durchflutet, oder an der Gewissheit, dass ich ihm die ganze Zeit über nah sein werde, aber mein Magen macht einen doppelten Rückwärtssalto.

Es ist ein klarer Tag auf den Pisten, und ich spüre, wie meine Kopfschmerzen dank der frischen Luft und der gefühlten zehn Liter Wasser, die ich zu mir genommen habe, langsam nachlassen. Unter dem Sessellift, auf dem wir sitzen, liegt lockerer Pulverschnee, was Adam zufolge in Schottland nur äußerst selten vorkommt – offenbar hat man es hier meist nur mit Eis und Felsen zu tun. Und er kennt sich aus: In seiner Kindheit war er Skifahren in Japan und Snowboarden in den kanadischen Rocky Mountains. Als ich oben aus dem Lift steige, verspüre ich ein angenehmes Federn unter meinen Skiern, ganz anders als auf den Kunstschneepisten in Edinburgh.

Und die Kulisse unterscheidet sich deutlich von den Skireisen in die Alpen, die ich organisiert habe: weder imposante Berge am Horizont noch endlose Wälder. Stattdessen eine riesige Fläche glitzerndes Weiß, verletzlich und den Elementen ausgesetzt. Und doch ist es herrlich, wie die Hänge auf den Himmel treffen.

Hier kann sich niemand verstecken.

Als Adam mich langsam an die Piste heranführt, flattern meine Nerven ein wenig, und ich denke an meinen allerersten Versuch vor ein paar Wochen zurück. Am Anfang hatte sich alles noch ziemlich unnatürlich angefühlt, und mein ganzer Körper hatte sich verkrampft, als ich mich langsam von der Lehrerin entfernte und den Kunstschneehügel hinunterschlitterte – und dabei immer mehr an Fahrt aufnahm.

»Scheiße«, hatte ich noch gerufen, als die Spitzen meiner Skier aufeinander zuliefen und sich schließlich kreuzten. Mein Puls war in die Höhe geschossen, dann flog ich auf einmal durch die Luft und landete mit einem dumpfen Schlag auf der Seite. Ich begann prustend zu lachen, denn komischerweise hatte es nicht wehgetan, zumindest nicht wirklich. Das Gefühl zu fliegen war viel zu überwältigend gewesen.

Beim nächsten Mal fuhr ich der Lehrerin hinterher und ahmte sie, so gut ich konnte, nach. Ich war schon beinahe um die Kurve, als meine Ski auf einmal schneller zu werden schienen als ich selbst. Ich flog rückwärts durch die Luft und landete wieder auf dem kalten Boden, die Skier vor mir über Kreuz. Dieses Mal lachte ich nicht, sondern rappelte mich einfach auf und klopfte mir den Schnee ab.

»Weiter geht's«, hatte ich gesagt.

Und weiter ging es, die Lehrerin fuhr voraus, und ich

folgte mit frischer Entschlossenheit. Ich konzentrierte mich nur noch auf das Ende der Piste und darauf, dass ich mich bewegen musste, um dorthin zu gelangen. Ich stürzte ein drittes Mal, ein viertes Mal, weil sich meine Skier überkreuzten oder ich schlicht die Nerven verlor, als ich zu schnell wurde. Doch schließlich schaffte ich zwei Kurven hintereinander, dann drei. Nach meinem letzten Sturz hatte ich zurück in die Richtung geschaut, aus der ich gekommen war, und als mir bewusst wurde, wie weit ich es geschafft hatte, war der Bann gebrochen. Ich übte noch einige Male mit der Skilehrerin oder allein in der Halle, um den Dreh richtig rauszubekommen. Natürlich kostete das Unmengen an Geld, aber da ich weiß, wie wenig Zeit Emily bleibt, habe ich keine Skrupel mehr, ihr Erspartes auszugeben. Schließlich ergibt es herzlich wenig Sinn, Geld für schlechte Zeiten beiseitezulegen, wenn die Zeit selbst das knappe Gut ist.

Adam kommt vor mir auf der Piste zum Stehen, und ich halte neben ihm an.

»Du warst großartig da oben«, sagt er grinsend. »Bist du sicher, dass du wirklich vor ein paar Wochen zum ersten Mal auf Skiern gestanden hast?«

Ich lächle, weil ich weiß, dass er nur nett sein will. Ich werde nie ein Profi sein, aber ich bin trotzdem stolz auf mich – weil ich es überhaupt versucht habe und so weit gekommen bin.

»Sommerskifahren in Kanada würde dir bestimmt auch gefallen«, sagt er und schweigt einen Moment. »Vielleicht mache ich das, wenn ich dort bin.«

Mir stockt der Atem. »Du gehst weg?«

»Nicht für immer«, sagt er mit ruhiger Stimme, »aber ja, ich habe vor, im Mai rüberzufliegen und den Sommer dort zu verbringen. In einem Monat oder so geht es los.« Er sieht mich sanft an. »Es gibt nichts, was mich hier hält, und ich habe eine Reihe von Aufträgen erledigt, die mich finanziell eine Weile über Wasser halten sollten.«

Ich schlucke, als mir die Tragweite seiner Worte bewusst wird.

Ich werde ihn nie wiedersehen.

Doch es ist mehr als das, er hat mir gerade bestätigt, was ich schon immer vermutet habe – er wäre ohnehin gegangen, und ich wäre nur verletzt worden. Er hat nicht einmal um mich gekämpft, zumindest nicht wirklich. Der kleinste Anstoß hat ihm genügt, um nach Weihnachten bei der ersten Gelegenheit nach Norwegen zu verschwinden. Ein Glück, dass ich damals einen Schlussstrich gezogen habe.

»Das wird bestimmt eine tolle Zeit«, sage ich mit leicht erstickter Stimme.

»Das hoffe ich«, entgegnet er, und wir stehen einen Moment lang unsicher da.

Schließlich weist er mit dem Kopf auf den deutlich steileren nächsten Abschnitt auf dem Weg nach unten. »Bereit für das letzte Stück?«

Ich nehme einen tiefen Atemzug, sauge die kalte Luft ein und lächle. Was bleibt mir auch sonst übrig?

»Ich bin bereit.«

»Perfekt. Diesmal fährst du vor und ich hinterher.«

»Das wirst du gleich bereuen, wenn du über mich drüberfahren musst.«

Er neigt seinen Kopf zur Seite, einen sanften Ausdruck auf dem Gesicht. »Ich bin sicher, du schaffst das, Emily. Denk einfach daran, dich in der Kurve nach vorn zu lehnen«, sagt er und macht mit seiner behandschuhten Hand eine ruckartige Bewegung in Richtung Abhang.

»Jawohl«, sage ich entschlossen, und bevor ich darüber nachgrübeln kann, sause ich schon den Berg hinunter, nur dass ich mich dieses Mal richtig vorbeuge, wenn ich in die

Kurve gehe. Der Wind peitscht mir ins Gesicht, und ich drücke meine Stiefel nach unten. Es fühlt sich immer noch ein wenig seltsam an, sich kopfüber in die Tiefe zu stürzen, wenn man die Richtung ändert, aber während ich die Piste hinunterrase, frage ich mich auf einmal, ob ich vielleicht genau das in meinem bisherigen Leben falsch gemacht habe. Vielleicht muss man die Dinge einfach ausprobieren, und vielleicht fällt man zwischendrin mal auf die Nase, aber mit etwas Glück lernt man auch zu fliegen. Ist das nicht das Risiko wert? Lohnt es sich nicht, hundertmal hinzufallen, wenn man dafür mit einem derart erhebenden Gefühl belohnt wird?

Und auf einmal sind wir kurz vor dem Ende des Abhangs, und ich habe es tatsächlich geschafft. Ich bin auf Skiern einen Berg hinuntergefahren, ohne hinzufallen. Ich habe mich nicht verletzt und auch sonst niemanden, und ich möchte am liebsten gleich wieder rauf und es wiederholen.

Denn das hier ist leben.

Das hier zählt.

Ein Johlen hinter mir bringt mich zum Lächeln, und ich komme schließlich am Fuß des Berges zum Stehen. Adam hält neben mir an, und als wir gemeinsam auf die glitzernden weißen Bergkämme blicken, über denen die Sonne strahlt, fühle ich mich so lebendig wie nie zuvor in meinem Leben.

Als ich mit Adam zur Hütte zurückfahre, geht die Sonne rosarot am Himmel unter, und das Adrenalin rauscht noch immer in meinen Adern. Während wir entspannt darüber plaudern, welche Pisten wir morgen gemeinsam in Angriff nehmen wollen, verspüre ich wieder diese überwältigende Anziehungskraft, die er auf mich ausübt – dieses elektrisierende Gefühl, das sich in mir ausbreitet, sobald mein Blick auf seine Hände fällt, die jeden Teil meines Körpers berührt haben.

Mein Herz klopft wie wild bei diesem Gedanken, als wir in die Einfahrt einbiegen. Charlie und Sven sind sicher schon zurück, das Feuer knistert im Kamin, und Sven hat bestimmt schon ein paar unfassbar leckere Häppchen vorbereitet, genau wie gestern Abend. Ich kann es kaum erwarten.

Doch als wir am Haus ankommen, ist sofort klar, dass irgendetwas nicht in Ordnung ist. Alle Lichter sind aus, und es steigt kein Rauch aus dem Schornstein auf. Plötzlich sieht die untergehende Sonne in der Ferne, die vorher so rosa schimmerte, blutrot aus.

Wir springen aus dem Wagen und schauen uns um. Keine Spur von Charlies rotem Mini.

Ich spüre, wie mein Herzschlag sich beschleunigt und eine unheilvolle Vorahnung in mir aufsteigt, wie ich sie bisher nur ein einziges Mal verspürt habe.

»Lass uns erst mal drinnen nachsehen, bevor wir in Panik verfallen«, sagt Adam, als könne er meine Gedanken lesen. Dann schließt er die Tür auf, und wir betreten das Haus.

Man sieht sofort, dass jemand eine Weile damit verbracht hat, klar Schiff zu machen. Das Frühstücksgeschirr ist weggeräumt, die karierte Tischdecke abgewischt, sogar der Kamin im Wohnzimmer ist gekehrt und für den Abend vorbereitet, und wir atmen beide auf.

»Vielleicht waren sie früh zurück und sind noch irgendwo hingefahren«, mutmaße ich.

»Oder sie haben heute was ganz anderes unternommen«, sagt Adam und setzt Wasser für einen Tee auf.

Während ich Tassen aus dem Schrank hole, klingelt auf einmal Adams Telefon. Er zieht es aus der Tasche und sieht erleichtert aus.

»Sven«, sagt er ins Telefon, »wo steckt …?«

Er erstarrt und schaut zu mir herüber. Dann durchquert er die Küche und bleibt am Fenster stehen. Ich kann sein Gesicht nicht sehen, nicht mehr hören, was Sven am anderen Ende sagt.

»Mein Gott«, sagt Adam und stützt sich auf der Kochinsel ab. »Mein Gott.«

Mein Herz pocht wie wild. Was ist denn nur los?

Schließlich dreht Adam sich um, atmet tief ein und spricht die Worte aus, vor denen ich mich fürchte: »Charlie ist heute Nachmittag in den Bergen gestürzt und wurde mit dem Rettungshubschrauber ins Krankenhaus gebracht.«

Er schweigt einen Moment.

»Wir sollten uns besser beeilen.«

Kapitel 24

Die Fahrt zum Krankenhaus dauert wegen der vereisten Straßen länger als gewöhnlich. Dieses Mal fährt Adam. Ich war zu fahrig, und meine Beine zitterten vom Skifahren und dem Schock, aber ich konnte ihm immerhin den Weg weisen, noch bevor er das Navi eingeschaltet hatte. Es muss ihn gewundert haben, dass ich die Strecke so gut kenne, inklusive aller Abkürzungen.

Aber es ist nicht das erste Mal, dass ich in dieses Krankenhaus rase.

Es ist nicht das erste Mal, dass ich jemanden verlieren könnte, der mir am Herzen liegt. Aber jetzt ist einfach nicht die Zeit, mein altes Ich vor ihm zu verbergen.

Charlie darf nichts passieren.

Dem Baby darf nichts passieren.

Diese Worte gehen mir immer wieder durch den Kopf, als wir uns dem hell erleuchteten Krankenhaus nähern. Wir parken den Wagen irgendwo, springen heraus und rennen über den grauen Parkplatz zu den hohen beigefarbenen Gebäuden in der Mitte des Komplexes. Drinnen nimmt Adam Kurs auf die Rezeption und erkundigt sich nach den beiden, während ich ein Stück zurückbleibe und versuche, zu verarbeiten, was geschehen ist.

Unzählige Gedanken schießen mir durch den Kopf. Wie ist Charlie gestürzt, wenn sie nicht Ski gefahren ist? Ist es meine Schuld, weil ich vorgeschlagen habe, dass wir alle zusammen hierherfahren? Weil ich uns alle gestern so lange wach gehalten habe? Wenn Charlie nicht mitgekommen wäre, wäre ihr und dem Baby dann nichts passiert?

Williams Familie war etwas passiert.

Cat war etwas passiert.

Bevor ich den Gedanken weiterverfolgen kann, kommt Adam und sagt mir, zu welcher Station wir müssen. Ich folge ihm stumm und mit klopfendem Herzen.

»Sie haben offenbar ein Privatzimmer bekommen«, sagt Adam unterwegs, aber ich kann nur nicken, während mich Panik befällt.

»Alles okay?«, fragt Adam und wirft mir einen kurzen, besorgten Blick zu. Das reicht, um mich aus meinen Gedanken zu reißen. Denn es geht jetzt nicht um mich. Es geht um Charlie und das Baby.

Als wir am Zimmer ankommen, bleiben wir einen Moment davor stehen und werfen einen Blick durch die Scheibe hinein. Sven sitzt mit dem Rücken zu uns auf einem Krankenhausstuhl neben dem Bett, in dem Charlie offensichtlich schläft. Sie liegt auf der Seite, und der Ansatz des Babybauches ist unter der Decke noch immer sichtbar, Gott sei Dank, aber ihr Körper, der sonst unentwegt in Bewegung ist, ist jetzt an alle möglichen Kabel und Monitore angeschlossen. Für mich ist das nichts Besonderes, doch bei Charlie ist es etwas ganz anderes. Sie sollte tanzen, lachen und in Bewegung sein. Und jetzt könnte ein Fehler – ein einziger – alles zerstören.

Mit einem Mal dreht sich Sven um, als hätte er unsere Anwesenheit gespürt. Seine sonst so gelassen wirkenden Augen sind rot und geschwollen, und er trägt noch seine gesamte Skimontur. Als er zur Tür kommt und sie öffnet, nimmt Adam ihn wortlos in den Arm. Sven schließt die Augen und gibt ein leises Geräusch von sich.

»Danke, dass ihr gekommen seid«, sagt er schließlich und tritt einen Schritt zurück, bevor er mich ebenfalls umarmt. In diesem Augenblick wird mir klar, wie sehr ich Sven und

Charlie liebe. Ich kann den Gedanken nicht ertragen, dass ihnen etwas zustößt.

Ich betrachte sie als Familie.

»Wie geht es ihr?«, erkundige ich mich, und im gleichen Moment fragt Adam: »Was ist passiert?«

Sven schüttelt den Kopf. »Sie war so aus dem Häuschen, in den Bergen zu sein, ihr wisst ja, wie sie manchmal ist …«

Ich nicke. Und ob ich das weiß.

»Sie hat mich bequatscht, bis ich sie mit raufgenommen habe, nur für eine kurze Fahrt auf einer grünen Piste. Und dann ist sie aus heiterem Himmel gestürzt … Sie war einfach zu müde.«

»Wie geht es ihr?«, wiederhole ich mit klopfendem Herzen. »Wie geht es dem Baby?«

Svens Gesichtsausdruck verfinstert sich, und er sieht durch die Scheibe zurück zu Charlie. »Es ist offenbar noch zu früh, um das zu sagen. Der Sturz hat innere Blutungen verursacht.« Er spricht nicht weiter, sondern bedeckt sein Gesicht mit den Händen. Ich eile zu ihm hinüber und lege meinen Arm um ihn.

Er atmet einige Male tief durch.

»Fahrt am besten nach Hause und schlaft erst mal«, sagt er dann.

Adam und ich schütteln gleichzeitig den Kopf. »Kommt nicht infrage«, sagt Adam mit Nachdruck. »Wir bleiben heute Nacht hier bei euch.«

Nach kurzem Überlegen nickt Sven. »Okay«, sagt er und protestiert nicht weiter.

Licht, Krankenhausflure, das Klappern von Tellern, der Geruch von Toast. Als ich am nächsten Morgen aufwache, sehe ich mich verschlafen um und spüre etwas Weiches an meiner Wange – Adams Schulter unter der Fleecejacke. Ich hebe den Kopf und stelle fest, dass wir uns in einem anderen Teil des Krankenhauses befinden, wo wir die Nacht auf harten Plastikstühlen verbracht haben. Es herrscht nur schwache Beleuchtung, aber trotzdem eilen ständig Ärzte und Krankenschwestern hin und her. Irgendwo jault ein Alarm. Mein Herz schlägt schneller, und auf einmal bin ich wieder dort.

An dem Tag, an dem meine Welt in sich zusammenbrach.

***

Es war meine Idee gewesen, am Ende des milden Sommers ein Wochenende ins Cottage zu fahren – »wie in alten Zeiten«. Cat wohnte mittlerweile mit Fraser in Edinburgh, und ich würde bald die Kunsthochschule besuchen. Schon jetzt kam mir dieser Moment wie etwas ganz Besonderes vor, ein Höhepunkt, den wir so niemals wieder erreichen würden. Vielleicht war das der Grund, weshalb ich mich ausnahmsweise ein bisschen entspannte und beschloss, zur Abwechslung mal den Ton anzugeben. Ich weiß noch, wie Cat mich während der Autofahrt lächelnd fragte: »Was ist denn mit dir los, Schwesterherz? Ist das die neue Maggie?«

Ich lachte, aber vielleicht hatte sie ja recht? Vielleicht könnte ich beginnen, mehr zu unternehmen – mehr zu leben. Also kauften wir den halben Supermarkt leer: Wein, Chips, Pizza, Süßigkeiten und so weiter – wir wollten es so richtig krachen lassen. Alles Dinge, die ich mir normalerweise nie erlauben würde, aber irgendwie hatte ich das Gefühl, ich könnte es dieses Mal etwas lockerer angehen lassen – Mum war schließlich nicht dabei. Und wir wollten ja auch nicht total über die Stränge schlagen, sondern einfach nur ein bisschen Spaß haben. Ich wusste, wie glücklich es Cat machte, wenn ich mich zur Abwechslung mal etwas traute. *Hör auf, dir ständig Gedanken um die anderen zu machen.*

An diesem ersten Abend aßen wir jede Menge Junkfood, tranken Wein und sahen uns bis in die frühen Morgenstunden alte Filme an – *Pretty in Pink*, *Breakfast Club – Der Frühstücksclub* und natürlich unseren absoluten Favoriten *Ferris macht blau*. Das war unsere Lieblingsbeschäftigung: Filme aus den Achtzigern schauen, uns in diese sichere, nur von Spaß geprägte Zeit zu flüchten, in der unsere größte Sorge darin bestand, ein schickes Kleid für den Abschlussball zu finden. Am nächsten Morgen waren wir müde, aber glücklich, und unternahmen gemeinsam einen ausgedehnten Spaziergang um den See, unter den hohen Kiefern hindurch, während die Sonne durch die Äste auf uns herabschien.

Der See lag an diesem Tag ruhig und einladend in der schwülen Sommerhitze da, und wir blieben stehen, als wir an der Anhöhe vorbeikamen, von der wir als Kinder immer ins Wasser gesprungen waren. Mum hatte es uns vor Jahren wegen meines Gesundheitszustandes verboten, aber angesichts des niedrigen Wasserstands in den letzten Jahren war es wahrscheinlich sowieso keine gute Idee. Wir erinnerten uns lachend daran, wie wir als Kinder Synchron-Sprünge gemacht hatten, und ich schlug vor, eine Neuauflage ins Auge zu fassen. Cat lachte. Ganz offensichtlich glaubte sie nicht, dass ich es tatsächlich tun würde, und ich gab grinsend zurück, dass *sie* vielleicht diejenige sei, der der Mut dazu fehlte. Wir gingen weiter und malten uns all die Dinge aus, die ich tun würde, wenn ich nach Aberdeen zog, all die Kunstwerke, die ich erschaffen, und all die Erfahrungen, die ich machen würde. Die Vorstellung, dass mir ein paar Jahre Normalität bevorstanden, fühlte sich gut an: Irgendwann, da waren wir uns einig, würde ich ein neues Herz bekommen, und dann würde alles anders werden.

Cat verriet mir auch von ihren Plänen, sich als Krankenschwester zu bewerben – das war offenbar ihr heimlicher Traum gewesen, seit sie gesehen hatte, wie rührend diese sich in den Krankenhäusern um mich gekümmert hatten, und ich wusste sofort, dass sie wie dafür geschaffen war. Sie war die geborene Krankenschwester. Mit ihrem Überschwang und ihrem Elan würde sie dafür sorgen, dass sich alle besser fühlten, so wie sie es immer für mich getan hatte. Dann rückte sie damit heraus, dass sie sich mit Fraser gestritten hatte, und plötzlich verstand ich, warum ihr dieses Wochenende mit mir so gelegen gekommen war. Es sei um eine Nichtigkeit gegangen, sagte sie, aber sie sei wütend geworden und einfach abgehauen. Das Ganze tat mir leid, weil ich wusste, wie viel Fraser ihr bedeutete, wie ernsthaft ihre Beziehung geworden war. »Das wird schon wieder«, sagte ich aufmunternd, »sprich einfach mit ihm, wenn du zurück bist«, und sie hatte genickt und gesagt, das würde sie tun.

Sie liebe ihn so sehr.

Abends aßen wir zusammen ein Chili, das ich im Laufe eines entspannten Nachmittags für uns gekocht hatte, und danach lagen wir beide auf der Couch, lasen Zeitschriften und sahen uns meinen Stundenplan für die Erstsemesterwoche an. Wir tranken ein paar Gläser Wein zu viel, und ich schlief auf dem Sofa ein.

Als ich aufwachte, war ich allein. Zunächst machte ich mir Sorgen, doch dann schob ich es auf den Alkohol. Schließlich verschwand Cat regelmäßig, weil sie dieses oder jenes unternehmen wollte. Letztlich brauchte ich eine geschlagene Stunde, bis ich begriff, dass etwas nicht stimmte, und ich werde diese Stunde für den Rest meines Lebens bereuen. Ich werde ewig bereuen, dass ich betrunken auf dem Sofa eingeschlafen bin und nach dem Aufwachen nicht auf meine innere Stimme gehört habe. Stattdessen ging ich erst mal nach oben und duschte. Es dauerte eine Weile, bis ich die Haare geföhnt hatte, dann schickte ich meiner Mutter eine Nachricht, dass wir viel Spaß hätten und sie sich keine Gedanken machen müsse. Danach ging ich wieder nach unten und wartete darauf, dass Cat zurückkam.

Doch das tat sie nicht. Meine geliebte, einzigartige Schwester, mein Vorbild in allem, mit der ich gemeinsam hätte alt werden sollen.

Ein Teil von mir.

Das Bild, wie sie mit dem Gesicht nach unten auf dem Wasser trieb, unterhalb des Vorsprungs, von dem aus wir immer in den See gesprungen waren, wird mich bis an mein Lebensende verfolgen. *Wie in alten Zeiten,* hörte ich sie in meiner Vorstellung rufen, während sie mit leuchtenden Augen in die Höhe sprang. Doch jetzt trieb ihr normalerweise leuchtend rotes Haar dunkel um ihren Kopf, und mir drehte sich der Magen um, als mir klar wurde, was sie getan hatte – was ich getan hatte, indem ich sie angestachelt hatte. Ich stürzte schreiend ins Wasser, zerrte ihren schlaffen Körper ans Ufer und schrie dann, so laut ich konnte, um Hilfe. Aber ich war allein.

Niemand hörte mich.

Dann schaltete ich sozusagen in den Automatikmodus – rief den Notarzt, führte die Herz-Lungen-Wiederbelebung durch, die wir beide gelernt hatten, und als der Krankenwagen endlich kam, fuhr ich mit in die Klinik und betete, dass ich endlich aufwachen und sich das alles als ein schrecklicher Albtraum entpuppen würde.

Doch es war kein Traum, und alle Versuche, sie zurückzuholen, scheiterten.

Und ich war diejenige, die zu Hause anrufen und meiner Mutter erzählen musste, was passiert war. Ihr Schluchzen am Telefon war kaum zu ertragen.

Ein einfacher Ausflug, ein kurzer ausgelassener Moment genügte, und nichts war mehr wie vorher.

Und in diesem Augenblick wurde mir klar, dass alles meine Schuld war – auch wenn die anderen mir später immer wieder versicherten, dass Cat sehr wohl wusste, dass der Wasserstand niedrig und dass ihre Entscheidung leichtsinnig war. Hätte ich den Wochenendausflug nicht vorgeschlagen, hätte ich sie nicht zum Sprung herausgefordert, dann wäre meine Schwester noch am Leben. Wäre ich vorsichtig geblieben und dankbar für mein eingeschränktes Dasein, hätte ihr erfülltes Leben nicht geendet.

Doch genau das war passiert.

Ich habe ihr das Leben genommen.

Und sie wird es nicht zurückbekommen.

***

Etwas regt sich neben mir. Adam wacht auf.

»Ist das ein Notrufalarm?«, fragt er und sieht sich um. Ehe ich michs versehe, ist er aufgesprungen und läuft den Flur hinunter. Benommen und verweint, wie nach einem tränenreichen Traum, folge ich ihm.

Als wir Charlies Zimmer erreichen, steht Sven vornübergebeugt im Flur, den Kopf in den Händen. Mein Herz bleibt für einen Moment stehen.

O Gott.

Bitte nicht noch einmal.

Nicht Charlie und das Baby. Ich höre auch sofort auf, meine Liste abzuarbeiten und alle in meiner Begeisterung mitzureißen. Denn wenn ich ehrlich bin, ging es nie um

Emily, sondern nur um mich und all die Dinge, die *ich* schon immer hatte tun wollen. Ich bin durch ihre Wohnung gewandert und habe wilde Vermutungen angestellt, auf der Basis von ein paar Flyern, die ihr wahrscheinlich vollkommen egal waren, einem Paar Wanderschuhen, die sie vielleicht nie benutzen wollte, einem Atlas, den sie wahrscheinlich keines Blickes gewürdigt hatte, und einer einzelnen Unterhaltung mit einer Tanzlehrerin. Aber genau das passiert immer, wenn ich ein Risiko eingehe.

Alles läuft schief.

Alle müssen darunter leiden.

»Sven«, sage ich leise und lege zitternd die Hand auf seine Schulter. Er sieht abrupt auf, die Augen voller Tränen.

Und dann, vollkommen unvermittelt, strahlt er übers ganze Gesicht.

»Es geht ihnen gut«, sagt er und nimmt meine Hände in seine. »Es geht ihnen beiden gut.«

Kurz darauf darf ich zu Charlie ins Zimmer, während Sven draußen mit Adam spricht. Sven sieht unfassbar erleichtert aus, und trotzdem entdecke ich eine neue Art von Anspannung in seinem Gesicht, die ich vorher nie bei ihm gesehen habe.

Charlie liegt noch immer im Bett und wirkt genauso fehl am Platz wie am Abend zuvor – ihr blondes Haar ist zu hell für den Raum, und ihr Gesicht ist heute nicht geschminkt wie sonst.

»Charlie«, sage ich und gehe langsam auf sie zu, »wie geht es dir?«

Sie atmet tief ein und sieht mich mit leerem Blick an. »Was denkst du wohl?«

Ihr Tonfall verwirrt mich ein wenig, aber ich weiß, dass sie in den letzten zwölf Stunden viel durchgemacht hat.

»Kann ich dir irgendetwas bringen?«, frage ich. »Etwas Wasser vielleicht?«

Sie schüttelt den Kopf, und mir wird langsam unbehaglich zumute.

»Es tut mir wirklich leid, was passiert ist …«, beginne ich.

»Ja, mir auch«, sagt sie und streicht sich über den vorgewölbten Bauch.

Eine Weile herrscht Schweigen.

»War es ein Stein?«, erkundige ich mich.

Charlie schüttelt den Kopf. »Ich möchte echt nicht darüber reden, Emily. Und mit der Liste ist für mich ein für alle Mal Schluss, hörst du?«

»Okay«, entgegne ich zaghaft, überrascht von ihrem schroffen Ton.

Gleichzeitig weiß ich, dass ich ihn verdient habe. Schließlich ist alles meine Schuld – wenn ich die Reise nicht vorgeschlagen und alle so lange wach gehalten hätte, wäre das alles nicht passiert. Hätte ich nicht alle Vorsicht in den Wind geschlagen, wären wir jetzt nicht in dieser Lage. Ganz genau wie damals bei Cat.

»Es tut mir so leid«, sage ich und schlucke, »aber zum Glück habt ihr es ja beide gut überstanden, nicht wahr?«

Sie zuckt mit den Schultern. »Vielleicht ja, vielleicht auch nicht. Wer kann schon sagen, ob es nicht irgendwelche Spätfolgen geben wird?«

»Aber Sven hat gesagt …«

»Sven ist kein Arzt«, faucht Charlie.

»Charlie, ich …«

»Sei einfach still«, sagt sie und hält abwehrend ihre Hand hoch. Sie sieht unendlich erschöpft und vollkommen abgekämpft aus. Ich fühle mich schrecklich.

»Ich möchte jetzt einfach allein sein«, sagt sie schließlich mit brüchiger Stimme.

Ich will gerade etwas erwidern, will sie trösten, als Charlie den Kopf aufs Kissen sinken lässt und ihr Gesicht zur Wand dreht. Ich bin wie erstarrt, abgrundtief bestürzt über das, was geschehen ist – meinetwegen –, und dann wird mir klar, dass mir nichts anderes übrig bleibt, als zu gehen.

Und zwar nach Hause.

Auf der Rückfahrt mit Adam nach Edinburgh herrscht bedrückte Stille, so geschockt sind wir noch immer über den Unfall. Ich wiederhole Adam gegenüber meine Unterhaltung mit Charlie nicht wortwörtlich, aber ich glaube, ihm ist auch so klar, dass sie angespannt war. »Sie braucht einfach ein bisschen Zeit, um sich zu erholen«, sagt er irgendwann sanft, und obwohl ich versuche, mich von seinen Worten beruhigen zu lassen, bin ich nicht wirklich überzeugt.

Als wir schließlich zu Hause ankommen, bleibe ich eine Weile lang traurig auf dem Gehsteig stehen und lasse alles auf mich wirken.

Einige Minuten später haben wir, die Rucksäcke auf den Schultern, die Treppen bis zu unserer Etage erklommen. Ich wende mich nach links, um in meine Wohnung zu gehen, als ich spüre, wie Adam nach meiner Hand greift. Ich drehe mich zu ihm um. Er sieht mich an, sein Blick warm und forschend.

»Geh nicht«, sagt er. »Begleite mich auf meiner Reise.«

Mein Herz klopft laut in meiner Brust. »Warum? Damit du jemanden hast, mit dem du abhängen kannst?«

»Nein«, sagt er stirnrunzelnd, »weil ich mit dir zusammen sein will.«

Fast beginne ich zu lachen, so erschöpft bin ich noch immer von den Ereignissen des Tages. »Heute vielleicht, aber was ist mit morgen? Oder übermorgen? Was ist, wenn ich genau da bleiben möchte, wo ich gerade bin? Würdest du dann bei mir bleiben?«

Adam antwortet nicht sofort, und ich nicke. »Siehst du, war doch klar, dass du irgendwann einfach gehen würdest. Das tust du schließlich immer.«

»Das stimmt nicht«, sagt er entschieden.

»Ach nein?«, sage ich mit pochendem Herzen. »Und wie war das bei Claire, Adam? Ja, Charlie hat mir davon erzählt.«

Er schluckt. »Das war etwas anderes, es hat sich alles ganz anders angefühlt mit ihr. Das habe ich dir doch schon gesagt.«

»Ich sehe da keinen großen Unterschied«, sage ich müde. »Wir brauchen dich hier – Charlie, Sven, ich –, aber du machst einfach die Biege.«

»Und weißt du, warum? Weil die weite Welt mich nie im Stich gelassen hat«, sagt er, langsam selbst wütend. »Die weite Welt war die einzige Konstante in meinem Leben. Kannst du dir überhaupt vorstellen, wie es ist, nie jemanden zu haben, auf den man sich verlassen kann? Immer auf sich allein gestellt zu sein?«

»Nein«, setze ich zu einer Antwort an, »aber …«

»Du hast also keine Ahnung, was sich zwischen mir und Claire abgespielt hat. Oder weißt du etwa, dass sie gedroht hat, mich zu verlassen, wenn ich nicht sesshaft werde und das Reisen ein für alle Mal aufgebe?«

»Nein«, sage ich beinahe im Flüsterton und auf einmal voller Mitgefühl.

»Mir war klar, dass sie letztlich mit jemand anderem glücklicher sein würde. Und das Ganze hat mir bestätigt«, fährt er fort, »dass die einzige Person, auf die ich mich verlassen kann, ich selbst bin. Zumindest dachte ich das, bis ich dich kennengelernt habe. Denn bei dir hatte ich das Gefühl, dass du vielleicht, ganz vielleicht, diejenige sein könntest, die sonst noch für mich da ist.«

Ich habe Tränen in den Augen, denn ich möchte ja für ihn da sein, unbedingt sogar. Ich möchte mit ihm nach Kanada fliegen und mit ihm die Welt bereisen und ihn begleiten, wohin ich kann. Er ist der lebendigste, warmherzigste, mitreißendste Mensch, den ich jemals getroffen habe, nach Cat.

Adam greift nach meiner Hand, und ein Kloß beginnt sich in meiner Kehle zu formen. Ich frage mich, wie es wohl wäre, einfach mit ihm zusammen in ein Flugzeug zu steigen und nur im Moment zu leben, so wie er es tut.

Selbst wenn all dies bald ein Ende finden wird.

Doch nach allem, was gerade vorgefallen ist, kann ich nicht länger nur an mich denken. Ich muss mich stattdessen fragen, was Emily wohl am liebsten mit ihren letzten Monaten angefangen hätte. Ich muss sie weiterleben lassen und ihr Vermächtnis ehren, so wie ich es mir vorgenommen hatte – in allen Bereichen, die wirklich zählen. Und nicht nur das: Je näher der Tag der Transplantation rückt, desto klarer wird mir, dass ich Großbritannien nicht einfach so verlassen kann. Emily muss doch hier in Edinburgh sein, damit mein anderes Ich ihr Herz bekommen kann. Kann ich wirklich riskieren, den Lauf der Dinge zu verändern? Denn Charlies Unfall hat mich zutiefst erschüttert, und irgendetwas sagt mir, dass er damals nicht passiert ist. Ich weiß es einfach – so wie ich weiß, dass andere Dinge vorher mit Sicherheit auch passiert sind –, und damit wächst mein Bewusstsein, dass ich die Macht habe, etwas zu verändern.

Den Lauf der Geschichte zu verändern.

Bei diesem Gedanken erschaudere ich, und etwas an ihm lässt mir keine Ruhe. Und es lauert noch etwas in meinem Hinterkopf. Ein Puzzleteil, dessen Platz ich nicht finden kann – oder aber mein Unterbewusstsein sträubt sich dagegen, das Bild mit ihm zu vervollständigen.

Als ich nicht antworte, atmet Adam tief ein und drückt

meine Hand fester. Er riecht nach warmem Fleece und Lebensfreude und Helligkeit und allem, was ich an ihm liebe.

»Sag doch was, Emily«, fleht er. »Tu mir das nicht schon wieder an … Ich glaube nicht, dass ich das ein zweites Mal durchstehen kann. Das will ich einfach nicht.«

Seine Worte. Sein Blick, so voller Liebe.

Aber ich muss das jetzt durchziehen, bis zum bitteren Ende – für Emily und für mein anderes Ich.

»Ich kann einfach nicht, Adam. Es tut mir leid.«

Kapitel 25

Der nächste Monat vergeht wie im Flug, da ich damit beschäftigt bin, endlich mein Fotografie-Portfolio für Emilys Bewerbung zusammenzustellen. Die Sache lag ihr am Herzen, da bin ich sicher – so wie Cat ihre Ausbildung zur Krankenschwester. Nur dass Cat meinetwegen nie die Chance bekam, sich zu bewerben, geschweige denn, angenommen zu werden.

Ich werde nicht zulassen, dass Emily das gleiche Schicksal widerfährt – ich werde ihr Vermächtnis nicht auf diese Weise zerstören.

Außerdem kann ich nicht leugnen, dass mir der Bewerbungsprozess Spaß macht. Genau wie bei all den anderen Dingen, die ich in letzter Zeit gemacht habe, spüre ich, wie meine Seele lebendig wird, wenn ich mich selbst herausfordere und austeste, was dieser gesunde Körper alles leisten kann.

Und wenn ich in mein altes Leben zurückkehre, könnte ich vielleicht auch Fotografin werden. Im Grunde gibt es nichts, was mich körperlich davon abhält. Das wird mir jetzt langsam klar.

Ich habe ein wenig ein schlechtes Gewissen, als William vorbeischaut und fragt, ob ich mit zum Tanzunterricht komme, aber mir bleibt einfach nicht mehr viel Zeit – und ich muss das hier für Emily zu Ende bringen. Außerdem weiß ich, dass er ein Auge auf eine Frau namens Ruth geworfen hat, die jede Woche zum Kurs kommt. Er hat schon gescherzt, dass er sie vielleicht mal zum Tee einlädt. Vielleicht ist das ja die Gelegenheit für ihn, endlich die Initiative zu ergreifen.

Ich ringe eine Weile mit der Bewerbung, überlege, welche Geschichte ich eigentlich mit meinen Bildern erzählen möchte, was ich mit all den Fotos, die ich in der Stadt aufgenommen habe, ausdrücken will. Schließlich wage ich den Sprung ins kalte Wasser, schließe das Projekt ab und versende es. Ich weiß, dass es im Leben keine Erfolgsgarantie gibt. Aber eins weiß ich jetzt auch – wer nicht wagt, der nicht gewinnt.

Ich wünschte, ich könnte mit Charlie darüber reden, aber sie hat mir unmissverständlich zu verstehen gegeben, dass sie mich zurzeit nicht sehen will, und jedes Mal, wenn ich versucht habe, sie zu erreichen, hat Sven mir freundlich mitgeteilt, dass ihr im Moment nicht nach Gesellschaft zumute sei.

Ich kann mich noch nicht einmal mit Adam darüber austauschen, der mir den Kontakt zu Daphne erst verschafft hat. Das kommt jetzt nicht mehr infrage – und wäre ihm gegenüber auch nicht fair. Wir haben keine Zeit mehr miteinander verbracht, seit wir zurück in Edinburgh sind, und auch wenn es wehtut, weiß ich, dass es so am besten ist. Manchmal ertappe ich mich dabei, wie ich zu seiner Tür hinüberschaue, wenn ich vom Laufen heimkomme, oder ich sehe ihn von meinem Fenster aus in die Werkstatt gehen. Dann kommen Gefühle in mir hoch, über die ich noch nicht mal nachdenken will. Oder darf.

Denn mich jetzt in ihn zu verlieben, wo mir klar geworden ist, wen ich als Nächstes aufsuchen muss, wäre ein großer Fehler. Langsam, aber sicher bin ich überzeugt, dass das, was zwischen Emily und Simon vorgefallen ist, einfach ein Missverständnis war, genau wie bei Cat und Fraser – eine dumme Geschichte ohne tiefere Bedeutung.

Doch im Unterschied zu Cat kann ich es Simon noch sagen. Ich kann alles wieder in Ordnung bringen, falls er das auch will, wovon ich ausgehe, wenn ich an die vielen Nachrichten denke, die ich von ihm bekomme. Gleichzeitig mache ich mir natürlich Sorgen um ihn – er wird am Boden zerstört sein, wenn Emily stirbt. Aber aus einem Gespräch mit Fraser nach Cats Beerdigung weiß ich, dass er alles dafür gegeben hätte, die letzten Tage mit ihr verbringen zu können. Und selbst wenn Simon Emily am Ende verlieren wird, bin ich mir sicher, dass er sich wünschen würde, diese letzten Wochen mit einem besonderen Menschen wie Emily zu verbringen – selbst wenn die Zeit kurz ist.

Ich bin gerade dabei, die letzten Kleidungsstücke in Emilys schicken Koffer zu stopfen und den Reißverschluss zuzuziehen, als mein Telefon klingelt.

Fran.

»Hallo«, sage ich lächelnd.

»E! Bist du startklar?«

»Im Moment grüble ich noch darüber nach, wie viele Ballkleider ich wohl für das Hochzeitswochenende brauche.«

Sie lacht ihr natürliches, warmes Lachen. »Sei nicht albern, wir brauchen nur dich, du bist wunderbar genug … und wo wir schon dabei sind, bringst du noch jemanden mit? Adam vielleicht?«

Ich seufze, denn wir reden nicht zum ersten Mal darüber. »Du weißt doch, dass wir nicht mehr zusammen sind.«

»Aber wieso?«, fragt sie. »Es lief doch alles so gut zwischen euch beiden.«

»Ich bin einfach nicht sicher, ob das mit uns das Richtige für mich ist.«

Kurzes Schweigen am anderen Ende der Leitung. »Hat das etwa was mit Simon zu tun? Ich dachte, das hätten wir ausführlich besprochen – er hat dich nicht verdient.«

»Ich weiß«, sage ich schließlich, »aber irgendwie habe ich das Gefühl, dass das Ganze nur ein Missverständnis war. Ich muss einfach ein bisschen Zeit mit ihm verbringen, während ich in London bin – und schauen, ob wir es wieder zurechtbiegen können.«

Ihr Schweigen verrät mir, dass sie anderer Meinung ist, was mich etwas irritiert, aber vermutlich macht sie sich einfach Sorgen um mich. Doch da ist noch etwas anderes – ein Kribbeln in meiner Brust, ein Gefühl, das ich nicht genau zuordnen kann.

»Na ja, ich schätze, auf der Hochzeit siehst du ihn ohnehin, ob du willst oder nicht«, räumt Fran schließlich ein, und das Kribbeln verschwindet. »Wann kommst du überhaupt?«

»Heute, ich nehme den Zug heute Vormittag.«

»Oh, super«, sagt sie, »hast du Lust, später noch was trinken zu gehen oder so? Toby hat bestimmt nichts dagegen.«

»Heute nicht«, sage ich schnell, »ich muss noch was anderes erledigen, aber wir sehen uns dann morgen beim Mittagessen.«

»Alles klar«, erwidert Fran fröhlich, »dann bis morgen.«

Als ich wenig später das Haus in Richtung Bahnhof verlasse, treffe ich auf William, der gerade nach Hause kommt.

»Oh, hallo«, sage ich etwas außer Atem.

»Hallo«, grüßt William zurück. Er mustert meinen Koffer. »Geht's schon los?«

Ich nicke. Ich habe ihm vor einiger Zeit erzählt, dass ich nach London fahre, und habe ihn gebeten, während meiner Abwesenheit auf Ferris aufzupassen. Er hat zwar nur murrend zugestimmt, aber ich weiß, dass er den Kater lieber mag, als er zugeben will.

»Wunderbar«, sagt er, »und kommst du nach deiner Rückkehr wieder zum Tanzunterricht?«

»Mal sehen«, antworte ich vorsichtig, »ich weiß noch nicht genau, wann ich zurückkomme.«

William runzelt die Stirn und wirkt irgendwie verletzt. Er ist im Begriff zu gehen, als ich ihn frage: »Wie läuft es eigentlich mit Ruth?«

»Wie soll was laufen?«, fragt er schroff und schaut zu mir zurück. »Vollkommener Unsinn, ich bin viel zu alt für so was.«

»Bist du überhaupt nicht«, protestiere ich, überrascht von seinem plötzlichen Stimmungswandel. »Probier es doch einfach mal aus.«

»Und warum probierst du es nicht mit Adam?«, erwidert er wie aus der Pistole geschossen. Ich schweige.

»Das dachte ich mir«, entgegnet er und schließt die Tür zu seiner Wohnung auf. »Aber flüchte du mal schön zurück nach London, lass dich von uns nicht aufhalten.«

»William«, setze ich an und mache einen Schritt auf ihn zu.

»Vergiss nur nicht, die Kündigungsfrist ist drei Monate zum Monatsende«, sagt er, bevor er die Tür hinter sich zuzieht.

Und ich denke nur: Bis dahin bin ich tot.

Kurz darauf sitze ich im Zug, einen Bagel mit Frischkäse und einen heißen Kaffee auf dem Tischchen vor mir. Weitere Fahrgäste steigen zu, schauen auf die Reservierungen über den etwas beengten Sitzen und sagen: »Entschuldigung, entschuldigen Sie bitte«, während sie ihre Taschen in der Gepäckablage verstauen und Platz nehmen.

Ich trinke einen köstlichen Schluck Kaffee, lehne mich zurück an die Kopfstütze und versuche, nach dem angespannten Gespräch mit William ein wenig zur Ruhe zu kommen. Er versteht einfach nicht, was ich durchmache und wie schwer das alles auch für mich ist. Ich habe die letzte Nacht kaum geschlafen, habe mich bis in die frühen Morgenstunden hin und her gewälzt, dabei an Adam gedacht und an Simon, bis ich schließlich schweißgebadet aufgewacht bin. Denn es fühlt sich noch immer falsch an, Adam so mir nichts, dir nichts zu verlassen. Es ist, als hielte uns ein unsichtbares Band zusammen. Darüber hinaus löst schon der Gedanke, nach London zu fahren, ein unerklärliches Unbehagen in mir aus, doch ich weiß, dass ich es tun muss, für Emily. Ich muss Simon wiedersehen und herausfinden, ob sie noch etwas füreinander empfinden.

Ob sie noch mit ihm zusammen sein wollte.

Und warum sollte Emily Simon nicht mehr lieben? Ihre Beziehung hatte so leidenschaftlich begonnen, wie man es sich nur vorstellen kann, und außerdem verkörpert er alles, was eine Frau sich nur wünschen kann – und das nicht nur im Hinblick auf Glamour und Reichtum. Dank unserer kurzen Begegnung und all den Erinnerungen, die immer wieder an die Oberfläche kommen, weiß ich, wie liebevoll er im Umgang mit Emily war. Ich kann es spüren. Und vielleicht hatte sie gemerkt, dass sie mit ihren furchtbaren Arbeitszeiten auch eine gewisse Schuld an allem trug.

Aber was ist mit Adam?

Und mit *meiner* Liste?

Denn es hat keinen Zweck zu leugnen, was ich bisher versucht habe – es ging niemals um Emily, auch vor Charlies Unfall nicht. *Ich* war diejenige, die Autofahren und tanzen lernen, bis zum Morgengrauen Party machen und auf Skiern einen Berg hinunterfahren wollte. Aber auch wenn ich mir jetzt wünsche, ich könnte die Welt bereisen und all die aufregenden Dinge erleben, von denen ich immer geträumt habe – das hier ist nicht mein Leben, und ich darf es nicht durcheinanderbringen. Ich muss an Emily denken und an die Menschen, die sie geliebt hat, und dafür sorgen, dass ihr Leben nicht noch mehr aus dem Lot gerät.

Der Gedanke macht mir Angst, und ich spüre, dass mich noch etwas anderes beunruhigt. Doch einen Moment später ertönt ein Pfiff, und der Gedanke ist verschwunden. Der Zug macht einen Ruck, und dann fahren wir, erst langsam, dann immer schneller vorbei an den schmucken georgianischen Gebäuden Edinburghs, die ich so gut kenne und so sehr liebe, vorbei an Häusern und Gärten, vorbei an im Wind flatternder Wäsche, vorbei an Bäumen und Feldern, dem Unbekannten entgegen. Ich drehe den Kopf zum Fenster, mein Spiegelbild schaut mich an und lächelt mir für den Bruchteil einer Sekunde zu. Wieder überkommt mich dieses unerklärliche Gefühl, dass die Gleise, auf denen wir durchs Leben reisen, für eine kleine Weile zusammenlaufen: Emily und ich, zusammen im Zug, auf dem Weg nach London.

Doch dann trennen sich unsere Wege ebenso schnell wieder in einem scheppernden Crescendo, und der Moment ist vorbei. Mir ist seltsam zumute, auf mehr als eine Art, als ich mich wieder dem Tisch zuwende, doch zumindest bin ich davon überzeugt, dass ich die richtige Richtung eingeschlagen habe.

Der Zug schießt durchs Land – vorbei an der Millennium Bridge in Newcastle, an Darlington, an York mit seiner jahrhundertealten Geschichte, bis hinunter zur Hauptstadt, und ich starre wie gebannt aus dem Fenster, während ich darüber nachdenke, dass ich in meinen dreißig Lebensjahren noch nie so weit von zu Hause weg war. Warum eigentlich nicht? Wo meine Eltern doch gern gereist sind, bevor sie Kinder bekamen. Schließlich ist meine Mutter mit dem Orchester auf der ganzen Welt aufgetreten – aber drei Mädchen und ein Herzleiden machten das Reisen wohl komplizierter. Trotzdem wünschte ich mir, sie würde es wieder tun. Und vielleicht geht mein Wunsch sogar in Erfüllung, wenn ich den Anfang mache – ihr zeige, dass ich auch anders leben kann.

Ich würde nur zu gern einmal ganz offen mit ihr darüber reden. Ach was, ich werde es tun, wenn ich zurück in meinem alten Leben bin.

Eine Durchsage ertönt blechern aus dem Lautsprecher, und auf einmal taucht die ikonische King's Cross Station vor dem Fenster auf. Der Zug kommt zum Stehen, und nachdem ich meinen Koffer aus der Gepäckablage genommen habe, trete ich hinaus auf den belebten Bahnsteig mitten im Herzen der Hauptstadt. Wenn ich daran denke, was ich vorhabe, werde ich nervös, aber gleichzeitig kann ich es kaum erwarten. Ich habe das Gefühl, an einen besonderen Ort zurückzukehren.

Ich gehe den Bahnsteig hinunter und schiebe alle Gedanken an meine Familie und an mein Zuhause beiseite.

Sonnenlicht fällt durch die blühenden Bäume, als ich den gepflegten Bürgersteig entlanglaufe. Rechts und links von mir erheben sich stattliche weiße und sandsteinfarbene Gebäude mit adrett zurückgeschnittenen Gärten, pastellfarbene Blumen säumen akkurat die Einfahrten. Ich passiere eine Mutter mit ihrer Tochter in eleganten, zueinanderpassenden weißen Sommerkleidern, ihre Köpfe zieren beigefarbene Sonnenhüte. Selbst der Bus, der vorbeifährt, wirkt irgendwie glänzender, und ich versuche, meine Nervosität im Zaum zu halten.

Dann sehe ich sie auf einmal, die Hausnummer, die ich vor meiner Abfahrt aus Edinburgh auf einen Zettel gekritzelt habe. Irgendwann hatte ich die Adresse von Emilys Eltern in einem mit Blümchen verzierten Adressbuch ganz unten in einem Karton entdeckt, und obwohl ich von Anfang an wusste, dass es sich um eine piekfeine Gegend handelt, hatte ich das schiere Ausmaß an Wohlstand doch unterschätzt. Als ich Emilys prachtvolles Elternhaus hinter den schmiedeeisernen Toren liegen sehe, verschlägt es mir für einen Moment fast den Atem. Es trieft vor Geld und Einfluss, in einem Maße, dem ich noch nie zuvor so aus der Nähe begegnet bin. Auf einem goldenen Schild ist der Name Morton House eingraviert. Als ich die edel aussehende Klingel neben dem Tor betätigen will, setzt mein Herz eine Sekunde lang aus, und mir wird übel. Warum zum Teufel tue ich mir das eigentlich an, nach dem furchtbaren Streit an Weihnachten? Emilys Mutter hatte doch unmissverständlich klargemacht, dass sie mich nicht mehr sehen will. Aber mir rast mittlerweile die Zeit davon – mir bleiben gerade einmal dreieinhalb Monate, und wenn es eine Sache gibt, die Emily sich gewünscht hätte, dann war das sicher eine Aussöhnung mit ihrer Mutter. Also muss ich zumindest versuchen, mit ihr zu sprechen, solange ich es noch kann.

Eine Sekunde später öffnen sich die Tore wie von Geisterhand. Als ich die mit roten Steinen fein säuberlich gepflasterte Einfahrt entlanggehe, komme ich mir wie eine Hochstaplerin vor. Es ist eine Sache, in Edinburgh meinem Alltag nachzugehen, aber hier in Emilys Welt einzudringen, ist etwas vollkommen anderes. Als ich auf den Stufen des pompösen Eingangsbereiches mit seinen steinernen Bögen und goldenen Türklopfern stehe, stecke ich mir die Haare ordentlich hinters Ohr und streiche meine hellblaue Bluse glatt. Irgendwie hatte ich gedacht, Jeans wären für den Anlass heute angemessen, aber nachdem ich das Mutter-Tochter-Duo gesehen habe, fühle ich mich mit einem Mal absolut underdressed.

Ich will gerade ein zweites Mal anklopfen, als die Tür geöffnet wird, doch anstelle von Emilys Mutter steht zu meiner Überraschung eine andere Frau vor mir, die ich im ersten Moment nicht erkenne, bis ich den Kopf zur Seite neige und die Erinnerungen und Gefühle zurückkommen: rotblondes Haar, durchsetzt mit ein paar grauen Strähnen, hervortretende grüne Augen mit Lachfalten, die sich über viele Jahre gebildet haben.

»Jackie«, sage ich langsam – der Name geht mir wie von selbst über die Lippen.

»Mein Schatz«, sagt sie und eilt auf mich zu, und als ihre vertraute Gestalt mich an sich drückt und mit dem Geruch von Lavendel und Pfefferminze umhüllt, ist alles wieder da.

»Willkommen zu Hause«, flüstert sie mir ins Haar.

Kurze darauf sitze ich an einer riesigen Marmorkochinsel in einer geräumigen Küche mit einer Tasse Tee in der Hand. Alles in dem offenen Raum ist entweder weiß, cremefarben oder aus Glas, Neuengland-Stil mit einem glänzenden, harten Touch. Ähnlich wie der Rest des Hauses – als ob es versuchte, einladend zu wirken, diesen Eindruck durch seine Ordentlichkeit aber gleich wieder zerstört. Während Jackie in einem großen Topf Suppe auf dem glänzenden AGA-Herd rührt, erinnere ich mich daran, dass sie es war, die das Haus früher zu einem wärmeren Ort gemacht hat. Sie war diejenige, die stets für mich da war.

Es dauert nicht lange, bis ich merke, dass wir allein sind, und als ich mich nach meiner Mutter erkundige, erzählt Jackie, dass die beiden gerade wieder zu einer ihrer Gesellschaftsreisen nach Europa aufgebrochen sind – teils aus geschäftlichen Gründen, teils, um »Kontakte zu pflegen«, wie sie es ausdrückt.

Offensichtlich sind sie nicht zu Frans Hochzeit eingeladen. Darüber hinaus habe ich den Eindruck, dass solche Reisen ein ziemlich regelmäßiger Bestandteil ihres Lebens sind – auch weil ich mich daran erinnere, dass sie mich als

Teenager oft für längere Zeit mit Jackie zurückgelassen haben.

Ich war immer so allein, sagt eine Stimme in meinem Inneren, und mir läuft es kalt den Rücken herunter.

»Bitte sehr«, sagt Jackie und hält mir eine köstlich duftende Schüssel hin, in der eine dickflüssige, rötliche Brühe vor sich hin dampft.

Ich bedanke mich.

Jackie nimmt mit ihrer eigenen Schüssel mir gegenüber Platz. Auf dem Teller vor ihr liegen mit Butter bestrichene Baguettescheiben.

»Darf ich mir eine davon klauen?«, frage ich, ohne nachzudenken.

Jackie sieht mich einen Moment lang verwundert an, bevor sie mir den Teller zuschiebt. »Natürlich. Edinburgh hat dich offenbar ganz schön verändert.«

Ich schlucke nervös und beginne zu essen.

»Diese Suppe schmeckt irgendwie … als ob ich neun Jahre alt wäre«, sage ich schließlich, und Jackie lächelt.

»Du hast Minestrone schon immer geliebt.«

Ich atme tief durch. »Weißt du, wann sie zurück sein werden? Mum und Dad, meine ich?«

»Ich schätze mal, in ein paar Wochen. Das Übliche, du kennst sie ja.«

»Ach so.«

»Dann schieß mal los«, sagt Jackie, »was ist zwischen dir und deiner Mutter vorgefallen?«

Ich schweige einen Moment, während ich an die schreckliche Unterhaltung mit Emilys Mum zurückdenke und daran, wie unfassbar wütend und frustriert ich danach war. Ich muss nicht einmal lügen.

»Sie wollte, dass ich in mein altes Leben zurückkehre, aber dazu war ich nicht bereit«, antworte ich schließlich.

»Und warum bist du dann hier?«

»Hab ich doch gesagt«, entgegne ich, ohne ihr in die Augen zu sehen. »Wegen Frans Hochzeit.«

»Nur deswegen?«

»Ja«, sage ich, doch es klingt nicht wirklich überzeugend.

Wir schweigen eine Zeit lang.

»Du warst solch eine Träumerin, als du noch jünger warst, weißt du?«, sagt Jackie schließlich.

»Das habe ich schon mal irgendwo gehört«, erwidere ich trocken.

»Ja, du warst gerade mal vier Jahre alt, als ich die Stelle hier angetreten habe, damals, nach Colins Tod. Mein Gott, was hast du da in deiner eigenen Welt gelebt. Immer nur gezeichnet und gebastelt. Und die ganze Zeit Fotos gemacht mit diesen …«

»Einwegkameras«, ergänze ich leise.

»Genau. Du hast immer darauf bestanden, dass sie die Wirklichkeit besser einfangen, selbst später als Erwachsene.«

Ihr Gesichtsausdruck verfinstert sich leicht. »Aber dann kamst du auf diese schicke Schule, und der Ernst des Lebens hat dich viel zu schnell eingeholt. Stundenlang Hausaufgaben jeden Tag und nur noch Arbeit, Arbeit, Arbeit, und das schon mit fünf Jahren. Plötzlich gab es keine Freizeit mehr. Und keine Träumerin.«

»Warum eigentlich?«, frage ich. »Was hatte Mum dagegen?«

»Nichts, sie hielt es bloß für Zeitverschwendung«, sagt Jackie, ohne zu zögern. »Sie wollte dir das privilegierte Leben bieten, das sie nie hatte – um jeden Preis. Armut wirkt sich seltsam auf die Menschen aus, weißt du, und deine Mutter war in eine harte Welt hineingeboren worden. Wusstest du, dass sie drei Jobs gleichzeitig hatte, bevor sie deinen Vater kennenlernte? Einer davon war in einer Fischfabrik, stell dir das mal vor.«

Ich schüttele den Kopf. »Das wusste ich gar nicht.«

»Jetzt weißt du es«, sagt Jackie bestimmt, bevor ihre Stimme weicher wird. »Sie wollte immer nur das Beste für dich.«

»Dann hat sie aber eine seltsame Art, das zu zeigen«, entgegne ich, während ich mit dem Löffel in der Suppenschale herumspiele. Ich schweige kurz. »Und was meinst du? Soll ich zurückkommen?«

Ich kann nicht sagen, warum, aber ich fühle mich dieser Frau, die ich im Grunde gerade erst kennengelernt habe, unglaublich nah und vertraue ihr, im Gegensatz zu Emilys Mutter. Wenn sie sagt, dass ich hier am besten aufgehoben bin, dann sollte ich auf sie hören.

»Die Entscheidung liegt nicht bei mir«, sagt Jackie schließlich, und ihr Gesichtsausdruck wird weicher. »Du weißt, dass Colin und ich uns immer Kinder gewünscht haben – aber es sollte eben nicht sein. Du warst wie eine Tochter für mich, Emily, und ich will, dass du glücklich bist. Solltest du das hier in London sein, freue ich mich sehr. Du hast in so kurzer Zeit so unglaublich viel erreicht, hast tolle Freunde und ein tolles Leben. Aber wenn du in Edinburgh oder an einem anderen Ort glücklich bist, dann freue ich mich ebenso. Das Wichtigste ist, dass du selbst entscheidest, was du mit deinem Leben anfangen möchtest. Du musst endlich aufhören zu tun, was andere für richtig halten.«

»Oder was du für richtig hältst«, sage ich neckend.

»Oder das«, bestätigt Jackie grinsend, »denn wenn du dich daran hältst, wirst du nie etwas wirklich bereuen. Natürlich kann immer etwas schiefgehen – und das wird es auch –, aber solange wir unserem Herzen folgen, anstatt uns nur von unserer Angst leiten zu lassen, haben wir alles richtig gemacht. Für alles andere ist das Leben einfach zu kurz.« Sie greift nach meiner Hand. »Deine Mutter wird es irgendwann verstehen. Du musst ihr einfach Zeit geben.«

Ich erwidere ihren Händedruck. »Danke«, sage ich. Doch am liebsten würde ich ihr sagen, dass uns die Zeit viel schneller davonläuft, als sie ahnt.

Sie betrachtet für einen Moment meine Hand, dann schaut sie mich prüfend an. »Du wirkst irgendwie verändert.«

Ich schlucke. »Na ja, wir haben uns ja auch eine Weile nicht gesehen.«

Sie schüttelt den Kopf. »Nein, das ist es nicht … Ach, wahrscheinlich bilde ich mir das nur ein, nicht wahr? Du bist immer noch meine kleine Emily und wirst es immer bleiben. Aber vielleicht rufst du mich das nächste Mal an, wenn du einfach so verschwindest, auch wenn du nicht mit deiner Mutter sprechen magst.«

Ich schaue auf und sehe Tränen in ihren Augen glitzern. Und in diesem Moment wird mir bewusst, wie sehr Emily von ihr geliebt wurde. Ich kann den Gedanken nicht ertragen, all diesen Menschen noch mehr Kummer zu bereiten.

Aber das habe nicht ich zu entscheiden.

»Es tut mir leid«, sage ich. »Das kommt nie wieder vor.«

»Gut zu hören«, antwortet Jackie und wischt sich eine Träne aus dem Augenwinkel. »Bleibst du über Nacht?«

»Klar«, sage ich. Ich möchte gerne noch ein wenig Zeit hier verbringen, schon aus reiner Neugierde.

Jackie nickt sichtlich erfreut. »Dein Zimmer ist fertig. Ich bin gleich eine Weile weg, um mich mit einer Freundin auf einen Kaffee zu treffen«, sagt sie dann und steht auf, »aber zum Tee bin ich wieder da. Vielleicht schauen wir später zusammen einen dieser albernen …«

»… Horrorfilme«, beende ich ihren Satz mit sanfter Stimme, als mir auch dieses Detail über Emily ins Bewusstsein dringt, und Jackie lächelt. »Ich freu mich drauf.«

Sie steht auf und will das Geschirr wegräumen, doch ich halte sie davon ab. »Ich kümmere mich schon darum.«

Jackie streicht mir mit ihrer faltigen Hand über die Wange. »Du warst schon immer so ein liebes Mädchen.«

Sobald sie weg ist, überkommt mich das unangenehme Gefühl, ein Eindringling in diesem fremden Haus zu sein, aber es dauert nicht lange, bis ich mich an alles erinnere – der cremefarbene, verbotene Salon auf der rechten Seite der Eingangshalle, links das glänzende Esszimmer mit den Mahagonimöbeln, das Arbeitszimmer und der eisige Wintergarten, der Anbau für Jackie im hinteren Teil und die sechs riesigen Schlafzimmer im Obergeschoss, darunter auch Emilys Kinderzimmer. Als ich eintrete, spüre ich sie sofort, allerdings nicht in den elfenbeinfarbenen Wänden oder dem ordentlich gemachten weißen Bett (beides hat ihre Mutter ausgesucht, das weiß ich instinktiv), sondern in dem farbenfrohen Schmuck, der noch immer an einem dieser Bäumchen hängt, in dem Schmetterlingskissen auf dem beigefarbenen Stuhl und dem türkisfarbenen Teppich neben ihrem Bett. Ich spüre sie in der Wärme, die dieser Raum noch immer ausstrahlt.

An der Wand hängt ein einsames Bild mit dem Zitat »Jedes Abenteuer beginnt mit dem ersten Schritt« aus *Alice im Wunderland*. Ich greife nach einem Bild, das auf dem Nachttisch steht. Es zeigt eine jüngere Emily – vielleicht elf oder so – mit ihren Eltern, und sie alle sehen darauf wirklich glücklich aus. Emily zieht eine Grimasse, und ihre Mutter hat den Kopf lachend in den Nacken gelegt. Ihr Vater steht grinsend daneben, und dahinter entdecke ich etwas, das mir vage bekannt vorkommt – ein Eingang zu einem grünen Hinterhof mit einem Schild darüber.

»Dunbar's Close«, flüstere ich, als ich mich nach und nach erinnere – wir waren nach Edinburgh gefahren, hatten die Burg besichtigt, ich war die Royal Mile hinuntergehüpft, und wir hatten all die kleinen Gassen erkundet, bis ich diejenige fand, die mir am allerbesten gefiel. Es war eines der seltenen Wochenenden, an denen meine Eltern nicht arbeiten mussten, und ich durfte bestimmen, was gemacht und wo gegessen wurde. Mittags gab es Pizza und nachmittags Waffeln. Wir schauten im Hotel bis spät in die Nacht zusammen Filme und ließen es ausnahmsweise mal etwas langsamer angehen.

Seitdem war Edinburgh mein Lieblingsort.

Deshalb bist du dort hingegangen, geht es mir im gleichen Moment durch den Kopf. Es ist fast so, als würden unsere Gedankengänge zu einem verschmelzen, und mir läuft ein Schauer den Rücken hinunter.

Aber bist du auch dort geblieben?

Ich lasse mich auf das Bett fallen und starre zur Decke hinauf. Mein Blick fällt auf einen Traumfänger, der sich sanft über meinem Kopf bewegt.

Während ich ihn betrachte, überkommt mich das untrügliche Gefühl, dass auch Emily genau wie ich hier gelegen und überlegt hat, wie es weitergehen sollte.

Kapitel 26

E!«, kreischt Fran am nächsten Mittag und stürzt durch den abgetrennten Speisesaal auf mich zu. Mit seinen Deckenmalereien, den schweren goldenen Vorhängen an den hohen georgianischen Fenstern und einem langen Tisch in der Mitte, der mit Silberbesteck und Kerzenleuchtern eingedeckt ist, wirkt der Raum unglaublich imposant.

»O mein Gott«, jubiliert sie und zieht mich an sich, »ich kann kaum glauben, dass du tatsächlich hier bist.«

»Ich auch nicht«, flüstere ich in ihr seidiges Haar. Sie riecht nach teurem Parfüm und noch etwas anderem, das ich nur mit ihr verbinde.

Fran tritt einen Schritt zurück, und ich betrachte sie eingehend, das elegante, knielange grüne Kleid, das vorn in seidenen Falten herabfällt, mit den Flügelärmeln, die ihre schlanken, gebräunten Arme und ihre goldbraunen Augen hervorheben.

»Das ist ja unglaublich«, sage ich und schaue mich ehrfürchtig um. Klar wusste ich, dass Frans Zweig der Familie ebenfalls wohlhabend ist, aber beeindruckt bin ich trotzdem.

Fran grinst. »Hast du was anderes erwartet? Erinnerst du dich noch an den Sommer, als wir hier den Cocktail-Marathon veranstaltet haben? Es hätte nicht viel gefehlt, und Dad hätte den Club dazu gebracht, uns Hausverbot zu erteilen«, sagt sie lachend.

Ich sehe uns beide deutlich vor mir, wie wir durch die Tür stolpern, uns drüben an der Bar abstützen und irgendein rosafarbenes Gebräu aus winzigen Gläsern mit Goldrand trinken.

»Eltons«, sage ich, denn diesmal kommt die Erinnerung schneller zurück. »Unfassbar, wie viele wir davon runtergekippt haben.«

Fran bricht in schallendes Gelächter aus. »Totaler Wahnsinn, oder?« Sie ergreift meinen Arm. »Wir müssen unbedingt welche trinken, auf die alten Zeiten.« Sie hat den Gedanken kaum ausgesprochen, da wendet sie sich auch schon vergnügt an einen Kellner. Er nickt und verschwindet umgehend im Nebenzimmer.

»Geniale Idee. Nicht, dass ich der versammelten Verwandtschaft heute völlig hacke gegenübertreten will, aber ein kleines Gläschen für meine Nerven könnte nicht schaden.« Sie grinst. »Komm, ich zeige dir, wo wir sitzen.«

Während sie mich durch den Saal führt, verblassen die Erinnerungen wieder, doch ich merke, dass sie insgesamt intensiver werden, je mehr Zeit ich hier in London verbringe.

Ich weiß nur nicht, warum.

Aber ich habe keine Zeit, lange darüber nachzugrübeln, denn gleich darauf werden wir von der Familie umringt – Onkel und Tanten, Cousins und Cousinen, die uns umschwärmen und *»tanto tempo«* rufen. Seltsamerweise verstehe ich, was sie sagen – *wir haben uns viel zu lange nicht gesehen.* Eigentlich sollte es sich ziemlich verstörend anfühlen, wie vertraut sie alle mit mir umgehen, doch im Gegenteil: Genau wie bei Fran habe ich das Gefühl, diese Leute seit jeher zu kennen. Die Frauen sind adrett frisiert und tragen elegante Kleider, und ich komme mir in dem Schmetterlingskleid, das ich mir heute Vormittag in Emilys Zimmer ausgewählt habe, ein wenig underdressed vor. Jackie fand es natürlich fabelhaft und hatte *das passt so gut zu dir* gesagt, aber nach den Fotos, die ich gesehen habe, und den Leuten hier zu urteilen, kann ich nur vermuten, dass Emily sich früher anders gekleidet hat.

Plötzlich wird mir mit aller Macht bewusst, was für eine Transformation sie durchgemacht hat. Fran, so wie sie eben ist, hat angesichts meiner Kleiderwahl nicht einmal mit der Wimper gezuckt, und ich weiß instinktiv, dass es ihr im Grunde egal ist. Hauptsache, ich bin da. Wie sie mir sagte, bin ich ihre einzige Brautjungfer, woraus ich schließe, was für eine wichtige Rolle ich in ihrem Leben spiele. »Ich habe nicht die geringste Lust auf den Stress, noch jemand anderen auszuwählen«, hatte sie vor ein paar Monaten gesagt. »Du bist meine Lieblingscousine, und so ist es am einfachsten.«

Ich bin mir zwar nicht ganz sicher, wie das Ganze funktionieren soll, wenn ich nebenbei noch Fotos machen soll, aber ich nehme einfach mal an, dass die Heerscharen anderer Cousinen vermutlich auch mithelfen.

Ein großer, stämmiger Mann mit grau meliertem Haar und einem unbeholfenen Lächeln steht auf einmal neben uns. Er trägt einen knallblauen Blazer und ein schneeweißes Hemd, und ich weiß instinktiv, dass es Toby ist. Er beugt sich vor, um mich in den Arm zu nehmen, und ruft laut: »Da ist sie ja!« Erinnerungen blitzen auf – wie er und Fran sich auf einem Benefiz-Maskenball kennengelernt und festgestellt haben, dass sie nur wenige Straßen voneinander entfernt wohnten, wie er einen Witz nach dem nächsten erzählt, wie er alle zum Lachen bringt und wie sehr auch ich ihn mag.

»Toby«, sage ich, erwidere seine Umarmung und sage wie von selbst: »Ich habe dich vermisst.«

Überrascht lege ich den Finger auf die Lippen.

»Wen haben wir denn da«, sagt Toby und tritt einen Schritt zurück. »Ist ja nicht gerade ein Katzensprung für dich jetzt. Apropos, habe ich richtig gehört, dass du in Schottland eine echte Katze hast? Wie heißt sie denn?« Er grinst gedankenverloren. »Fluffy? Tom?«

»Ferris«, antworte ich lachend.

»Wie originell«, sagt Toby. »Wo übernachtest du eigentlich bis zur Feier?«

»Ach du Scheiße«, entfährt es Fran. »Tut mir leid, bei all dem Hochzeitsstress habe ich gar nicht daran gedacht, dich zu fragen.«

»Ach was, kein Problem«, sage ich sofort. »Ich habe ein Motel in der Nähe gebucht.«

Fran und Toby sehen einander schockiert an.

»Kommt nicht infrage«, sagt Toby. »Hast du etwa vergessen, dass meine Familie Hotels besitzt? Du kannst einfach schon eine Nacht eher einbuchen.«

Ich will gerade protestieren, als ich eine Gestalt auf uns zukommen sehe – Simon, der wie immer umwerfend aussieht. Er trägt eine perfekt sitzende marineblaue Hose, ein sündhaft teuer aussehendes weißes Hemd und ein beiges Jackett darüber. Seine Haut ist sonnengebräunt, und als er mich ansieht, setzt mein Herz einen Schlag aus.

»Hallo.« Er reicht Fran und mir je ein Glas Champagner.

Sie nimmt ihres mit einem abschätzigen Blick an, und ich wünschte mir, sie würde ihm einfach verzeihen.

Ich habe es längst getan.

»Hey, und wo ist meins?«, fragt Toby und lacht laut auf.

Frans Augen huschen zwischen Simon und mir hin und her, und ich weiß genau, was sie denkt – dass ich gerade einen Fehler begehe.

»Komm, Toby«, sagt sie und nimmt seine Hand, »lass uns besser nachschauen, dass meine Mutter sich nicht schon über die Martinis hermacht.« Sie wirft mir einen letzten »Sei bloß vorsichtig«-Blick zu und verschwindet, sodass Simon und ich auf einmal allein sind – so allein, wie man in einem Raum voller Menschen nur sein kann.

Plötzlich fühlt sich mein Mund trocken an und meine Beine wie aus Gummi.

Ich war schon immer hoffnungslos verknallt in ihn.

Gott, ich fühle mich noch immer unwiderstehlich zu ihm hingezogen.

»Wie geht es dir?«, erkundigt er sich.

»Gut.« Ich lächle, auch wenn mein Herz wie wild pocht. »Und dir?«

»Besser, jetzt wo du wieder da bist.«

Die Schmetterlinge in meinem Bauch fangen an zu flattern.

»Was hast du in letzter Zeit so getrieben?«, fragt er.

»Ich war vor Kurzem in den Cairngorms zum Skifahren.«

Ein Grinsen breitet sich auf seinem Gesicht aus. »Tatsächlich? Du hast dich endlich aufgerafft? Wenn ich bedenke, wie oft ich in den letzten Jahren versucht habe, dich von hier wegzulocken. Erinnerst du dich an das eine Mal, als wir dich tatsächlich für ein paar Tage nach Zermatt gelotst haben?«

Das Verrückte ist, dass ich das tatsächlich tue – ich sehe verschwommene Bilder vor mir von einem luxuriösen Chalet aus Holz und Glas, von Fran, Toby, Simon und mir, wie wir mit Champagner in der Hand auf eine verschneite Welt blicken.

»Du hast für uns alle Marshmallows über dem Gasherd geröstet«, sage ich und breche bei der Erinnerung in Lachen aus.

Wie glücklich war ich damals gewesen. Doch dann wurde die Arbeit immer stressiger, und ich ließ die Skireise zwei Jahre hintereinander sausen, während die anderen ohne mich fuhren. Ich reiste quer durch die Welt, hatte Stempel aus aller Herren Länder in meinem Pass, sah aber nie viel mehr als das Innere meines Hotels. Ich verlor die wesentlichen Dinge aus den Augen.

Ich verlor uns aus den Augen.

Wie er mich jetzt ansieht, so voller Hoffnung, raubt mir den Atem.

»Hey«, sagt er leise und legt eine Hand auf meinen Arm, »wie wäre es, wenn wir morgen zusammen einen Ausflug machen würden? Nur du und ich.«

Ich zögere. »Müssen wir nicht noch irgendwelchen Hochzeitskram erledigen? Fran und Toby möchten sicher, dass ich bei den Vorbereitungen helfe.«

Er schüttelt den Kopf. »Das habe ich schon mit ihnen geklärt.«

Ich schaue zur Bar hinüber und sehe, wie Toby den Daumen demonstrativ nach oben streckt. Fran, die neben ihm steht, sieht weniger überzeugt aus, aber dann lächelt auch sie und nickt.

»Bitte sag Ja«, fleht Simon, und ich drehe mich wieder zu ihm um. »Ich möchte dir etwas zeigen.«

Und obwohl ich in diesem Augenblick Adam vor mir sehe, verspüre ich auch bei Simon eine geheimnisvolle Anziehungskraft und das wachsende Gefühl, dass alles in Emilys Leben sich irgendwie um ihn dreht – diesen unfassbar gut aussehenden Mann, der einfach nur einen Tag mit ihr verbringen möchte.

Und ich weiß, dass ich dem nachgehen muss.

»Okay«, sage ich schließlich und sehe, wie seine Schultern sich entspannen und er übers ganze Gesicht zu strahlen beginnt.

»Großartig«, sagt er gerade in dem Moment, in dem Frans Eltern vorbeikommen. Erst nimmt meine Tante mich in den Arm, dann mein Onkel, und mit einem Mal bin ich von Wärme und Liebe und dem Gefühl umgeben, genau da zu sein, wo ich hingehöre.

Kapitel 27

Am nächsten Morgen hocke ich in der Lobby des Hotels, in dem Toby mich untergebracht hat. Eine Welt aus türkisfarbenem Samt und poliertem Marmor, und während ich köstlichen türkischen Kaffee schlürfe, denke ich daran, wie unglaublich gut ich geschlafen habe, im flauschigsten Bett, das man sich vorstellen kann, in der prächtigsten aller Suiten – danke, Toby. Das Mittagessen zog sich über den ganzen Nachmittag hin, ein üppiges Festmahl auf Kosten von Frans Eltern – Antipasti, Pasta, Sorbetto, ein Fleischgang und am Ende eine scheinbar endlose Flut von Desserts. Als die Älteren langsam aufbrachen, zogen wir vier schließlich weiter in eine kleine Bar ein Stück die Straße hinunter, die wir früher oft besucht hatten. Fran beruhigte sich ein wenig und ließ sich sogar zu einer schaurigen Karaoke-Nummer hinreißen – *Tiny Dancer* von Elton John, was konnte es anderes sein. Wir vertilgten fettige Burger und tranken billiges Bier (nur zwei für mich nach dem Vorfall beim Skiausflug). Mir ist inzwischen klar geworden, dass das Leben auch hier nicht nur aus Glanz und Glamour besteht, sondern auch aus ganz handfesten, unverfälschten und herrlich derben Momenten. Eine Fülle von Erfahrungen und Ereignissen, ein Leben, das einmal wunderbar funktioniert hatte und in welches Emily vielleicht zurückkehren könnte.

Ich nehme eine Bewegung wahr und sehe, wie der Portier, der einen eleganten Zylinder trägt, die Eingangstür schwungvoll öffnet und Simon selbstbewusst die Lobby betritt. Heute ist er legerer gekleidet, mit Jeans, Turnschuhen und einer leichten marineblauen Jacke. Trotzdem sieht man ihm seinen Wohlstand immer noch an, und mir ist bewusst, dass jeder Quadratzentimeter seines Outfits vermutlich mehr gekostet hat, als ich im Monat an Miete zahle. Doch dann schaut er mich mit diesem entwaffnenden, beruhigenden Blick an, und ich frage mich zum hundertsten Mal, was er mir heute zeigen will. Er bleibt vor mir stehen und streckt mir die Hand entgegen.

»Bereit?«

Ich lächle. »Kann's kaum erwarten.«

Ein paar Minuten später stehen wir draußen auf der Straße in der Sonne. Wir sind umgeben von imposanten Gebäuden, der Hyde Park liegt direkt vor und das Luxushotel hinter uns, und ich bin lächerlich aufgeregt.

»Jetzt sag schon«, dränge ich, »was willst du mir zeigen?«

Simon lächelt verschmitzt und wirft einen verstohlenen Blick nach links. »Wirst du gleich sehen«, sagt er, »du musst dich noch eine Sekunde gedulden.«

Und dann kommt, wie aus dem Nichts, mit einem Mal ein gigantisches, auf Hochglanz poliertes Fahrzeug direkt vor uns zum Stehen.

»Was zum …?«, setze ich an und versuche, durch die verdunkelten Fenster zu spähen.

In dem Moment steigt ein Mann in schwarzem Anzug und mit Mütze aus dem Wagen, um mir die Fahrgasttür zu öffnen. Dann schaut er mich erwartungsvoll an, die buschigen grauen Augenbrauen hochgezogen.

»Darf ich bitten«, sagt er und winkt mich hinein.

Ich sehe erst den Mann an, dann Simon, der meine Hand in seine nimmt.

»Die Sache ist die«, sagt er, und ich verspüre sofort das vertraute Kribbeln, als er mich berührt. »Bevor du gegangen bist, war alles ein bisschen aus dem Ruder gelaufen, deine Arbeit, unser Leben – ich glaube, wir haben darüber vergessen, warum wir eigentlich in London waren. Weshalb wir diesen Ort mochten. Und wie schon gesagt, Emily, ich folge dir überallhin, aber am meisten würde es mich freuen, wenn wir dort weitermachen würden, wo wir aufgehört haben.«

»Und deshalb«, fährt er mit einem Blick auf die gepolsterten Sitze im Innenraum fort, »dachte ich mir, wir fahren einfach mal entspannt durch die Stadt, spielen einen Tag lang Touristen und besuchen ein paar unserer Lieblingsorte.«

Schon während er diese Worte ausspricht, schweifen meine Gedanken zu all den Sehenswürdigkeiten, die ich nie gesehen habe, den großen Städten, die ich nur vom Bildschirm kenne.

»Was sagst du dazu?«

»Ich sage Ja«, erwidere ich grinsend und steige ins Auto.

»Ich sehe, du hast deine Kamera dabei«, sagt Simon, als er neben mir Platz nimmt.

»O ja«, antworte ich und greife nach dem Trageriemen, der um meinen Hals hängt.

»Das beste Geschenk, das ich dir je gemacht habe«, sagt er, während er sich anschnallt.

Mein Herz vollführt einen kleinen Sprung, und während ich überrascht auf den Apparat herunterblicke – die Kamera selbst von Simon, das Objektiv von Adam –, düsen wir bereits die Straße hinunter.

Es folgt eine exklusive Stadtrundfahrt quer durch London. Alex, unser Fahrer, versorgt uns gut gelaunt mit historischen Details zur Geschichte Londons – dass London die längste Zeit der römischen Herrschaft über Britanniens Hauptstadt war und dass hier über 8,7 Millionen Menschen leben. Die

Stadt sprudelt über vor Leben, Aktivitäten und Möglichkeiten, und das bisschen, was ich davon zu sehen bekomme, reicht schon aus, um mich zu fesseln. Wir halten an Big Ben (»Wussten Sie, dass die Uhr Big Ben heißt und nicht der Turm?«), am Parlament, am Buckingham Palace und an der London Bridge. Ich zücke meine Kamera und mache eine Aufnahme nach der anderen, und nicht zum ersten Mal spiele ich mit dem Gedanken, hierherzukommen, wenn ich in mein altes Leben zurückkehre. Alles zu sehen, was ich kann.

Weiter geht es mit unseren alten Lieblingsorten. Wir steigen in Holborn aus und spazieren zu dem kleinen Frozen-Yoghurt-Laden, wo man den Joghurt mit dem spektakulären Mangogeschmack bekommt. Wir besuchen den Borough Market und flanieren an den Ständen und Restaurants vorbei. Schließlich landen wir in dem Singapore-Streetfood-Restaurant, wo wir so gerne essen, und ich bekomme einen Lachanfall, als ich mich daran erinnere, dass wir bei unserem letzten Besuch als Piraten verkleidet hier waren, weil wir anschließend auf eine Mottoparty wollten. Wir holen uns einen Eiskaffee in dem Lokal in der Nähe, wo der Hund immer eine Fliege trägt, und gönnen uns ein paar Drinks in der Weinbar am Embankment, wo wir unser feuchtfröhliches und zum Schreien komisches (der unglücklich gewählte Name des Weins war schuld) drittes Date hatten, bevor wir die Brücke überqueren und auf einen kleinen Jahrmarkt stoßen. Wir schlendern durch die Menschenmassen, lauschen der beschwingten Musik, reden über Gott und die Welt, und auf einmal verspüre ich die Gewissheit, dass es mir wirklich Spaß macht, mit diesem Typen abzuhängen, und dass wir schon richtig tolle Zeiten zusammen erlebt haben. Es ging nicht nur um Geld und Lebensstil. Wir haben uns tatsächlich geliebt.

Wir lassen den Tag in einem wunderschönen kleinen Bistro in Bermondsey ausklingen, und als ich mir gerade den letzten, perfekten Löffel Crème brûlée in den Mund schiebe – Simon weiß, wie sehr ich sie liebe –, spüre ich, wie er zu mir herüberschaut.

»Was ist?«, frage ich, mit einem Mal nervös.

»Nichts.« Er hält kurz inne. »Es ist nur … du scheinst glücklich zu sein, entspannter als vorher. Vielleicht war die Auszeit doch eine gute Idee.«

»Ja, vielleicht«, sage ich leise.

Doch während ich am Champagner nippe, schweifen meine Gedanken zurück zu dem Abend auf Adams Terrasse. Obwohl wir dort kein Dach über dem Kopf hatten, keine schicken Kellner und keine Champagnerflasche für zweihundert Pfund, war ich damals glücklicher als je zuvor.

»Alles in Ordnung?«, erkundigt sich Simon.

Ich sehe ihn an. »Ja, natürlich.«

»Wie wäre es dann«, sagt er, »wenn ich dich zurück zum Hotel begleiten würde?«

»Gerne«, sage ich.

Zehn Minuten später sind wir wieder da, wo wir morgens gestartet sind. Simon steigt mit mir aus dem Wagen, um mir vor dem pompösen Eingang des Hotels gute Nacht zu sagen, und während die Luft des späten Märzabends die sanfte Musik aus dem Inneren hinausträgt, fühle ich mich wunderbar gesättigt und müde.

»Und«, fragt Simon, während er vor mir steht, »hat dir der Tag gefallen?«

»Natürlich, wem hätte es nicht gefallen?«

Und ich meine es ernst. Ich hatte einen wunderschönen Tag – habe die schönsten Sehenswürdigkeiten Londons gesehen, formvollendet und in hervorragender Gesellschaft. Denn Simon ist ein fantastischer Mann, und vielleicht brauchten er und Emily schlicht und einfach ein wenig Zeit für sich. Vielleicht liebt sie ihn immer noch. Es wäre sehr einfach, sich wieder in dieses Leben einzufinden und Emilys letzte Monate hier in London zu verbringen. All ihre Freunde sind hier, ihr alter Job, Simon – ihr Leben, für mich zum Greifen nah.

Wir schweigen einen Moment.

»Mist, ich habe mir geschworen, es nicht zu tun, Emily, aber ich muss es einfach wissen«, platzt Simon auf einmal heraus.

»Was wissen?«

»Ob du uns beiden noch eine Zukunft gibst, zusammen, meine ich.«

Er sieht auf einmal unglaublich verletzlich aus, wie er im Licht des Hoteleingangs dasteht, und er tut mir leid.

Und dann küsse ich ihn, und es fühlt sich seltsam und vertraut zugleich an. Ich höre, wie er überrascht nach Luft schnappt, doch er erwidert den Kuss und legt seine Arme um mich. Ich weiß nicht, was genau hier gerade passiert, doch ich scheine keine Kontrolle mehr über meinen Körper zu haben.

Nach einer Weile ziehe ich mich zurück. Mein Herz rast, und ich weiß, dass es auch diesen Moment schon einmal gegeben hat.

Ich muss also auf dem richtigen Weg sein.

»Wir sehen uns morgen auf der Hochzeit«, murmelt er schließlich und lässt meine Hand los.

»Das werden wir wohl«, entgegne ich, drehe mich um und verschwinde im Hotel.

Am nächsten Tag ist herrliches Wetter, als hätte Frans Familie die Sonne eigens für die Hochzeit bestellt. Ich wache allein in meiner Suite auf, noch ein wenig benommen und verwirrt von den Ereignissen am Abend zuvor, doch mir bleibt kaum Zeit, das Ganze zu verarbeiten, da Fran plötzlich völlig außer sich mit einem Knutschfleck in mein Zimmer stürzt. »Das kann doch nicht wahr sein«, flucht sie, während sie ihr Gesicht im Spiegel inspiziert, und ich trotte, ohne groß nachzudenken, zur Rezeption, um Eis zu bestellen.

Kurz darauf treffen die Mütter und Großmütter ein, umschwärmen uns und plappern unermüdlich über ihre eigenen Hochzeiten. Ich muss unweigerlich an Jess' eher bescheidene Hochzeitsfeier zurückdenken – wie gedämpft die Atmosphäre dort war. Aber schließlich klaffte in unserer Familie ein riesiges Loch.

Sobald Fran ihr Knutschfleckproblem gelöst hat und die Visagistin auftaucht, beginne ich Fotos zu schießen. Ich bin ihr wirklich dankbar für diese Erfahrung, dafür, dass sie meinen Traum unterstützt und überhaupt eine tolle Freundin ist. Ehe ich michs versehe, ist Fran in ein umwerfend schönes Kleid, ein altes Familienerbstück aus Spitze und Seide, geschlüpft. Von überall erklingen »Oh«- und »Ah«-Rufe, und ich mache ein paar Schnappschüsse mit meiner Kamera, bevor wir zur Kirche aufbrechen. Es ist eine sehr traditionelle, aber dennoch entspannte Zeremonie in einem wunderschönen Steingebäude, und als der Priester zu den Gelübden überleitet, kreuzt sich mein Blick mit dem von Simon, der in der ersten Reihe sitzt. Er ist keiner von Tobys Trauzeugen, denn der hat bereits drei Brüder an seiner Seite stehen und meinte, ein vierter in der Reihe würde ihn ein bisschen zu sehr wie Jennifer Lopez aussehen lassen. Doch ich spüre seine Nähe trotzdem. Und erlaube mir schließlich, über das nachzudenken, was gestern Abend passiert ist.

Denn wie war dieser Kuss eigentlich zustande gekommen? War ich es gewesen, die Simon geküsst hat, oder Emily? Und wieso werde ich immer häufiger von ihren Erinnerungen und Handlungen eingeholt?

Ich mache mir langsam Sorgen, dass ich irgendwann komplett verschwinden werde.

Allerdings bedeutet es vielleicht auch, dass ich mit dem Versuch, herauszufinden, was sie wollte, genau auf dem richtigen Weg bin. Und ich denke, dass Emily, wenn sie hier in London Ähnliches erlebt hat wie ich, mit großer Wahrscheinlichkeit zurückgekommen wäre. Denn ist ihr Leben hier nicht toll? Geradezu ein Traum?

So könnte ich mir das Leben vorstellen, das ich mir immer gewünscht hatte.

Ich bin noch nicht weit in meinen Überlegungen gekommen, da werfen wir auch schon alle Reis über das glückliche Paar und rufen »*Auguri!*« vor dem Ausgang, bevor es weiter zum Empfang ein Stück die Straße herunter geht. Ich sitze im Hochzeitsauto neben Simon und spüre, wie er nach meiner Hand greift. Ich lasse es geschehen.

Die Feier beginnt stilvoll mit einem Aperitivo im Hotel, gefolgt von einem weiteren, nicht enden wollenden italienischen Festmahl, Reden, Digestifs und Tanz. Als ich mich umsehe, wird mir klar, dass die allermeisten hier »wer sind«. Von den sensationellen Kleidern über die stylischen Anzüge bis hin zu dem absurd teuren Schmuck – ich bin umgeben von Erfolg, Prominenz und Eleganz.

Simon achtet darauf, dass ich immer wieder einen Champagner oder ein leckeres Canapé in der Hand halte, wenn ich nicht gerade Fotos mache. Doch gelegentlich wirft er mir seltsame Blicke zu, die ich nicht recht deuten kann.

»Entschuldigst du mich kurz?«, fragt er irgendwann.

»Na klar, ist alles in Ordnung?«

Er sieht mich sanft an, aber ich meine, eine Spur von Besorgnis in seinen Zügen zu erkennen. »Ja«, erwidert er, »alles gut.«

Kaum ist Simon weg, stürmt eine Reihe von Leuten auf mich zu – Sofia aus der Firma, Tess und Mira aus der Schule, Hugo und Chloe aus dem Büro. Sie alle erkundigen sich nach meiner »Auszeit«, wollen wissen, wann ich zurück nach London komme, und laden Simon und mich zum Abendessen oder zu einem gemeinsamen Wochenendausflug ein. Und ich stelle mir vor, wie schön es doch für Emily wäre, am Ende heimzukehren und einfach da weiterzumachen, wo sie aufgehört hat.

Doch trotz allem verspüre ich ein unangenehmes Ziehen in meiner Brust, und als die Sonne draußen untergeht und die Party so richtig in Gang kommt, verschwinde ich ins kühlere Foyer, um kurz durchzuatmen. Hier ist es ruhig, bis auf ein paar einzelne Gäste, die den Raum durchqueren.

Von irgendwoher höre ich gedämpfte Stimmen, eindringlich und scharf. Ich schaue mich um, um herauszufinden, woher sie kommen – ah, von dort, hinter dem großen Tisch mit den Blumen.

Ich kann nicht sagen, warum, aber irgendetwas zieht mich in ihre Richtung. Ich weiß, dass ich eigentlich Fotos machen sollte, aber ich habe die ganze Nacht durchgeknipst, und Fran würde mir sicher eine kleine Pause gönnen.

Und dann entdecke ich sie, Fran und Simon, ins Gespräch vertieft. Ich will gerade »Hallo« sagen, doch etwas hält mich zurück. Irgendetwas an ihrer Körpersprache stimmt nicht – der angespannte Blick, die Art, wie Fran in seine Richtung gestikuliert. »Tu es nicht, ich bitte dich«, sagt sie flehentlich. »Nicht jetzt.«

Und er entgegnet: »Sie wird es ohnehin irgendwann herausfinden. Und ich kann nicht so weitermachen, ich muss ihr endlich sagen, was zwischen uns passiert ist.«

Mein Herz bleibt stehen.

Fran und Simon.

Simon und Fran.

O nein.

Nein, nein, nein.

Ich muss einen Laut von mir gegeben haben, denn die beiden drehen sich um und sehen mich erschrocken an.

»O mein Gott«, sagt Fran und wird leichenblass.

Simons sieht einfach nur traurig aus, als wüsste er, dass alles vorbei ist.

Dann kommt Fran mit einem Mal auf mich zu. »E«, sagt sie, und eine weitere Erinnerung drängt in mir hoch, erkämpft sich den Weg an die Oberfläche. Ich stehe an genau dieser Stelle und sehe Fran und Simon zusammen. Die aufkeimende Erkenntnis, dass das ganze Gerede von der Ex-Freundin frei erfunden war.

Es war Fran gewesen, mit der er an dem Abend essen gegangen war. Er hat mich tatsächlich betrogen.

Mit meiner besten Freundin. Meiner Cousine.

Ohne nachzudenken, wende ich mich von Fran ab und renne in Richtung Ausgang. Ich höre sie etwas rufen, ignoriere es aber.

Sie haben mich belogen.

»Emily, bleib stehen!«, höre ich sie schreien.

Doch ich kann nicht stehen bleiben, will nicht stehen bleiben, und als ich den Bürgersteig entlangrenne, sehe ich ein freies Taxi auf der anderen Straßenseite. Ich nehme Kurs darauf.

Lautes Hupen und dann Schreie.

Die hellen Lichter eines Autos rasen auf mich zu.

Kapitel 28

Helles Licht über mir, Gesichter, Menschen, die immer wieder fragen: »Geht es dir gut?«, während mich eine Wolke von Parfüm und Aftershave umgibt. Und dann eine Gestalt ganz in Weiß, Fran, und da ist Simon, beide kauern über mir, dann drückt Fran mich an sich und sagt: »O mein Gott, o mein Gott, o mein Gott.«

Mein Herz rast, und doch spüre ich, wie mich ein seltsames Gefühl überkommt, heiß und intensiv, während sich in meinem Kopf die Teile zusammenfügen. Fran und Simon zusammen, ich renne raus auf die Straße, hätte mich dabei fast umgebracht, wenn mich nicht jemand zurückgerissen – und so verhindert hätte, dass ich mitten in den fahrenden Verkehr lief.

Sie haben es verhindert.

Nach Charlies Unfall wurde mir langsam bewusst, dass ich Dinge verändern kann.

Das Ende beeinflussen kann.

Aber bisher gab es immer noch etwas, das ich nicht so richtig zu fassen bekam – das fehlende Puzzleteil.

Doch als ich in die Lichter des Autos sah, das Metall des Wagens, das mein Ende hätte bedeuten können, nur Millisekunden von mir entfernt, und ich dieses wunderbar erhebende Gefühl verspürte, als mich jemand zurückriss, wurde mir klar, was ich im Grunde schon die ganze Zeit über wusste. Was mein Gehirn mich vorher nur nicht hatte in Betracht ziehen lassen: Wenn ich Emily versehentlich vor dem Tag der Herztransplantation töten kann, kann ich sie vielleicht auch retten.

Kapitel 29

Ich stehe noch immer so unter Schock, dass ich von der Fahrt zurück nach Edinburgh fast nichts mitbekomme. Ich schaue kaum aus dem Fenster und rühre das Chicken-Sandwich, das ich am Bahnhof King's Cross erstanden habe, praktisch nicht an. Während der Zug unter dem grauen Himmel Richtung Norden rast, wird mir die ganze Tragweite des Geschehenen bewusst.

Vielleicht war ich ja aus genau diesem Grund die ganze Zeit über hier. Es war gar kein Versehen. Möglicherweise ist Emily nicht wirklich tot – und ich kann verhindern, dass sie am Ende stirbt.

Was hieße, dass ich an ihrer Stelle sterben würde.

Ich, Maggie.

Denn uns beiden steht nur ein funktionierendes Herz zur Verfügung – das in meiner Brust –, und ich bin bald darauf angewiesen, oder mein altes Ich wird sterben. Das ist eine medizinische Gewissheit, und ich weiß, wie unfassbar viel Glück ich hatte, den ersehnten Anruf zu bekommen. Aber was, wenn ich verhindere, was immer Emily am Tag der Transplantation passiert ist? Wenn ich den Lauf der Dinge ändere?

Ich weiß, dass Charlies Skiunfall damals nicht passiert ist, denn ich habe instinktiv gespürt, dass er eine deutliche Abweichung von Charlies eigentlichem Leben darstellte – wieso sollte das also nicht auch bei Emily möglich sein? Denn eines ist mir inzwischen sonnenklar: Menschen können hier, genau wie im normalen Leben, getötet werden, und wenn sie getötet werden können, dann können sie auch gerettet werden. Ich habe diese Tatsache einfach verdrängt und bin davon ausgegangen, dass Emilys Leben auf jeden Fall endet, wenn all dies vorbei ist. Dabei habe ich vielleicht eine Wahl.

Die bedeutendste meines Lebens.

In dem Brief stand, dass sie unerwartet von uns gegangen ist – also war entweder ein Unfall oder eine Krankheit dafür verantwortlich. Wenn es ein Unfall war, kann ich ihn sicher vermeiden (potenziellen Todesgefahren aus dem Weg zu gehen ist immerhin meine Spezialität), und bei einer Krankheit kann ich rechtzeitig zum Arzt gehen und vielleicht etwas dagegen unternehmen. Solange es nichts Unheilbares ist, kann ich mit etwas Glück verhindern, dass es ihr gefährlich wird.

Doch wenn Emily nicht stirbt, dann sterbe *ich*. Auf einmal fühle ich mich vollkommen verloren – vollkommen allein.

Zum Glück ist mir Fran heute Morgen nicht mehr über den Weg gelaufen – sie war schon früh mit Toby in die Flitterwochen aufgebrochen –, allerdings hatte sie versucht, mich anzurufen, und mir eine Million Nachrichten geschickt, wie leid es ihr doch täte und wie schlecht sie sich fühle. Ich frage mich, wie eigentümlich ihr Verhalten auf Toby wirken muss. Aber ich konnte mich einfach nicht damit auseinandersetzen, mich nicht mit ihr auseinandersetzen, nicht nach dem, was sie getan hatte.

Was die beiden getan hatten.

Simon hatte natürlich heute Morgen in der Lobby auf mich gewartet.

»Bitte lass nicht zu, dass ein einziger Fehler alles kaputt macht«, flehte er, als ich auf den Ausgang zusteuerte. »Ich liebe dich so sehr, Emily.«

Ich schüttelte den Kopf. »Nein, das tust du nicht. Und es war auch mehr als ein einziger Fehler, oder?«

Er sah mich nur hilflos an und antwortete nicht, aber sein Schweigen sprach Bände.

»Wir können unsere Beziehung noch retten«, sagte er.

»Nein, können wir nicht. Dafür ist es zu spät.«

Und während ich jetzt aus dem Zugfenster starre, wird mir bewusst, auf welchem Irrweg ich mich befunden habe.

In jeglicher Hinsicht.

Fünf Stunden später sitze ich in einer Privatklinik – es ist schon erstaunlich, was man mit ein bisschen Extrakohle und inständigem Flehen um einen freien Termin alles erreichen kann. Die erste Stunde geht für eine private Gesundheitsuntersuchung drauf, in der zweiten folgen dann die Tests: Blutwerte, Körperfettanteil, Größe, Gewicht sowie eine Darmuntersuchung. Die Ergebnisse sollen mir innerhalb der nächsten achtundvierzig Stunden mitgeteilt werden. Ein Teil von mir hofft inständig, dass es sich um eine unheilbare Krankheit handelt (auch wenn das vor einer Herzspende äußerst unwahrscheinlich wäre), denn dann läge die Entscheidung nicht mehr in meiner Hand. Doch ich ahne bereits, dass mir die Testergebnisse beste Gesundheit bescheinigen werden – das sagen mir schon die verwunderten Blicke der Ärzte angesichts einer topfitten Dreißigjährigen, die sich einer solchen Untersuchung unterzieht, und jeder Energieschub, den ich in diesem Leben gespürt habe. Und zum ersten Mal, seit ich hier bin, macht mich der gesunde Körper traurig – weil ich weiß, dass es höchstwahrscheinlich ein vermeidbarer Unfall war, der Emily getötet hat, was wiederum bedeutet, dass die Entscheidung letztlich bei mir liegt – wenn alles andere so bleibt, wie es war.

Als Nächstes suche ich mein Zuhause auf – mein richtiges Zuhause. Nur für den Fall, dass es meinem anderen Ich aus irgendeinem Grund besser geht. Denn wäre das nicht auch eine Möglichkeit? Dass wir beide irgendwie überleben?

Doch dann beobachte ich, wie Mum aus dem Haus kommt und mich die schreckliche Rampe herunterrollt. Ich sehe leichenblass und kränklich aus, mein rotes Haar zu einem schlaffen Pferdeschwanz zusammengebunden. Sofort ist mir klar, dass sich absolut nichts verändert hat. Es geht mit mir zu Ende, und es ist äußerst schmerzhaft anzusehen, aber immerhin kenne ich jetzt die Wahrheit.

Die Entscheidung, wer von uns beiden überlebt, liegt also bei mir. Muss ich da wirklich lange überlegen? Auf der einen Seite Emily: Ihr war Schlimmes widerfahren, und sie hatte dennoch den Mut, den Lauf der Dinge, ihr Leben in die Hand zu nehmen und zu verändern. Auf der anderen Seite stand ich mit Emilys gesundem Herzen und machte absolut gar nichts daraus. Vielleicht ist das der Grund, warum das alles hier passiert – das würde auch den Zeitpunkt erklären.

In ihrem Brief hatte mich Emilys Mutter gebeten, sie weiterleben zu lassen. Fordert mich das Universum etwa gerade dazu auf, Emily buchstäblich weiterleben zu lassen? Denn sie wollte so gerne leben. Ich kann es spüren.

Aber dann denke ich an meine Familie – Jess, Mum, Dad, die Jungs, mein Gott.

Mein Leben.

Später schließe ich die Haustür auf und schleppe mich müde die Treppe hinauf. Natürlich hat vorhin am Bahnhof niemand auf mich gewartet – weder Charlie noch William. Immerhin hat Sven heute Morgen eine Nachricht geschickt, um sich zu erkundigen, wie es mir geht, und mir mitzuteilen, dass Adam bereits abgereist ist. Als ich die Worte auf dem Display las, tat mir das Herz weh. Ich habe ihn einmal zu oft abgewiesen, und jetzt ist es zu spät.

Als ich endlich oben angekommen bin, starre ich hinüber zu seiner Wohnung, die auf einmal furchtbar still und dunkel wirkt – kein gut gelauntes Geklapper, kein Licht über der Tür, das seine Anwesenheit verrät, und auch nicht das Geräusch seiner beschwingten Schritte auf der Treppe, wenn er zu seiner Werkstatt aufbricht. Ich sehe tausend Momente, die wir in der kurzen Zeit gemeinsam erlebt haben, wie Geister hinter dieser Tür auftauchen – wie wir es uns zusammen auf seinem Sofa gemütlich machen oder in seiner Küche irgendwelche gruseligen Kochexperimente veranstalten, wie wir in jener Nacht unterm Sternenhimmel auf der Terrasse sitzen und ineinander verschlungen in seinem Bett liegen, wie wir unseren ersten Weihnachtsbaum schmücken und mit Freunden lachen. Wunderbare Zeiten. Die schönste Zeit überhaupt, die ich vielleicht nie wieder erleben werde, denn in gerade einmal drei Monaten könnte das alles vorbei sein.

Für immer.

Ich sperre die Welt aus, indem ich die Jalousie herunterlasse, angezogen unter die Bettdecke schlüpfe, mein Gesicht ins Kissen drücke und die Augen schließe.

Die folgenden Tage und Nächte verschwimmen ineinander – ich verbringe die meiste Zeit im Bett, entweder schlafend oder vor der Glotze, ganz wie in meinem eigenen Leben an dunkleren Tagen. Ich trotte ins Bad, wenn es sein muss, oder in die Küche, um nach Überresten meiner letzten Essensbestellung Ausschau zu halten, und dann wieder zurück ins Bett. Ein Monat ungesundes Essen wird schon nicht allzu viel Schaden anrichten.

Eigentlich sollte ich mit der Aussicht auf meinen nahenden Tod besser umgehen können. Immerhin war ich jahrelang damit konfrontiert, bin nie irgendwo hingefahren und habe so gut wie nichts unternommen. Ich habe einfach nur existiert. Doch dann passierte das hier, und zum ersten Mal wurde mir bewusst, was die Welt zu bieten hat, all ihre glänzenden, glitzernden Wunder.

Und gerade als ich mich darin verliebt habe, muss ich feststellen, dass es mir wieder entrissen werden könnte.

Nach etwa drei Tagen erhalte ich eine E-Mail mit den Testergebnissen. Mit angehaltenem Atem setze ich mich im Bett auf und öffne sie.

Alles in bester Ordnung – wie vermutet.

Was heißt, dass Emily gesund war und ich die Wahl habe: Entweder ich passe auf, dass ihr am Tag der Operation nichts passiert, und rette sie, oder ich rette mich.

Kurz darauf klopft es an meiner Tür, und eine vertraute Männerstimme sagt: »Emily, bist du da? Ich bin's, William.«

Ich bin vollkommen überrascht, denn nach unserer letzten Begegnung hätte ich nicht erwartet, dass er vorbeischaut. Doch dann überkommt mich eine überwältigende Traurigkeit. Ich lasse mich zurück in die Kissen sinken und drücke auf die Play-Taste, um den Film wieder zu starten, von dem ich eh kaum etwas mitbekomme.

Doch am nächsten Tag kommt er wieder, und als ich erneut nicht antworte, höre ich im Flur etwas auf den Boden fallen. Sobald ich sicher bin, dass er weg ist, sehe ich vorsichtig nach, was es ist. Ein roter Umschlag. Ich reiße ihn auf und halte eine Weihnachtskarte mit einem Rentier in der Hand. Genau, wie ich es damals bei ihm gemacht habe.

Liebe Emily, steht darin, *bitte geh mit mir tanzen, Dein William.*

Obwohl mir bei diesen Worten für einen Moment das Herz aufgeht, sehe ich keinen Sinn mehr darin. Nicht, wenn ich sowieso sterbe. Ich lege die Karte auf den Beistelltisch und verziehe mich wieder ins Bett.

Am fünften Tag erhalte ich eine Karte mit einem Schneemann, was sich Ende März etwas seltsam anfühlt. *Liebe Emily, bitte geh mit mir spazieren, Dein William.*

Mein Herz beginnt bei der Aussicht auf frische Luft erwartungsfroh zu pochen, aber ich wische den Gedanken schnell wieder beiseite.

Während ich nichts tue, grüble ich über meine Familie nach, darüber, was sie wohl tun wird, wenn ich im Krankenhaus sterbe. Kein Herz, keine zweite Chance. Was für ein Vermächtnis wäre das für die Jungs? Erst stirbt die eine Tante, dann die andere?

Ich weiß, dass Jess sie nie hat testen lassen, weil sie panische Angst davor hat, dass sie dieselbe Krankheit haben könnten wie ich. Hätte ich in meinem alten Leben eine zweite Chance bekommen, hätte ich ihnen vielleicht zeigen können, dass es ein Leben nach der Diagnose gibt, ein Leben im Angesicht des Todes.

Aber vielleicht bekomme ich diese Chance nun nicht mehr.

Am siebten Tag meines selbst gewählten Eremitendaseins bekomme ich eine weitere Karte mit einem einsamen Weihnachtsbaum im Wald. *Für Emily*, beginnt sie, und ich weiß instinktiv, dass diese Karte Williams letzte sein wird, denn irgendwann gibt man auf, sonst beginnt man, sich selbst zu zerstören.

Bitte geh wieder raus in die Welt, steht da, *so wie ich es dank Dir getan habe. Dein William.*

Mein Herz klopft aufgeregt in meiner Brust, aber er kann einfach nicht begreifen, womit ich zu kämpfen habe.

Ein paar Minuten später höre ich einen Schmerzensschrei, und die Worte »Emily, hilf mir« dringen von unten zu mir herauf.

Sofort springe ich aus dem Bett und streife mir einen

grauen Pulli über, bevor ich aus der Tür und die Treppe hinunter stürze, zwei Stufen auf einmal nehmend.

Bitte lass alles in Ordnung sein, bitte.

Verdammt, ich hätte ihm kurz aufmachen, einfach den Kopf zur Tür hinausstrecken sollen, ich hätte …

Aber als ich unten ankomme, steht er zu meiner Überraschung quietschfidel im Flur. Ein winziger Karton steht vor ihm, und seine Augen funkeln spitzbübisch, als er mich erblickt.

»Tut mir leid«, sagt er mit verräterisch zuckenden Mundwinkeln, »ich dachte nur, ich könnte ein wenig Hilfe mit diesem unglaublich schweren Paket hier gebrauchen.«

Frustriert von der ganzen Zeit allein in der Wohnung und weil ich mir gerade umsonst Sorgen um ihn gemacht habe, herrsche ich ihn an: »Was zum Teufel soll das?« Wut lodert in mir auf. »Mach das nie … mach das nie …«

Und dann, wie aus dem Nichts, fange ich direkt vor ihm an zu weinen. Mit einem Mal öffnen sich alle Schleusen, als hätte es ausgereicht, einfach nur mit einem anderen Menschen zu sprechen, um meine Mauern niederzureißen. Und mir bleibt nichts anderes übrig, als hier zu stehen und vor Erleichterung zu schluchzen.

»Oh, Emily«, sagt er.

Zwanzig Minuten später sitze ich in Connies altem Sessel, mit einer Tasse heißem Tee in der Hand. William hat noch einen Keks auf die Untertasse gelegt, *damit dein Zuckerspiegel hochgeht*, und ich knabbere vorsichtig daran. Als er mit seinem eigenen Tee aus der Küche zurückkommt, fällt mir auf, dass er in letzter Zeit viel beweglicher geworden ist, als hätte das Tanzen etwas in ihm wiederbelebt, das niemals wirklich verschwunden war. Und als er mich vorhin im Flur umarmt hatte, spürte ich seine Stärke und Unterstützung.

Genau das, was ich gerade brauchte. Als ich mich schließlich beruhigt hatte, lud er mich auf einen Tee zu sich ein, aber erst, nachdem ich geduscht hätte, weil ich aussähe wie »eine Kreatur aus der Tiefe«. Das hatte mich trotz allem zum Lachen gebracht, und als wenige Minuten später das warme Wasser über meine Haut rann, wurde mir bewusst, dass ich mich seit London nicht mehr gewaschen hatte. Es tat gut, sich zu reinigen.

William nimmt mir gegenüber Platz und stellt seinen Tee mit einer bedeutungsvollen Geste auf dem kleinen Beistelltisch ab – neben seinem neuen Smartphone, das mir bei der Gelegenheit ins Auge fällt.

»Also dann«, sagt er und beugt sich in seinem Sessel vor, »jetzt mal raus mit der Sprache. Was ist los, Emily? Warum zum Teufel hast du den Mann allein nach Kanada fliegen lassen? Und was hat dich geritten, einfach so unterzutauchen?«

Ich kann mir ein Grinsen nicht verkneifen. William hat noch nie um den heißen Brei herumgeredet. Doch ich kämpfe damit, die richtigen Worte zu finden, denn ich kann ihm unmöglich die Wahrheit sagen. In einem Punkt hat er allerdings recht: Ich habe die Menschen, die ich lieb gewonnen habe, auf der Suche nach etwas anderem im Stich gelassen. Und was hat mir das Bestreben, dem Herzen eines anderen Menschen zu folgen, gebracht? Hier hocke ich nun, niedergeschlagen, allein und unglücklich. Emily hatte sogar noch versucht, mich zu warnen: Man denke nur an die gemischten Gefühle, was Simon anging, und auch später im Zug nach London, und an das komische Kribbeln, als ich zuvor mit Fran gesprochen hatte – aber ich hatte das alles einfach ignoriert.

Also schulde ich ihm – und allen anderen – wohl eine Erklärung.

»Es kann sein, dass ich bald wegmuss«, sage ich und fahre mit dem Finger über die blaue Nägelkette an der Seite von Connies Stuhl.

Ich brauche nicht aufzublicken, Williams bittere Enttäuschung ist auch so zu spüren, und sofort fühle ich mich wieder fürchterlich. Ich habe Adam enttäuscht und jetzt William und nicht zuletzt mich selbst. Denn dies war die schönste Zeit meines Lebens, und ich will nicht, dass sie vorbei ist.

Natürlich will ich nicht, dass sie vorbei ist.

Ich habe doch gerade erst angefangen zu leben.

»Warum?«, fragt er mit gerunzelter Stirn.

Ich brauche einen Moment, um mir eine Antwort zurechtzulegen. »Den genauen Grund kann ich dir nicht sagen, nur dass ich vor einer bedeutenden Entscheidung stehe.«

Und sie ist tatsächlich bedeutend – und unmöglich zu treffen. Denn es war von Anfang an nicht mein Herz, und jetzt bin ich hier, in der Vergangenheit, und habe die Chance, die richtigen Entscheidungen für Emily zu treffen. Sie wieder leben zu lassen, und zwar buchstäblich.

Gleichzeitig ist es aber auch mein Leben – ein Teil von mir, der irgendwo auf der Welt lebendig ist –, und jetzt, da ich mich endlich darin zu Hause fühle, weiß ich nicht, ob ich das alles wieder aufgeben kann. Zumindest noch nicht.

»In ein paar Monaten muss ich vielleicht gehen«, wiederhole ich, »und zwar für immer.« Ich könnte schwören, einen Schimmer von Verständnis über sein Gesicht huschen zu sehen – beinahe so, als *wüsste er Bescheid.*

Aber das ist doch unmöglich, oder?

»Das hast du dir ja fein ausgedacht.« Als ich zu William aufsehe, ist er nicht etwa traurig, sondern wütend.

Ich runzle ebenfalls die Stirn. »Ausgedacht?«

»Ganz genau«, sagt er und deutet mit dem Finger auf mich. »Ausgedacht. Wenn ich eins gelernt habe, seit du hier eingezogen bist, dann, dass wir unser Leben selbst in der Hand haben. Wir entscheiden ganz allein, was wir mit jeder Minute, jeder Sekunde, die uns noch bleibt, anfangen. Jeder von uns muss irgendwann gehen, falls dir das noch nicht klar war, und manche von uns früher als andere. Wenn du also die verbleibenden Monate einfach nur rumsitzen und nichts tun willst, nur weil du Angst hast, dann geht das ganz allein auf deine Kappe, Fräulein.«

»Ich will gar nicht wissen, was hier eigentlich vor sich geht«, fährt er fort, »aber nach allem, was du im letzten Jahr erreicht hast, kann ich nicht mit ansehen, wie du das alles wegwirfst. Es geht nämlich nicht darum, wie lange wir hier sind, sondern darum, was wir mit unserer Zeit anfangen. Darum, sein Leben zu leben, jeden einzelnen Tag, bis es vorbei ist, denn sonst verhöhnt man diejenigen, die genau das nicht können. Und es ist mir vollkommen egal, warum du dich so hängen lässt. Letztlich steckt reine Angst dahinter, und das ist kein guter Grund.«

Eine Träne läuft mir über die Wange.

»Und ja, vielleicht wirst du gehen müssen«, fährt er energisch fort, »aber würdest du nicht lieber mit einem Paukenschlag abtreten?«

Plötzlich ergibt alles, was er sagt, einen Sinn, und es ist, als würde sich die aufgewühlte See in meinem Kopf endlich beruhigen. Genau das habe ich schon immer falsch gemacht. Ich habe mein Leben nach den Wünschen und Bedürfnissen anderer ausgerichtet und hatte zu viel Angst, einfach raus in die Welt zu gehen und meine Träume zu verwirklichen. Ich bin sogar mit dem Gedanken nach London gefahren, mit einem Mann, den ich nicht liebe, wieder zusammenzukommen. Und wie ist das Ganze ausgegangen?

Mein Herz schlägt so wild, dass es mir gleich aus der Brust zu springen scheint, und mir wird bewusst, wie töricht ich gewesen bin.

Und für wie lange.

»Ich muss los«, sage ich plötzlich, überrascht von meinen eigenen Worten.

Doch William lächelt mich mit feuchten Augen an, als ich aufstehe.

»Das freut mich zu hören«, sagt er.

»Danke, William!«, rufe ich, als ich zur Tür hinauslaufe.

Kapitel 30

NOCH VIER MONATE ZU LEBEN

Die Busfahrt zum Flughafen fühlt sich seltsam an, denn mir ist bewusst, dass ich zum ersten Mal in meinem Leben dieses Land verlassen werde. Als ich vor der Abflughalle stehe, sehe ich staunend in den hellblauen Himmel und auf die Flugzeuge, die in den Wolken verschwinden. Bald werde auch ich dort oben sein.

Ein echter Höhenflug.

Ich checke meine Reisetasche ein und gehe hinüber zur Sicherheitskontrolle. Überall herrscht hektische Betriebsamkeit, doch mir gefällt es irgendwie, mittendrin zu sein, eine von vielen, die in den Urlaub oder zu Verwandten fliegen oder auf Geschäftsreise gehen.

Sogar die Ladenzeile am Flughafen finde ich aufregend, diese seltsame Welt, die aus rund um die Uhr geöffneten Cafés, Kleidergeschäften und Restaurants besteht. Ich beschließe, ordentlich auf die Pauke zu hauen, und nehme an der Bar Platz. Es dauert nicht lange, bis ein junger Kellner kommt und meine Bestellung aufnimmt. Kurz darauf sitze ich mit einem Glas Champagner da und male mir aus, wie es wohl in Frankreich und an all den anderen Orten sein wird, die ich besuchen will. Am liebsten würde ich überall hinfahren und alles sehen. Vielleicht hätte ich damit längst anfangen sollen, schließlich bin ich schon eine ganze Weile hier, vielleicht war es ein Fehler, so lange vor Ort in Edinburgh zu bleiben. Doch wenn man bedenkt, wie sehr es sich dennoch von meinem alten Leben in der gleichen Stadt unterschied, fühlt es sich nicht so an. Und wenn Adam mich eines gelehrt hat, dann, dass man überall aufregende Abenteuer und perfekte Momente erleben kann. Aber jetzt ist es an der Zeit, weiterzureisen und in den verbleibenden vier Monaten all das zu sehen, was eben möglich ist. Ganz allein für mich und für niemanden sonst.

Denn das hier ist auch mein Leben, und ich werde es verdammt noch mal in vollen Zügen genießen.

Ich ziehe meine alte Liste aus der Tasche, sehe mir den nächsten Punkt an und lächle.

Die Welt entdecken.

Ich kann mich noch gut an die Touren erinnern, die ich für andere Leute zusammengestellt habe, an all die Bilder vom Bungeespringen und Surfen, von antiken Monumenten und Tempeln, die ich nur vom Bildschirm kenne.

Ich denke an all das, was mir entgangen ist, weil ich in Angst gelebt habe. Je länger man auf eine bestimmte Art und Weise lebt, umso schwieriger wird es, sich zu ändern. Und das Leben *ist* eben manchmal beängstigend und chaotisch, natürlich können wir verletzt werden. Aber wir haben nur das eine, und es ist kürzer, als wir denken. Höchste Zeit also, endlich mit dem Grübeln aufzuhören und stattdessen etwas zu tun.

Schließlich wird mein Flug aufgerufen. Ich wische mir eine unerwartete Träne aus dem Auge und stelle das leere Glas ab, bevor ich hinüber zum Gate gehe. Auf der Anzeigetafel über mir ist das Wort »Paris« zu lesen, und mein Herz beginnt zu pochen. Es geht los.

Mit einem letzten Blick zurück in Richtung Flughafen zeige ich mein Ticket und meinen Reisepass vor und gehe die Gangway hinauf.

Danach wird die Welt für mich zum Wunderland. Als ich auf der anderen Seite des Ärmelkanals aus dem Flugzeug steige, scheint nichts mehr so wie vorher: Die Gerüche, die Geräusche und sogar die Luft haben sich positiv verändert, und ich liebe es, die vielen unterschiedlichen Sprachen und Akzente um mich herum zu hören. Alles fühlt sich neu und wunderbar an, und mein Herz lebt auf.

Ich besteige den Eiffelturm zu Fuß, bevor ich mir unten ganz allein ein Schlückchen Wein gönne. Ich stehe im Louvre vor der Mona Lisa und frage mich, was sie wohl zum Lächeln gebracht hat. Am Montmartre sitze ich in einem Café und beobachte das bunte Treiben. Ich besuche den Petersdom in Rom und schaue mir die Sixtinische Kapelle live und in Farbe an. In Verona stehe ich auf Julias Balkon, während die Hitze von den Pflastersteinen aufsteigt. Ich gehe auf den alten Stadtmauern von Dubrovnik spazieren, lasse mich auf den Felsen nieder und schaue schweigend aufs Meer. Ich berühre ein Stück Berliner Mauer und besteige den höchsten Turm von Schloss Neuschwanstein. In Rumänien besuche ich Draculas Schloss und ich bummle durch die Krakauer Tuchhallen.

Der erste Teil meiner Reise endet in Amsterdam, wo Jess schon immer mit mir hatte hinfahren wollen, und während ich an den in der Sonne glitzernden Grachten entlangschlendere und die bunten Stadthäuser bewundere, frage ich mich, warum ich nicht damals schon hergekommen bin. Mit ein wenig Vorbereitung wäre eine entspannte Städtereise durchaus drin gewesen. Wovor hatte ich solche Angst?

Denn mittlerweile weiß ich, dass ich nicht nur andere Menschen zu schützen versucht habe, sondern vor allem mich selbst.

Und zwar vor der Welt – dem Ort, der mich am meisten fasziniert.

Ich bin schon einen Monat unterwegs, als ich schließlich nach Indien fliege, um den Taj Mahal und die heilige Stadt Varanasi, die Ellora-Höhlen und den Amba-Vilas-Palast zu besuchen. Ich esse Streetfood – Kachori und Aloo Chaat – und teile Sven per SMS mit, dass ich Ideen für neue Pizzabeläge mitbringe. Gleich darauf bekomme ich einen Anruf von Charlie. Mit flauem Gefühl im Magen gehe ich ran – immerhin war ich mir nicht sicher, ob sie nach dem Unfall jemals wieder mit mir sprechen wollte.

Mitten auf einer heißen, staubigen Straße sage ich »Hallo« ins Telefon. Bei ihnen müsste gerade Frühstückszeit sein.

»Emily«, sagt sie, und ihre Stimme klingt sichtlich nervös, »William hat erzählt, dass du auf Reisen bist … London ist also nicht so gelaufen wie geplant?«

»Nein, letztlich nicht.«

»Das freut mich«, sagt sie, und jetzt kann ich sie geradezu lächeln hören.

»Wie läuft's mit deiner Schwangerschaft?«, erkundige ich mich besorgt.

»Gut … besser«, sagt sie. »Du, ich will dich nicht lange aufhalten, aber ich wollte mich entschuldigen.«

Ein Motorroller fährt auf der belebten Straße hupend an mir vorbei, und ich halte mir das freie Ohr zu. »Wofür denn?«, rufe ich ins Telefon. »Ich war doch diejenige, die auf die hirnverbrannte Idee mit dem Skifahren gekommen ist.«

»Was da auf dem Berg passiert ist, war einfach Pech«, schreit sie zurück, »und es war ganz allein meine Schuld.«

Ich setze an zu protestieren.

»Es war meine Schuld«, unterbricht Charlie mich. »Ich bin eine erfahrene Skifahrerin, die während der Schwangerschaft ein kalkuliertes Risiko eingegangen ist, und das ist schiefgegangen. Im Grunde war ich nur auf mich selbst wütend und nicht auf dich.«

»Aber wieso denn?«

»Weil ich nicht auf meinen Körper gehört habe. Ich war so sehr darauf aus, mein Leben voll auszukosten, dass ich darüber das neue Leben, das Sven und ich geschaffen haben, ganz vergessen hatte. Ich muss es wohl doch eine Zeit lang etwas langsamer angehen lassen, Sven und dem Baby zuliebe. Aber du«, sagt sie eindringlich, »du musst weiter deine Liste abarbeiten, denn es ist deine Zeit, also hör bloß auf, dir Gedanken um andere zu machen, und folge deinem Herzen.«

Es dauert einen Moment, bis ich alles richtig verarbeitet habe, was sie gesagt hat. War das, was Cat passiert ist, dann womöglich auch nicht wirklich meine Schuld? Auch sie hat einfach ihr Leben in vollen Zügen genossen, genau wie Charlie, wie es eben ihre Art war – und an jenem Tag am See war sie selbst ein Risiko eingegangen, weil sie das Leben liebte und das Beste aus ihrer kurzen Zeit auf diesem Planeten machen wollte. Und ja, dieses Bedürfnis wurde vielleicht durch meine Krankheit noch verstärkt, und ja, sie sprang auf meinen Vorschlag hin in den See, aber sie hatte solche Dinge immer schon getan und hätte auch in Zukunft nicht damit aufgehört. Es stand nicht in meiner Macht, das zu verhindern. Wenn es nicht dort passiert wäre, dann vielleicht anderswo. Und die Schuld, die ich seither mit mir herumgetragen habe, die mein gesamtes Handeln und meinen Blick auf das Leben beeinflusst hat, war einzig und allein in meinem Kopf.

Vielleicht war es das Schuldgefühl der Überlebenden oder einfach nur Angst – so oder so ist es an der Zeit, es hinter mir zu lassen. Mein Leben nicht länger von anderen planen zu lassen. Denn auch wenn Mum in vielem recht gehabt haben mag, muss ich jetzt meinem eigenen Weg folgen – und meine eigenen Risiken eingehen. Sonst werde ich es für immer bereuen.

»Das werde ich«, antworte ich Charlie schließlich und lächle.

Ich reise tiefer nach Asien hinein, in die nebligen Berge von Yangshuo und zu den seltsamen, an *Avatar* erinnernden Felsen des Zhangjiajie National Forest Park. Ich erkunde die Verbotene Stadt in Peking und wandere an der Chinesischen Mauer entlang, bevor ich irgendwann in Hongkong lande. Und während ich mit einer Dschunke fahre und mit den Affen in Kam Shan abhänge, überlege ich, wo ich den letzten Monat meiner Reise verbringen soll. Bisher habe ich das getan, was ich mir vorgenommen hatte, und den Globus im Zickzackkurs umrundet – schließlich habe ich nur eine begrenzte Zeit zur Verfügung. Also fliege ich als Nächstes in die Vereinigten Staaten, nach Kalifornien. Cat wollte immer wissen, wie es sich an einem Ort lebt, an dem ununterbrochen die Sonne scheint, wo man morgens aufs Meer und nachmittags auf Berge schauen kann. Ich nehme Surfunterricht in San Diego und fliege dann mit einem Doppeldecker darüber hinweg, ich verkoste Wein auf dem ältesten Weingut Kaliforniens und wandere mit dem Rucksack durch den Yosemite-Nationalpark – es fühlt sich an, als gingen all meine Träume in Erfüllung.

Zumindest fast.

Denn während ich jetzt hier oben auf einem Berg stehe und meinen Blick über die felsige Landschaft schweifen lasse, frage ich mich auf einmal, ob ich nicht als Nächstes nach Kanada fahren sollte. Adams Erzählungen klangen so verlockend, und es gibt dort sicher viel zu erleben. Und dann könnte ich auch bei ihm vorbeischauen.

Während ich hier bin.

Bevor ich es mir anders überlegen kann, buche ich einen Flug für den nächsten Tag. Von San Francisco nach Calgary – auf geht's.

Kapitel 31

NOCH VIER WOCHEN ZU LEBEN

Als ich mich meinem Ziel nähere, geht vor mir langsam die Sonne unter. Durch die Äste der hohen Kiefern blitzen mir warme Gelb-, Orange- und Pinktöne entgegen. Ich habe die Autofenster heruntergekurbelt, und in der Luft, die einen süßlichen Geruch zu mir hereinträgt, ist die abflauende Hitze des Tages noch deutlich zu spüren. Ich bin etwas müde nach allem, was ich in der letzten Woche in Kanada unternommen habe – dem Heißluftballonflug über Baumwipfel und goldene Maisfelder, dem Wildwasserrafting auf reißenden Flüssen und der Höhlentour bis in finstere Felsspalten –, doch als ich die scheinbar endlose Straße vor mir entlangschaue, flankiert von Felsengebirgslärchen und einer spektakulären Bergkulisse, kehrt meine Energie zurück.

Erst hatte ich überlegt, noch hoch nach Alaska zu fahren oder an die belebte Westküste, wo es die meisten Menschen hinzog.

Aber die meisten Menschen haben schließlich auch mehr Zeit als ich.

Oder glauben es zumindest.

Doch ich sehnte mich jetzt nach Adam. Und zwar nicht nur am Telefon oder über Zoom oder auf einem der anderen Kanäle, die ich in meinem früheren Leben vielleicht genutzt hätte. Ich wollte ihn persönlich treffen, etwas anderes kam nicht infrage.

Ich kann nicht abstreiten, dass ich höllisch nervös war und mich im Flugzeug immer wieder fragte, was das Ganze eigentlich sollte. Immerhin hatte ich ihn auf seinen Vorschlag hin, ihn nach Kanada zu begleiten, unmissverständlich abblitzen lassen.

Wahrscheinlich wollte er mich überhaupt nicht sehen.

Doch ich habe so ein Gefühl, das mich nicht loslässt, und ich weiß, dass ich mir nie verzeihen werde, wenn ich es nicht wenigstens versuche. Sollte er mir die kalte Schulter zeigen, reise ich halt allein weiter durch dieses atemberaubend schöne Land.

Schließlich erspähe ich ein Schild, eine Abzweigung an einem riesigen, spitz zulaufenden Felsen, ganz, wie Adam es damals beschrieben hatte, als wir davon träumten, diesen Ort gemeinsam zu besuchen. Ich werfe einen Blick aufs Navi, und tatsächlich, ich bin so gut wie am Ziel. Ehe ich michs versehe, biege ich schon ab auf die Schlaglochpiste runter zum See.

Dem See, von dem Adam mir erzählt hatte, als wir ineinander verschlungen im Bett lagen. Er war sicher, ich würde ihn lieben.

Ein paar Sekunden später erblicke ich ihn – schimmerndes Blau zwischen den Bäumen, das sich immer weiter erstreckt, je näher ich komme. Und direkt daneben steht die Hütte aus Adams Erzählungen in ihrer rustikalen Pracht. Drinnen erstrahlt Licht, und mein Herz beginnt wild zu hämmern.

Jemand erscheint an der Hintertür – Adam, in Jeans und schwarzem T-Shirt. Er steht vollkommen reglos da, als könne er nicht glauben, dass ich es tatsächlich bin.

»Hi«, sage ich und atme tief ein. »Es tut mir leid, dass ich so unangekündigt aufkreuze, aber ich war gerade in der Gegend und …«

Es dauert einen Moment, dann kommt er schweigend auf mich zu. Ich frage mich, ob er nicht vielleicht doch sauer ist, weil ich hier einfach so einfalle. War er nicht hergekommen, um allein zu sein? Und jetzt platze ich in seine Ruhe. Nach allem, was ich ihm ohnehin schon angetan habe.

Und dann steht er direkt vor mir, und ich schaue in seine Augen, die die gleiche Farbe haben wie die Bäume am See, und beobachte seine muskulöse Brust, die sich unter dem schwarzen Stoff hebt und senkt.

»Du bist hier«, sagt er, als könne er es noch immer nicht richtig glauben.

»Das bin ich«, flüstere ich kaum hörbar.

Wir sehen uns an. Wir sind einander so nah, dass sich unsere Hände beinahe berühren. Schließlich greife ich nach seinen. Im gleichen Moment sehe ich einen Funken in seinen Augen aufblitzen, und auch zwischen unseren Fingern knistert es. Und während die Sonne über den Bergen in der Ferne glitzert und unsere Lippen sich berühren, schließe ich die Augen und sage mir, dass es vollkommen sinnlos ist, über das Wie oder Warum nachzugrübeln.

Das Einzige, was zählt, ist das Hier und Jetzt.

Später liegen wir eng aneinandergekuschelt in seinem Bett unter der Decke, mein Kopf ruht auf seiner warmen Brust, seine Hand streicht sanft über meine Schulter. Unser erster Sex war hastig und fieberhaft, kaum nachdem wir die Türschwelle überquert hatten. Adam hatte seine Arme um mich geschlungen, während meine Hände nicht mehr von ihm lassen konnten. Das zweite Mal war langsamer und so bewusst, dass es beinahe wehtat. Als wollte er jeden Teil von mir, jede Sekunde, die ich bei ihm war, auskosten, und ich verlor mich vollkommen in diesem einen Moment. Jetzt erzähle ich ihm, was ich erlebt, welche spektakulären Sehenswürdigkeiten ich gesehen habe, und er erzählt mir von seinen Angelausflügen auf dem See und seinen Wanderungen in die umliegenden Berge, und ich merke, wie sehr er sich bemüht hat, nicht an mich zu denken. Während sein Brustkorb sich langsam hebt und senkt, kommt mir der Gedanke, dass ich womöglich die Person geworden bin, die endlich für ihn da ist.

Als die Sonne schließlich vor dem Fenster schläfrig in ihr felsiges Bett sinkt, pellen wir uns aus den Laken und werfen uns ein paar Klamotten über.

»Verstehst du jetzt, was ich mit rustikal meinte?«, fragt Adam lächelnd, als wir wieder in den Hauptteil der Hütte zurückgehen.

»O ja«, sage ich leise, während ich meinen Blick durch den Raum schweifen lasse. Er ist nicht besonders groß, Sofas und Sessel sind zufällig darin verteilt, und bunte Teppiche liegen kreuz und quer vor in die Jahre gekommenen Wänden aus Kiefernholz. Ein Holzofen steht im Kamin, und zur Seeseite hin gibt es eine kleine Küchenzeile, an deren Fenstern rote Gardinen hängen. Im hinteren Teil des Raums steht ein großer Tisch mit einer gemusterten Tischdecke, dahinter ein wackeliges Bücherregal. Und über allem liegt der berauschende Duft von Kiefern und Holz und Heimeligkeit.

Es erinnert mich an ihn, aber gleichzeitig auch an das Cottage meiner Familie, was mich nur noch mehr begeistert.

»Und du bleibst monatelang allein hier draußen?«, frage ich, während ich mich zu Adam umdrehe. Es wirkt so fernab von jeder Zivilisation.

»Na ja«, erwidert er leise, »wirklich allein fühle ich mich eigentlich mit all den Erinnerungen hier nie. Es war der eine Ort, an dem ich eine längere Zeit am Stück verbracht habe, zwischen all der Herumreiserei.« Er schaut sich um. »Ich habe festgestellt, dass es gar nicht so schlecht ist, einen Ort wie diesen einfach mal eine Weile zu genießen.«

Während Adam zum Kühlschrank geht und eine Flasche Weißwein hervorholt, sehe ich mich um und stelle mir die Familienszenen vor. Ein kleiner Adam, der mit seiner Großmutter am Tisch Karten spielt oder mit seinem Großvater angeln geht.

»Morgen zeige ich dir die Gegend«, verspricht Adam, während er den Wein in zwei Gläser einschenkt. »Aber heute Abend«, sagt er lächelnd und reicht mir eins davon, »entspannen wir uns einfach nur.«

»Einfach nur entspannen?«, necke ich ihn und trete einen Schritt auf ihn zu. Sein Kiefer zuckt bei meinen Worten, und seine Augen funkeln. Ich beuge mich vor und küsse ihn sanft, dann leidenschaftlicher, und er stöhnt auf.

»Ich will dir erst noch was Tolles zeigen«, sagt er heiser, und ich lache.

Ich sehe ihn an. »Okay, genehmigt. Aber wir sind in einer Hütte in den Rocky Mountains – das ist an sich schon ziemlich cool.«

Er grinst, bevor er nach meiner Hand greift und mich zurück zu der Tür führt, durch die wir hereingekommen waren. Nachdem er einen zweiten Lichtschalter betätigt hat, öffnet er sie.

Vor mir in der Dämmerung liegt die Veranda, die rundherum mit funkelnden Lichterketten geschmückt ist – genau wie damals die Dachterrasse. Er hält noch immer meine Hand, und so führt er mich zur Vorderseite der Hütte, die übers Ufer auf den See hinausragt.

Ich hatte vorher schon gedacht, perfekter ginge es nicht mehr, aber da hatte ich mich offenbar geirrt.

»Darf ich bitten, Mylady«, sagt er und deutet auf einen der beiden Stühle, die auf der Veranda stehen.

Mit meinem Wein in der Hand nehme ich Platz, während Adam an dem kleinen Radio herumfummelt. Es knistert eine Weile, bis er schließlich auf entspannte Gitarrentöne stößt und sich zu mir setzt.

Eine Weile schauen wir schweigend auf das dunkler werdende Wasser und die schneebedeckten Berge dahinter und beobachten die Vögel, die in der späten Abenddämmerung am blauen Himmel über uns ihre Kreise ziehen. Wir brauchen keine Worte, müssen keine Leere füllen, denn wir fühlen uns vollkommen wohl miteinander.

Im Hier und Jetzt.

Zusammen.

Doch auf einmal wird mir beinahe schwindelig. Ein Kribbeln setzt ein, und dann überkommen mich erneut diese Empfindungen, dieses Déjà-vu – schneebedeckte Berge, Vögel in der Abenddämmerung.

O Gott, o Gott.

Ich habe das alles schon einmal erlebt, war schon einmal in genau der gleichen Situation. Und schließlich wird mein Körper von Erinnerungen überflutet, stärker als je zuvor, an die Hochzeit und das schmerzhafte Gefühl, hintergangen worden zu sein, wie ich deprimiert in meiner Wohnung liege, um dann irgendwann in ein Flugzeug zu steigen und ins Unbekannte zu fliegen, wie ich in einem türkisfarbenen Meer surfe, das ich noch nie zuvor gesehen habe, und mit einer Seilrutsche über eine unfassbar schöne Landschaft gleite – und daran, wie gebannt ich von alldem war. In mir toben die Gefühle, eine Mischung aus Glück und Traurigkeit, und auf einmal laufen mir Tränen übers Gesicht, denn es fügt sich alles zusammen – ein Kreis, der sich schließt.

Emily und ich tun vielleicht nicht exakt die gleichen Dinge zur exakt gleichen Zeit – aber irgendwie folgen wir dennoch dem gleichen Weg.

Und das heißt …

Emily war ebenfalls hier.

Mit Adam.

Ich schließe einen Moment lang die Augen, als mir die Ungeheuerlichkeit des Ganzen bewusst wird, bis ich merke, dass ich mich am Stuhl festklammere. Denn ich weiß nicht, wie ich mit dieser Erkenntnis umgehen soll, habe keine Ahnung, was das alles bedeutet. Dann spüre ich eine Bewegung, und als ich die Augen öffne, steht Adam über mich gebeugt da.

Er sieht ein wenig besorgt aus, aber dann reicht er mir die Hand.

»Darf ich um diesen Tanz bitten?«, fragt er, und die Gefühle verschwinden, die Erinnerungen verblassen, und ich lasse mich von ihm hochziehen. Wir gehen über die Veranda, bis wir das Wasser unter uns liegen sehen, und ich versuche, mich auf das Hier und Jetzt zu konzentrieren – auf den plätschernden See vor uns und die Musik aus dem Radio hinter uns. Denn genau das tut auch Adam – er nutzt jeden noch so kleinen besonderen Moment, als sei es der letzte, und holt mich damit zurück in die Gegenwart.

Und während wir unter dem Sternenhimmel tanzen, wird mir klar, dass meinem Herzen zu folgen bedeutete, auch Emilys zu folgen.

Kapitel 32

Die nächsten Tage vergehen wie im Flug. Wir wachen erst spät in den Armen des anderen auf und trinken Kaffee auf der Terrasse. Und während ich den herrlichsten Sonnenaufgang beobachte, den ich je gesehen habe, der diese neue Welt in Kiefergrün und Saphirblau taucht, verspüre ich eine eigentümliche Ruhe – als ob sich die Stränge von Emilys und meinem Leben für einen Moment wieder miteinander verbunden hätten, sodass ich mich für eine kurze Weile zurücklehnen und den Augenblick einfach genießen kann. Ich vermute, dass auch Adam etwas von diesem Frieden spürt, denn er erzählt mir einiges über die Zeit mit seinen Großeltern. Er scheint langsam zu begreifen, dass sie jetzt für ihn da wären, wenn sie es könnten.

Am dritten Tag machen wir eine Fahrradtour durch die waldige Landschaft und erklimmen zerklüftete Felsen. Wir besuchen den Lake Louise und starren hinunter auf das unglaubliche Blau am Fuße der steilen Klippen. Wir zelten in den Bergen, legen uns unter den Sternenhimmel und gehen schließlich Klippenspringen. Mein Herz klopft mit jedem Schritt auf dem steinigen Weg schneller, während ich an meine Schwester denke, wie sie im seichten Wasser treibt. Mir ist schmerzlich bewusst, wie schnell ein Leben von jetzt auf gleich ausgelöscht werden kann. Doch ich weiß auch, dass wir diesmal alles geprüft haben: Der Wasserstand ist gut, die Absprungstelle sicher und nicht besonders hoch. Adam ist in diesem Sommer schon mehrfach von hier aus gesprungen und hat mir Tipps gegeben. Als er an der Kante steht und fragt: »Bist du bereit?«, bin ich es tatsächlich und lasse mich nicht von meiner Angst zurückhalten. Denn vielleicht ist dies meine letzte Gelegenheit. Also atme ich tief ein, sage: »Ich bin bereit«, und springe hoch in die Luft. Es ist ein freudvoller, geradezu berauschender Augenblick, und als ich kurz darauf aus dem Wasser auftauche, geht es mir immer noch gut – sogar mehr als gut.

Endlich kann ich den Schmerz über den Tod meiner Schwester loslassen und mich stattdessen an die ansteckende Lebensfreude erinnern, die sie ausgestrahlt hat.

Als wir zurück in der Hütte sind, essen wir auf der Terrasse zu Abend und plaudern entspannt über dieses und jenes, so wie wir es immer gemacht haben. Dann gehen wir ins Bett und haben Sex, liegen eng umschlungen bis zum nächsten Morgen da. Er fragt mich nicht, warum ich gekommen bin, und ich spreche es nicht an – ich glaube, keiner von uns will riskieren, den Zauber zu zerstören.

Doch an unserem letzten Abend, als wir uns auf der Veranda unter den Sternen langsam im Takt der Musik wiegen, fragt Adam: »Hat es dir hier gefallen?«

Ich lächle. »Was denkst du?«

Er sieht mich mit sanftem Blick an, und ich spüre, was in seinem Kopf vorgeht. Spüre seine Frage. Und auf einmal fehlt mir die Kraft, mich dagegen zu wehren. Ohne weiter darüber nachzudenken, sage ich: »Ich liebe dich, Adam.«

»Ich liebe dich auch, Emily«, sagt er, und es klingt, als sei es immer noch wahr.

Und es fühlt sich nicht mehr beängstigend an, sondern gut und richtig und wunderbar. Warum habe ich es zuvor nicht zugelassen? Dies ist der Höhepunkt meiner Reise, und langsam begreife ich, dass ich solche Momente in meinem alten, scheinbar so eingeschränkten Körper ebenso hätte erleben können – neue Orte besuchen und neue Dinge erleben. Denn die Kochkurse mit Charlie, die Tanzabende mit

William und die entspannten Wanderungen in den Bergen mit Adam gehören zu den schönsten Momenten des vergangenen Jahres, auch wenn sie mir damals recht unspektakulär vorkamen.

Ich hatte Glück, als Maggie leben zu dürfen und die Möglichkeit zu haben, so erstaunliche Menschen wie Adam zu treffen.

Es war nur mein Herz, um das ich Angst hatte.

Aber wie alles im Leben findet auch das hier irgendwann ein Ende. Adam muss wegen seiner Arbeit zurück nach Schottland und ich ebenfalls – wenn auch aus anderen Gründen. Ich habe schon bald eine Entscheidung zu treffen: Emily an jenem Tag in Edinburgh sterben zu lassen oder nicht. Mir ist klar, dass ich mich möglicherweise vollkommen geirrt habe und automatisch in mein altes Leben zurückkehren werde, egal, was ich tue. Aber auch das wäre ein Privileg, wie ich jetzt weiß. Doch noch während ich darüber nachdenke, sagt mir eine innere Stimme, dass es einen Grund gibt, warum das alles passiert, einen Grund, warum ich hier bin. Emily ist gestorben, aber irgendwie hat das Universum mich zurück in ihr Leben geschickt. Bedeutet das nicht, dass es noch nicht abgeschlossen war, dass es noch eine Verbindung zu etwas oder jemandem gab – zu Adam vielleicht? Und wenn ich verhindere, dass sie am Tag der Transplantation stirbt, kehrt sie in den Menschen zurück, den ich ihr hinterlasse, und ich – Maggie – werde stattdessen im Krankenhaus sterben.

Ich kann den Lauf der Dinge für sie verändern, so wie ich es bei Charlie getan habe.

Aber mit dieser Erkenntnis kehrt die Bitterkeit zurück, denn die Wahrheit ist, dass auch ich noch nicht mit dem Leben fertig bin. Ich bin noch nicht bereit zu gehen. Ich will leben und atmen und erfahren, was ich kann, solange ich es kann.

Ich sehne mich so wahnsinnig danach, dass es wehtut, und sosehr ich Emily auch wünsche, dass sie zu Ende bringen kann, was immer sie vorhatte, so ungern möchte ich mein Leben für sie aufgeben.

Auf der Rückreise nach Schottland bin ich ziemlich schweigsam und spüre, wie Adam mir immer wieder besorgte Blicke zuwirft, im Taxi zum Flughafen, im Café in der Abflughalle. Es ist, als hätten wir die letzte Woche zusammen in einer Blase verbracht, und plötzlich schlägt die Realität erbarmungslos zu.

Ich muss eine Entscheidung treffen, und ich weiß nicht, wie.

Als Adam auf dem Rückflug neben mir im Flugzeug einschläft, ertappe ich mich dabei, wie ich meinen Blick über seine Stirn streifen lasse, seine Nase, seine verzogenen Lippen, die ich so oft geküsst habe, und ich frage mich – hat Emily Adam genauso sehr geliebt wie ich? Hatte er den gleichen Stellenwert für sie? Denn sie hatte schon eine richtige Beziehung hinter sich, eine, die über Jahre angedauert hatte und einst von echter Liebe geprägt war. Ich hingegen entdecke das alles erst jetzt, erlebe dieses unglaubliche Gefühl zum allerersten Mal. Was ich mit Nick hatte, kann man damit nicht vergleichen. Und obwohl mir klar ist, dass ich in mein altes Leben zurückkehren würde, falls ich das Herz bekäme, frage ich mich, ob ich Adam nicht irgendwie wiederfinden könnte, diese Person, die mir so viel bedeutet. Ob wir dort das Gleiche haben könnten.

Doch als ich meinen Kopf an seine Schulter lege, weiß ich instinktiv, dass Emily für Adam das Gleiche empfunden hat. Sie liebte ihn genauso sehr wie ich. Und die wunderbaren Gefühle, die ich verspüre, wenn ich Adam nahe bin, sind auch die ihren.

Ein Rütteln.

»Wir sind da«, sagt jemand sanft.

Ich öffne die Augen und blinzle verschlafen. Wir sind gelandet, und das Flugzeug rollt auf der Landebahn aus.

Ich sehe mich um und entdecke Adam direkt über mir, er sieht mich zärtlich an.

»Du hast den kompletten Flug verschlafen«, sagt er und küsst mich sanft auf die Stirn, und ich lächle ihn schwach an. Denn seit wir Kanada verlassen haben, lastet die Realität wie ein körperlicher Schmerz auf mir. Ich weiß nicht, was ich denken oder fühlen soll. Doch dann sehe ich die Sorge in Adams Augen und fühle mich sogleich wie der schlechteste Mensch der Welt, weil ich die Schuld daran trage. Also versuche ich so zu tun, als sei alles in Ordnung. Ich habe ihm schließlich schon genug zugemutet. Außerdem erinnere ich mich an Williams Worte – dass ich jeden Tag nutzen muss.

Als wir kurz darauf den Flughafen von Edinburgh verlassen und in die kühle Abendluft hinaustreten, greift Adam wieder nach meiner Hand, und wir gehen gemeinsam zum Taxistand.

Zwanzig Minuten später halten wir vor unserem Haus, ein Anblick, bei dem mir das Herz aufgeht: oben unsere beiden nebeneinanderliegenden Wohnungen, unten der liebe William und Ferris, der irgendwo auf leisen Pfoten unterwegs ist. Erst als wir aus dem Taxi aussteigen, sehe ich sie vor dem Haus stehen, in hochtaillierten Jeans und weißer Bluse.

»Fran«, sage ich, während mein Puls zu rasen beginnt.

Natürlich habe ich seit der Hochzeit nicht mehr mit ihr gesprochen, obwohl sie während der Flitterwochen mehrfach probiert hat, mich per Mail oder per Telefon zu erreichen. Anfangs fühlte ich mich schlecht, da sie während dieser Zeit, die sie eigentlich entspannt mit Toby hätte verbringen sollen, meinetwegen so gestresst war, doch dann ärgerte ich mich über mich selbst, weil ich mich schlecht fühlte. Denn schließlich hatte sie sich das alles selbst eingebrockt. Trotz der jahrelangen Freundschaft, die Emily und Fran miteinander verband, und der Nähe, die auch ich zu ihr verspürt hatte, konnte ich mich einfach nicht überwinden, mit ihr zu sprechen.

Doch als sie jetzt vor mir steht, mit großen, reumütigen Augen, spüre ich wieder die alte Anziehungskraft, die sie schon immer auf mich ausgeübt hat.

»E«, sagt sie und macht einen kleinen Schritt auf mich zu. Aber ich schließe die Lücke nicht, um sie zu umarmen. So leicht mache ich es ihr nicht.

»Es tut mir leid, dass ich ohne Vorwarnung hergekommen bin, aber ich muss unbedingt mit dir reden …«

Ihr Blick huscht nervös hinüber zu Adam, der höflich lächelt und »Hallo« sagt, so wie er es bei jedem anderen auch tun würde. Dann sieht er mich an. »Ich bringe schnell die Taschen hoch, in Ordnung?«

»Danke«, sage ich, und doch wünsche ich mir insgeheim, er würde bleiben. Aber er weiß, was vorgefallen ist und dass ich es allein klären muss.

Sobald er im Haus verschwunden ist, wende ich mich wieder Fran zu.

»Woher wusstest du, dass ich heute zurückkommen würde?«, frage ich tonlos.

Sie schweigt einen Moment. »Ich habe deine Freundin von der Tanzschule kontaktiert.«

Ich runzle die Stirn. »Charlie?«

Ich kann es ihr nicht übel nehmen – natürlich konnte Charlie nicht ahnen, dass ich etwas dagegen hätte, wenn sie einer Freundin die Daten mitteilt. Sie war ganz aus dem Häuschen gewesen, als sie hörte, dass Adam und ich zusammen aus Kanada zurückkommen würden, dass wir wieder zusammen waren.

»Es tut mir leid«, sagt Fran mit schwankender Stimme, »ich wusste einfach nicht, was ich machen sollte. Es tut mir alles so furchtbar leid, aber hör mich bitte an, danach kannst du mich für immer hassen, wenn du das willst.«

Einen Moment spiele ich mit dem Gedanken, sie einfach wieder wegzuschicken, ihr zu sagen, sie solle sich mit ihren Lügen zurück nach London verziehen. Aber irgendetwas hält mich davon ab – Erinnerungen daran, wie wir als Kinder zusammen gespielt haben, wie wir unsere Sandwiches auf dem Spielplatz getauscht und später im nebligen Licht Londons Eltons heruntergekippt und dabei gelacht haben, bis wir Seitenstechen bekamen.

Ein paar Minuten meiner Zeit kann ich wohl für sie erübrigen.

»Na gut«, willige ich schließlich ein, »willst du mit hochkommen?«

Sie nickt mit hoffnungsvollem Blick. »Sehr gern, danke.«

Adam hat netterweise meine Tasche oben vor meiner Tür abgestellt, und ich schleppe sie in den Flur, während Fran mir kleinlaut folgt. Nach der langen gemeinsamen Zeit hasse ich es, mich von Adam trennen zu müssen, und ich verspüre eine geradezu verzweifelte Sehnsucht nach ihm, als würde ich ihn gleich wieder verlieren, wenn ich ihn nur kurz loslasse. Aber er versichert mir per SMS, dass wir uns morgen so bald wie möglich treffen, und nachdem wir uns in Kanada unsere wahren Gefühle eingestanden haben, weiß ich in meinem Inneren, dass dieses Mal nichts zwischen uns kommen wird.

Dafür sind wir zu weit gekommen.

Ich lasse die Tasche im Flur fallen, bevor ich Fran ins

Wohnzimmer bugsiere, wo sie unsicher mitten im Raum stehen bleibt. Das ist derart untypisch für die sonst so selbstsichere Fran, dass sie mir fast schon wieder leidtut.

»Setz dich, ich mache uns einen Kaffee«, sage ich seufzend, während mir bewusst wird, dass es keinen einfachen Ausweg aus dieser Situation gibt. Ich muss da jetzt durch.

»Okay«, erwidert sie, nimmt auf dem Sofa Platz und sieht sich um. »Ist echt schön geworden«, höre ich sie rufen, und mir dämmert, dass sie meine chaotische Farbwand meinen muss. Ich mache mich daran, den Wasserkocher anzustellen und Instantkaffeepulver in Tassen zu füllen – ich habe noch keine Milch im Haus, also gibt es den Kaffee für uns beide schwarz.

»Riecht köstlich«, sagt Fran und springt auf, um mir eine Tasse abzunehmen. Ich nehme ihr gegenüber Platz und warte gespannt, was sie zu sagen hat.

Sie trinkt vorsichtig ein paar Schlucke, als müsse sie erst noch Mut sammeln, dann stellt sie den Becher auf einen der kleinen Untersetzer mit Tanzmotiven, die ich auf einem Markt erstanden habe.

»Die sind ja toll«, sagt sie, als wolle sie Zeit schinden. Ich antworte nicht, denn ich will ihr keine Brücken bauen, dafür bin ich um Emilys willen noch immer zu wütend. Schließlich holt sie tief Luft.

»Es ist einfach so passiert«, fängt sie an. »Ich hatte bis dahin nie auch nur mit dem Gedanken gespielt. Ich möchte, dass du das weißt. Schließlich warst du mit ihm zusammen und ich mit Toby. Aber dann gab es für dich nur noch die Arbeit – du hast Simon allein gelassen und mich auch.«

Und da ist sie wieder, diese seltsame, verdrehte Schuldzuweisung, die ich mir auch schon von Simon anhören musste – als hätte alles nur an mir gelegen. Die Bitterkeit kommt wieder in mir hoch.

»Verstehe ich das richtig? Ich soll mir keine Vorwürfe machen, weil ich zu viel gearbeitet habe, aber letztendlich habt ihr mich nur deshalb hintergangen?«, resümiere ich.

Fran schüttelt den Kopf. »Nein, so meine ich das doch gar nicht.«

»Doch, ich glaube schon.«

Warum hätte sie nicht hart arbeiten sollen, wenn es ihr Erfolg und Unabhängigkeit bescherte? Wäre sie ein Mann gewesen, hätte niemand auch nur mit der Wimper gezuckt. Das kann doch nicht bedeuten, dass ihr Verlobter keine andere Wahl hatte, als sie mit ihrer besten Freundin zu betrügen?

Fran schweigt einen Moment lang.

»Du hast natürlich recht, E, dass du hart gearbeitet hast, macht dich nicht verantwortlich ... aber es nahm irgendwann einfach überhand«, ergänzt sie, und ich blicke auf.

»In den letzten beiden Jahren in London warst du praktisch nur noch im Büro oder auf Dienstreisen. Keiner von uns hat dich mehr zu Gesicht bekommen. Du hast sämtliche Abendessen und Partys abgesagt und sogar meinen Geburtstag verpennt und den von Simon.«

Ein unangenehmes Gefühl macht sich in mir breit.

Emily hatte ihre Geburtstage vergessen?

»Und ich schwöre, dass ich dir damit absolut kein schlechtes Gewissen einreden will wegen dem, was wir getan haben«, fügt Fran schnell hinzu und wischt eine Träne weg. »Dafür gibt es absolut keine Entschuldigung. Ich wollte dir nur erklären, wie es überhaupt so weit gekommen ist. Wir wollten wirklich niemanden verletzen.«

Schon beim Gedanken an die beiden zusammen wird mir schlecht, ich kann mir nicht ausmalen, was Emily durchgemacht haben muss. Trotzdem will ich mehr wissen.

»Wie lange?«, frage ich.

Fran zögert kurz. »Ein paar Monate«, sagt sie schließlich

und wischt sich eine weitere Träne aus dem Gesicht. Es fühlt sich an wie ein Schlag in die Magengrube.

Ein paar Monate?

»Ich weiß, ich bin ein schrecklicher Mensch«, fährt Fran hastig fort, als sie mein Gesicht sieht, »aber ich habe ihn eines Abends zufällig in der Kneipe getroffen, wo er seinen Kummer ertränkt hat, und ich war gerade selbst von Zweifeln geplagt, weil Toby und ich so grundverschieden sind. Eine Flasche führte zur nächsten und … o Gott.« Fran legt den Kopf in die Hände, schaut aber fast augenblicklich wieder auf und mir ins Gesicht. »Als mir am nächsten Morgen klar wurde, was ich getan hatte, musste ich mich mehrmals übergeben. Ich habe Simon erklärt, dass wir dir und Toby sofort die Wahrheit sagen müssten, aber dann ging es irgendwie einfach so weiter. Du hast dich noch mehr in deine Arbeit gestürzt, und Toby war ständig auf Geschäftsreise …«

»Also habt ihr beiden auch einfach weitergemacht«, sage ich mit unnachgiebiger Stimme, »bis ich die Quittung fand.«

Fran nickt. »Ja, und ich war mir sicher, dass du es sofort durchschauen würdest. Ich hatte mich bereits darauf eingestellt, dir die Wahrheit zu sagen, reinen Tisch zu machen. Aber dann bist du nach Edinburgh gegangen, und ich …« Sie holt tief Luft. »Du und Simon, ihr hattet euch ja sowieso schon getrennt, und du hattest ein neues Leben angefangen, also dachte ich, warum schlafende Hunde wecken?«

»Aber dann kam er mich besuchen«, sage ich.

»Genau, und ich hatte Angst, dass du es herausfinden würdest.«

»Also hast du mich deshalb darin bestärkt, etwas mit Adam anzufangen?«

»Doch nicht nur deshalb«, sagt Fran mit aufgerissenen Augen. »Ich wollte, dass du glücklich bist.«

»Da hast du aber eine ungewöhnliche Art, das zu zeigen.«

Sie schließt kurz die Augen. »Auf der Hochzeit meinte Simon dann, dass er nicht wieder mit dir zusammen sein könne, ohne ehrlich zu dir zu sein. O Gott, ich bin innerlich fast gestorben. Ich wollte mich auch noch bei dir bedanken … dafür, dass du damals nichts gesagt hast.«

Ich antworte nicht gleich, da ich erst einmal versuche, meine Gedanken zu ordnen, bis sich das Bild vollständig in meinem Kopf zusammensetzt. Emily hat geahnt, dass Simon sie betrügt, und das war der Auslöser für sie, endlich ein neues Leben zu beginnen. Denn manchmal weiß man etwas tief im Inneren und braucht keine Beweise. Also ließ sie alles hinter sich und fing noch einmal neu an. Dann fuhr sie zu Frans Hochzeit nach London und spielte mit dem Gedanken, zu Simon zurückzukehren, doch wir fanden beide zur gleichen Zeit heraus, dass es Fran war, mit der er sie betrogen hatte. Und plötzlich brach ihre alte Welt komplett in sich zusammen.

Es gab kein Zurück mehr.

Das war der Moment, der für Emily alles änderte.

»Und ich liebe Toby, wirklich«, beteuert Fran. »Das mit Simon ist der schlimmste Fehler, den ich je gemacht habe, und ich …« Sie schluchzt jetzt. »Ich traue mich nicht, es Toby zu sagen. Er wird mich bestimmt verlassen, du kennst ihn ja. Was soll ich nur tun?«

Während Fran weiterhin beteuert, wie leid ihr alles tut, werden meine Gedanken mit einem Mal ganz klar und ruhig. Unsere Freundschaft ist vielleicht nicht mehr zu retten, aber ich weiß, wie Fran sich fühlt – dass sie innerlich bereits tausendfach dafür bezahlt hat, so wie es mir mit Cat ging. Und vielleicht hat Emily das Ganze in gewisser Weise sogar geholfen – vielleicht war es der Anstoß, den sie brauchte, um endlich aus ihrem alten Leben auszubrechen und etwas zu verändern. Und obwohl ich Fran am liebsten anschreien würde, was für eine furchtbare Freundin sie gewesen ist, lässt sich manches einfach nicht mehr ändern – Dinge laufen anders als geplant, und es gibt keinen Weg zurück. Dann bleibt einem nur, nach vorn zu blicken und zu hoffen, dass sich am Ende alles zum Guten wendet.

»Du wirst aufhören, eine Lüge zu leben, Fran«, sage ich mit fester Stimme, »denn das ist für keinen gut. Mach nicht Tobys Leben auch noch zu einer Lüge. Gib ihm wenigstens die Chance zu entscheiden, was sich für ihn richtig anfühlt.«

Fran sieht mich mit Tränen in den Augen an, aber schließlich nickt sie.

»Und was wirst du tun?«, fragt sie beinahe flüsternd.

Ich stocke und bin mit einem Mal unsicher.

»Entgegen dem, was du vielleicht denkst«, fügt Fran hinzu, »meinte ich es ernst, als ich sagte, ich will, dass du glücklich bist. Als du hierhergezogen bist, bin ich natürlich zuerst in Panik geraten, aber dann hat sich ziemlich schnell gezeigt, dass es eine gute Entscheidung war, dass du es endlich getan hast.«

»Dass ich was getan habe?«, frage ich.

»Alles, wozu du vorher nie Gelegenheit hattest. Und du hast recht, was die Arbeit angeht, E – deine Karriere war absolut beeindruckend, keine Frage. Aber die neue Emily ist auch ein toller Mensch … und diese neue, achtsamere Emily macht einen wesentlich glücklicheren Eindruck auf mich.«

»Und Adam ist auch nicht zu verachten«, fügt Fran augenzwinkernd hinzu, und ich kann mir ein Lachen nicht verkneifen.

Für einen kurzen Augenblick fühlt sich alles wie früher an. Dann schnieft Fran und sieht mich an.

»Wirst du mir jemals verzeihen können?«, fragt sie, die Augen voller Tränen.

Ich schweige einen Moment, in dem mir bewusst wird, dass meine Zukunft noch ziemlich unklar vor mir liegt.

»Vielleicht«, sage ich schließlich. »Schauen wir einfach, was passiert.«

Mit einem tränenreichen Lächeln steht Fran auf und lässt mich allein.

Kapitel 33

NOCH DREI WOCHEN ZU LEBEN

In der nächsten Woche versuche ich, die Zeit, die mir noch bleibt, voll auszukosten – also kochen Adam und ich abends zusammen oder gehen essen. Ich verspüre einen geradezu unstillbaren Hunger nach allem, was das Leben zu bieten hat. Wir besteigen gemeinsam Munros und zelten unter dem Sternenhimmel in den Pentlands, und so langsam verstehe ich, dass William recht hatte: Man sollte sich einen Ort und einen Menschen aussuchen und das Leben einfach genießen. Adam scheint es ebenfalls zu begreifen, denn seine ständige Rastlosigkeit lässt nach, zumindest zeitweise. Emilys alte Erinnerungen und Gefühle habe ich auch schon eine Weile nicht mehr gespürt, und ich frage mich, warum. Ob sie zurückkommen werden?

Und was werden sie mir zeigen, wenn sie es tun?

Aber für den Moment weiß ich die Atempause zu schätzen. Nur wenn ich tagsüber für einen Moment zur Ruhe komme oder abends friedlich mit Adam an meiner Seite im Bett liege, spüre ich manchmal ein reißendes Gefühl in mir – und mir stockt für eine Sekunde der Atem. Die Gedanken, die ich damals im Flugzeug hatte, über die Liebe, die Adam und Emily vor uns verband, kehren zurück. Aus den Erinnerungsfragmenten, die ich gesehen habe, weiß ich, dass die beiden sich im Treppenhaus kennengelernt haben, genau wie wir, und ein Paar geworden sind, genau wie wir.

Aber was bedeutet das für mich? Für Adam und mich? Hat diese Verbindung, die wir teilen, diese Liebe, überhaupt irgendeine Bedeutung? Oder ist sie lediglich ein billiger Abklatsch dessen, was ihn und Emily miteinander verband? Etwas, das bereits passiert war, bevor ich hierherkam, und das ich jetzt aus zweiter Hand erlebe?

Ich bin gerade dabei, die Haustür aufzuschließen, nachdem ich vom Mittagessen mit Adam zurück bin, als ein älteres Pärchen den Gehsteig entlang auf mich zukommt.

»Hallo«, sage ich strahlend, als William und Ruth vor mir stehen bleiben. Sie sind ein hübsches Paar, Ruth in ihrem rosafarbenen Mantel und William im roten Pullover, das Haar ordentlich zurückgekämmt – und mir wird klar, dass sie vermutlich gerade von einer Verabredung kommen.

»Sieh mal einer an«, sagt William mit verschmitztem Lächeln, »da bist du ja wieder. Und, wie war es? Die Berge sahen ja traumhaft aus.«

Natürlich hatte ich William von unterwegs E-Mails auf sein neues Smartphone geschickt. Immerhin war er derjenige gewesen, der mich aus meinem Loch herausgeholt hatte – und mir den Mut geschenkt hatte, bis zum Ende durchzuhalten. Ich hatte ihm auch ein Foto von Adam und mir zusammen auf der Veranda vor der Hütte gesendet, umgeben von Lichterketten.

William hatte mit einem Smiley geantwortet.

»Es war toll«, antworte ich, doch die Anspannung in meiner Stimme ist nicht zu überhören, und William runzelt die Stirn.

Ruth schaut einen Moment zwischen uns hin und her und sagt dann: »Nun, es war schön, dich zu sehen, Emily. Aber ich muss jetzt los. Ich passe heute nach der Schule auf meine Enkelin auf und muss noch die Kekse holen, die sie so gerne mag, diese Schokoladenkekse mit der Milchcreme in der Mitte, die sie immer ableckt. Wie heißen die noch mal?«

»Oreos«, sage ich leise.

»Genau die.« Sie grinst und legt die Hand auf meinen Arm. »Danke. Also, ich muss dann mal los. Sehen wir uns am Freitag beim Tanzen?«

William nickt. »Natürlich, ich freue mich drauf.«

Während sie die Straße hinuntergeht, dreht sich William zu mir um.

»Noch einen Tee?«, fragt er mit leuchtenden Augen. »Oder diesmal vielleicht lieber einen Spaziergang?«

Als wir kurz darauf in Richtung Meadows schlendern, wird mir bewusst, wie fit William mittlerweile ist – ich kann kaum mit ihm Schritt halten. Er tanzt natürlich viel, aber vielleicht ist da noch etwas anderes, das ihn beflügelt – könnte es etwas mit Ruth zu tun haben?

»Also, reden wir nicht um den heißen Brei herum«, sagt er, während wir den Weg unter den grünen Laubbäumen entlangspazieren. »Wie geht es jetzt weiter? Nach all den Eskapaden, die ihr zwei dummen Kinder hinter euch gebracht habt.«

Ich lächle und versuche in Worte zu fassen, was mir durch den Kopf geht. Denn in diesem Moment kommt mir die Frage, wen Adam eigentlich liebt, welche Liebe die wahre ist, geradezu kleinlich vor. Allerdings weiß ich nicht, wie ich sonst meine Entscheidung treffen soll. Emily war diejenige, die ein erfülltes Leben hatte und den großen Umzug hierher gewagt hat, sie war diejenige, in die sich Adam zuerst verliebt hatte.

Warum sollte ich also ihr Herz und möglicherweise ihre große Liebe für mich beanspruchen? Falls es mir überhaupt gelänge, Adam in meinem alten Leben zu finden. Er würde mich natürlich nicht kennen, aber vielleicht würde er doch irgendetwas spüren. Ob seine Verbindung zu mir dann noch vorhanden wäre? Zu mir, Maggie?

»Ich frage mich nur manchmal ...«, setze ich an, »ob Adam wirklich mich liebt oder ob sein Herz nicht einer anderen gehört.«

William runzelt kurz die Stirn, bevor sich Verständnis in seinen Zügen ausbreitet. »Du meinst Claire, oder? Die Frau, mit der er vorher zusammen war.«

Komisch, vor Weihnachten hätte ich diese Frage mit Ja beantwortet. Jetzt ist mir klar, dass Claire niemals meine Konkurrentin war.

Sondern Emily.

Ich nicke, als William sein Portemonnaie aus der Tasche zieht und es aufklappt. Er kramt darin herum und hält mir dann einen verblassten und zerknitterten Schnappschuss von Connie hin. Ich habe das Foto noch nie gesehen, aber es ist unverkennbar dieselbe Frau mit dem gewellten hellen Haar und den lebhaften Augen. Sie trägt ein blaues Kleid, vermutlich auf einer Party. Das Bild könnte in den Neunzigern aufgenommen worden sein.

»Sie war wunderschön«, sage ich und sehe ihn an.

»O ja, das war sie«, entgegnet er. »Alle sagten, ich hätte keine Chance bei ihr, aber ich wusste etwas und die anderen nicht.«

»Was denn?«

»Dass die Liebe auf unserer Seite war. Manchmal erwischt sie dich einfach, ob du willst oder nicht, und wir liebten einander.«

Ich lächle, auch wenn ich mir nicht sicher bin, worauf er hinauswill.

»Aber die Sache ist die«, sagt er leise, »die Zeit vergeht. Ich müsste lügen, wenn ich behaupten würde, dass ich nicht auch in Ruth vernarrt bin. Ich habe noch nie jemanden wie sie getroffen. Natürlich ist das alles ein wenig albern – wir zwei alten Knacker –, aber ich liebe ihre unerschütterliche Fröhlichkeit, ihren Unternehmungsgeist und ihre Neugierde und dass sie immer noch Pink trägt. Die Wahrheit ist, dass die beiden Beziehungen grundverschieden sind. Nicht nur äußerlich, sondern auch in dem, was sie ausmacht – ihrer Seele. Selbst wenn Adam vorher eine andere geliebt hat, heißt das nicht, dass er dich nicht ebenso sehr liebt.«

Ich denke einen Moment über seine Worte nach und muss zugeben, dass er recht hat. Die vielen kleinen Dinge, die ich in London über Emily herausgefunden habe – ihre Vorliebe für Minestrone, Horrorfilme und Schickimicki-Partys –, machen sie zu einer ganz anderen Person, als ich es bin.

Auch wenn wir gleich aussehen und gleich gestartet sind, glaube ich mittlerweile, dass dieses Leben vielleicht doch mehr als nur ein großer Schwindel war.

Dass die Liebe, die Adam für mich empfindet, tatsächlich echt ist.

»Und weißt du, was?«, fragt William schließlich und bleibt an einem wunderschönen Platz in den Meadows mit Ausblick auf Arthur's Seat stehen.

Ich sehe ihn neugierig an.

»Es mag wie ein Klischee klingen, aber wenn man diese Art von Liebe findet, muss man daran festhalten.«

Kapitel 34

NOCH ZWEI WOCHEN ZU LEBEN

Auf einmal sind es nur noch zwei Wochen, und es gibt noch einen Ort, den ich aufsuchen muss, einen Ort, den ich bisher gemieden habe, weil er alles viel zu greifbar – zu real – machen würde. Aber mir läuft die Zeit davon, also habe ich Adam zugeredet, mit Sven wandern zu gehen. Bis zu Charlies Geburtstermin sind es immerhin noch vier Wochen, und ich denke, es wird Sven guttun, ein bisschen Zeit draußen in den Bergen mit seinem Freund zu verbringen, bevor sich sein und Charlies Leben grundlegend ändert. Außerdem muss auch ich ein wenig Zeit mit jemandem verbringen, der mir wichtig ist.

Der Friedhof ist menschenleer und still, als ich ankomme. Die Sommerluft wärmt meine Haut, was sich seltsam anfühlt an einem Ort, der eigentlich kalt und feucht sein sollte. Ich gehe den vertrauten Weg entlang, den ich selbst mit verbundenen Augen finden würde.

Dann sehe ich ihn, den Rosenstrauch, den wir für sie gepflanzt haben. Damals schien es das einzig Richtige zu sein, Cat in Form einer Blume zu verewigen. Sie, die immer so lebendig und bis zum Schluss weitergewachsen war. Meine einzigartige Schwester.

Mein Herz.

Als ich vor ihrem Grab stehe, erlaube ich mir endlich zu weinen: um mich, um all die Momente, die wir nie gemeinsam erleben werden – das gemeinsame Lachen vorm Fernseher, die stundenlangen Telefongespräche, während wir zusammen alt und faltig werden, die Mahlzeiten mit unseren Partnern und vielleicht sogar Kindern.

Wenn ich sie doch nur fragen könnte, was ich tun soll – was sie in meiner Situation täte. Sie liebte das Leben mehr als jeder andere, also würde sie sich doch sicher dafür entscheiden, ihr altes Leben fortzuführen?

Und plötzlich, als ich mir vorstelle, so unter der Erde zu liegen, einfach zu Staub zu zerfallen, weiß ich, dass ich es nicht tun kann und auch nicht tun werde. Nicht jetzt, wo ich weiß, dass die Liebe zwischen Adam und mir echt und wahrhaftig ist – das Vollkommenste, was ich je empfunden habe und vielleicht in meinem alten Leben wiederfinden könnte.

Wie kann ich das für Emily einfach so aufgeben? Letztlich ist die Vergangenheit doch genau das – die Vergangenheit, und was gibt mir das Recht, sie zu verändern? Zugegeben, ich mag als Maggie nicht das Beste daraus gemacht haben, aber habe ich deshalb etwa keine zweite Chance verdient?

Muss ich deswegen sterben?

Ein Geräusch hinter mir lässt mich innehalten. Ich drehe mich um.

Und da steht sie auf einmal vor mir – Jess – und sieht mich verwirrt an, als frage sie sich, wer diese Fremde ist, die weinend am Grab ihrer Schwester steht.

Aber was macht sie hier? Ich wusste gar nicht, dass sie außer an den Jahrestagen mit mir zusammen hierherkam.

Ich wische mir die Tränen aus den Augen und drehe mich zu ihr um, während mein Herz wie wahnsinnig in meiner Brust schlägt. Es ist das erste Mal seit Langem, dass ich jemandem aus meiner Familie begegne.

Und ich habe sie so sehr vermisst.

»Hallo«, sagt sie.

»Hallo«, antworte ich und zögere. »Ich war gerade …«

Ich gestikuliere vage in Richtung des Rosenstrauchs, unsicher, was ich sagen soll. Ich habe das Gefühl, dass sie alles durchschaut.

Doch Jess wirft mir stattdessen einen neugierigen Blick zu. »Kannten Sie sie? Cat, meine ich. Ich habe Sie hier noch nie gesehen.«

»Oh«, sage ich, »na ja, ich bin weggezogen, runter nach London.«

Jess starrt auf den Rosenstrauch hinab. »Ja, sie hatte viele Freunde, soweit ich weiß. Ich war ein bisschen jünger als sie … deshalb habe ich nicht wirklich viele von ihnen kennengelernt, aber sie hat mir manchmal von all dem Spaß erzählt, den ihr zusammen hattet, an den Wochenenden und so.«

Es ist seltsam, Jess über Cat sprechen zu hören, als hätten die zwei ihre eigene Verbindung gehabt. Aber natürlich hatten sie die – und es war für sie sicher ebenso schrecklich wie für mich, eine Schwester so zu verlieren.

Cat war für uns beide ein Leitstern – das begreife ich jetzt. Deshalb hatte Jess Angst, nach Amsterdam zu ziehen, und war sich ihrer großen Entscheidung nicht sicher. Alles, was sie brauchte, war ein kleiner Anstoß, etwas Inspiration von jemandem, der ebenfalls seinem Herzen folgte. Und das könnte ich immer noch für sie tun, das werde ich für sie tun, wenn ich nach Hause zurückkehre. Falls ich nach Hause zurückkehre.

»Ihr hattet doch noch eine Schwester, oder?«, frage ich, bevor ich mich zurückhalten kann.

Jess nickt betrübt.

»Wie … wie geht es ihr?«, frage ich und schlucke. »Hatte sie nicht ein Herzleiden oder so?«

Natürlich erinnere ich mich, wie es mir zu diesem Zeitpunkt ging, aber ich muss es trotzdem ausgesprochen hören. Für den Fall, dass sich auf wundersame Weise etwas verändert hat.

Doch Jess schüttelt den Kopf. »Nicht gut«, sagt sie, während ihr eine dicke Träne die Wange herunterläuft, und ich weiß, dass alles genau so ist wie vorher.

Mein Herz beginnt zu versagen.

Als Jess in einem für sie absolut untypischen Gefühlsausbruch ihr Gesicht mit den Händen bedeckt, gehe ich zu ihr hinüber und nehme sie in den Arm.

»O Gott, es tut mir leid«, sagt sie und zieht sich zurück, ganz so, wie ich sie kenne: stark, beherrscht, hart im Nehmen.

»Schon okay«, sage ich und sehne mich nach der Umarmung, nach dem bekannten Geruch von zu Hause zurück. Meinem echten Zuhause.

Sie schnieft und putzt sich mit einem Taschentuch die Nase. »Wie auch immer«, murmelt sie, als fühle sie sich irgendwie ertappt, »ich muss zurück zu meinen Jungs, sie warten mit meinem Mann im Auto auf mich.«

Als sie sich umdreht und den Kiesweg entlanggeht, denke ich: *Ich liebe dich so sehr, ich vermisse dich so sehr, dass es mich fast umbringt – unsere Gespräche über alles und nichts, unsere Filmabende, und wie du mich immer gedrängt hast zu leben –, es tut mir so leid, was du jetzt meinetwegen durchmachen musst.*

Und plötzlich weiß ich, dass ich keine andere Wahl habe, als zu überleben, damit ich noch viele von diesen scheinbar belanglosen Momenten mit Jess und den Jungs erleben kann. Und sie gebührend schätze, jetzt, wo ich weiß, wie bedeutsam sie in Wahrheit sind.

Was würde aus meiner Familie, wenn ich sterben würde? Wie könnte ich Jess das antun und auch den anderen, nach allem, was sie bereits durchgemacht haben?

Mein Handy vibriert in der Tasche, und ich ziehe es hervor.

Charlie.

Einen Moment lang bin ich mir nicht sicher, ob ich überhaupt drangehen soll – immerhin stehe ich auf einem Friedhof, am Grab meiner Schwester.

Aber Charlie ist schwanger und heute allein zu Hause – ich hatte ohnehin überlegt, noch bei ihr vorbeizuschauen. Bei dem Gedanken wird mir wieder einmal schmerzhaft bewusst, dass ich ihr Baby nie kennenlernen werde.

»Hi«, sage ich. Mit dem Telefon am Ohr gehe ich in Richtung Ausgang.

Stille schlägt mir entgegen und dann ein Stöhnen.

»Charlie«, sage ich und beschleunige meinen Schritt, »alles in Ordnung?«

Wieder eine Pause und dann: »Nein, ich glaube, das Baby kommt … aber es ist zu früh, und Sven ist nicht …«

Erneutes Stöhnen.

»Bleib einfach, wo du bist, okay? Ich komme zu dir.«

»Nein«, entgegnet sie bestimmt, »ich sitze schon im Taxi. Aber kannst du zum Krankenhaus kommen? O Gott, ich habe solche Angst.«

»Natürlich«, versichere ich ihr, »bin schon unterwegs.«

Ich hätte wirklich gedacht, besser vorbereitet zu sein, nachdem ich Charlie nach dem Skiunfall schon im Krankenhaus gesehen hatte. Aber als ich durch die Gänge eile, kommen all die Erinnerungen und Gefühle wieder hoch – die weißen Wände, das blaue Linoleum, über das ich in meinem Leben schon so oft gelaufen bin, auf dem Weg zu Tests, Terminen und Gesprächen mit Ärzten.

Und ich weiß, dass irgendwo in diesem Gebäude mein anderes Ich genau in diesem Moment ebenfalls in einem Bett liegt und mit dem Tod ringt.

Doch als ich um die Ecke und zu der Station abbiege, die

mir die Rezeption genannt hat, schiebe ich diese Gedanken beiseite. Nach Charlies Anruf bin ich so schnell wie möglich in ein Taxi gesprungen und habe Adam eine Sprachnachricht geschickt, die er lesen wird, sobald sie wieder Empfang haben. Hoffentlich bald. Denn dieses Baby muss leben – ich weiß nicht, was ich sonst tun würde. Oder was Charlie tun würde. Und ich frage mich wieder einmal, warum das Leben manchmal so ein grausames Spiel mit uns treibt. Warum manche Dinge gut gehen und andere ganz furchtbar schief. Es gibt keine logische Erklärung dafür, keinen ersichtlichen Grund, das Leben läuft ganz einfach nicht immer nach Plan. Es ist zerbrechlich und riskant und kann in einem einzigen Augenblick ausgelöscht werden. Beim Anblick der Stationsnummer spüre ich mein Herz klopfen, *bitte sei okay, bitte sei okay*, wobei ich genau weiß, dass ich auch im schlimmsten Fall für sie da sein werde.

Als ich den Raum betrete, liegt Charlie bereits auf dem Bett, ihr Gesicht schmerzverzerrt, mehrere Ärzte und Krankenschwestern um sie herum.

Ich eile zu ihr und greife nach ihrer Hand.

»Ich bin hier«, sage ich, während sie sich offenbar durch eine Wehe quält, »ich bin hier.«

Schließlich öffnet sie die Augen, die rot und geschwollen sind. »Sie sagen, dass sie das Baby jetzt holen müssen«, sagt sie mit brüchiger Stimme. Ihr Haar klebt feucht an ihrem verschwitzten Gesicht. »Bleibst du bei mir?«

»Na klar«, entgegne ich. »Ich lasse dich nicht allein.«

»Herzfrequenz sinkt«, verkündet eine der Krankenschwestern auf einmal, und Charlie drückt meine Hand fester.

Einen Moment später signalisiert der Arzt, dass es losgeht, und sie rollen das Bett durch die Gänge. Ich laufe nebenher, wobei mich ein äußerst surreales Gefühl überkommt. Schließlich war ich selbst schon mal die Person auf dem Bett, die eilig durch die Gänge geschoben wurde. Jetzt allerdings bin ich diejenige, der es gut geht und die für Charlie da sein kann, wenn sie mich braucht.

Kurz darauf erreichen wir den OP-Saal. Er ist groß und weiß, und es fühlt sich an, als ob Hunderte von Ärzten und Krankenhausangestellten hier wären, obwohl es wahrscheinlich nicht mehr als zehn sind. Mit schnellen, geübten Bewegungen bereiten sie Charlie für den Kaiserschnitt vor. Ich streife mir einen Kittel über, während sie ihr eine Periduralanästhesie verabreichen, und dann legt sie sich auf dem Bett zurück, während oberhalb ihres Bauches ein Vorhang zugezogen wird.

»Bereit für den Schnitt«, sagt einer der Ärzte, und ich sehe Charlie fest in die Augen.

»Du schaffst das«, sage ich mit mehr Überzeugung, als ich empfinde. »Du und das Baby, ihr beide schafft das.«

Dann folgt Stille, während die Ärzte hinter dem Vorhang hantieren.

Noch mehr Stille, unterbrochen von Gemurmel.

Dann sagt jemand, dass der Kopf des Babys blockiert sei, was auch immer das bedeuten mag. Ich weiß nicht, ob Charlie es auch gehört hat, aber ich drücke ihre Hand noch ein wenig fester.

Minuten vergehen, auf der anderen Seite des Vorhangs wird weiter hektisch gewerkelt, Menschen tauschen ihre Positionen, und Charlie wird ein wenig hin und her gerüttelt. Ich dachte immer, das ginge alles viel schneller – zählt bei Kaiserschnitten nicht jede Sekunde?

Ich könnte es einfach nicht ertragen, wenn jetzt noch etwas schieflaufen würde. Hier, an dieser Schwelle zwischen Leben und Tod.

»Baby ist draußen«, sagt jemand, und ich versuche verzweifelt, etwas zu sehen, etwas zu hören.

Warum schreit es nicht?

Es müsste doch schreien.

O Gott, o Gott, o Gott.

Als ich sehe, wie Tränen Charlies Gesicht hinunterlaufen, kommen mir Williams Worte wieder in den Sinn, und mich packt die Angst. Vielleicht hatten wir uns damals in den Highlands zu früh gefreut und dem Baby ging es doch nicht so gut.

Vielleicht stand von Anfang an fest, dass es so ausgehen würde. Und allein der Wunsch, dass alles gut wird, reicht eben nicht aus, etwas daran zu ändern.

Und dann höre ich es.

Ein leises Wimmern, ein kaum wahrnehmbares Weinen.

Charlies Augen weiten sich. »Geht es dem Baby gut? Ist alles in Ordnung?«

Dann kommt eine Krankenschwester mit einem winzigen Wesen im Arm und lächelt.

»Ein gesundes Mädchen«, sagt sie, bevor sie Charlie das Kind auf die Brust legt. Und mein Herz explodiert vor lauter Glück, als ich sehe, wie Charlie ihre Tochter erstaunt anschaut.

»Hallo, meine Kleine«, flüstert sie.

In diesem Moment hören wir Geräusche an der Tür, Stimmen, und auf einmal steht Sven im Raum. Er sieht geschockt aus, und seine braunen Augen sind weit aufgerissen, als er zu uns herüberstarrt.

»Oh, mein Gott …«, sagt er und nähert sich vorsichtig dem Bett. »Ist alles in Ordnung? Ist es …?«

Doch Charlie lächelt ihn nur an, ihre Tochter im Arm.

»Alles in bester Ordnung«, versichert sie ihm. »Ich möchte dir jemanden vorstellen.«

Sven beugt sich zu ihr hinunter, sieht sie mit Tränen in den Augen an und nimmt das Baby behutsam in seine Arme. Er lächelt erst Charlie an, dann mich.

»Danke, Emily«, sagt er schließlich, die Stirn leicht gerunzelt. »Danke, dass du hier bist.«

Ich schlucke. Denn es war eine Ehre mitzuerleben, wie ein neues Wesen auf die Welt gebracht wurde. Und einen winzigen Teil dazu beizutragen.

»Aber klar doch«, sage ich, während Sven Charlie das Baby reicht und sie es gemeinsam festhalten.

»Hope«, verkündet Charlie, schaut zu ihr hinunter und dann wieder zu Sven. »Hope Emily.«

Mein Herz schmilzt dahin, und ich drücke Charlies Hand ein letztes Mal. »Ich lasse euch jetzt allein«, sage ich, bevor ich mich leise aus dem Zimmer schleiche.

Draußen auf dem Flur sitzt Adam auf einem Stuhl, aber er springt sofort auf, als er mich erspäht, und sieht mich mit fragendem Blick an. Als ich endlich Gelegenheit hatte, auf mein Handy zu schauen, entdeckte ich einen Anruf nach dem anderen von Sven und ihm.

»Ein gesundes kleines Mädchen«, vermelde ich, und Erleichterung macht sich auf seinem Gesicht breit.

»Gott sei Dank«, sagt er und fährt sich mit der Hand durch die Haare. »Nach all den Nachrichten, als wir vom Berg runterkamen … Sven ist gerast wie ein Irrer. Das war die wildeste Fahrt meines Lebens, von der damals im Norden mal abgesehen.«

»Zum Glück ist alles in Ordnung«, sage ich und fasse nach seinen Händen.

Er lächelt mich an und erwidert meinen Händedruck. »Weil du hier warst.«

Ich schlucke. »Dabei habe ich nicht sonderlich viel gemacht.«

Er schüttelt den Kopf. »Doch, das hast du, wirklich. Ich kann mir ein Leben ohne dich einfach nicht mehr vorstellen, Emily …« Er bricht ab, als ob er eigentlich mehr sagen wollte, sich dann aber dagegen entschieden hat.

Ein flaues Gefühl macht sich in meinem Magen breit.

»Hey, Adam«, hören wir Sven plötzlich hinter uns rufen, »komm schon rein und sieh sie dir an.«

»Unbedingt«, erwidert Adam und schaut zu mir, »kommst du mit?«

Ich schweige, während ich meine Gefühle in den Griff zu bekommen versuche.

»Ist es okay, wenn ich erst noch schnell etwas erledige?«

»Klar«, sagt Adam, den Kopf leicht zur Seite geneigt. »Alles in Ordnung?«

Er sieht so glücklich aus, so erfüllt von diesem Moment, dass ich seine Freude auf keinen Fall trüben möchte. Aber es gibt etwas, das ich dringend tun muss, während ich hier bin.

Ich muss jemanden besuchen.

»Mir geht's gut«, entgegne ich, »und es dauert auch nicht lange, versprochen.«

»Okay«, sagt er grinsend, bevor er Charlies Zimmer betritt.

Als ich kurz darauf die Geburtshilfeabteilung verlasse, fühle ich mich plötzlich erschöpft und mitgenommen von den Ereignissen des Tages. Aber ich habe keine Zeit, mich auszuruhen, und gehe schnellen Schrittes zu der Station hinüber, mit der ich wesentlich vertrauter bin und die von Anfang an für mich bestimmt war. Denn natürlich würde mein altes Herz mich irgendwann im Stich lassen. An die letzten Momente, bevor ich zusammenbrach, erinnere ich mich kaum noch – ich weiß nur, dass Dad mich im Schlafzimmer auf dem Boden fand und sofort den Notruf wählte. Als ich kurz darauf im Krankenhaus aufwachte, war mir klar, dass ich es möglicherweise nie wieder verlassen würde.

Zum Zeitpunkt meiner Einlieferung war ich bereits seit über sechs Monaten auf einen Rollstuhl und zusätzlichen Sauerstoff angewiesen. Ich verließ mein Zimmer nicht mehr, und wenn ich nicht schlief, dann malte ich. Aber ich hatte die Hoffnung noch nicht aufgegeben, vielleicht doch noch das ersehnte Herz zu bekommen und damit die Chance, ein wenig länger zu leben.

Doch als das Wunder dann tatsächlich geschah, machte ich nichts daraus – absolut gar nichts. Alles, was ich sah, waren meine Grenzen und die Gefahr, andere zu verletzen, einfach indem ich mein Leben lebte.

Doch während ich jetzt in diesem gesunden Körper, der vor Leben nur so strotzt, den Gang entlang zu der Station laufe, wo mein anderes Ich liegt, wird mir klar, wie sehr ich mich geirrt habe.

Darüber, was es eigentlich bedeutet, Emily weiterleben zu lassen. Gleichzeitig geht mir auf, wie wenig ich dadurch den anderen geholfen habe. Denn die Menschen brauchen jemanden, der sie ermutigt, auch mal über ihren Schatten zu springen, anstatt sich in ihrem persönlichen Wohlfühlbereich allzu häuslich einzurichten. So wie bei Jess und ihren Plänen für Amsterdam oder bei Mum, deren gesamte Welt sich nur um mich drehte. Als Cat noch lebte, hatte sie das für uns alle übernommen. Und wenn ich jetzt aus meinem selbst errichteten Gefängnis ausbreche, kann ich vielleicht auch die anderen dazu anregen.

Ich bleibe stehen und atme tief durch, bevor ich zum Fenster hinübergehe, durch das man in mein Zimmer blicken kann. Einen Moment lang möchte ich am liebsten kehrtmachen und weglaufen – einfach so tun, als passiere das alles hier gar nicht, als sei dieses Leben jetzt meins und würde es immer bleiben. Aber das hieße, mich weiterhin von meiner Angst leiten zu lassen, und als ich mich schließlich durch das Glas auf dem Bett liegen sehe, weiß ich genau, dass ich das nicht mehr zulassen werde. Bald muss ich meine Entscheidung treffen.

Mein anderes Ich scheint zu schlafen, ihr Gesicht ist so blass, dass es aussieht wie aus Wachs. Ihr rotes Haar ergießt sich wie Blut über das Kissen, und sie ist an eine Reihe von Maschinen angeschlossen, die sie mehr schlecht als recht am Leben erhalten.

Auf dem Schreibtisch neben ihr liegt ein riesiger Blumenstrauß, von Mum natürlich, sie hat stets für frischen Nachschub gesorgt. Anscheinend hat sie geglaubt, sie könne mich mit dem Duft wieder zum Leben erwecken, mein Herz wieder zum Blühen bringen. Und als hinter mir auf dem Gang das Geräusch schneller, sich nähernder Schritte ertönt, mache ich mich darauf gefasst, ihr jeden Moment gegenüberzustehen.

Keine Ahnung, wie ich ihr erklären soll, was ich hier mache, aber ich wende mich ihr trotzdem zu und reagiere auf ihren überraschten Gesichtsausdruck mit einem sanften Lächeln.

»Sie sind es«, sagt sie.

»Ja.«

Es gibt natürlich noch andere Patienten auf dem Zimmer, sodass es vielleicht gar nicht so seltsam erscheint, dass ich hier bin. Trotzdem habe ich das Gefühl, ihr eine Erklärung schuldig zu sein, und ich konnte sie noch nie anlügen.

»Meine Freundin hat gerade ihr erstes Kind bekommen«, sage ich. »Ich bin einfach drauflosspaziert und irgendwie hier gelandet.«

Mum nickt, und mit einem Mal bemerke ich, wie müde sie aussieht, wie ausgelaugt.

»Ich habe Sie schon länger nicht mehr im Laden gesehen«, sagt sie nach einem Moment.

»Ich weiß, ich wollte eigentlich vorbeikommen, aber ich hatte einfach zu viel um die Ohren und …«

Sie hebt hastig die Hand. »Ach was, ich habe mir schon gedacht, dass Sie unterwegs waren und Spaß hatten.«

Jetzt starrt sie durch die Scheibe, und ich überlege, was ich tun soll.

Ich könnte mich entschuldigen und einfach gehen. Aber irgendetwas hält mich davon ab. Mir ist klar, dass ich eine solche Chance nicht wieder bekomme. Immerhin könnte es das letzte Mal sein, dass ich mit Mum spreche, bevor ich sterbe. Oder auch nicht.

Ich weiß es noch nicht.

»Ist das Ihre Tochter?«, frage ich, als sie mein anderes Ich durch das Glas betrachtet. Schon seltsam, ich kann mich nicht daran erinnern, dass sie mich von hier aus beobachtet hat, denn sie schien immer ganz nah bei mir zu sein. Während ich schlief, habe ich natürlich nichts mitbekommen – all die Momente, in denen ihr nichts übrig blieb, als sich zu sorgen und zu warten.

»Ja, das ist sie«, antwortet Mum langsam. »Ihr Herz versagt … sie braucht dringend ein neues, oder …« Sie spricht den Satz nicht zu Ende, und ich schlucke.

Wie kann ich meiner Familie bloß noch mehr Schmerz zufügen? Meine Mum steht hier direkt vor mir, und ich habe nicht den geringsten Zweifel, dass es sie umbringen wird, wenn sie noch ein Kind zu Grabe tragen muss. Dafür kann und will ich nicht verantwortlich sein.

»Sie sieht so … friedlich aus«, bemerke ich schließlich, unsicher, was ich sonst sagen, welchen Trost ich bieten kann.

»Friedlich, ja«, antwortet Mum und seufzt.

Wir schweigen einen Moment.

»Ich hätte mir einfach mehr für sie gewünscht.«

Ich sehe sie verdutzt an. »Wie meinen Sie das?«

»Es muss schrecklich für sie gewesen sein«, fährt Mum leise fort, als spräche sie nicht mehr mit mir, »ihre Schwester so zu verlieren, aber das war doch kein Grund, sich selbst so vieles zu versagen. Ich bin nicht sicher, ob ihr je bewusst war, dass sie in die Welt hinausgehen und ihr Leben genießen durfte, und wenn ich ehrlich bin, habe ich ihr wohl auch nicht gerade geholfen, das zu erkennen. Ich konnte den Gedanken einfach nicht ertragen, sie auch noch zu verlieren … und jetzt liegt sie hier, an der Schwelle zum Tod. Aber sie darf jetzt noch nicht sterben, das werde ich nicht zulassen. Wissen Sie, warum?«

Ich schüttle den Kopf, verwundert über ihre Offenheit. Im Geschäft haben wir immer nur über Kleidung geredet, es schien ihr kleiner Rückzugsort aus der realen Welt zu sein.

»Es gibt so viel Schönes, das sie noch nicht erlebt hat, die allerbesten Erfahrungen liegen noch vor ihr«, fährt Mum schließlich fort, »deshalb muss sie ein neues Herz bekommen. Es kann einfach noch nicht das Ende für sie sein.«

Ich merke, wie mir eine kleine Träne über die Wange rollt, während ich versuche, meine Überraschung zu überwinden – darüber, dass sie sich tatsächlich ein erfülltes Leben für mich wünschte. Dann bekam ich das Spenderherz, und alles blieb beim Alten. Aber vielleicht auch deshalb, weil ich selbst keinerlei Anstalten machte, mich zu ändern? Ich überließ Mum alle Entscheidungen, weil ich mich schuldig fühlte. Wenn ich ihr doch nur sagen könnte, dass ich diesmal meine Chance ergreifen werde, sollte ich sie noch einmal bekommen. Ich werde sie ergreifen und nutzen, zum Wohle aller. Ich kann ein genauso erfülltes Leben führen wie jeder andere, auch mit eingeschränkter Herzfunktion, denn für alle wesentlichen Dinge war mein Herz immer stark genug, wie ich jetzt weiß. Ich kann ihnen auf keinen Fall jetzt einfach so wegsterben, kann nicht noch so eine klaffende Wunde in ihrem Leben hinterlassen.

Zwei Leben.

Ein Herz.

Niemand sollte gezwungen sein, eine solche Entscheidung zu treffen.

Auf einmal wird mir schwindelig – die Lichter über mir leuchten viel zu grell, und die Geräusche um mich herum klingen auf einmal dumpf. Ich habe das Gefühl, meine Beine versagen mir den Dienst, und ich höre Mum fragen: »Alles in Ordnung bei Ihnen?«

Als ich wieder zu mir komme, bin ich total erschöpft. Ich liege in einem Bett am Ende eines Ganges, wie es scheint, umgeben von anderen Patienten. Mein Kopf tut weh, und mein Mund ist trocken.

Was zum Teufel ist passiert?

Warum liege ich hier? Ich bin doch vollkommen gesund, oder etwa nicht?

Panik überkommt mich, und ich strecke eine zitternde Hand aus, als eine Krankenschwester mit grau meliertem Dutt an meinem Bett vorbeigeht.

»Oh, Sie sind wach.« Sie lächelt, macht zügig kehrt und kommt zu mir herüber.

»Was ist passiert?«, frage ich, während sie in einer Akte blättert.

Sie lässt die Akte sinken und sieht mich an. »Sie sind ohnmächtig geworden. Wir haben keine Bänder an Ihren Handgelenken gesehen, die auf irgendeine Krankheit hindeuten, und Sie machten auch sonst einen gesunden Eindruck, also haben wir Sie vorläufig hier untergebracht, bis Sie wieder aufwachen. Die Frau, die bei Ihnen war, fragt ununterbrochen nach Ihnen.«

Ich bin verwirrt. »Ich bin ohnmächtig geworden? Wie lange war ich denn bewusstlos?«

»Ach, nicht lange, vielleicht zehn Minuten oder so.«

Das ist alles äußerst merkwürdig. Und Adam fragt sich bestimmt langsam, wo ich stecke.

»Ich fühle mich schon wieder gut«, versichere ich der Schwester. Ich will so schnell wie möglich hier weg.

»Das glaube ich Ihnen gern«, sagt die Krankenschwester, »aber ich muss Sie trotzdem kurz untersuchen, bevor ich Sie gehen lassen kann.«

»In Ordnung«, sage ich, immer noch ein wenig durcheinander.

»Oh, und ich wollte Sie noch etwas fragen.«

»Ja bitte?«

»Schwanger sind Sie nicht, oder?«

»Nein«, sage ich wie aus der Pistole geschossen, »natürlich bin ich nicht …«

Und dann überrollt mich die Erkenntnis wie eine riesige Welle, die sich über mir aufgebäumt hat, und ein überwältigendes Gefühl des »Wissens« hält in meinem Bauch und in meinem Herzen Einzug, eine unerschütterliche Liebe und Zuneigung für das, was dort wächst.

Was die beiden auch damals geschaffen hatten.

Und tief in meinem Inneren weiß ich, dass *dies* das Gefühl ist, auf das ich gewartet habe. Darauf ist alles von Anfang an hinausgelaufen, und in diesem Moment des Friedens und der Freude ist mir ohne jeden Zweifel klar, welche Entscheidung ich treffen werde.

Welches Leben ich wählen muss.

Kapitel 35

NOCH EINE WOCHE ZU LEBEN

So?«, fragt Adam. Ich strecke meinen Kopf aus der Küche und sehe ihn auf einem Stuhl stehen und die Wimpel betrachten, die er quer durch den Flur bis hinüber zur offenen Terrassentür aufgehängt hat. Ein sanfter Sommerwind weht von oben herunter und lässt den Stoff flattern, auf dem steht: »Willkommen auf der Welt, Hope.«

Ich strahle übers ganze Gesicht. »Perfekt, sie werden hin und weg sein.«

»Ist sonst noch was zu tun?«

»Ich glaube nicht«, erwidere ich, während ich den Teller mit den Sausage Rolls durch den Flur trage. Es gibt Zitronenkuchen und Erdbeertörtchen von Dee's, der Kaffee aus dem *Purple Pineapple* kommt gleich. Die Dachterrasse ist mit weiteren Wimpeln geschmückt, ein paar Stühle und ein Tisch mit Tellern und Untertassen stehen bereit – jetzt muss nur noch das Wetter mitspielen.

Adam küsst mich, während ich die Sausage Rolls noch in der Hand halte, und ich schließe die Augen und gebe mich dem Moment hin, wie heute früh, als wir uns im Morgengrauen liebten.

Es klingelt an der Tür, und widerwillig lösen wir uns voneinander, die Stirnen noch immer aneinandergepresst.

»Aufgeschoben ist nicht aufgehoben«, murmelt Adam, und mir wird ganz warm.

Dann öffnet er die Tür, und alle strömen herein – William

mit Ruth, die sich bei ihm untergehakt hat, Charlie und die kleine Hope. Bei ihrem Anblick muss ich wieder daran denken, wie erleichtert wir alle waren, als wir hörten, dass die vier Wochen zu früh geborene Hope vollkommen gesund war, von einer leichten Gelbsucht einmal abgesehen, von der sie sich aber bald erholte.

»Sven holt nur noch schnell die Windeln, die wir vergessen haben«, sagt Charlie und reicht Hope zum Kuscheln an Adam weiter.

Ein anderes Paar, das wir vom Tanzen kennen, kommt als Nächstes, und dann eines der Mädchen, die wir beim Klettern kennengelernt haben. Alle versammeln sich im Flur, und wir umarmen uns und tauschen Nettigkeiten aus. »Was für ein perfekter Tag für eine solche Feier« und »Vielen Dank für die Einladung«, und gerade als wir die Treppe hinaufgehen wollen, dreht sich William zu mir um und drückt meine Hand, und ich könnte schwören, er weiß, was los ist.

»Kommst du?«, fragt Adam, der meine andere Hand noch immer in seiner hält.

Die Tür zur Dachterrasse steht weit offen, um die Frühlingssonne hereinzulassen, und Lichtstrahlen tanzen über den Boden. Von irgendwo da oben höre ich die ersten Klänge von Mumford & Sons, und ich seufze auf vor Freude über diesen Moment mit ihm.

Und dem Kind in mir.

Ich musste nicht einmal einen Test machen, um sicher zu sein.

Einige Dinge aus dem vergangenen Jahr weiß ich instinktiv, ich spüre ihre Wahrheit tief in meinem Inneren.

Emily war ebenfalls schwanger.

Vielleicht hat sie es nicht bei Charlie im Krankenhaus herausgefunden, aber es war ihr bewusst. Und jetzt, wo ich es auch weiß, sind die Anzeichen unübersehbar. Der gesteigerte Appetit, der geschärfte Geschmackssinn, die Müdigkeit.

Und jeder Gedanke, mein Leben statt des ihren zu wählen, ist verschwunden, hat sich in Luft aufgelöst, und mir ist unumstößlich klar, dass ich sterben werde. Denn nun gibt es keinen Zweifel mehr: Ich war die ganze Zeit hier, um Emily zu retten und sie weiterleben zu lassen.

Für ihr Kind.

Damals im Krankenhaus wurde mir vollkommen klar, wie alles ausgehen musste, denn manchmal ist das Leben größer, als wir es sind, und wir können nicht nur an uns denken. Ich werde sterben, und Emily wird in das Leben zurückkehren, das ich an ihrer Stelle gelebt habe. Die Menschen um sie herum werden sich vielleicht eine Weile fragen, woher plötzlich all die kleinen Unterschiede kommen, aber mit der Zeit wird das nachlassen. Sie werden die seltsamen Ereignisse – und mich – vergessen. Aber ich werde die wenigen Tage, die mir noch bleiben, voll und ganz auskosten – bis zur letzten Sekunde.

Adams Gesicht kommt mir wieder in den Sinn, als ich ihm am Abend in der Küche erzählte, was los ist.

Seine unglaubliche Freude und Begeisterung.

Er nahm mich in den Arm und wirbelte mich durch den Raum, bevor er mich vor der Spüle absetzte und leidenschaftlich küsste. Keine glänzenden Ringe und keine Versprechen für die Zukunft, nur das Gefühl, dass wir in diesem Leben, in diesem Moment untrennbar miteinander verbunden waren.

Und das reichte vollkommen.

Denn ich habe noch etwas gelernt, während ich Emilys Leben geführt habe: Nichts ist jemals schwarz und weiß, ganz besonders die Liebe nicht. Nur weil jemand bei dir bleibt oder tut, was man sich von ihm wünscht, muss es noch lange nicht das Richtige sein. Man muss den Menschen auf halbem Weg entgegenkommen und dabei auch mal seine eigene Komfortzone verlassen. Außerdem ist nichts von Dauer – Menschen verändern sich, Menschen verlassen einander, Menschen sterben. Aber das darf uns nicht davon abhalten, voll und ganz in die Welt einzutauchen und alles auszuprobieren. Wir müssen das Beste aus der Zeit machen, die wir haben. Und wenn wir das tun, verschwimmt das Schwarz-Weiß zu Grau und wird schließlich knallbunt. Ab diesem Moment sind wir von Farben umgeben. Überall.

Natürlich kann ich nicht mit Sicherheit sagen, wofür Emily sich in diesem Moment entscheiden würde, aber ich weiß in meinem Herzen, dass ich ein Leben mit Adam will.

Für mich.

Mit diesem Gedanken gehe ich die Treppe hinauf, hinaus in das herrliche Licht.

Kapitel 36

DER TAG

Der Morgen beginnt wie jeder andere auch. Ich öffne die Augen, sehe das goldene Morgenlicht durch die Jalousie hereinfallen und drehe mich zu Adam um, der neben mir im Bett schlummert. Aber heute betrachte ich ihn ganz bewusst, die etwas helleren Strähnen in seinem dunklen Haar und die Sommersprossen auf seiner Nase, die Sonnenbräune in seinem Gesicht und auf seinen Armen, die verletzlich wirkende Blässe seines Oberkörpers. Und ich denke daran, wie wir uns geliebt haben, nicht nur letzte Nacht, nachdem die Sommersonne schließlich an meinem letzten Abend in diesem Leben untergegangen war, sondern auch noch mal vor ein paar Stunden im Morgengrauen.

Ich habe keine Träne vergossen, habe ihn nicht merken lassen, dass etwas nicht stimmt. Denn genau genommen ist dem auch nicht so. Ich habe in diesem einen Jahr mehr Freude empfunden, als ich es je für möglich gehalten hätte. Und die vergangene Woche hat sich angefühlt wie eine einzige lange Feier des Lebens, angefangen mit der Party für dic kleine Hope, einem perfekten Tag voller Lachen und Licht. Wir haben natürlich niemandem von meiner Schwangerschaft erzählt – dafür war es noch viel zu früh, denn der Fötus ist ja erst ein paar Wochen alt. Aber am nächsten Tag gab es trotzdem schon die nächste Feier, als wir erfuhren, dass William und Ruth sich verlobt hatten. Also gab es ein weiteres Picknick in den Meadows mit Sekt, leckerem Essen und toller Gesellschaft, und als ich meinen Blick über unsere Freunde auf den Picknickdecken schweifen ließ, wurde mir bewusst, wie perfekt das Leben manchmal sein kann.

Genau hier zu sein, an einem Ort, den ich liebe, mit Menschen, die ich liebe – oder zumindest einige von ihnen.

Dann kam der Tag davor, der mit einer Joggingrunde im Morgengrauen begann, noch bevor die Welt erwachte, und als die Sonne auf den Dächern glitzerte, entdeckte ich in den goldenen und rosafarbenen Wolken eine Schönheit, die ich vorher noch nie so wahrgenommen hatte. Ich holte mir einen Kaffee im *Purple Pineapple*, den besten meines Lebens. Dann traf ich mich mit Adam zum Frühstück, und wir plauderten über alles und nichts, bevor wir zu einer Wanderung in die Pentlands aufbrachen. Zum Mittagessen gab es Käsesandwiches, Chips und Limonade, die wir auf einer Wiese in der Sonne unter strahlend blauem Himmel verspeisten. Später rief ich Mum an, nur um ihre Stimme zu hören, dann Dad, dann Jess, und ich flüsterte jedem von ihnen ein Lebewohl zu. Denn sie werden heute den ganzen Tag im Krankenhaus verbringen, zusehen und warten, und es tut mir so unendlich leid, was sie jetzt durchmachen müssen. Es macht mich vollkommen fertig, dass ich mich nicht richtig verabschieden kann, aber ich kann es leider nicht ändern. Ich habe meine Entscheidung getroffen und weiß tief in meinem Inneren, dass es die richtige ist – ungeachtet des schrecklichen Preises, den meine Familie dafür zahlen muss.

Am Abend fragte ich Adam, ob wir auf der Terrasse zu Abend essen könnten, Pizza natürlich, mit allen Belägen, die uns in den Sinn kamen. Und während wir genüsslich aßen, fühlte ich mich seltsam zufrieden. Seltsam satt.

Doch so seltsam ist das gar nicht.

Denn wie sich herausstellte, waren all die spektakulären Dinge gar nicht notwendig – all die Museen und Kathedralen, die Wolkenkratzer und Lichter, die Berge und Stromschnellen, so herrlich sie auch waren. Alles, was ich wirklich brauchte, alles, was überhaupt ein Mensch braucht, um sein Leben zu leben, liegt unmittelbar vor uns – jeder Tag ist ein Abenteuer, jeder Moment eine Gelegenheit und ein Geschenk. Und genau darum ging es in dem Portfolio, mit dem ich an der Kunstschule angenommen worden war – um den Alltag und seine Schönheit. Die Quintessenz war: Man braucht nicht viel Zeit, man braucht nur diesen Tag, diesen einen Moment. Es geht darum, ihn voll auszukosten, auch wenn er noch so klein und unbedeutend erscheinen mag.

Es geht darum, den Tanzkurs zu besuchen, weil man Lust darauf hat, den einsamen Nachbarn zu begrüßen und die streunende Katze hereinzulassen, darum, neue Geschmacksrichtungen auszuprobieren und einen tollen Kaffee zu genießen. Es geht darum, in die Welt hinauszugehen und herauszufinden, was man eigentlich von ihr will, und dabei Fehler zu machen und aus ihnen zu lernen, darum, nach seinen eigenen Regeln zu leben und Dinge zu tun, die einen innerlich erhellen, leidenschaftlich zu lieben und sich lieben zu lassen. Es geht darum, seinem Herzen zu folgen.

Auch wenn einem nur noch ein Jahr bleibt.

Auch wenn einem nur noch fünf Minuten bleiben.

Denn wenn man das tut, inspiriert man andere Menschen dazu, das Gleiche zu tun – man hilft ihnen auf, einfach indem man da ist. So wie ich es für William getan habe. So wie er es für mich getan hat.

Und so wie Emily es die ganze Zeit über für mich getan hat.

Ich stehe aus dem Bett auf, aber nicht ohne Adam noch einen sanften Kuss auf die Stirn zu geben, und als er »Wir sehen uns später, ich liebe dich« murmelt, weiß ich, dass ich seine Stimme gerade zum letzten Mal gehört habe – er muss nämlich heute früh in die Werkstatt. Ich streife mir meinen Pullover und meine Shorts über und husche durch den Flur hinüber in meine Wohnung.

Denn ich habe einen Plan für heute – und der sieht so aus: in meiner Wohnung bleiben und sie auf keinen Fall verlassen. Mich von der Welt abschotten und verhindern, dass der Unfall, der Emily damals getötet haben muss, auch heute passiert.

Ich werde ihr Leben und das des Babys retten und meines dafür aufgeben.

Ich weiß jetzt, was es bedeutet, am Leben zu sein. Ich habe es mit meinen eigenen Augen gesehen und mit meiner eigenen Zunge geschmeckt. Ein Jahr, in dem ich mit allen Sinnen lebe, ist mehr wert als zwanzig sichere Jahre, in denen ich nur Zuschauer bin. Ich habe endlich gelernt, meinem Herzen bedingungslos zu folgen, und vielleicht muss das reichen.

Jetzt ist Emily an der Reihe, mit Adam und ihrem Baby weiterzuleben.

Und ich werde dafür sorgen, dass es dazu kommt.

Also ziehe ich die Jalousien herunter und verriegele die Tür. Ich ziehe alle Stecker raus und schalte mein Handy aus. Dann gehe ich ins Schlafzimmer und setze mich aufs Bett. Der Anruf wegen des Herzens kam gegen zwölf Uhr mittags, also muss ich nur noch ein paar Stunden durchstehen, bevor ich auf der anderen Seite bin. Bevor ich gehe und sie zurückkommt.

Dann wird sie hier in ihrem Zimmer aufwachen, als wäre nichts geschehen. Und nahtlos in ihrem Leben weitermachen.

Es muss einfach funktionieren.

Ich spüre, wie sich eine Welle in mir aufbaut, als ob eine Veränderung bevorstünde. Als würden alle Erinnerungen und Erfahrungen Emilys auf einen Siedepunkt zusteuern. Meine Träume waren diese Woche voll von ihnen, von Bildern, die nicht meine sind, ein wildes Durcheinander.

Es ist so weit.

Minuten vergehen, Stunden. Ich denke darüber nach, dass mein altes Leben größtenteils genauso darin bestanden hatte, einfach so in einem Raum zu hocken, aus Angst vor der Welt und allem, was darin ist. Und mir wird bewusst, wie viel Glück ich hatte, dass mir das hier passiert ist, auch wenn das Herz in meiner Brust rast, während ich überlege, wie es sich anfühlen wird, diese Welt zu verlassen.

Endgültig zu verschwinden.

Wird Cat dort sein, um mich in Empfang zu nehmen?

Ich möchte es gerne glauben.

Ich denke an meine Eltern, Jess, Graham und die Jungs. Cat. Ich denke an uns als kleine Mädchen, wie wir in Regenmänteln durch den Wald gerannt sind, an meine Eltern, wie sie mich an Weihnachten in die Arme genommen haben, an Adam, der mir jeden Tag einen Guten-Morgen-Kuss gab, und ich versuche, sie alle in diesen letzten Momenten um mich zu haben – alle, die mir am Herzen liegen.

Ich klammere mich an diesen Gedanken, an dieses Fünkchen Trost, während ich warte, während ich meine Hand auf meinen Bauch lege und aus dem Fenster starre, mich auf die Blätter konzentriere, die sich in der Brise bewegen. Ich konzentriere mich auf ihre grüne Form und das Blau dahinter, das aus irgendeinem Grund plötzlich zu verschwimmen scheint, unscharf wird.

Mit einem Mal wird mir ein wenig übel, vielleicht wieder eines dieser Schwangerschaftssymptome.

Und dann trifft es mich wie mit einem Vorschlaghammer: rasende Schmerzen in meinem Kopf.

Unerträgliche Qualen.

Kapitel 37

Maggie«, ertönt eine Stimme von irgendwoher.
Dann noch einmal: »Maggie.«

Ich blinzle kurz: blendendes Licht, verschwommene Gesichter über mir. Sofort presse ich die Augen wieder zusammen. Der altvertraute Krankenhausgeruch, eine Mischung aus menschlichen Ausdünstungen und Chemie steigt mir in die Nase. Ich liege in einem Bett.

Wo bin ich?

Wer bin ich?

Ich reiße die Augen wieder auf und sehe mich um. Mum – *meine Mum* – blickt besorgt auf mich herab. Und da ist Jess. Und Dad. Ich bin überglücklich, sie zu sehen, doch gleichzeitig erfüllt mich eine erdrückende Panik.

Emily.

So war das nicht geplant.

Nicht ich sollte aufwachen.

Sondern Emily.

»Ich brauche einen Spiegel«, krächze ich heiser, wobei mich der Klang meiner alten Stimme gleichermaßen beruhigt und entsetzt. »Oh, Maggie«, schluchzt meine Mutter, ihr Gesicht eine Mischung aus unsäglicher Freude und Schock, »endlich sprichst du wieder. Was hast du gesagt, mein Schatz?« Sie wendet sich an Dad. »Was hat sie gesagt?« Aber er sieht genauso hilflos und besorgt aus wie sie.

»Ich hab dich nicht ganz verstanden, Schatz.«

»Sie braucht einen Spiegel«, erklärt Jess sichtlich verwirrt, während sie bereits in ihrer Handtasche kramt. Man sieht ihr an, dass auch sie geweint hat, und plötzlich wird mir klar, welche Angst sie alle ausgestanden haben müssen. Und tief im Inneren weiß ich bereits, wen ich gleich im Spiegel erblicken werde.

Aber ich muss es mit eigenen Augen sehen.

»Hier, bitte.« Jess reicht mir ihren abgewetzten Taschenspiegel.

Als ich den kleinen Kreis vor mein Gesicht halte, der mit den fettigen Fingerabdrücken meiner heiß geliebten Neffen übersät ist, sehe ich sie.

Mich.

Maggie.

Ich lasse den Spiegel sinken, und Tränen laufen mir über die Wangen in meine langen, roten Haare. In diesem Moment kommt Doktor Peterson ins Zimmer, und alle treten vom Bett zurück, um ihm Platz zu machen.

»Wie schön, dass Sie wieder bei uns sind, Maggie«, begrüßt er mich. Seine blassblauen Augen wirken müde, aber erleichtert.

»Was ist passiert?«, frage ich schließlich. Denn momentan weiß ich genauso wenig wie alle anderen, in vielerlei Hinsicht. Dann erscheint Adam als ungebetener Gast vor meinem geistigen Auge – mit seinen liebevollen Augen und dem schiefen Lächeln, und ich wünschte mir nichts sehnlicher, als dass er jetzt bei mir wäre, meine Hand halten und mir sagen würde, dass alles gut wird.

Meine Augen füllen sich erneut mit Tränen.

»Das können wir nicht genau sagen«, antwortet Doktor Peterson behutsam. »Wie Sie wissen, war bei Ihrer letzten Kontrolluntersuchung alles in bester Ordnung. Es gab nichts, das auf eine solche Entwicklung hingedeutet hätte. Wir vermuten, dass Ihr Körper das neue Herz aus unerklärlichen Gründen vorübergehend abgestoßen hat. Sie können von Glück reden, dass Ihre Familie in der Nähe war.«

Es hat nicht funktioniert.

Ich versuche, mir den Moment, bevor ich in Emilys Wohnung das Bewusstsein verlor, noch einmal in Erinnerung zu rufen.

Es war doch nichts passiert?

Nichts war auf mich gestürzt oder hatte mich verletzt. Es war einfach … vorbei.

Aber Emily – o Gott, das Baby in ihrem Bauch.

»Maggie? Geht es Ihnen gut?«, fragt Doktor Peterson beunruhigt.

»Ich … ich weiß es nicht«, antworte ich schließlich.

Aber wäre es nicht möglich … dass auch sie noch am Leben ist? Sie und das Baby, das in ihr wächst?

Ich kann einfach nicht glauben, dass sie nicht mehr da sind.

Vielleicht habe ich es doch irgendwie geschafft, den Lauf der Dinge zu verändern.

»Wann«, frage ich Doktor Peterson mit tränenerstickter Stimme, »habe ich mein Spenderherz bekommen?«

Er sieht mich verwundert an, doch dann erwidert er: »Am 25. Juli. Heute vor einem Jahr.«

Ich weiß, wie ich mir Gewissheit verschaffen kann.

»Mein Handy«, stoße ich mit wachsender Panik hervor, »wo ist mein Handy?«

»Maggie«, wirft Mum besorgt ein und legt mir beschwichtigend eine Hand auf den Arm, »du brauchst jetzt Ruhe, du darfst dich auf keinen Fall überanstrengen.«

Aber ich habe keine Zeit, mich auszuruhen – dafür ist das hier einfach zu wichtig.

Flehentlich sehe ich sie an. »Mum, bitte! Ich muss unbedingt etwas nachschauen, ich erklär's dir später.«

»Also gut«, gibt sie schließlich nach und greift in ihre Tasche. Sobald ich mein Telefon in der Hand habe, hämmere ich meine PIN in die Tastatur und suche im Internet nach ihrem Namen. Da, ein Treffer – ein Nachruf.

Auf Emily Perin.

Ich öffne ihn.

Durch einen Tränenschleier blicke ich in ihr lächelndes Gesicht auf dem Bildschirm. Oder sollte ich besser sagen, mein Gesicht? Immerhin war es das bis vor wenigen Minuten noch. Es folgt ein Artikel über eine gewisse Emily Perin, die am 25. Juli vergangenen Jahres auf tragische Weise an einem Gehirnaneurysma verstarb.

Gehirnaneurysma.

Ich hätte es also nicht verhindern können, was immer ich auch getan hätte.

Ich schluchze bitterlich, während ich den Rest des Artikels lese: dass sie ein Einzelkind war und ihre Eltern und ihren Partner fassungslos und in tiefer Trauer zurücklässt.

Ihren Partner – Adam.

Doch ich weine nicht um die Emily aus der Anzeige, einen Namen auf einem Blatt Papier, sondern um den Menschen aus Fleisch und Blut, die Frau, die den Mut hatte, ihr unerfülltes Leben hinter sich zu lassen und einen Neuanfang zu riskieren, ohne zu wissen, was sie erwartete oder wer ihr begegnen könnte. Die Frau, die ihre Leidenschaft für das Leben und die Welt um sie herum entdeckte. Und die, nachdem sie auf die denkbar hinterhältigste Weise verletzt worden war, wagte, wieder zu lieben und geliebt zu werden, von einem wunderbaren Mann. Die Frau, die schwanger wurde und lernte, die kleinen Dinge zu genießen, bis zur letzten Sekunde ihres Lebens. Sie begriff, dass diese allein zählen.

Das weiß ich, weil ich es gesehen habe. Und zwar alles.

Wie auch immer ich es nennen mag – ein Abschiedsgeschenk oder eine Panne des Universums –, ich habe es mit jeder Faser meines Körpers erfahren, mit all seinen Höhen und Tiefen, mit all den wundervollen Momenten, die dieses Leben zu bieten hat.

Und mit einem Mal weiß ich, dass dies der Grund ist, weshalb ich dort war.

Der einzige Grund.

»Maggie?« Jess' Hand ruht auf meiner Schulter, während ich weine. Tränen der Trauer, der abgrundtiefen Verzweiflung – doch gleichzeitig ist da auch etwas, das ich in diesem Körper noch nie gespürt habe.

»Maggie? Ist alles in Ordnung?«, dringt Jess' Stimme durch den Nebel, der mich umgibt.

Und dann breitet sich dieses Gefühl in meinem ganzen Körper aus – eine Mischung aus ungekannter Weite und neuen Möglichkeiten und vor allem einem: Hoffnung.

Jess drückt fest meine Schulter. Ich lächle sie durch meine Tränen hindurch an und sage nur: »Ja.«

Kapitel 38

DANACH

Es dauert ein oder zwei Tage, bis ich aus dem Krankenhaus entlassen werde, obgleich ich den Ärzten immer wieder versichere, dass es mir gut geht.

Ich weiß, dass ich wieder mehr auf mich achtgeben muss, jetzt, wo ich zurück in meinem alten Körper bin. Oder vielleicht auch nicht? Ein ganzes Jahr lang bin ich vollkommen sorglos durch die Welt spaziert und habe endlich erfahren, was es bedeutet, wahrhaft zu leben. Dann habe ich meinem sicheren Tod ins Auge gesehen – deshalb erscheint es mir wie ein Wunder, überhaupt noch einen lebendigen Körper zu haben.

Noch Zeit zu haben – Zeit mit den Menschen, die ich liebe; Zeit, meinen Interessen nachzugehen; Zeit, Nudeln und Kuchen zu essen und Champagner zu trinken, wenn es einen Anlass dazu gibt.

Egal, wie viele lange Jahre (denn wenn ich recht darüber nachdenke, sind sie tatsächlich lang) noch vor mir liegen mögen, ich würde Emily und ihrem ungeborenen Kind bitter unrecht tun, einen einzigen Tag – ja auch nur eine Sekunde davon zu vergeuden.

Mein erster Gang, nachdem ich aus dem Krankenhaus entlassen wurde, führt mich zu ihr – ich kann einfach nicht anders. Im Nachruf wurde ein Gedenkort erwähnt, und als ich las, wo er sich befindet, verstand ich es sofort.

Mum verlieh ihren Bedenken natürlich sofort lautstark

Ausdruck, als ich mich an diesem sonnigen Nachmittag allein auf den Weg machen wollte. Sie ließ sich über Mäntel und Medikamente aus und ermahnte mich, bloß vorsichtig zu sein. Doch ich drehte mich nur zu ihr um und versicherte ihr ruhig, aber bestimmt, dass mir schon nichts passieren würde. Und auch wenn sie nicht gänzlich überzeugt schien, bin ich mir sicher, dass ein zaghaftes Lächeln ihre Mundwinkel umspielte, als ich die Straße hinauf davonmarschierte.

Ich hoffe nur, dass sie alles, was ich von nun an tun werde, gleichermaßen mit Fassung trägt.

Als ich an Bäumen und Sträuchern vorbei durch die Meadows spaziere, während Kinder auf den sonnenüberfluteten Wiesen spielen und Jogger mich überholen, muss ich daran denken, dass vor wenig mehr als einem Jahr Emily diese Wege entlanggelaufen ist.

Und damit auch ich.

Wer wohl an ihrem Todestag vor ein paar Tagen hierhergekommen ist?

Ihre Mutter wohl kaum – immerhin liegt Emily in London begraben.

Aber Adam doch bestimmt?

Adam. Schon sein Name verursacht mir geradezu körperliche Schmerzen. Es kommt mir vor, als habe ich gerade erst neben ihm im Bett gelegen, während die aufgehende Sonne seine Haut nach und nach in helles Licht tauchte, ebenso wie seine Lippen, die ich so oft geküsst habe. Es vergeht keine Sekunde, in der ich ihn nicht vermisse.

Aber mir ist klar geworden, dass ich ihn vergessen muss, da wir das, was wir hatten, mit mir als Maggie in meinem eigenen Körper niemals wiederfinden werden. Schließlich wird er sich an nichts erinnern, und all unsere gemeinsamen Momente – so einzigartig sie für uns auch waren – werden für immer aus seinem Gedächtnis gelöscht sein. Für ihn bleibt nur die Zeit mit Emily.

Genau so, wie es sein sollte.

Trotzdem bin ich dankbar für die Gewissheit, dass es ihn auf dieser Welt gibt. Ich habe die Website seiner Möbelwerkstatt aufgerufen, und sie ist immer noch aktiv, allerdings steht dort, dass er den Sommer über keine Aufträge annimmt. Ich frage mich, was er wohl gerade macht.

Es dauert nicht lange, bis ich die Bank gefunden habe, in der Nähe des Kinderspielplatzes und mit Blick auf Arthur's Seat. Hier bin ich immer auf meiner Joggingrunde vorbeigekommen, sie also sicher auch.

Ich lese die Inschrift:

›Jedes Abenteuer beginnt mit dem ersten Schritt.‹

In Erinnerung an Emily Isabella Perin, liebevolle Tochter, Freundin und Partnerin.

Wenn ich auch die Einzige bin, ich weiß, dass alles, was ich erlebt habe, auf irgendeine Art wirklich geschehen ist. Ich habe dieses Leben geführt, ich war diese Tochter, diese Freundin – diese Partnerin.

Das glücklichste und unglaublichste Jahr meines Lebens.

»Hallo«, erklingt eine tiefe Stimme neben mir, und ich drehe mich abrupt um – William. Er mustert mich neugierig. Das eine Jahr, das er älter geworden ist, sieht man ihm nicht an. Seine Augen sind so blassblau wie eh und je, das weiße Haar steckt fein säuberlich unter einer Schiebermütze. Er trägt wie üblich Chinohose und Turnschuhe und eine hellgrüne Jacke. Bei seinem Anblick quillt mein Herz über vor Freude.

Mein Freund.

Am liebsten würde ich ihn umarmen, halte mich aber zurück, es würde ihn nur unnötig erschrecken.

Stattdessen sage ich ebenfalls »Hallo« und lächle ihn an.

»Haben Sie sie gekannt?«, fragt er etwas schroff, doch in seinen Augen schimmert eine gewisse Hoffnung. »Emily.«

Ich schlucke. »Ja … früher. Damals standen wir uns sehr nahe.«

Er nickt bei meinen Worten. »Dann können Sie sich glücklich schätzen.«

»Ich weiß«, erwidere ich. »Sie war eine Inspiration für uns alle.«

Er lacht leise. »Das kann man wohl sagen. Wir vermissen sie noch immer sehr. Ich komme fast jeden Tag auf meinem Spaziergang hier vorbei. Einfach nur, um Hallo zu sagen, und dann plaudern wir ein wenig darüber, was ihr Kater für Unfug getrieben hat oder was ich Aufregendes erlebt habe.«

»Wie schön«, sage ich, während ich gegen die Tränen ankämpfe.

Wir schweigen einen Moment.

»Wenn Sie möchten, können Sie sich ein kleines Erinnerungsstück aus ihrer Wohnung mitnehmen. Bevor der Rest an die Wohlfahrt geht, meine ich.«

Mit einem Ruck wende ich mich zu ihm um. »Wie meinen Sie das? Ihre Wohnung? Ist die denn noch …?«

William winkt ab. »Na ja, es ist schon ein wenig albern, aber ich habe es einfach nicht übers Herz gebracht, sie wieder zu vermieten, und außerdem wollte ich ihrer Familie die Möglichkeit geben, sich darin umzusehen. Sie sind allerdings erst nach ein paar Monaten gekommen und haben natürlich einige persönliche Dinge mitgenommen, aber ihre Mutter war zu dem Zeitpunkt in ziemlich schlechter Verfassung. Ich bin mir nicht sicher, ob sie überhaupt richtig begriffen hat, was sie gerade tat. Die meisten Sachen haben wir in Kartons verpackt, und nächste Woche übergebe ich die Schlüssel an ein junges Paar. Aber wenn Sie möchten, kann ich Sie kurz in die Wohnung lassen, dann können Sie sich umschauen.«

Mein Herz – ihr Herz – macht bei dem Gedanken einen aufgeregten Hüpfer. »Oh, das würde ich unglaublich gern.«

»Wunderbar. Sollen wir gehen?«, fragt er und hält mir seinen Arm hin. Ich atme seinen Pfefferminzduft ein und hake mich bei ihm unter.

Zehn Minuten später erreichen wir das Haus, das mir so sehr ans Herz gewachsen ist. Mein Puls beschleunigt sich, als wir hineingehen, und während wir Stufe für Stufe nach oben steigen, durchströmen mich die Erinnerungen an unzählige Momente des Glücks, der Traurigkeit und alles, was dazwischenliegt.

»Alles in Ordnung?«, erkundigt sich William und bleibt kurz stehen.

Ich nicke stumm. »Geht gleich wieder.«

Oben angekommen, lasse ich William in Ruhe nach dem richtigen Schlüssel suchen. Währenddessen schaue ich verstohlen zu Adams Tür hinüber und suche hastig nach Anzeichen, dass er zu Hause ist. Doch es stehen keine Stiefel vor der Tür, und die Farbe ist an einigen Stellen etwas abgeblättert – wäre er da gewesen, hätte er das längst ausgebessert.

»So, bitte schön«, sagt William, und als ich mich umdrehe, betritt er gerade die Wohnung, die ein ganzes Jahr lang mein Zuhause war. Ich folge ihm. Drinnen ist es ungewohnt still. Ich atme tief ein. Der Geruch von Rosen und Zitronen liegt noch immer in der Luft, wenn auch sehr schwach. Ich schließe für einen Moment die Augen und sauge ihn gierig ein.

William schließt die Wohnungstür hinter uns und geht voraus ins Wohnzimmer. Ich lasse meinen Blick zügig durch den Raum wandern – eine farbenfrohe Wand, meiner sehr ähnlich und doch ganz anders; ihre Fotos von Edinburgh, die ebenfalls die Wände zieren, allerdings sind sie aus einem etwas anderen Winkel aufgenommen; ihre kleinen Taucherfiguren, die natürlich unverändert sind.

Es ist mein Zuhause, und auch ihres – unseres.

Ich frage mich, was uns sonst noch verband und was uns voneinander unterschied. Sind wir tatsächlich den gleichen Weg gegangen?

Möglicherweise werde ich nie erfahren, was in ihrer Version der Welt wirklich geschehen ist.

»Schauen Sie sich gerne um«, lädt William mich ein und nimmt auf dem kleinen Esszimmerstuhl am Fenster Platz.

»Danke«, sage ich leise und gehe langsam zurück über den Flur. Vieles ist offensichtlich bereits verpackt und in Kisten verstaut worden, so auch ihre Jacken und Schuhe, aber der kleine Spiegel ist noch da, und ich betrachte mich jetzt darin. Fast rechne ich damit, ihr dunkles Haar und die freundlichen Augen zu erblicken. Stattdessen sehe ich natürlich mich mit meinen roten Haaren, doch für den Bruchteil einer Sekunde ist sie plötzlich auch da und lächelt mir von irgendwoher entgegen.

Im Schlafzimmer bleibe ich zunächst stehen und schaue mich um. Ich sehe das Bett, in dem ich an jenem ersten Morgen aufgewacht bin, den Traumfänger, der sanft an die Fensterscheibe stößt, den Kleiderschrank, in dem all die farbenfrohen Sachen hingen und der jetzt wahrscheinlich leer ist. Trotzdem gehe ich hinüber und öffne ihn, und dabei muss ich daran denken, dass noch vor einer Woche jeden Tag ein neues Abenteuer auf mich wartete und ich mich stets nach dem Aufwachen fragte, welche Kleidung wohl am besten dazu passte. Wie vermutet ist alles verschwunden, doch dann erregt etwas meine Aufmerksamkeit. Oben auf dem Kleiderschrank liegt etwas Schwarzes. Ist das etwa …? Nein, das kann nicht sein.

Aber als ich mich recke und den Gegenstand vom

Schrank nehme, stellt sich heraus, dass es tatsächlich meine Kamera ist.

Ihre Kamera.

Während ich mit zitternden Händen die Hülle öffne, gehen mir unzählige Gedanken durch den Kopf. Wie kommt es, dass sie immer noch hier ist? Warum hat ihre Mutter sie nicht mitgenommen? Oder Adam?

Und was für Aufnahmen befinden sich darauf?

Ich ziehe die Kamera aus der Hülle und stelle mich seelisch darauf ein, dass nach all der Zeit der Akku leer ist. Allerdings hat sie wahrscheinlich die ganze Zeit über niemand angerührt. Ich betätige den An-Knopf, und zu meinem Erstaunen erwacht sie sofort zum Leben. Was ich dann sehe, lässt mich erstaunt auf das Display starren.

Tränen laufen mir über das Gesicht, als ich zurück zu William ins Wohnzimmer gehe. Bestimmt fragt er sich schon, wo ich so lange bleibe.

Als er mich hereinkommen sieht, steht er hastig auf.

»Alles in Ordnung?«, erkundigt er sich mitfühlend. Dann fällt sein Blick auf die Kamera. »Ist das …? Wir haben uns schon gefragt, wo sie steckt. Ich dachte, sie wäre verloren gegangen.«

Ich schüttle den Kopf und bemühe mich, die Fassung zu wahren. »Nein, sie hat sie nur an einem sicheren Ort aufbewahrt. Sie … haben ihr viel bedeutet, diese Fotos.«

»Sie haben sie wirklich gut gekannt, wie ich sehe.«

»Wenn es keine zu großen Umstände macht, würde ich die Aufnahmen gerne jemandem zeigen, der sie unbedingt sehen sollte. Hätten Sie etwas dagegen?«

William zögert einen Moment, doch dann nickt er. »Ja, sicher. Aber bitte geben Sie gut darauf acht, es wäre sonst für uns alle ein großer Verlust.«

Ich fahre auch diesmal wieder mit dem Zug nach London, nicht etwa, weil ich immer noch Angst hätte zu fliegen, sondern weil ich mich angesichts meines Gesundheitszustandes erst einmal um die entsprechenden Versicherungen kümmern müsste. Schwer zu sagen, wer schockierter ist, Mum oder Dad, und als sie sich nach dem Grund meiner Reise erkundigen, antworte ich schlicht, dass ich jemanden besuchen muss – und zwar sofort.

Und Mum versucht dieses Mal gar nicht erst, mich davon abzuhalten.

Als ich später am gleichen Tag die idyllische Straße entlanggehe, muss ich an Simon und Fran denken und frage mich, wie es ihnen wohl geht. Ich habe natürlich im Internet bereits nach ihnen gesucht, und während sich bei Simon nicht viel verändert zu haben scheint, hat zumindest Fran ein neues Leben begonnen – allein. Auf dem aktuellsten Foto posiert sie breit grinsend neben einem Blaufußtölpel auf den Galapagosinseln, und auch ich musste lächeln, als ich das Bild sah.

Schließlich stehe ich ein weiteres Mal vor Morton House. Ich habe keine Ahnung, ob jemand zu Hause ist – es ist immerhin fast zwei Monate her, dass ich den Brief erhalten habe, was aber auch heißt, dass Emilys Mum womöglich seit zwei Monaten auf eine Antwort wartet.

Ich drücke auf den Summer, der an dem riesigen Tor angebracht ist, und nach einer Weile höre ich eine Stimme fragen: »Kann ich Ihnen helfen?«

Jackie.

»Ich hoffe, ich komme nicht ungelegen, aber ich habe etwas, das Emily gehört hat.«

Sofort schwingen die Torflügel weit auf, und ich schreite auf den prächtigen Eingang zu, wo sie mich beide erwarten – Jackie und Emilys Mutter.

Sie führen mich in das vornehme Wohnzimmer, das mir schon beim letzten Mal aufgefallen ist. Es ist voller Bilder von Emily – Emily als kleines Mädchen in der Küche mit Jackie, ein Glas Milch in der Hand; Emily, die sich im Garten mit weit ausgestreckten Armen im Kreis dreht und staunend in den Himmel sieht; Emily vor ihrer Schule im Alter von acht, zwölf, fünfzehn Jahren; Emily bei ihrem Uniabschluss; Emily in einem Restaurant irgendwo in London.

Dann reißt die Serie ab.

»Kaffee?«, fragt Jackie und sieht mich nervös an.

Und mir wird klar, dass dieser Besuch für sie ebenso bedeutsam ist wie für Emilys Mutter.

»Ja, gerne«, nehme ich das Angebot an in der Hoffnung, das Eis zu brechen, »das wäre sehr nett.«

War es wirklich eine gute Idee, einfach so hier aufzutauchen? Ohne jede Vorwarnung?

Mist, vielleicht hätte ich doch erst einmal schreiben sollen – es langsam angehen lassen.

Dann kommt mir der Brief wieder in den Sinn – *Ich wünschte, ich könnte diese letzten, fehlenden Teile zu einem Bild zusammenfügen – dem Lebensbild meines einzigen Kindes. Doch am meisten sehne ich mich danach, meine Stella ein letztes Mal in die Arme zu schließen und ihr zu sagen, wie sehr ich sie liebe – dass sie mir alles bedeutet hat und dass sich daran auch nie etwas ändern wird.*

Nachdem wir uns alle im Wohnzimmer niedergelassen haben, beugt Emilys Mum sich vor.

»Was haben Sie denn von Emily?«

Und in diesem Augenblick kann ich nicht anders, als die Wahrheit zu sagen.

»Ich habe Ihren Brief bekommen«, sage ich bedächtig, aber ohne Umschweife.

Ich beobachte, wie sich die Erkenntnis langsam, aber sicher auf ihren Gesichtern ausbreitet, wie die Tränen über ihre Wangen laufen, und dann beginne auch ich zu weinen, da ich begreife, dass ich die richtige Entscheidung getroffen habe, dass es gut war, es jetzt zu erledigen und nicht irgendwann.

Dann liegen wir uns plötzlich in den Armen, erst ihre Mutter, dann Jackie. Ein Mann mit zerzausten grauen Haaren, ihr Vater, erscheint im Zimmer. Offensichtlich hat ihn der ganze Tumult aufgeschreckt, und Emilys Mutter sagt: »Sie ist es – die Frau, die Emilys Herz hat.« Und dann schließt auch er mich in die Arme. Es ist der schlimmste und gleichzeitig berührendste Augenblick meines Lebens.

Als wir alle wieder Platz genommen haben, zeige ich ihnen, was ich mitgebracht habe.

»Aber … wie haben Sie uns gefunden? Und wie kommen Sie an die Kamera?«, fragt ihre Mum. Ihre sonst so blassen Wangen sind gerötet.

Ich antworte nicht sofort. Was kann ich auch sagen? Wie soll ich das Ganze erklären?

Doch ich muss es wenigstens versuchen.

»Ich war in ihrer Wohnung«, beginne ich schließlich, in der Hoffnung, dass sie nicht fragen, woher ich die Adresse kenne, geschweige denn Emilys Namen, »und da habe ich sie gefunden. Ich weiß, sie würde wollen, dass Sie die Fotos sehen.«

Die drei scharen sich gemeinsam um den Apparat, der die fehlenden Teile aus Emilys Leben enthält. Hastig klicke ich zu den jüngsten Bildern vor und habe gleich das Gefühl, wieder dort zu sein, mit allem, was dazugehört – allerdings in Emilys ganz persönlicher Version und nicht in meiner. Das erste Selfie, auf dem sie grinsend auf dem Rasen sitzt, ein Eis in der Hand, die ersten Aufnahmen von Edinburgh, als sie sich noch in der Stadt und mit dem langsameren

Rhythmus, nach dem sie sich immer gesehnt hatte, zurechtfinden musste, die Wanderungen mit Adam und die Abende mit Freunden, wo ihre Liebe zu keimen begann, ein Date mit Adam in Glasgow und eines offenbar auf der Insel Arran. Allem Anschein nach hatte auch sie viel Spaß mit Charlie – beim Tanzen, Autofahren, Musik machen und manchem, das mir nicht im Traum eingefallen wäre, zum Beispiel Disco Bowling. Es folgen Fotos von Weihnachten in Adams Wohnung und einem Skiausflug in die Cairngorms, in ein Cottage an einem anderen Ort, wahrscheinlich ohne Unfall für Charlie und ohne Abstecher ins Krankenhaus. Und dann laufen unsere Wege wieder zusammen, und wir sind im Zug nach London, es ist das gleiche Gefühl wie damals, als sie zu Frans Hochzeit fuhr, wo sie die Wahrheit über ihren Verlobten und ihre beste Freundin herausfand.

Auch sie ging danach eine Weile auf Reisen, den Bildern nach zu urteilen, hauptsächlich nach Neuseeland. Dann fuhr sie schließlich nach Kanada, wo sie ihn aufgesucht hat, um ihrer Liebe noch eine Chance zu geben.

Auf dem nächsten Foto halten sich Adam und Emily an den Händen, ihr breites Grinsen ist unglaublich ansteckend, dann Hopes Geburt im Krankenhaus und schließlich eine Party mit der versammelten Mannschaft eine Woche vor Emilys Tod.

Es ist alles da, ein Jahr ihres Lebens, nicht ganz identisch mit meinem, aber doch mit demselben Ergebnis. Denn darum ging es, das wird mir jetzt klar. Nur aus diesem Grund war ich dort.

Es war ein Geschenk an mich.

Und jetzt ist es mein Geschenk für Emilys Familie.

Epilog

ZEHN MONATE SPÄTER

Das Wetter ist herrlich, also öffne ich das Wohnzimmerfenster der kleinen Wohnung, die ich in der Nähe der Meadows gefunden habe, sperrangelweit und genieße den Duft des Frühsommers, das Blau des Himmels und das fröhlich glitzernde Sonnenlicht an den Sandsteinwänden der Mietshäuser gegenüber.

Sie haben sich genau den richtigen Tag ausgesucht.

Aber das Wichtigste zuerst. Ich streichele meine schwarze Katze Polly, die sich auf ihrem Stammplatz auf dem Läufer mit dem Zickzackmuster genüsslich in der Sonne rekelt. Dann breche ich zu meiner morgendlichen Joggingrunde auf, heute nur durch die Meadows und die nähere Umgebung – ich muss schließlich keinen Marathon laufen, damit das Blut durch meine Adern rauscht und ich das Leben in mir spüre.

Auf dem Rückweg trinke ich im *Purple Pineapple* am Tresen einen Kaffee und genieße mein Wochenendcroissant, während ich mit Zoe plaudere, bevor ich mich schließlich auf den Heimweg mache. Natürlich vermisse ich noch immer das alte Haus, das nur ein Stück die Straße hinunter steht, und denke jeden Tag daran, aber die Gewissheit, dass es in der Nähe ist, tröstet mich.

Als Nächstes dusche ich und lasse das Wasser über meinen Körper rinnen, meine Haut, meine Narbe. Ich presse die Hand sanft darauf und spüre Emilys Nähe; spüre dieses herrliche Leben einen weiteren Tag lang in mir pulsieren und hoffe, das Beste aus ihrem Geschenk zu machen – für sie, für Cat und auch für mich.

Anschließend wickele ich mich in ein Handtuch, öffne meinen Kleiderschrank und sichte meine jetzt farbenfrohe Garderobe auf der Suche nach dem richtigen Outfit. Schließlich entscheide ich mich für ein apfelgrünes Kleid und meine silbernen Turnschuhe. Ich muss heute natürlich beweglich bleiben.

Ein bisschen dezentes Make-up und einige Bürstenstriche durch mein rotes Haar, das ich offen über meine Schultern fallen lasse, perfekt. An der Tür schnappe ich mir meine Kamera, dann mache ich mich wieder auf in den Sonnenschein.

Es wird nicht lange dauern, bis ich in meinem kleinen Gebrauchtwagen (die Prüfung habe ich selbstredend im Handumdrehen bestanden) am Ziel bin, aber ich genieße den Weg dorthin, die Fahrt über die Brücken und die Royal Mile, um den Hügel, der sich mit seinen historischen Gebäuden vor dem strahlend blauen Himmel erhebt, bis ich das belebte Stadtzentrum erreiche. Ich komme in letzter Zeit oft hierher, treffe mich mit Freunden zum Abendessen oder mit Leuten aus meinem Fotokurs auf einen Kaffee. Wenn wir ein Stück finden, das uns interessiert, gehe ich manchmal mit Mum ins Theater. Ich bin immer beschäftigt, immer unterwegs, und wenn ich auch keine Berge erklimme, führe ich doch ein erfülltes Leben.

Denn ich habe nur dieses eine und möchte es gegen nichts in der Welt eintauschen – gesunder Körper hin oder her. Ich habe den Eindruck, an einem einzelnen Tag intensiver zu leben, als manche Menschen es je tun werden.

Und mir ist durch und durch bewusst, was für ein unglaubliches Geschenk es ist, normale, alltägliche Dinge tun zu können – spazieren gehen, eine Theatervorstellung besuchen, mit meiner Schwester zu Abend essen; und zur Abwechslung mal anderen Menschen helfen. All das ist unglaublich schön.

Schließlich erreiche ich mein Ziel auf der anderen Seite der Stadt und parke den Wagen in der Nähe des Botanischen Gartens.

Zu meiner Linken füllt sich der Park bereits mit Menschen, die joggen oder Tennis spielen; andere nehmen an einem Freiluft-Tanzunterricht teil, dessen Lehrer sich so ungehemmt gehen lässt, als würde niemand zuschauen.

Mit einem Grinsen hole ich meine Ausrüstung aus dem Auto und betrete selbst die Grünanlage. Ich bin schon eine ganze Weile nicht mehr hier gewesen, und als ich zu den Wipfeln der Eschen und Platanen aufschaue, geht mir durch den Sinn, wie anders alles war, als ich letztes Jahr meinen Herz-Geburtstag hier gefeiert habe. Dieses Jahr feiern wir ihn übrigens woanders, denn ich werde Jess und die Jungs in Amsterdam besuchen, zum zweiten Mal in zwölf Monaten.

Als ich auf die große Wiese im Herzen des Botanischen Gartens zusteuere und die ersten verstreuten Gestalten erblicke, werde ich langsam nervös. Immerhin habe ich keine Ahnung, ob er zu den Geburtstagsfeierlichkeiten kommen wird – ich meine natürlich Adam. Wir haben uns vor sechs Monaten schon einmal kurz gesehen, nachdem ich William anvertraut hatte, wer ich eigentlich bin und wessen Herz in meiner Brust schlägt. Ich war schockiert, als er mir sagte, Adam wollte mich treffen. Wir waren alle etwas angespannt, als wir eine Woche später mit William im *Purple Pineapple* saßen, aber gleichzeitig war ich geradezu erleichtert – ihn wiederzusehen und ihn wissen zu lassen, dass ich Emilys Herz tatsächlich weiterleben ließ, so wie es sein sollte. Außerdem hatte ich nun endlich die Gelegenheit, Adam von meinem eigentlichen Leben zu erzählen, von meiner Familie und Cat, davon, dass ich den Großteil meines Lebens aus gesundheitlichen Gründen zu Hause verbracht hatte, doch dass Emilys Herz mich dazu inspiriert hat, einen Neuanfang zu wagen. Er schien sich darüber zu freuen, aber gleichzeitig hatte ich den Eindruck, dass er das Ganze erst einmal verarbeiten musste. Er ging zurück nach Kanada, um den Sommer dort zu verbringen, in unserer Hütte am See. Doch seiner Website nach zu urteilen könnte er bereits zurück in Schottland sein und arbeiten.

Ich werde es gleich wissen.

Als mich nur noch wenige Meter von dem bunten Flickenteppich aus Picknickdecken trennen, die zur Feier des Tages ausgebreitet wurden, erspähe ich William.

»Ah, da bist du ja.« Er lächelt, als ich auf ihn zugehe. In dem blauen Hemd und der frisch gebügelten Hose sieht er heute so schick aus, dass mir beinahe die Tränen kommen.

»Danke, dass du uns den Gefallen tust. Das ist wirklich lieb von dir«, sagt er und nimmt meine Hand.

»Nichts zu danken, das mache ich doch gern«, erwidere ich und denke daran zurück, wie ich vor einigen Monaten zum Tee bei ihnen war und Ruth mir von ihren Plänen erzählt hatte.

»So ein unnötiger Rummel, ist doch nur der Achtzigste, aber meine Frau hat darauf bestanden«, hatte William gesagt, doch ich konnte deutlich das Lächeln in seinem Gesicht erkennen. Also offerierte ich ihnen meine Dienste als Fotografin und erklärte, da ich noch in der Ausbildung sei, würde ich nichts dafür verlangen – von Freunden schon gar nicht. Daraufhin bot William großzügig an, mich mit Kuchen und Alkohol zu bezahlen.

Aus dem Augenwinkel sehe ich noch eine weitere vertraute Gestalt, die sich uns nähert, ein Kleinkind auf dem Arm.

»Maggie, wie schön, dich zu sehen«, begrüßt mich Charlie überrascht und beugt sich vor, um mich zu umarmen. Hope stößt einen Freudenlaut aus, und ich muss lachen.

»Ihr kennt euch?« William runzelt fragend die Stirn.

»O ja. Ich habe in letzter Zeit einige von Charlies Abendkursen besucht«, antworte ich fröhlich.

»Wunderbar«, sagt William sanft, »ich kannte da noch jemanden, der gern getanzt hat, weißt du?«

Ich schlucke. »Ja, ich weiß.«

Ein paar Leute erscheinen, die ich nicht kenne, und William und Charlie entschuldigen sich, um sie zu begrüßen.

Ich schlendere über die Wiese und mache die ersten Aufnahmen: von der atemberaubenden Skyline Edinburghs, die sich zu einer Seite erstreckt, und von den Freunden, die sich umarmen. Dabei frage ich mich zum wiederholten Male, ob es richtig ist, immer noch einigen von Emilys Hobbys nachzugehen – Fotografie, Joggen, Tanzen. Ist es ihr gegenüber fair, dass ich noch da bin und sie nicht? Würde sie es mir und den anderen übel nehmen, dass wir weiterhin tun können, was ihr nicht länger möglich ist? Denn sie hat nicht nur mein Leben gerettet, als sie an jenem schicksalhaften Vormittag eilig ins Krankenhaus gebracht wurde – ihre Nieren, Leber, Bauchspeicheldrüse und Augenhornhäute fanden ebenfalls dankbare Abnehmer.

Doch dann sage ich mir, wie so oft in letzter Zeit, dass es geradezu sträflich wäre, all die wunderbaren Dinge, zu denen sie mich inspiriert hat, wieder aufzugeben.

Ich würde ihr damit einfach nicht gerecht werden.

Außerdem unternehme ich noch einen Haufen anderer Sachen, die ich in meinem alten Leben und auch in ihrem nie ausprobiert habe – Stadtspaziergänge in der Morgendämmerung und Aktzeichnen bei einem Glas Wein in einem kleinen Studio in der Stadt; ich habe sogar mit Jess an einer Bikram-Yoga-Session teilgenommen, als sie vor ein paar Wochen vorübergehend zu Hause war, und habe mir ganz allein im Theater *Der König der Löwen* angesehen. Einfach so, weil ich es konnte und neugierig war.

Schließlich bekomme ich diese Welt nur einmal zu sehen und weiß inzwischen, wie schnell alles vorbei sein kann.

Also will ich nicht eine Minute vergeuden.

Ich grüble auch nicht mehr so oft darüber nach, wie tragisch das Ganze eigentlich war – denn was bringt das schon? Es gibt noch so viel Schönes zu erleben, so viele fantastische Erfahrungen, die gleich vor unserer Tür auf uns warten. Ich wäre ein Narr, nicht länger danach zu suchen. Vielleicht besteht ja eine klitzekleine Chance, dass auch ich dabei für jemanden zur Inspiration werde. Und vielleicht bin ich diesem Menschen eine viel größere Hilfe, wenn ich mein Leben voll auskoste.

Und meinem Herzen folge.

Nach und nach trudeln die anderen Gäste ein – einige müssen zu Ruths Familie gehören, und dann ist da noch ein Mann mit blonden Haaren, der mir vage bekannt vorkommt –, und mir wird warm ums Herz, als ich erkenne, wer es ist. Williams Neffe mit seiner Nichte. Ich habe die beiden mal auf einem Foto gesehen, und jetzt sind sie hier, um seinen Geburtstag mit ihm zu feiern.

Offenbar hat er Kontakt zu ihnen aufgenommen, so wie ich, und auch Emily, es ihm geraten hatte.

Mit vor Aufregung pochendem Herzen fotografiere ich munter drauflos. Zoe erscheint mit ihren violetten Haaren, die sie zu einem eleganten Dutt hochgebunden hat, aus dem Veilchen ragen. Als Nächstes kommt jemand aus der Tanzschule, und dann, endlich, erspähe ich durch das Objektiv eine Gestalt in Jeans und einem schwarzen T-Shirt – jemanden, den ich schon seit einer ganzen Weile nicht mehr gesehen habe. Kräftige Schultern, dunkles Haar und waldgrüne Augen, die ich selbst nach einer Million Leben nicht vergessen könnte.

Adam.

Er geht mit seinem schiefen Lächeln auf William und Charlie zu und schließt William fest in die Arme. Mein Herz bleibt für einen Moment stehen, während mein Finger auf dem Auslöser ruht. Gleich darauf schaut er direkt in die Kamera, und ich lasse sie sinken.

Es folgt ein eigenartiger Moment, ein schwer zu deutender Blick. Er sagt etwas zu William und kommt dann langsam zu mir herüber.

»So sieht man sich wieder«, sagt er.

»Hallo.« Ich lächle gegen den Schmerz an, den ich verspüre.

»Danke, dass du für William den Fotografen spielst.«

»Überhaupt kein Problem. So kann ich wenigstens Erfahrungen sammeln. Außerdem komme ich total gerne hierher.« Ich sehe mich um, betrachte die Bäume und den Himmel über mir.

Als ich den Blick wieder senke, sieht er mich mit einem merkwürdigen Ausdruck in den Augen an.

»Alles in Ordnung?«

Er schüttelt den Kopf. »Tut mir leid. Aber weißt du, ich hatte schon bei unserer ersten Begegnung so ein seltsames Gefühl, dass wir uns schon mal irgendwo begegnet sind, und gerade ging's mir wieder so. Ich dachte mir, ich sag's dir lieber, auch auf die Gefahr hin, dass du mich für vollkommen durchgeknallt hältst.«

Ich lache, und ein Gefühl puren Glücks durchflutet mich. »Vielleicht sind wir das ja, in einem anderen Leben.«

Wieder sieht er mich fragend an.

In diesem Augenblick erscheint Dee mit dem Kuchen,

und wir wenden uns um und sehen zu, wie Ruth und ihre beiden Töchter in Begeisterungsstürme ausbrechen.

»Ich glaube, das ist dein Stichwort«, sagt Adam beinahe bedauernd.

»Ich fürchte, du hast recht«, erwidere ich und zücke erneut die Kamera. Dann gehe ich lächelnd zu Dee hinüber und sage mir, dass es doch gar nicht mal so schlecht gelaufen ist. Vielleicht kann ich jetzt endlich mit dem beruhigenden Gefühl nach vorn blicken, dass es jemanden wie Adam da draußen gibt; jemanden, der so wunderbar ist wie er.

Ich wäre doch eh total überfordert mit der Situation – wo doch ihr Herz in meinem Körper schlägt und so. Es wäre viel zu kompliziert und könnte niemals funktionieren. Als ich an dem Radio vorbeikomme, das Charlie angestellt hat, dringt ein Ton an mein Ohr, eine fröhliche Melodie, und ich drehe mich spontan zu Adam um. Er steht noch immer an der gleichen Stelle. Und sieht mir nach.

Und dann denke ich an das, was William damals zu mir gesagt hat: Nur weil Adam zuvor jemand anderen geliebt hat, heißt das noch lange nicht, dass er mich nicht genauso lieben kann.

Ich mache auf dem Absatz kehrt und renne mit der Kamera in der Hand zu ihm zurück.

Als ich vor ihm stehe, könnte ich schwören, dass er tief Luft holt.

»Falls du nachher noch nichts vorhast«, sage ich ein wenig atemlos, »könnten wir vielleicht was zusammen unternehmen. Ich meine, nur wenn du Lust hast, natürlich. Wir könnten ’nen Kaffee trinken oder in eine Bar gehen oder, keine Ahnung, vielleicht einfach irgendwo spazieren gehen?«

Einen Moment lang befürchte ich, dass er Nein sagt. Er steht einfach da, als müsse er erst darüber nachdenken. Vor gar nicht allzu langer Zeit wäre mir das Ganze wahrscheinlich furchtbar peinlich gewesen, und ich hätte längst bereut, überhaupt etwas gesagt zu haben. Aber jetzt ist alles anders. Nur weil etwas beängstigend ist und der Erfolg nicht garantiert, heißt das noch lange nicht, dass ich es nicht versuchen sollte.

Während ich hier bin.

Dann beginnt ein zaghaftes Lächeln seine Mundwinkel zu umspielen.

Er atmet tief ein und nickt, als sei er zu einer Entscheidung gelangt.

»Also gut, Fotografin Maggie. Wie wäre es mit einem Kaffee, wenn der ganze Spuk hier vorbei ist? Wir könnten auch irgendwo spazieren gehen. Bist du dabei?«

Und während mir das Herz fast aus der Brust springt – zweimal –, antworte ich: »Ich bin dabei.«